はばかり人生

木下博民

創風社出版

憚《はばか》りながら

必要不可欠でも、大っぴらに口にすれば、場所によってはたちまち顔を顰《しか》められる代物です。華やかな飲食の、終末の姿であるにかかわらず、臭《くさ》い、汚い、醜いと、いつも去《い》なされ、無関心を装われるのが、万人共通の嗜《たしな》み、はばかりです。やむなく話題になると、綺麗ごとめいた言葉に、やたら摩り替えられます。なるほど必需行為よな、と撫然、立ち竦みますから滑稽です。

ならば逆手に、一人くらい、これを直言する自分史に挑戦する偏屈野郎《へんくつやろう》がいたとしても、愉快ですね。

この記録は、過ぎ去れば物悲しく、狂乱の渦に過ぎなかった「昭和」を、憚《はばか》りながらと、ときには滑稽に、ときにはほろ苦《にが》く、ときには惨《みじ》め、いや蛮勇を奮って、まるごと生きた男の、人生漫談です。流し読み、拾い読み、冷やかし読み、軽蔑読み、いずれにも耐えられるように書き散らしました。お嗤いください。

はばかり人生

―目　次―

憚りながら 1

第一部　戦争の激流

序章　便利の「便」は便所にも　12

生涯柔順でこそ便 12　トイレ語さまざま 12　長い中国史のトイレ語 14
仏教、特に禅宗のトイレ感覚 15　公衆トイレの呼称 17
高貴な方々と庶民のトイレ語進化 17　厠上沈思、楽しからずや 19

第一章　幼　年　20

出生地・出生日・命名の混乱 20　逆子 22　出せなかった賀状と三枚の古写真 22
痛便に泣く 24　飛んでった奴凧 27　溺れる 29
天罰覿面だ！「走り込み」に小便 30　転居、貧困のはじまり 32　幼稚園 34
海釣りと放尿 36　沖仲仕になった父親 37　無理やり連れてゆかれた金光教会 38
子鷹汚水に漂う 39

第二章　少　年　42

小学校に入学 42　学校の怖い便所 43　閻魔様ご開帳 44　弁当の銀蝿 45
疫痢と回虫駆除 46　新校舎 47　我家が消えた 47　リンゲル注射 49
廃屋の住人 50　内職簇カタメ 52　拾った犬 53　爆弾三勇士 55　音痴 57
非常時日本 58　父親の実家 59　五右衛門風呂と肥溜め 62
勝手に決めた進学 63　部活、やっと園芸部 65　自家製肥料と糞土 67
水泳と六尺褌 68　糞尿の薬効 71　野糞で始まった盧溝橋事件 72
交錯する出征と英霊 75　須賀通裏長屋 76　御親閲と晒木綿 78
就職面接場所の洋式トイレ 81

第三章　青　年　その一　83

就職 83　河内山本、住友自勝寮 85　厳しくなる食糧事情 88
青春の大切な友人 90　北浜五丁目二二番地 92　他愛ない仕事庶務課 93
戦果、南アジアを覆う 94　はじめての本土空襲 97　いざ征け、兵 98

第四章　青　年　その二　100

出征準備の兵営 100　中国戦線へ 103　湖泗橋警備隊 104　飯上げ使役 106
警備隊の便所 107　殺戮体験 その一 108　殺戮体験 その二 109
殺戮体験 その三 113　警備地、桃林へ 115　桃林幹部候補生教育隊 117
取り上げられた帯剣 118　谷間の一本路で遭遇戦 120
マラリア、慢性下痢、下股潰瘍 124　露語教育隊分遣 127
ホテル「ニューハルビン」128　ペチカと糞尿の石筍 131　卑怯な進級作戦 133
体力回復 134　露語教育高等科 135　中支の原隊へふたたび 136
洞庭湖畔廃墟の岳州 139　敵機に狙われながら野糞 142　新開塘の留守隊 143
便衣青年の脳味噌 144　岳州兵站病院 146　悶死の新兵 147　糞だらけの遺棄患者 148
狂った軍曹 150　練成班という使役要員 151　道越准尉、前戦から帰隊 153
武昌兵站「大東亜寮」155　落伍兵の収容 158　夜盲症、便所の失敗 159

第五章　青年　その三　161

敗戦 161　朦朧たる夜行軍 163　九江兵站の塵になった戦友 165
混雑の渡河点で宮本辰巳少尉と奇遇 166　炎天下長江敗軍行 168　日俘集中営 170

糧秣庫監視哨と沈徳炎の友情 172　沈さん女房とキニーネ 173
丁家橋監視哨閉鎖 174　蒋介石を喰う 179　屋根薹吹っ飛ばした台風 179
武装解除 183　秣陵関道路改修 185　遺骨無し遺骨箱 186
厳冬の肥溜めで糞鬼になる 187　『左伝』の糞槽溺死事件 191　南京の清掃使役 192
中国人医師と交友はじまる便所掃除 194　少年憲兵と糞汚れ握手 196
塵の中の乳児死体 197　復員船 198　負けるが勝ちの生き残り 202

第二部　平和への夢

第六章　壮　年 206

飢餓戦争熾烈 206　満員列車の下痢便騒動 211　『陰翳禮讃』 214
東京生活はじまる 216　走り過ぎたゼネストの弾圧 218　ＧＨＱの急ぐ民主教育 219
漁夫の利を得た朝鮮戦争 219　日本共産党弾圧 220　赤狩りと旧軍人の活用 221
被占領期の奇ッ怪事件 221（その一 帝銀事件／その二 玉川上水自殺事件／その三
天皇全国ご巡幸と赤旗／その四 女性名台風東京を直撃／その五 鉄道連続奇ッ怪事件）
超インフレに揺らぐ石炭会社 226　実らなかった趣味 228

自立劇団という危険な集団 230　黒から白へ事業転換 231　転職作戦 233
赤狩り予備軍 235　鞴祭とボーイさんストライキ 236　不動産俄ベテランの反省 237
三田の汚穢御殿 238　工場の朝、便所巡回 239　臭いぞ、厚生課員の飲み食い 241
厚生課を子会社に分離 243　突然処罰　第一業務部長免職 246
部下無し開発部から全社業務の統括へ 248　スイミングスクール開校 248
赤字子会社でも社長は社長 250　ＮＥＣの社長から大目玉、会長から賛辞 252

第七章　排泄文化考　その一 255

膵臓癌を伏せられた昭和天皇 255　思わぬ収入で平成排泄旅行 256
トイレットペーパー 257　籌木 258　桂離宮の樋殿 259　昭和の庶民便所紙 260
『古事記』に載った惨劇の厠 261　奈良　川屋と糞置村 262
糞（屎）には異常な魅力があった 263　貴族の樋殿と金隠し 264
「源氏物語」の滑稽色情譚 265　京の繁華街「錦の小路」由来 266　犬の糞説教 267
犬矢来 267　大原女の立小便 268　東福寺東司 268　酬恩庵東司 269
明治天皇の御厠 269　新島襄家の洋式便所 269　江戸、長屋の便所 270
アイヌの厠 270　ヒマラヤ 神秘の排泄 271（①ジャングルへ行く／②牛のウンコで雑巾がけ／③井戸の大腸菌）

第八章　排泄文化考　その二　274
中国トイレ旅行 274　厠へ逃げた鴻門の劉邦 274　鴻門の農家　砂厠 275
幼児の開襠褲 277　中国農家と豚 277　文字通り「圂」といえる厠 279
戚姫を人彘にした呂后 280　「解手」が「用便する」とは 281　北京の公厠 281
ニーハオ・トイレ 282　最後の中国野糞 282
第九章　排泄文化考　その三　285
映画の排泄シーン 285　南予の肥溜め奇談　三題 288（一題　渥美清の『喜劇団体列車』／二題　宇和空予科練分隊士、肥溜めにドボン／三題　予科練外地組の俄百姓「誠敬舎」）
第十章　老いの癌戦争　292
我家のトイレ 292　平成癌戦争 293　第一回戦　左副腎癌の手術 294
第二回戦　悪性リンパ腫（通称・血液癌）、抗癌剤投与 296
第三回戦　大腸（上行結腸）癌の手術 301　第四回戦　深部肝臓癌の手術 303
第五回戦　混合型肝臓癌再発 307（①カテーテルによる肝動脈化学塞栓治療／②肝

臓手術に再挑戦）

第十一章　癌戦争を終えるには　314
第六回戦　末期癌の肝臓と肺臓　314　病、膏肓に入る　316
帰去来、昭和の宇和島　318　トイレの神々　324（仏教の厠神／『古事記』の神々／『日本書紀』の神々）

終章　終末人生の気力　326
糞尿の東西感覚　326　「はばかり人生」の残り滓　326　辞世歌　328

あとがき　330

参考文献　332

木下博民著作一覧　333

第一部　戦争の激流

序章　便利の「便」は便所にも

生涯柔順でこそ「便」

生きていれば、とっくに百歳を超えた父親は、便所を「べんしょ」と濁りませんでした。「あれは、西南四国、宇和島周辺の方言だったのか」、と気付いたのは、ふるさとを離れて半世紀以上、東京に住みついてしまったわたしの、思わぬ収穫でした。

いわれてみれば、神社だって「じんしゃ」と濁らない地方です。便所も、ベンジョと濁音をかさねるよりは、ベンショのほうが澄んでいて、すこしは耳に綺麗なのかもしれません。屁理屈をいう程でもありませんが、ちょっと気にかかる方言です。

便所は、「便利で絶対必要な場所」だけに、やたら沢山の呼称があります。まず「便」は、訓で「やすらか」。「不便なものがあるときは、これを更《あらた》める」意味です。馬に鞭《むち》打つように人を鞭《むち》打ち、柔順に使役させる鞭が、革偏を付けた「便」です。やがて、便利、便宜、便習（なれる）、便安（くつろぎやすらか）が生まれ、便巧（うまくへつらう）、便辟《びんぺき》（身軽に立ち回る）、便佞《べんねい》（油断しがたい口上手《くちじょうず》）、便々《べんべん》（無駄な時間を過ごす）など様々に使われるようになりました（『字統』）。

ともかく「便」は、郵便と同じ「都合よいこと」であり、「排泄物」まで移動します。しかも「大」まで付けるほどに、生涯の友です。

トイレ語さまざま

日本では、「かわや」が最も古い便所語だといいます。

漢字では「厠《し》」を当てますが、いまでは死語にもひとしく、日常語ではあまり使われず、文学用語の程度です。

厠は、形声文字「厠」の俗字で、家をあらわす意符の广《まだれ》（麻《ま》に因《よ》る呼称）と、音符の則《し》とで構成されています。則は側《かたわら》に通じ、「家の片隅に置かれた場所」すなわち便所、ということになるのです。

「かわや」という本来の日本語は、川辺に設けられた小屋、「川屋」から転化した、ともいわれます。大昔、わたしたち先祖の排泄行為は、直接川に放《ひ》る水洗式でした。「側屋」「交屋」「変屋」「高野」「糞屋」、いずれも「かわや」と読ませますが、「川屋」が正しいと考古学者は言っています。

つぎに「雪隠《せっちん》」がよく使われます。もとは仏教用語で、鎌倉時代に中国から伝えられた禅宗とともに、一般にも普及しました。ところが、この読みとなると、これまた千差万別。「せっちん（京阪、福岡、大分、岐阜、静岡、栃木）」、「せんち（中国地方、大分、奈良、出雲、三重、一宮市地方、福井、佐渡）」、「せっつん（岩手県遠野地方）」、「せんつ（山形）、せんちゃ（富山）」、「せんちば（一宮市地方）」、「せんちん（長崎市付近、大分、福岡、鹿児島）」、「へっちん（対馬）」、「せいちん（鹿児島）」、「けちんば（福岡）」（李家正文著『厠まんだら』）。わたしのふるさと四国宇和島辺りでは、「せっちん」を詰めて「せんち」と使う古老がいました。

現在では、「便所」よりも、英語の「トイレット（Toilet）」略して「トイレ」が一般的です。しかも女性語では、ご丁寧に接頭語まで添え「おトイレ」が、耳慣れています。ついでながら、大の排泄行為を「便通」または「通じ」といい、医者は、これまた患者に遠慮してか、「お通じはどうですか？」と丁寧語で体調を診断します。

トイレットは、フランス語のトワレ（Toilette）から転化した英語で、トワレは布の意味、タオルもこの転用です。とすると、手を洗いタオルで拭くという、身だしなみから派生した、いかにも上品な言葉といえましょう。

トイレ語ほど気を使う言葉はありません。洋の東西を問わず使いはじめは、きれいな表現だと思っていても、時間とともに汚染され、別の言葉を使いたがりますから奇妙です。

はじめてイギリスへ行ったとき、WC（water closet）と言ったら全く通じませんでした。股を押さえて我慢できない表情をし、やっと通じました。プライバシー（Privacy）と同じプリビィ（Privy）も、イギリスのトイレ古語だそうですね。コンビニエンス（Convenience）といっても、日本でいう店のコンビニではなく、便利なもの、公衆トイレを表現するイギリスの俗語だそうで、うっかりできません。

バックハウス（Back House）は家の外に設けられたトイレのこと。ネセサリー・ルーム（Necessary Room）はなくてはならない必要な部屋、これもイギリスのトイレ方言だそうです。

ドイツのホテルは0（ヌール）、すなわち0号室がトイレのことです。

エスカルゴ（Escargot）はフランス公衆トイレの愛称、ぐるぐる回って奥へ入って行くせいでしょうかね。

セルベッチオ（Servizio）は、イタリアの公衆トイレ。サービスを意味する言葉を使うとは、さすがに観光国。わからなくはありません。

アメリカの公衆トイレは、カンフォート・ステーション（Comfort Station）またはカンフォート・ルーム（Comfort Room）といいます。身体を楽にする場所、気持ちのいい場所とは、頷けます。しかも、米軍将兵たちは、俗称で、シャングリラ（Shangri-La）だそうで、ユーモア満点。イギリスの小説家ジェームス・ヒルトンの『失われた地平線』の、地上での楽園シャングリラがトイレとは、流石に楽しい連中です。

韓国済州島のトイレ標示は「解憂所」、台湾高雄澄清湖畔では「洗手間」とあったそうで、この表示は、韓国に軍配をあげたいですね。

長い中国史のトイレ語

ともあれ、これが中国となると、長い歴史の中で、トイレ文字も熟語も数え上げればきりがありません。

「圂《こん》」という文字があります。囲いの中にブタ（猪）を入れた会意文字で、「ぶたごや」のようですが、これがなんと「かわや」でもあるのです。

放《ひ》りたての人間の温かい糞尿が、豚の好飼《こうし》であることを、中国では、四千五百年も前から、すでに知っていて、排泄の場所で、豚を飼ったのです。十分消化しきれていない栄養分たっぷりの人間の糞《くそ》が、豚には最大の好物です。それで肥った豚が、これまた人間の、大切な栄養源ということですね。「糞の輪廻《りんね》」といわなければなりません。

圂《こん》に三水偏《さんずいへん》を付けた「溷《こん》」という形声文字もあります。これも「かわや」と日本では訓《よ》ませています。こちらは、強いていえば水洗便所かもしれません。また、溷には、家畜小屋、豚小屋、犬小屋の他に、「乱れる、濁る、汚れる、混じる、辱める」など、どれも気持ちのよくない意味があります。

「圊《せい》」も、便所です。囲いのなかの音符「青」は「清」に通じ、汚い代表がトイレだとすれば、その反語でトイレの意味を持たせたのです。中国人は洒落ていますね。梨《なし》を有《あり》の実《み》という類《たぐい》でしょうか。いや、この圊は、清潔にしておかなければならない場所の意味だとか。ならばブタトイレの図に対して、圊は水流式便所だという説もあります。

中国の現代用語で、最もポピュラーなのが「厠《し》」。「厠所《ツォスオ》」。公衆便所が、「公厠」または「公共厠所」であり、水洗便所は「水冲式厠所」といいます。

日本で使う「便所」は、中国でもそのまま「便所《ビエヌスオ》」とトイレ用語に使われているらしいのですが、あまり聞きません。ほかに、「茅房《マオファン》」などというのもあります。

文章語になると、圂、溷、圊、厠を駆使し、トイレ表現は、次のようにさらに華やかになっています。

「圂厠《こんし》」「溷厠《こんし》」「圊厠《せいし》」「圊圂《せいこん》」「圊溷《せいこん》」「厠溷《しこん》」「溷圊《こんせい》」「溷軒《こんけん》」「溷清《こんせい》」「圊房《せいぼう》」「圊室《せいしつ》」「厠房《しぼう》」「厠牀《ししょう》」「厠院《しいん》」「厠床《ししょう》」「厠地《しち》」「坑厠《こうし》」「厠竇《しとう》」「茅厠《ぼうし》」、糞を付けて「糞溷《ふんこん》」「糞舎《ふんしゃ》」「糞屋《ふんおく》」「糞窖《ふんこう》」などなど、いやはや…

仏教、特に禅宗のトイレ感覚

さきに、「雪隠」は仏教用語に由来するといいました。禅宗の僧侶にとってトイレは、「浄房《じょうぼう》」といって重要な修行の場になっています。

雪隠は、中国福州（福建省）の雪峰義存禅師（八二二～九〇八）が厠で大悟したという故事（『烏瑟沙摩経・註』）からだといわれます。

また、杭州（浙江省）霊隠寺の浄頭《じょうとう》寮（禅宗の便所掃除役居室）に掛かる扁額の文字とも、あるいは雪竇《せっとう》智鑑禅師（一二世紀）が、浄頭であったことに由来するともいわれ、様々です。

まさに雪隠とは、「隠所」（これもトイレのこと）を雪《すす》ぎ清める修行なのですね。

仏教寺院では、トイレを「東司《とうす》」（又は「とっす」）ともいいます。

禅寺の七堂伽藍とは、「仏殿（金堂）、法堂《はっとう》、三門、僧堂、庫院《くいん》（庫裏《くり》ともいう）、浴室、東司」です。トイレが、主要な伽藍の一つに数えられているのです。

仏殿や法堂に向かって東西両側に僧侶の住居があります。東を「東序」、西を「西序」といい、東序の僧が使用するトイレを「東司」または「東浄《とうちん》」、西序のトイレを「西司《せいす》」または「西浄《せいちん》」と呼びました。ところが、後世になると、東司がトイレ名を独占して、西司はあまり使われなくなったのです。

なお、僧堂の裏にあるトイレを「後架《こうか》」（「ごか」とも）といいます。僧堂の後ろに掛け渡して洗面所が設けられていて、その側にトイレもあるところからこう呼びました。いかにも遠慮深く聞こえる言葉で、いまでも関西では庶民の家で時々耳にします。頻出の日常語だけに、雪隠といい後架といい、なかなか愉快な隠語ですね。

京都東山の臨済宗東福寺には、室町時代初期の宋風「東司」が、重要文化財として現存しています（注　第七章排泄文化考その一で詳述）。

また、日光東照宮にも、表門を入った右に並ぶ神庫の裏に、「西浄《せいじん》」と称する参詣諸大名専用のトイレが、九室もあります。

そこで、いま一度、雪隠の由来について考えてみますと、西司は東司に奪われましたが、西浄《せいちん》から「せっちん」へ、そして雪隠《せっちん》へと転訛させ、「隠所《いんじょ》（厠）を雪《そそ》いで清浄にする」意を持たせ、雪《そそ》ぎ浄《きよ》めて不浄を隠《かく》すところとも考えられます。

このように雪隠由来は煩瑣《はんさ》ですが、杭州霊隠寺浄頭《じょうとう》寮（厠掃除職居室）の扁額文字が「雪隠」で、厠で悟った雪峰義存《せっぽうぎぞん》（八二二～九〇八）に肖《あやか》った雪竇智鑑《せっちょうちかん》（一一〇五～一一九二）が、敢えて霊隠寺浄頭についたのが、厠の美称「雪隠」となったというのが、一番素直でしょう。

やがて、「雪陳」、「雪陣」、「青椿」、「惣雪隠（連結便所）」などバラエティーある当て字が生まれました。

東司、西司、東浄、西浄すら、遠慮深い隠語のせいか、「登司」、「毛司」、「茅司」、「洒浄」、「持浄」、「流厠」と、限りなく当て字が生まれました。

禅宗ではありませんが、「高野山」までがトイレの別称というそうで、やや顰蹙《ひんしゅく》を買います。九世紀、空海が創建した真言宗総本山の高野山金剛峯寺《こんごうぶじ》では、谷川の水を井戸に蓄え、竹筒を配水管として、僧房の台所や洗い場、風呂などからトイレにまで流すといいます。いわゆる水洗トイレができていたのです。その巧妙な仕組みのせいでしょう、上方（京阪地方）方言で「こうやさん」「こうや」までトイレ語にしました。いや、「かわや」が、「こうや」に転化し、「高野」の文字を当て、「高野山」へと変ったとは、既に触れました。僧たちの隠語というよりも、庶民のちょっと気障《きざ》な洒落かもしれません。

鎌倉時代の武士や公家社会でも、「閑所《かんじょ》」なるいかにも気どったトイレ語が使われました。「かんしょ」ともいい、「閑所場《かんしょば》」、または「漼所《かんしょ》」ともいいました。本来、人気《ひとけ》のない静かなところの意味でしょうから、まさにその通りで、武士や官僚たちには、長々しい会議から逃げ出すに格好の場所であったのでしょう。

公衆トイレの呼称

「トイレは汚い」、という気持ちから抜け出すことはどうしてもできません。

禅宗のように、これを逆手にとって修行の場にするほどではありませんが、庶民も、汚さを避けたい願望の婉曲表現には、事欠きません。

例えば、「手洗い」、「お手洗い」、手水《てみず》の音便「手水《ちょうず》」、「お手水《ちょうず》」、「手水所《ちょうずじょ》」、「手水場《ちょうずば》」など、社寺参拝時に手や顔を洗い清める場所から厠へ、または厠へ行くこと、大小便にまで転用されました。「化粧室」同様で、人目を憚り、用を足す意味に発展したのです。

不浄な場所とはいえ、「はばかり」には厠神を祀り、「ご不浄」と敬語を使うほどで、気取って使う言葉を列挙すれば、限りがありません。

最も不潔になりやすいのが公衆トイレです。

日本でも昭和初期までは、公衆トイレを「W・C（ダブリュ・シー）」と表示していて、こどものころわたしは、WC即公衆トイレと思い込んでいました。最近は見かけなくなりました。

W・Cはウォータ・クロゼット（Water Closet）の略で、水と物入れの合成語で、水洗トイレの意味になるのです。時が経つとW・Cすら汚い文字と感じる妙な潔癖性《けっぺきしょう》が日本人にはありますね。

これに変えて、同じ洗い流す意味のラバトリー（Lavatory）を、ホテルなどで見かけるようになりました。さらに気取って、イギリスの俗語、ルー（Loo）を使うホテルもあります。会社や劇場では、トイレや洗面所がある休憩室、レスト・ルーム（Rest Room）に、トイレの意味を持たせています。

ところが最近はさらに進んで、「紳士」、「淑女」または「殿方」、「ご婦人」にトイレの意味を持たせ、しかも、これを英語のみとし、ついには、万国共通の「図形表示」で、男子トイレは「青色男人形」、女子トイレは「ピンク又は赤色の女人形」が目立つようになりました。

高貴な方々と庶民のトイレ語進化

高貴な方々とて、排泄のご用は平等です。ただ、表現がすこしちがいます。「要所《ようじょ》」、「用達所」、「用立所」、「御用場」、「御用所」、「思案所」、「分別所」、「閑考所」、そしてさきに触れた「閑所《かんじょ》」、「溷所場」などです。なるほど、お殿さまや奥女中衆の立居振舞が眼に見えます。「更衣」、「更衣室」、「鬢所《びんじょ》」、「装物所《よそものどころ》」も、貴族たちのトイレ婉曲表現だそうで、中国の貴人に至っては、トイレの都度臭気が着物につくのを恐れて、着替えまでしたとか。なんとも畏れ入った次第で、腹を壊せば着替えが忙しかったことでしょう。

庶民となると滑稽で、思わず笑ってしまうものがあります。大便の児童語「ばば」に、愛称語「さん」まで付けた「おばばさん」は、排泄後の形状を表現して「山」または「お山」、大坂渡辺橋の辻にあった共同トイレに由来した「渡辺」という呼称には、いささか慌てますね。女官の隠語「おとう」は、東司から転訛したものでしょうか。

「おべん」は関西の女性語で、便所に接頭語を付け、下は切り捨てです。

「へんちゃ」や「へんちゃど」は、ともに北国の方言、語源は便所でしょうね。

牢内の隠語「つめ」の由来は、雪隠詰《せっちんつ》めでしょう。

「遠方」は、トイレが屋外にあったからでしょうし、夜などたしかに遠いし、一仕事だったでしょう。

臭《にお》いと音を消すため、小便器に杉の葉を入れて「杉屋」とは、なんとも懐《ゆか》しい。

さきにも触れた「高野山」の由来に、僧は髪を落とし、トイレは紙を落とす、とは駄洒落が過ぎたこじつけでしょうね。

兼好法師の徒然草第百八段に「一日のうちに、飲食《おんじき》・便利《べんり》・睡眠《すゐめん》・言語《げんぎょ》・行歩《ぎやうぶ》、やむことをえずしておほくの時を失ふ」とあり、「便利」は大小便のことで便通の古語です。

野糞となると、隠語も華やかです。「花摘み」、「雉打《きじう》ち」といいます。いずれも春の季語です。

このほか、すでに死語になっているものも沢山あります。そもそも隠語や婉曲表現は、時代とともに変化するものです。その点トイレ語は、その時代の文化そのものといえましょう。

音楽仲間で「録音室」といえば、トイレのことだそうです。音入れが、おトイレに通じる洒落で、単純な洒落は逆利用もありそうですね。

高級バーでは「Wash my hand」といえばよいそうで、それとも、黙って片手の三本指を立て親指と人差し指で輪を作れば、ホステスはにっこりとその部屋に案内してくれるそうです。WCの手話ですね。

さらに脱線しますが、京都のある超高級料亭では、手洗い前の鏡が顔よりも、パンツのファスナーを閉め忘れていないかどうか気づく位置にあるとか。いやはやこそばゆいような気配り文化になったものです。

いまの若い人たちにも、とてもわたしには判りかねるトイレ語が浮き沈み、華やかなことでしょう。

厠上沈思、楽しからずや

はばかり人生の遍歴を、雑学「トイレ用語」からはじめ、「ばかばかしいスカトロジー（Scatology）、汚穢《おわい》趣味」と、きびしいお叱りをうけそうです。

これも偏屈読書のせいです。いまはそのような雑多な蔵書も、事情あって全《すべ》て郷里の図書館へ寄贈し、身辺整理に余念がありません。

やがて整理されて、図書館の書架に眠るでしょう。排泄が文化的図書か？　と軽蔑なさる方もおられましょうし、なかには両手で顔をおおいながら、その指の透き間から、大きな眼で興味深くご覧になる方も、皆無ではないでしょう。

わたしは、毎朝、洗顔の前に、まず便器に腰を落ち着けて、沈思黙考し余命少なくなった一日の密度を上げる暗示をかけています。

まさに、静かな場所の一つで、トイレを「閑所」とは、ピタリです。戦国武将仙台藩主伊達政宗（一五六七〜一六三六）も、長便所の読書派だったとか。

政宗に倣うまでもなく、それ以前遥か北宋の、政治家で文豪の欧陽脩《おうようしゅう》（一〇〇七〜一〇七二）は、文章を考える最適な場所に「三上《さんじょう》」を挙げています。「馬上」、「枕上《ちんじょう》」、「厠上《しじょう》」です。馬上とは馬の背にあって移動の途中、現在ならば一人旅、または通勤時の車中とでもいいましょうか。枕上はベッドに横たわっているとき。厠上とは、欧陽脩も長便所だったかもしれません。とにかく三上は、わたしたちにも共通の貴重な思考場所です。

ついでながら、欧陽脩には、文章上達の秘訣に「三《さん》多《た》」を示しています。「看多《かんた》」、「做多《さた》（做は「作」の俗字）」、「商量多《しょうりょうた》（商量は引き比べ考える）」です。多く読み、書き、推敲するのだというのです。飽きず諦めず繰り返しチェックすれば文章ならずとも上達するでしょう。「よく食べ、よく吸収し、よく排泄する」健康維持にも似ていますね。

第一章　幼　年

出生地・出生日・命名の混乱

わたしは、そのころの習慣らしく、母方実家の、納戸《なんど》のような裏寝屋《ねや》で、大正十一年（一九二二）六月十七日に生まれたようです。

母親の実家は、愛媛県宇和島市の南「北宇和郡清満《きよみつ》村大字増穂《ますほ》字吉井（現、宇和島市津島町大字増穂）」ですが、戸籍簿の生地にはなっていません。

出生届けは、父親の実家（本籍地）があった宇和島市北東「北宇和郡吉野《よしの》生村大字蕨《わらびよう》生甲千百七拾六番地（現、北宇和郡松野町蕨生）」です。

もっとも我家の本籍は、戦後、結婚で新民法により独立戸籍になりましたので、現住所と本籍地を同じ場所に決めました。生まれる子供たちに、全く知らない地名を、先祖の生地というだけで覚えさせるのは煩わしいだろう、という愚考でした。

「生まれは？」と聞かれると、育った街の「宇和島」と、わたしは答えています。清満村は母の証言、吉野生村は戸籍表示だけで、いずれも幼児期の記憶には馴染みません。

ところが、出生地ばかりか、出生日も、名前までも、実体とは違うようで、いい加減なスタートだったのです。

命名をぐずぐずしていて、出生一週間以内に届けられず、遅れに遅れて六月二十八日届とあります。ですから誕生日は、届日に許されるギリギリの「六月十七日出生」としたようです。おそらく田舎の出生届けの関心度が、まだその程度の時代で、こんないい加減な行為は珍しくはなかったようです。

母親はなにかの弾みによく零《こぼ》していました。

「この子の生まれは五月五日、折角目出たいお節句に生まれながら、お父さんがぐずぐずしていて、もったいないことした」

命名は、無智な父親では決められず、仲人に相談し氏神の伊吹八幡の宮司に頼み「一男《かずお》」なる名前を受けてきたのが混乱のはじまりでした。

父方の実家では、「一男とは何事だ。男の子は多くなければ家は栄えん」と大反対です。父親もいい加減で、「そんなら、爺さんが付けろ」と放り出してしまいました。爺さんも、八幡さまと相撲を取るようなもので、やたら時間がかかったのでしょう。やっと見つけたのが、やや家運を挙げたご先祖の名前から「博」を頂戴し、これに「民百姓」とか「四民平等」などのありふれ「民」を加えて「博民《ひろたみ》」にしろと爺さんが命名しました。

山奥にひっそり暮らすドン百姓の名に、博などという面倒な文字がなぜ使われたのだろうか、後年、屋敷裏墓地の乱立した墓石を調べたことがありましたが、博なる名前は見当たりませんでした。

一男と明解にして馴染みやすい、しかも八幡さまからのありがたい下《くだ》されものまで蹴って、何たる罰当りか、と母方の親戚は呆れ、しかも「ひろたみ」を「ひろとみ」と聞き違えたのか、もの心ついたころにも、母の実家周辺ではわたしを「ひろとみ」と呼ぶ老人がいて戸惑いました。

小学六年のとき、学のある友人から、「君の親父は博打《ばくち》が好きなんだろう」と冷かされました。博は、公爵伊藤博文はじめ、よくある名前ですが、それに民がつけば、博徒《ばくと》に疑われかねません。以来、あまり良い名前だとは、思えませんでした。

孔子までが、「子曰、飽食終日、無所用心、難矣哉。不有博奕者乎。為之猶賢乎已（子曰《しのたまわ》く、飽食《ほうしょく》終日心を用《もち》うる所なくば、難《かた》いかな。博奕《ばくえき》なる者あらずや。之を為《な》すは、猶《なお》已《や》むに賢《まさ》れり）」（『論語・陽貨《ようか》第十七』）といっています。

「飯食ってばかりで何もせず、ぶらぶらしていては困ったものだ。それならば勝負事でもどうだ。何もしないよりはましだ」と、賭け事を勧めていて、それまでもいけないなど、野暮はいわれません。博奕とは、「ばくち（賭博《とばく》）」のこと。孔子がこれを勧めているわけはなく、頭を使わない日々を戒めているのです。

博打、賭博、博徒はいただけない文字ですが、わたしは名前の文字を尋ねられると「博愛の博、国民の民」と説明します。ただ、博愛もこんにちでは通用しなくなったのか、「博士の博ですか」と問い返されますと、博学、博識、博文、博覧で、いささか自己満足し、わが名とはいえ独り悦に入り、楽しく愉快です。

逆子《さかご》

もうひとつ、母親はわたしの出生について、こんなことをいいました。

「この子は逆子で、生まれたときに息をしていなかった。上手な産婆さんで、両足を持ち上げ、逆さに振って尻を叩いたら大きな声で泣き出した」

仮死状態で生まれたのです。母は、わたしを前にして近所の人々に、気丈な産婆だったと、いつまでも自慢していました。同時に、この子は一度死んで生まれたのだから長生きする、といいたかったようです。

出せなかった賀状と三枚の古写真

四、五歳のわたしが覚えている記憶は、年賀状で大損したと零《こぼ》しながら、一方で新たな総理大臣を褒める父親の顔でした。

「せっかく書いた賀状が出せんで紙屑にした。郵便料金の大損や」と、わたしの側《そば》で何度も言うのです。その頃の年始は、元日に上司の家を回り、玄関先で挨拶するのが仕来《しきた》りのようでした。郵便賀状が流行《はや》りはじめ、父親の交際範囲も徐々に広くなり、渋々《しぶしぶ》と慣れぬ手つきで、書損じしながら、準備したのではないでしょうか。おそらく父親にとって、この年あたりが、賀状を書く初めての経験かもしれません。もっとも、後年も、賀状を書く父親など見たことは、一度もありませんでした。

形式的とはいえ、投函は元日だったようで、準備だけは早々《はやばや》としたのでしょう。

ところが大正十五年（一九二六）十二月二十五日、大正天皇が崩御され、全国民が喪に服し、年頭祝賀を自粛したのです。しかも服喪は長期間続き、歌舞音曲など一切なく、暗い昭和の幕開けになりました。庶民は、まるでファッションのように、しばらく喪章を身に付けていたほどだといいます。夏目漱石の写真で左腕に黒い腕章を付けた写真をよく見かけますが、このときの喪章ではないでしょうか。

郵便料金大損と零《こぼ》す父親が、「今度、田中という『おらが大将』が総理大臣になったけん、景気はようなるぞ」と盛んに話していました。大人たちの話で、わたしには全く判りませんでしたが、「おらが大将」だけは忘れません。景気がよくなるとは、飴玉が毎日食べられることか、と感じました。

昭和二年（一九二七）四月、日本は、世界金融恐慌の煽りを食らって若槻礼次郎内閣が総辞職しました。その後任が、中国で強硬外交を展開していた陸軍大将田中義一（一八六四～一九二九）だったのです。

大人たちは、田中内閣に景気回復を期待しました。それが「おらが大将」騒ぎでした。五歳のわたしに、その意味など分かるはずなく、なぜか小さな記憶の襞《ひだ》に潜り込んでいる一切れにすぎません。

もっともこの印象は、軍部主導の奔流に押流され、後年、わたし自ら慌てふためく混沌昭和の前兆であったのです。

セピア色に薄れた幼児期の写真が三枚あります。当時のことですから、いずれもわざわざ写真屋が撮ったものです。

最初の一枚は、わたしの百日目の全裸写真です。こんな写真を残す風習があったのでしょう。わたしは、真正面を向いていて、後ろから両脇下を支えた母の両手が、ちょっと見えます。やや前に傾いた頭の髪は、斑《まだら》で、眼だけがやたら大きく、体重は標準以上だったそうです。

もちろん、わたしには、記憶がありません。

つぎは、三歳の冬と母親がいいましたから、大正十三年（一九二四）です。敷石のある庭で竹馬を右手に持って、左手は手編み毛糸のオーバーのポケットに半分入れています。鍔《つば》のあるフェルト帽子を被り、これも手編みの毛糸靴下に、ゴムの短靴を履いています。目立って丸顔に撮れていて、堅い表情で、神妙に立っているのは寒いせいでしょう。楕円の枠に納めた気取った印画で、屋外写真としては、まるで大家の坊っちゃん然とした、贅沢な感じです。

この撮影は、なぜかぼんやり覚えていて、霰《あられ》がときどき降っていました。写真日和とはいえません。写真屋にあれこれいわれ、長い時間をかけて撮ったのでしょう。歯が合わなくて、ガタガタ震えました。三脚に載った大きな写真機の横には、母親がいました。

場所は、当時住んでいた伊吹町の裏長屋に近い、松下牛乳店の庭先です。赤煉瓦の門柱があって、それがとてもも大きく見えました。何頭か乳牛がいて、絞った牛乳があまると、遊びにいったわたしたちに、只で飲ませてくれました。

わたしの家が、わざわざ写真屋を呼ぶほど裕福だったとは思えませんから、ひょっとしたら、松下で呼んだ写真屋を見ているうちに、遊んでいたわたしがせがんで、ついでに撮ってもらったのかもしれません。竹馬で遊んだ覚えはありませんから、これも松下の子供のものを借りたのでしょう。

最後の一枚は、五歳の時です。三輪車に乗ったスタジオ写真です。三歳のときの手編み直しの毛糸オーバーで、その後も何回か直して着せられました。以前とは違った縁取りの帽子を被り、長靴下に、しゃれた結び紐の布靴を履いています。三輪車は、こんにちのように飾りはなく、いたって機能的で、丈夫そうです。これを乗り回したことは覚えていません。

それにしても、わざわざ写真屋まで出掛けて撮った意味が思い出せません。こんな贅沢な時代とは思えません。

ひょっとしたら、その年、大事な用件で東京のおばさんという方が、一ヶ月ばかり泊まっていたことがあり、このおばさんがわたしを写真館へ連れて行ったのかも知れません。この人は、母の実兄の長男義清《よしきよ》が東京で苦学していた下宿先蒲田のおばさんということでした。義清さんはまだ二十代そこそこで、親戚中で一番頭がよく、母には自慢の甥でした。新聞記者などで学費を稼ぎ、学校へ通ったといいます。樺太辺りまで取材に出かけた無理が祟って客死したそうです。遺骨を持ってきてもらったのがおばさんで、本来ならば清満村の両親のところへ行かれるのが筋ですが、このときには、実家は死に絶えていたらしいのです。

晩年の母親が話した実家の想い出に、このおばさんとセピア写真を結びつけた記憶に過ぎません。

痛便に泣く

いよいよ、幼いわたしの実体験に移ります。

昭和初期の我家について少し触れますと、宇和島は、五十年前の藩政時代の因習が、ようやく薄れてはいたものの、依然として城下町で、町は武家屋敷と周辺の農産と漁獲を収集する問屋や酒造、味噌醤油屋などがある程度でした。藩政解体で職を失った武士集団には、俸禄が国債で支給され、政府は、これを養蚕製糸や紡織、雑多な興業開墾など、富国興産の運営基金に回していました。

宇和島では、養蚕製糸と紡織が一挙に街を変えてゆきます。特に製糸業は、大正三年（一九一四）の第一次世界大戦を契機に、驚異的に発展しました。人口三万の小さな町に、三十五も製糸工場ができ、一時は職工が五千人にもなりました。周辺農村でも養蚕を手がけない家は珍しく、その繭が集荷されて、絹糸を繰出すのが製糸工場でした。

　農魚村の若者は、強風に吹き寄せられる木の葉のように、町に集まってきました。春繭の製糸季節には、各工場で激しい女工の争奪合戦が展開された程でした。

　大正六年（一九一七）には、関西からも資本が導入されて、大工場が設立されました。伊吹八幡神社に近い桑畑の中に、南予製糸工場が誕生したのです。

　父親は土佐境の山奥、吉野生《よしのぶ》村から、母は峻険な松尾坂を越えて清満村から、それぞれ職を求め、この工場にやってきました。父親は煮繭係《しゃけんがかり》、母は糸繰り女工です。

　やがて、第一次世界大戦の戦争景気が終わり、製糸業は、たちまち不況の波をもろに被ってしまいます。大正十一年（一九二二）には、全国的な操業休止が決議されました。しかし宇和島は僻地、製糸業者は八時間を建前とする工場法など無視し、過剰投資の回収を急いで、十三時間労働を続けました。

　大正十二年（一九二三）九月一日、関東で大震災が起こり、製糸工場の労働者は、ますます苛酷な労働に耐えました。昭和二年（一九二七）、全国最大の製糸工場地帯長野県岡谷で、待遇改善を要求する千人以上の大ストライキが起きました。宇和島の工場も次々と縮小倒産し、失業者が町に溢れました。


　両親諸共失業しましたが、母親は、媒酌人だった土居定一氏が経営する和霊町の製糸工場に、どうにか勤めることができました。父親も、倒産寸前の製糸工場を、日雇いで転々としていました。

　昭和五年（一九三〇）頃、宇和島は不況の対応に鈍いせいか、半径五百メートル足らずの伊吹町だけでも、まだ南予製糸のほかに、高畠、笹岡、大和田、藤田、元川の五製糸工場が犇《ひしめ》いていました。

　過酷労働の非難など論外の毎日で、両親は、毎朝四時頃には、仕事にでかけてしまいます。一人っ子のわたしは、朝飯に両親が帰ってくるまで、寝ていなければなりません。

　遊び友だちといえば、表通りの竹篭屋、藤本の正ちゃんで、よくその店を覗きました。一、二歳年上の正ちゃんには、兄弟が多く、小さいわたしは、よく除《の》け者にされました。そんなときは、きまって土居製糸へ出掛けて、母が糸を繰る足元に、座ったり寝そべったりして、愚図っていました。

　あるとき、腹が痛くなって便所に行きました。もう一人で排便できる年齢になっていましたから、五歳くらいだと思います。

　便所は、工場につづく倉庫の隅に一つだけでした。肥溜めの甕《かめ》に踏み板を並べ、板の半扉ですから、しゃがむと見えません。女工さんも皆ここを使っていました。肥壷は、いつも溢れんばかりで、うっかりしゃがむと尻に付きそうでした。

板壁は透き間だらけで、溝ひとつ隔てた田圃の四、五センチに伸びた稲の波打つのが見えましたから、夏のはじめだったでしょう。便所の外でズボンを脱ぎ、踏み板にしゃがみましたが、なかなか出てくれません。あまり時間は経っていないのに、「出ない、出ない」と泣きだしました。ますます声が大きくなり、ちょうどやってきたおばさんに、「どうしたんよ」と、扉越に声をかけられました。「出ん、出ん」と息詰み泣くばかりです。おばさんは、わたしを横眼でみて、着物の裾をまくると、田圃の畔で勢いよく立ち小便しました。その音にわたしはますます泣きました。「かあちゃん、呼んであげるけん、待っとんさいや」と、おばさんは行ってしまいました。

しばらくして母が来て、わたしのお尻を覗き、さすったり押したりしてくれますが、腹は痛くなるばかりです。

「泣いてもいけんてや。ちょっと待っとれ」

母はやがて、微温湯《ぬるまゆ》を入れた金盥《かなだらい》と、石鹸を持ってきました。尻《けつ》の中に石鹸を塗って、温めてくれました。ようやく、お尻が痛くなって、一切れ出ました。まるで栓が抜けたように、つづいて出ました。そして笑いました。

前置きが長かったわたしの強烈なトイレ記憶は、これでお仕舞いですが、うんこが出ないことは、なぜこんなにも苦しいのでしょうね。そのくせ、出てしまえばけろっとして壮快です。

『荘子・応帝王』に登場する、天地が形を成さない時代の、渾沌《こんとん》という王さまのように、口も尻《けつ》もなければいざ知らず、人間は、口から食べれば必ず出さなければなりません。

わたしにとってあの場所は、それまで使ったことのない汚い便所でしたから、かえって出なくなったのかもしれません。

それにしても、母親のちょっとした工夫で、便秘の治った記憶は忘れられません。

哺乳動物生態学者小泉忠明は『イヌはそのときなぜ片足をあげるのか』で、動物の母親は、こどもをよく舐める、と書いています。特に、お尻のあたりを舐めるとか。生温かい舌ざわりが排便と排尿を促すといいます。舐めない母親のこどもは、消化不良や便秘、尿閉で死ぬそうです。人工飼育の動物も、尻の孔を温めた指先で、そっと撫でてやらなければ、便秘になるそうです。

後年、溝脇の稲が、他の稲よりも青々としているのは、溢れて流れ込む尿の、窒素肥料が十分すぎるせいだと理科の先生から習い、よくあの便所脇の青田を思い出しました。

飛んでった奴凧《やっこだこ》

こどもの印象とはいえ、昔のトイレは極端に薄暗く、一人がしゃがんでいると、真っ暗な穴の下から、なま暖かで酸っぱい臭いとともに、そっとお尻を撫でられそうな恐怖感があり、肥壷《こえつぼ》には、エンコ仲間のお化けが棲んでいると思っていました。

田舎の川にいた川獺《かわうそ》（方言で「カワソ」）が、人を騙すといいました。川獺は夜しか出て来ず、なかなか正体は見せません。

川獺《かわうそ》も、頭に水のお皿を載せた河童《かっぱ》も、方言では「エンコ」です。いや、猿猴《えんこう》の転化だと知恵者はいいます。ともあれ、猿のように黒く、乾涸《ひから》びて冷たく、さらに水かきまである手で、肥壷に生暖かな風を起こし、そっとお尻に悪戯《いたずら》をすると、思い込んでいました。

川で泳いでいると、河童に尻から肝《きも》を抜かれるという話と重なり、こどもに襲いかかるのです。

嘘だなんてバカにしていると、踏み板が壊れて、ずるずるっと引き摺り込まれそうで、夜の便所には、じっと我慢するしかありませんでした。

この恐怖は、中学生になってもつづきました。先生の出席チェックに代返《だいへん》させる茶目っ気な仲間がいて、わたしはこの子に、夜中の代大便か代小便をさせられないかと、真面目に考えました。なにせ、尻の真下が暗すぎます。しかも、汲み取ったあとなど、ぽちゃんとやると必ずお釣りを貰いました。エンコの手がお尻に触るのは、この感じです。

いくらその瞬間に尻を振っても、お釣りは避けられません。古川柳に「跳ねる糞《くそ》、受け身どっこい居合腰《いあいごし》」というのがあります。居合の形で鮮やかに腰を捻ったつもりでも、掛かるものは掛かります。下手に覗くと、飛沫は顔にも遠慮しません。

こんにちでは、水洗の腰掛トイレで、四歳の孫は、ちょこんと座って小さな固まりを落とし、「あ、冷《ちゅめ》たい」と尻をあげました。古今東西、いつの時代も同じことです。

野原《のっぱら》で用便するのに、なんの抵抗もなかったわたしたちの子供時代、小便は処構わずやりました。

ただ一度だけ、凧揚げしていた藤本のお兄ちゃんが小便《しょんべん》に桑畑へ駆け込み、戻ってくるや、わたしを酷《ひど》く叱ったことがありました。四、五歳くらいでしたのに忘れられません。

凧揚げは、新暦の正月から旧暦の正月まで、男の子には唯一の楽しみでした。

須賀川が根無川《ねなしがわ》と合流するすこし上《かみ》に、あまり広くはない川原と土手がありました。こどもたちは、ここに集まって、凧を揚げていました。わたしも、小さな奴凧を買ってもらって、藤本の正ちゃんたちと出掛けました。

凧は、寒風に乗って、抜けるような青空へ舞い揚がってゆきます。ほとんどが奴凧で、ときには桝凧やだるま凧、鳶凧《とんびだこ》があります。だるま凧は眼玉がくるくる回り、鳶凧は風を受けるとひゅるひゅると音をたてる仕掛けがしてあります。いちばん安い奴凧は、五銭ほどでした。

凧が釣合いよく風に乗るため、凧糸を凧の骨に結び付けますが、わたしはとても出来ません。正ちゃんのお兄ちゃんに付けてもらいました。凧糸は糸枠（苧環《おだまき》）に巻き付けて、風にまかせて糸が伸びて行くよう糸枠を持っていればよいのです。

糸が四、五メートルほど伸びたところで、風に向かって走ると、凧はすぐ舞い揚がります。糸枠がカラカラと勢いよく回れば、凧がぐんぐん大空へ揚がっているので、手元の糸も限りなく延びていきます。延びきると、あとは糸枠を持って、しばらく自分の凧を眺めます。なかなか揚がらない凧を冷やかし、微妙に狂う凧の安定を気にしながら、楽しめばいいのです。

十数個の凧が、川風に乗って舞っています。悪戯小僧《いたずらこぞう》がわざと位置を変えると、ほかの凧に絡まんばかりに小僧凧が寄ってきます。小さな凧は、悪戯凧に巻き込まれて糸が切れ、風に煽られ何処かへ飛んでいってしまうのです。

正ちゃんのお兄ちゃんの大きな桝凧には、武者絵が描いてあり、一番高く飛んでいます。まだ糸に余裕があって、高いことでは誰にも負けそうにありません。

「おい、ひろ坊、ちょっとこれ持っとってくれや」

急に桝凧の糸枠をわたしに押し付けました。お兄ちゃんは、土手下の桑畑に飛び込んで小便をはじめました。わたしは、自分の小さな凧と、誰よりも大きなお兄ちゃん凧とを両手に持って、得意になっていました。小さいのは、糸一杯に揚がっていても、一番低いところを泳いでいます。大きな桝凧は、まだまだ揚げられます。糸枠がカラカラ音をたて、伸びてゆく糸は緩やかな弧を描いて、より遠く、より高く飛んで行きます。

と、急に糸枠が軽くなりました。糸の端が枠を離れて、凧が大空へ逃げてしまったのです。お兄ちゃんが土手に駆け上がり追いかけましたが、逃げ凧はすぐに見えなくなってしまいました。

「ばが、ばが、馬鹿野郎」

お兄ちゃんは、戻ってくると、わたしの胸倉をつかんでわめきました。わたしはただきょとんとして、お兄ちゃんの顔を見ていましたが、急に怖くなって、わたしの小さな凧まで放し、声をあげて泣きました。わたしの奴凧は、飛び去るどころか、川原の枯草の上に落ちたままです。

「知らん、知らん。お兄ちゃんが小便しに行ったけん、飛んでいったんや」

また、わぁっと泣き、小便まで漏らしてしまいました。

凧を揚げる季節になると、いつも思い出す川原です。そのたびに、飛び去った桝凧の武者絵柄やその凧の糸枠をわたしに押付けて、桑畑へ走り込んだお兄ちゃんの慌てぶりが浮かびます。

溺れる

須賀川道連橋《どうれんばし》下流では、こんな失敗もありました。道連橋《どうれんばし》は石詰めの竹籠を橋脚にして板を渡しただけの沈下橋《ちんかばし》で、洪水時、橋板は、浮遊物に邪魔されて水流をせき止めないよう、早々に取り片付けられる橋でした。橋の上《かみ》が根無川《ねなしがわ》との合流地点で、この辺りから急に川幅が広くなり、水量も多くなっていました。橋の下流、左岸寄りは渦の巻く淵で、堤防寄りに石を詰め木枠が並べられ、筏か、小さな島のようでした。木枠周囲は急に深くなっていて、泳げなければ木枠には辿り付けません。大方の子供は、右岸に広がる小石の川原《かわら》で、背を干しながら、木枠まで泳ぐのを夢みていました。

わたしたちはここを「ワク」と呼んでいました。水の湧くワクか、木枠筏のワクかは知りませんが、子供たちには唯一無料の綺麗な水泳場でした。

もっとも泳ぐのに金を払うなど誰も考えない時代です。泳ぐのは川か池か海ばかりです。宇和島湾は埋立地ばかりで、砂浜などありません。岸壁の岩場には牡蠣が自生し、貝殻で怪我をしかねませんので、子どもの遊び場にはなりませんでした。それに比べ須賀川のワク周辺は、アヒルの飼育場にもなっていて、悠長な風景の行楽地でした。

わたしがはじめて水遊びしたのも、ここです。一人の水遊びは危険とわかっていても、働きにでている親が付添うなど考えられません。

浮袋をせがみ、近所の友だちと出掛けました。浮袋は、輪ではなく二つの空気袋を紐で繋いだ安物でした。それでも浮袋を持つなど贅沢で友だちに自慢しました。ほとんどが木切れを浮きにしていたのですから。

紐を胸に当て両脇に空気袋を挟み、両手をバタバタ動かして水を掻くと浮きます。これなら泳げる、と深みをめざしました。一寸変わった浮きに、こどもたちは騒ぎだし水面が大揺れに揺れました。波に煽られ、弾みを食らって、浮袋が小脇から外れてしまいました。もう足の立たない深みまできています。夢中で手足をバタバタさせますが、浮くどころか、ガブガブ水を飲み、そのまま気が遠くなりました。

ほんの一寸の間だったでしょうが、気がついたときには、川原の石ころの上に寝ていました。流されていた浮袋は、誰かが拾ってきてくれました。

同時に、「浅いとこで、溺れる奴があるかい」と冷やかされました。

浮袋があってなぜ溺れたのか不思議でしたが、手足を思い切りバタバタさせれば、泳げると知ったのも、このときからです。たしかに深みから浅瀬まで移動していたのですから。「いや、誰かが押し上げてくれたのだよ」と哂《わら》われますが、わたしは、「一度溺れなきゃあ泳ぎは覚えられない」と嘘ぶきますから、とんだお笑いです。内心、奇妙な浮袋のせいだと恨みましたが、こんな奇妙な浮袋には、二度とお目にかかりませんでした。

天罰覿面《てんばつてきめん》だ！「走り込み」に小便《しょうべん》

野原《のっぱら》でする立小便は、時にブルッと震えることもありますが、天地を征服したようで、気持ち良いものです。寒いときでも、わざわざ外へ出てしまいました。家の暗い便所を汚して叱られるよりは、ブルンと震えながらも、外は爽快です。

その野小便で、天罰を受けやしないかと、怖かったことがありました。

宇和島には、街の守護神と崇められる和霊《われい》神社があります。祭神は、山家清兵衛《やんべせいべい》といいます。

大藩、奥州仙台の伊達政宗が、長男の秀宗を宇和島藩伊達家初代に送り込んだとき、信頼していた清兵衛を家老として同行させせました。清兵衛は政宗の後盾《うしろだて》に意を強くし、前領主の悪政によって壊滅状態にあった財政を早急に建て直そうと、藩士の家禄を大幅に切り下げ、苛酷な節約令を強要しました。

これまで豊臣政権への人質として贅沢三昧の環境にあった秀宗ばかりか、家臣たちまでが、山家の酷政を恨みました。ついに政敵たちの策謀で、清兵衛とその子を夜陰に乗じて惨殺したのです。

　税を軽くして、まず民の暮らしを豊かにしようという政策のため、悲運に遭った清兵衛に、同情した領民たちは、秘かに死霊を祀りました。

　判官贔屓《はんがんひいき》とでもいいましょうか、その後、城下で起きる諸々の災害を、清兵衛霊魂の仕業《しわざ》だと信じました。怨霊信仰です。

　惨殺は、藩主秀宗の上意討ちであったのですから、はじめは公儀に遠慮しながらの、怨霊信仰でした。時代とともに、霊験灼《あらたか》な神さまになりました。

　五代藩主、村候《むらとき》の時代になると、藩をあげての信仰対象に発展します。怨霊神というよりも、宇和島藩の守護神に変身したのです。祭礼は、町を挙げて年々賑やかになりました。異色ある祭事は、お旅所から神輿が還御《かんぎょ》されるときの迎えの神事「走り込み」です。

　神輿は、近在の漁村が奉仕する新造の大網船に乗って、一度宇和島湾に漕ぎだします。満潮を待って、船は薄暮の潮に乗り須賀川を遡行《そこう》。神社下の御幸橋《みゆきばし》のたもとで、神輿を川面に担ぎ降ろします。その直前、川の中に設けられた数か所の篝台《かがりだい》には、迎え火が点火され、同時に、足袋跣《たびはだし》に鉢巻き姿の、数百という若い氏子が、先を競って川面に走り込み、手にした松明《たいまつ》に篝火を移し、煌々《こうこう》と振り翳《かざ》します。

　川面はたちまち火で覆い尽くされ、漆黒《しっこく》の空には、花火も揚がります。わずか三十分たらずですが、まさに火と水の、真夏の夜の豪華な祭典が繰り広げられるのです。

　宇和島人はこの祭りを自慢し、一度は走り込みに参加するか、見物に出掛けることを楽しみにしています。

　たしか五、六歳でした。父親が、珍しく、わたしを見物に連れていってくれました。須賀川、といっても、いまとは違った旧川筋の左岸で、ちょうど走り込む群集が、早くから川土手に座って待っていました。見物するにも、最も都合のよい場所でした。

　そばには人力車の溜まり場がありました。人力車は、当時、贅沢な乗り物で、わたしはまだ一度も乗せてもらったことがなく、父もそのようでした。

　父親は、そのころはまだ南豫製糸工場に勤めていて、上司には池下常五郎という同郷の人がおられ、走り込み見物のとき、この人が側に居られました。陣取った最上の見物場所も、池下さんの顔だったようです。父親に「そんな贅沢な場所で見物出来る甲斐性などない」と、あとで母親は笑っていました。

　ついでながら、父親が山奥から宇和島に出てきたのも、この人の誘いだったらしく、後年も、この人から東京中野の蚕糸試験場へ研修に行ってはどうかと勧められたと、繰り言を聞かされたことがあります。もし東京へ出ていたら、わたしはこの世にいなかったでしょう。

わたしは、神輿が川を上ってくるのに、待ちくたびれました。両岸には、たえず団扇《うちわ》や扇子を使う見物人が犇《ひし》めいています。対岸は北陽花街で、柳並木の向こうに建ち並ぶ料亭は、二階座敷の障子を開け放し、見物人が溢れています。

やがて、走り込む松明《たいまつ》の炎が激しくなると、煙に覆われて対岸は霞んでしまいました。たちまちに変化する情景に、人々は息を呑みました。

と、困ったものです、わたしは急に小便をしたくなりました。どうしても堪《こら》えられません。

「堪《こら》えとれ。もうちょっとで済むけん、堪えとれ」

父親は、その一点張りです。前を押さえて泣き出しました。

前は川です。思い切って飛ばそうと思っても、川は松明を振りかざした人々で一杯です。神輿は、飾り鈴を激しく鳴らして、川の中央に立てた大青竹を回り、こちらの土手に駆け上がりました。太鼓のように半円形に反《そ》った御幸橋を渡って、神殿へ向かわれる神輿に、群衆はぱちぱち拍手を打ちました。そのまま時間が止まって動かないような厳《おごそ》かさです。尿意だけは容赦なくわたしを急《せ》かせます。もう、肩の息すら、やっとです。

「しょうない奴《やっち》や。やれや、そこへでも」

業を煮やして父親が言いました。腰まで水に漬かった迎え松明《たいまつ》を翳《かざ》す人々のうしろへ勢いよく放《ひ》りました。幸い、もう暗くて誰も気付きません。

こども心に、神様に小便した恐ろしさが、残りました。

転居、貧困のはじまり

我家は、金融恐慌の煽りを食って、失業の淵へ忽ち転げ落ちました。

新開地朝日町には、まだ、何軒かの製糸工場があり、昭和七年（一九三二）ころまでは、今城《いまじょう》製糸（今城綱久）、双竜社（赤松安雄）、朝日館（末広新治郎）、新栄製糸（長岡助生）、菊池製糸（菊池勝造）、宇和島製糸（浦上房夫）の六社の記録が残っています。もっともこの年以降、日本は戦争へひた走り、生糸《きいと》の輸出は、停滞してゆきました。

今城製糸は、埋立地を朝日町と名付けて販売がはじまった早い時期、大正十三年（一九二四）には、もう創業していて、他社に比べて基礎もしっかりしていたようです。

両親がどういう縁でこの製糸工場に勤めるようになったかは、知りません。今城社長にはよほど信頼されていたようで、勤め先とは目と鼻の朝日町三丁目へ引っ越しました。これまでの伊吹町の借家より、いくらか広く、二階建て長屋の一軒でした。今城さんの口利きだったようです。

五軒長屋が二棟、南北に並んでいて、その間に共同井戸（手押しポンプ）が一つありました。わたしの家は北側長屋の西から二軒目、北向きの入り口で、前は幅一メートルもない路地と意外に深い溝でした。その先には、まだ埋め立てられたままのぺんぺん草の生えた空地が広がっていました。

一階は三畳と四畳半、二階は三畳と六畳。二階への階段は、土間から直接上がれました。土間は、表から裏へ通じていて、裏土間には小さな竈《くど》（方言）と流し台がありました。そして、裏口の西角が薄暗い汲取り式便所で、四畳半部屋とは三角の踏み板でつながっていました。便所は一番暗い五燭の電気です。二階には南側に小さな物干し場までありました。

家賃を軽くしようと、二階の六畳は、若い夫婦に又貸ししました。

両親は今城製糸へ共稼ぎしますから、朝の早いのは、以前と変わりません。わたしを寝かせたままで、朝食までの仕事に出ていきます。朝飯を炊くのはわたしの仕事でした。といっても、母親が夜のうちに洗って竈に仕掛けてある飯釜に、火をつけるだけです。古新聞紙をくしゃくしゃに丸めて、マッチを擦り、竈の薪を燃すのですが、いくらやっても燻《くすぶ》るばかりで、母が戻ってくるまでに飯が炊けそうになく、何度となく煙に噎《む》せて、涙をぼろぼろ流すことがありました。

文字通りのその日暮らしで、米は、リヤカーで売り歩いているのを、いつもその日買いでした。おかずは、胡麻塩《ごましお》の振りかけ。ときに卵を一個買い、親子三人で菜っ葉に溶き、食べるのがご馳走でした。

又貸しの二階の若夫婦は、よく牛肉を買ってきて、ジュウジュウすき焼きをやります。甘い匂いや煮える音に、天井を見上げてクンクン鼻をならすと、母親に叱られました。若夫婦が捨てたごみの中に、赤い林檎の皮があり、摘みあげて匂いを嗅ぎました。林檎は、病気で熱でも出さないかぎり強請《ねだ》れない贅沢な果物でした。

それでも、ときには父親が今城さんに誘われて、料亭へ行くらしく、小さな折り詰めを下げて戻ることがありました。そのうちに、朝帰りすることがあるようになったらしいのです。母がわたしにまで、何度も零しました。これはよく覚えています。父親の行く家は、森安辺りで、北陽花街からはすこし離れた普通の家のようなところで、父親は、今城さんの家だと弁解していました。いま思うと、今城さんの妾宅だったのでしょうか。母は、そこまで尋ねたらしく、こども心にも両親の無言の険悪さがわかりました。

とても製糸工場の糸繰り女工では食ってゆけません。料理屋の雇女《やとな》（雇われ仲居）に出る、と父と口論していたのを覚えています。

昼食には、両親は戻ってくるのが普通でしたが、何時の間にか母親と二人きりの日が多くなりました。そんなとき、決まって農家の肥汲人がやって来て、強烈な臭いが家中を占領し、しばらくは飯も食べられませんでした。

「はよ、はよ、食べてしまえ」と母に急《せ》かされ、外へ逃げ出しました。

長屋全部を汲み取るには、時間がかかります。肥の礼に、その人はうんこの付いた手を洗うこともせず、自分の家の泥付大根などをおいて行きました。

汲み取った後の共同井戸の周囲には、黄色いうんこが散っていて、「よう流してもらわにゃ」と、おばさんたちがぶつぶつ言って洗いました。

幼稚園

伊吹町時代のようにわたしには、友だちが出来ません。蛹《さなぎ》の煮える臭が充ち溢れた糸繰り工場の、母親のところへ、毎日のように出掛け、ぐずぐずしていました。可哀そうだとでも思ったのか、邪魔だといわれたのか、工場主今城さんの計らいでか、翌昭和三年（一九二八）四月から、幼稚園にやらされました。

町には幼稚園が三つあり、キリスト教会が運営する「愛和幼稚園」と「鶴城幼稚園」、市立の「宇和島幼稚園」でした。わたしは、費用の安い市立幼稚園です。

仕事に邪魔で追っ払われた幼稚園ですから、入園日に母親が付いて来てはくれませんでした。こんにちのように、大学にまで親の車で通う時代とは、大違いです。

それでも入園日は、園児よりも、親たちが多く、先生に名を呼ばれても、親が応えて本人に返事をさせます。わたしは、名前を呼ばれても、隣に並んでいる子が呼ばれないので、その子に遠慮したのか、返事せず、二度目に周囲の大人と眼を合わせ、やっと最後に返事しました。

「あら、さっき呼んだのになぜ返事をしさらんの？」

先生にいわれると、お母さんたちも、「変な子やね」という目付きでわたしを見下しました。

六歳そこそこです。よく一人で、朝日町から城山南側の丸ノ内まで、よちよち通ったと思います。小一時間はかかったはずです。途中、運河（内港といいましたが、いまは埋め立てられ辰野川の川尻）を渉る和舟に乗らなければなりません。ちょっとしたはずみで、船頭さんが乗せてくれなかったと、そのまま泣いて引き返すことも、しばしばありました。

卒園記念の写真が残っています。伊達のお殿さまを祀る鶴島神社（いまは祭神も増えて「南豫護国神社」）の幅広い石段に、園児たちが並んでいます。なんと百九人。ただし、わたしはその日風邪で休んだことになっていて、後日、写真館で写し、画面右上の楕円枠の一人に、収まっています。入園のとき遠慮して、返事を譲った子は、誰だったのか、思い出せません。男の子が五十三人、女の子が五十六人。後に立っている園長先生は原といい、小学校の校長先生が兼務し、専任は女先生三人だけです。園児は、ほとんど洋服を着ています。それでも、女十六人、男三人は、着物です。白いエプロンをし、真鍮《しんちゅう》の番号札を長い紐《ひも》で胸に提げています。変わっているのは履物で、草履《ぞうり》とゴム靴とが半々で、下駄の子も二割ほどいます。

ここで、なにを習ったのだろう。歌と手工（折り紙やぬり絵、粘土細工などを、当時は「手工《しゅこう》」といいました）しか、思い出せません。写真の中には、七十年以上経ったいまも付き合っている何人かがいます。狭い街のせいでしょうか。

幼稚園では、「キンダーブック」という奇麗な絵本を、希望者に斡旋していました。わたしは、全員に配ってもらえるものとばかり思い込み、配られるのを並んで待ちました。高価な絵本で、とても家では買って貰える代物ではありません。

「だいじに持って、いぬる（帰る）んよ」

女先生《おんなせんせい》がそう言いながら、次々と渡しました。最後にわたしを見て、

「あら、あんたも申し込んどんさったの？」

先生は慌てて帳面をめくりました。

「ひろちゃんは、頼んどんさらん。欲しかったら、お母さんに言ってね」

先生は、わたしの頭を撫でて、そのまま行ってしまいました。

わたしは、カッとなると、慌てて門を飛び出しました。いつもの城山沿いの埃っぽい道を、草履をバタバタさせ

て、誰かに追われているように夢中で走りました。恥ずかしかったのです。泣くのを堪えると小便をちびりました。渡し船のところまで来て、とうとう漏らしてしまいました。両手で前を押さえ、ついに声を出して泣きました。

母はまだ帰っていません。工場へ行こうかと迷いながら、汚れたズボンとパンツを脱いで、着替えを探しました。

「キンダーブック」には、岡本帰一という絵描さんの絵がたくさん載っていたことが、ちびった小便の恥ずかしさと重なって忘れられません。勿論、両親は本など読まず、わたしに本を買ってくれたことなど、全くありませんでした。

海釣りと放尿

そのころ、たった一度だけ、父親が宇和島湾の釣りに連れていってくれました。

舟には今城製糸の社長さんが一緒で、おそらくこの人の誘いだったのでしょう。

湾の中程に舟を浮かべ、釣糸をたらしました。ここでのわたしの思い出は、魚よりも、蒼く澄んだ海で小便したことでした。舟にトイレはありません。父親も今城さんも船頭さんも、みんな海へ向かってしました。小便を放《ひ》った海で魚を釣り、その魚を食べるのが、とても嫌でした。釣った魚をさばき、醤油をつけて口に入れ、「新しい魚《いを》は、やっぱり美味《うま》いですらい」と父親は、酒を飲んでいる今城さんの機嫌をとりました。

このとき、酒の機嫌か、「よっしゃ、泳いでみるか」と父親がわたしの身体を船端から海におろしました。ワクで溺れてから少しは泳げるつもりでしたが、ここでは足が立ちません。青黒く深い海の色が、怖くなりました。

「持っとるけん、大丈夫や」と父親がいいますが、おどけて放されようものなら、たちまちぶくぶくと沈んでしまいます。

今城さんも笑って「心配せんでも、ええぞ」と腰のあたりを紐で結んでくれました。

なかなか舟に戻してくれません。仕方なく、「小便しとうなった」と訴えますが、「ここに掴まって、やれや」と引き上げてはくれません。「出る、出る」と騒いでも駄目。大人たちは笑うばかりです。ちびると、股間が生暖かくなりました。船端に取りすがったわたしが、ぽつんと一人いる瞬間の静けさが、なんとなく不思議でした。

この海中放尿体験は、後年、もう一度遠泳に参加した商業学校三年のときに、やりました。なんでも大様《おおよう》に呑込む海の包容力は、こんな奇妙な体験から覚えました。

沖仲仕になった父親

宇和島湾での海中放尿が、父親に連れて行かれた最後の遊びでした。

父親は、仕事を替えました。今城製糸の倒産で、工場は残っていても、今城さん一家は長屋の我家西隣に引っ越してきたのです。

あれほど派手な今城さんが、ご自分で大きな繭袋を運んできては、土間に足踏み式の製糸機を据え、奥さんに糸繰りをさせていました。母親も、今城さんからの下請けで同じように土間で糸繰りをしました。

終日、家中にガラガラと糸を繰る音が絶えず、トイレの汲取りどころではない煮繭蛹の悪臭で、近所隣にまで迷惑かけました。

天国から地獄へ落ちた今城さんに、「ムシン（「気の毒」の方言）やなあし」と同情する人もいましたが、口には出さないまでも、転落を冷淡視する人ばかりでした。その後、今城さんがどうされたか、わたしは知りません。

父は、貯木場の日雇い沖仲仕、船から材木を上げ下ろしする港湾労働者です。海の仕事で危険な上に、時化《しけ》ると仕事にならず、収入は不安定でした。

長屋の溝を隔てた空地に、大きな倉庫が建ち、蛹の臭気は抜けず、完全に陽の入らないジメジメした家になってしまいました。

北向きの三畳と二階の六畳は昼でも暗く、又貸ししていた若い夫婦は、そうそうに出てしまいました。このころの電灯は、夕方になると点《つ》いて、朝には消える送電制度でしたから、夜の十燭電球よりも、昼のほうが薄暗く、終日土間にいる母親は、糸繰りの目がね孔に通す糸が大変だったようです。

家で明るいのは、二階のもの干し場と三畳くらいで、わたしはここに寝転んで拾ってきた絵本を見ていました。街には誘惑が多く、こども相手の一銭店でも、銭がなければ面白くはなく、あてもなく住吉山や藤江の山歩きすることが多くなりました。

昭和三年（一九二八）七月七日、弟が生まれました。わたしは、お産の邪魔になると夕方から外へ出されました。

「何処かへ遊びに行っておれ」といわれても、夜遊びしたことはありません。幸い恵比寿さまのお祭り日で、南長屋のお兄ちゃんが誘ってくれましたので、銅銭を一枚貰って出掛けました。アセチレン瓦斯の匂いを嗅ぎながら、夜店を遅くまでほっつきました。戻ると、父親にひどく叱られました。遊んでこいと追い出されたり、遅いと怒鳴られたり、勝手なものだと思いましたが、産婆さんはもういなく、母親の横で弟が寝ていました。

弟には、簡単な敬《けい》という名前が付けられました。父親の懇意な人に相談したそうで、平民宰相と評判された原敬に肖ったといいました。後年、本人は、ケイが気に入らなかったのか、タカシと自称し、名刺にルビまでつけていました。原総理大臣は、たしかにタカシでしたが、平民はケイと親しみました。

無理やり連れてゆかれた金光教会

母親も、以前勤めた土居製糸の女工に戻って、朝暗いうちから出かけるようになりました。

父親は、ぼろ服を重ね着して、海岸沿いの材木場へ行きます。母親は、弟を背負って、土居製糸工場へ、わたしは幼稚園から戻ると、昼はほとんど独りで、家にゴロゴロしていました。

廃屋となった今城製糸工場の東隣に、金光教《こんこうきょう》の教会ができ、夜になるとドンドン太鼓を叩いて、なにやら祈ります。

母親は、弟を背負い、わたしの手を引いて、その教会に出かけるようになりました。

集るのは何故か小母さんたちでした。

近所では、「あそこへ行けば、身上《しんしょう》を潰される」と、よく言っていましたが、その日暮しの我家には潰されるものなどありません。夕方の太鼓の音は、我家まで届きます。熱心な母親は、いつも小さな財布から銅貨十銭を出してお賽銭にします。たまに一銭や五銭のお菓子がほしいと思っても、お賽銭にとられるのが癪《しゃく》でした。

いつか友たちから、あの太鼓は、「バカ来い、皆来い、カネもって来い」って打っているらしい、と聞いたと伝え、母親にさんざん叱られました。

それでも金光教通いは、比較的長かった気がします。畳の大広間では、神殿に向かって平伏し、全員で祝詞《のりと》を唱え、後で有り難いお説教を聴きます。わたしは、大人たちのこの異様で、退屈な様子に、じっと我慢していなければなりませんでした。

祓詞《はらえごと》も、意味など分からなくても、母親より早く覚えてしまいました。

当時は、神社の鳥居の前では必ずお辞儀するものだ、と躾《しつけ》られ、金光教教会では、平伏するのに、なんの疑問も感じてはいませんでした。

唱歌のように、声を出して祝詞をあげれば、傍で拝んでいる小母さんが、褒めてくれました。

唱えおわれば小母さんは、額を畳にくっつけ、祝詞の節目々々で、頭を上げ下げします。わたしも、それに倣いました。

あるとき、その小母さんが、上下運動の途中で、プスーとわたしの鼻先にかましました。「臭いや！」といったら、母親がわたしの膝を抓《つね》りました。小母さんは、一段と声を張り上げて祝詞の続きを唱えました。

もう一度「臭い！」というと、変な子！　という目付きで振り返り睨みました。

太鼓が、ドンドン激しく鳴り、鼻頭を古畳に摺り付けていると、ボコボコ畳から大きな蚤が出てきました。袖をひっぱっても、恍惚境の母親には、蚤の一匹や二匹は見えません。

夕食後の母親は、熱心な信者でしたが、父親は、怪我せぬようにと寝酒一杯も控え、早寝早起き、ぼろを重ね着して浜の仕事に通いました。

子鷹汚水に漂う

あるとき、夕方、鷹が家に迷い込んだことがありました。

子鷹でしたので、父親とわたしで捕まえました。父親は、瑞鳥《ずいちょう》だと喜び、早速小さな巣箱を造って土間で飼うことにしました。

飼育係はわたしで、たちまち巣箱が小さくなり、羽根も広げられなくなりました。早々に大きな箱にとりかえました。繭の蛹を好んで食べましたので、餌には困りません。

餌を与えるだけではなく、糞の掃除もわたしの仕事でした。これが、わたしが生き物を飼った最初で、巣箱の汚れには苦労しました。

もう小学一年になっていました。

わたしが、金光教会に行くのを渋るようになったのには、鷹の死と重ねた理由がありました。

昭和三年（一九二八）八月、この年の台風が高潮と重なって、朝日町一帯は床下まで浸水してしまいました。

夜中に海水が雨戸の透き間から入ってきて、見る見るうちに土間が池になり、床下一杯水に浸ってしまいました。電気が消え、闇の中で土間の海水は音もなく膨れています。下駄も靴も、ポカポカ浮き、父親がランプを翳して、「畳を剥がせ！　布団は二階へ運べ」と怒鳴りました。巣箱の鷹は、羽根をバタバタさせながら、土間の隅に押し流されています。

「満潮はまだ早い。水はそれまで引かんぞ」

夜が明け、外が白みはじめると、ようやく雨風はおさまりました。

二階から覗くと、道は川です。金光教会の前の道は大川で、東へ流れ、まだ引きそうにはありません。

すっかり明るくなると、こんどは流れが西の海へ一変しました。滔滔《とうとう》たる濁流です。家ごと流されないかと、オロオロしました。

なにもできません。じっと見つめているばかりです。と、金光教の人が、大きな柄杓《ひしゃく》で何やら掻い出し、激流に投げ捨てはじめました。長柄は肥柄杓で、便槽から溢れ出る汚穢《おわい》を掻い出しているのです。手ぬぐいで口を覆って、気忙しくそれを繰り返しています。

まき散らされた汚穢《おわい》は、前の道をドンドン海へ向かって流れます。

「ありゃ、ありゃ。がいなこと、しとんなはる（大変なことをしておられる）」

さすがの母親も、唖然として見つめていました。

家でも、便壷から溢れた黄色い紙が、引き潮に乗り損《そこ》ねて、竈《かまど》の辺りに溜っていました。父母は、それを家だけで片付けるつもりか、もう一度便壷に戻しました。幸い汲取り直後だったので、固形物は少なかったようです。

「臭い、臭い」と逃げ回るわたしに、母親は「他人《ひと》に迷惑はかけられんてや」といいました。

いまでも、所々でみかける堂々たる金光教会の御殿風建物の前を通ると、神様に申し訳ありませんが、汚穢の奔流を思い出します。

巣箱の鷹はもう動かなくなっていました。雨が止んだとき放してやれば、大空を悠々と飛び去ったかも知れません。なぜ早く出してやらなかったのか、悔みます。

この年、昭和三年（一九二八）十一月十日には、昭和天皇の御大典（即位礼）が京都御所で行われました。

宇和島でも、提灯《ちょうちん》行列や俄《にわか》で町中が、遅くまで賑わいました。裏のお兄ちゃんも仮装し、俄に参加しました。どうってことはありません、兵児帯《へこおび》で覆面し、「鞍馬天狗」だと自慢したのです。わたしは子分代わりに連れていってもらいました。この夜遊びは、母親から叱られました。「鞍馬天狗」は、少年倶楽部に載った大仏次郎の痛快小説の主人公で勤皇の志士です。

日本中が祭り酔いして祝っても、ますます貧乏になってゆきました。

御大典の五ヶ月ほど前、六月四日の早朝、満洲（中国東北部）奉天の瀋陽駅手前で、「満洲某重大事件」が起こっていました。関東軍強硬派が、中国北方の軍閥、張作霖を爆殺したのです。その混乱に乗じて満洲を占領、日本の景気を押し上げようと、陸軍が企んだ大謀略でした。

この事件が、悲劇昭和史の幕開けだったのです。たちまち満洲事変、上海事変、支那事変、最後は大東亜戦争へ、とエスカレートして敗戦をむかえます。こんにち大東亜戦争などといっても日本の若者は知りません。「ああ、太平洋戦争のことか」と、ケロッとしています。当時の軍歌に「泥水すすり草を噛み」という歌詞がありますが、わたしの戦中戦後は泥水や草どころか、なんど糞尿まみれになったことか。そんな戦友を横目で見過ごしてきたことか。それが、当時は「生きる」という証だったのです。

第二章　少年

小学校に入学

昭和四年（一九二九）四月一日、宇和島市立第四尋常小学校に入学しました。

学校は、わたしの生まれる前年、大正十年（一九二一）までは、村立八幡尋常高等小学校でしたが、村が宇和島町と合併、市制を敷きましたので、市立第四尋常小学校と改められました。

村立時代にあった高等科は、市立第三尋常高等小学校へ集約され、第四小は、尋常六年までの小学教育専門の学校になったのです。とはいえ、市の東と北を占める旧八幡村が通学区域の第四尋常小学校ですから、児童千八百余名を抱える市最大の小学校でした。

一年生は、赤、白、緑、桃、紫の五組、一クラスに六十人もいました。わたしは、紫組で大内利雄先生。赤組兵頭先生、白組長岡先生、緑組宮口先生、桃組友沢喜代子先生と他のクラスの先生まで記憶しています。そればかりか、担任の大内先生は、まだ二十八、九歳の独身で、三十代で亡くなられますが、ご子息とはいまだに賀状の交換をつづけているほどです。桃組の友沢喜代子先生ともご縁深く、卆寿《そつじゅ》を超えられてもなお壮健でした。わたしは、その歳に肖《あやか》ろうと願っていたものです。

学校は、朝日町の我家から二キロ近く、和霊町の北はずれでした。校舎の北と東は桑畑で、北の畑を挟んで母親が再度勤めた土居製糸工場がありました。校門は西側で、宇和島から土佐へ通じる街道に面していました。街道に沿って、南は和霊町の家並みで、そのすぐ裏は田圃ばかりでした。

校門を入って右側には、方形の澱んだ溜め池があり、池の上は藤棚でした。左側には、道路に添って一年生の五教室。東側が廊下で、この校舎には、出入口が三箇所あり、赤組だけが、校門に一番近い南口を使いました。この出入り口は、映画に出てくる武家屋敷のように敷台までありました。おそらくこの建物が最初にできた本玄関ではないかと思います。白と緑組は、校舎中央の張り出し屋根のある出入口を使いました。桃と紫組は、北側で、この校舎の裏出入口のようでした。すなわち、紫組教室が一番北にあって、桃、緑、白、赤の順に南へ並んでいたのです。

一年生教室の南、溜め池の東にある校舎が、二、三年生。一年紫組と渡り廊下で繋がる北の校舎には、四、五年生がいました。さらに、校門から最も奥にあたる東の新校舎、ここだけが二階建てで、六年生と職員室や理科教室、畳敷きの作法室などがあり、本館と呼びました。本館北側の渡り廊下に、始業と終業を知らせる鐘が釣ってあり、打ち鳴らすのは小使さんの役目でした。

ぐるりと校舎に囲まれた校庭は、一〇〇メートルトラックがやっと作れるほどで、あまり広くありません。しかも大きな柳の木が、北と南の校舎前に、それぞれ二本、亭々《ていてい》とそびえています。

二、三年生の校舎は、西よりの二クラスだけが、最も古い明治初期の建物で、独立していました。これと渡り廊下で繋がった校舎は、祝祭日には教室毎の仕切板壁が取り払われて、広々とした講堂になる構造でした。

学校の怖い便所

わたしたち紫組の出入口前には、大きな便所がありました。

男子の扉なし小便所と、扉の付いた男女共用大小便所が並んでいます。

男子小便所は、コンクリートの踏み台に並んで、前の溝に放《ひ》る簡単なものです。勢いよく飛ばす子は前の壁へ、おとなしい子は足元の踏み台を汚してチョロチョロです。終業の鐘が鳴ると、大急ぎで便所へ走り、踏み台に一列横並びして、相手を押しのけ、押しのけわれ先に放《ひ》らなければなりませんでした。

臭気抜きのため、屋根には窓のある小さな越屋根《こしやね》が付いていましたが、籠ったアンモニア臭気は抜けませんでした。前の壁には飛ばす小便で、濡れた部分は黝《あおぐろ》く、届かない壁は白茶模様で、蜘蛛の巣まであります。

眼が痛くなっても臭いは瞬《しばたた》けばどうやら我慢できます

が、溝に溢れんばかり、満々と淀み、踏み台まで濡らしヌルヌルの小便には、足を滑らせそうでした。後から押されようなら落ち込みます。滑れば溝は小便の海。おろおろし、緊張と恐怖で、出るものもなかなか出ません。

この便所で大便をした記憶はありません。踏み板が汚く、便槽に落ちないかとばかり気になり、できませんでした。

授業中、ガタガタ震え出し、大内先生に背負われて、隣の土居製糸の母のところまで運ばれたことがありました。これも、大便を堪《こら》えていたせいで、先生にすらここの便所ではできないという本当のことは、言えませんでした。

どうやら小学一年の競争心や忍耐力は、この便所での戦いからはじまったようでなりません。

閻魔様ご開帳

怖い、といえば、西江寺《せいごうじ》の閻魔様《えんまさま》の縁日も忘れられません。

この閻魔様のご開帳は、宇和島の春の風物詩で、旧暦一月十六日、藪入りの日に行われていました。

畳八畳程もある村上天心筆の「大閻魔図」や地獄絵図（十六枚、三途の川、血の池地獄、火焔地獄など）の開帳があり、親たちはこどもの躾にと、この日ばかりは大勢出かけました。

怖いもの見たさのこどもたちは、薄暗い本堂に掲げられた地獄絵図に戦《おのの》き、大目玉で睥睨《へいげい》される閻魔さまに、おびえながら、「悪いことをすれば、なんぼ隠してもすぐ判る。閻魔さまには嘘はつけんぞよ」という大人たちの袖に縋《すが》って、そろそろと絵図の前を歩きました。

その帰りに、辰野川の辰巳橋《たつみばし》をわたり、狭い六兵衛坂に並ぶ露店で、このときだけしか売っていない瓢箪菓子を買ってもらうのが、楽しみでした。

その日稼ぎの両親が、この縁日に連れて行ってくれたことは、一度もありませんでした。ところがなんと、一年三学期のとき、大内先生に連れて行ってもらったのです。裕福な家の子ではない三、四人に、わたしも選んでもらいました。もちろん、赤と緑に色付けし、大きさもさまざまな中から中《ちゅう》くらいの瓢箪菓子まで、全員に買ってもらいました。こども心にも、決して美味《おい》しいお菓子ではなく、一口も食べられない不味《まず》さです。それでも、提げて帰るときの気負った気持ちは、いまも忘れません。

大内先生は、児童のためなら身銭を惜しまぬ先生でした。日曜日の自宅に招き、小さな握り飯を飯台に山のようにつくって、腹一杯食べろといわれたこともありました。行儀よく食事する作法を、さりげなく教えられたのです。

　わたしは、小学校の頃から、両親に心底甘えた記憶がなく、蛹《さなぎ》の悪臭塗《まみ》れで働く母親や、乞食のような仕事着に、汚れ手拭で頬被りした父親しか印象にありません。むしろ、諸先生の家にはよく訪ねました。先生のお宅は天国でした。

弁当の銀蝿

昭和五年（一九三〇）四月、二年生になると、校門脇溜池に近い古校舎の西より教室へ移りました。先生は、一年からの持ち上がりで大内先生です。

　世界中大不況といわれ、宇和島も例外なく失業者が溢れていました。
　二、三合の米をその日買いし、大根葉を刻んだ増量雑炊が我家の常食でした。学校へ持っていくアルミの弁当箱には、水餅を焼いて黄粉《きなこ》をつけたのが一個。ときには、麦飯に胡麻塩振りかけで、副食《おかず》はありません。カイボシ（塩漬け干鰯の方言）を一、二匹も焼いてあれば、自慢しました。どんな食事でも、みんなと教室で食べると、なぜかとても美味《うま》いのです。
　あるとき、珍しく竹輪《ちくわ》一本がご飯の上に乗っていました。家でも食べられない副食《おかず》です。ところが、食べようとすると、竹輪の中に大きな銀蝿の死骸が練り込まれています。たまたま回ってきた大内先生が覗き込んで、「ごちそうやね。・・・これは先生がもらおう。そのかわり先生のおにぎりをあげよう」といわれました。流石に頂いた白いご飯はおいしく、銀蝿入り竹輪など忘れてしまいました。

　当時の衛生状態はこの程度で、どこの魚屋も、店先や仕事場には、大きな帯状の蝿取り紙が、いくつも天井からぶらさがり、黒胡麻のように蝿がくっ付いていました。

　衛生普及の宣伝活動写真を、母親と見に行ったことがありました。活動写真は、豆腐屋のおかみさんが、赤ちゃんのおしめを替えていると、客がやって来ます。そのままの洗わない手で、水桶の豆腐を取り出し、客持参の鍋に移しました。客もまた、豆腐をすぐ皿に移し、醤油をかけて「冷豆腐」にします。食べた家族のこどもが、疫痢《えきり》になって死に、葬列が家を出てゆきました。そんな筋でした。わたしは、意味がよく分からず、母親は、「ご飯の前には、必ず手を洗いさいよ（洗いなさい）」といました。

後年、わたしは、伝染病で避病舎《ひ》に入ったせいか、この活動写真はよく思い出します。

疫痢と回虫駆除

わたしが疫痢《えきり》になったのは、三年生のときでした。

高熱と嘔吐《おうと》と下痢がつづき、痙攣《けいれん》までおこしました。黒幕で覆われた大八車がやってきて、母親の付き添いで、避病舎に運ばれました。その後で、家には、大きなマスクをした人が大勢やってきて、消毒液を巻き散らし、石灰をところかまわず振りまき、近所隣は大騒ぎになったそうです。

天満山中腹の避病舎は、満員でした。しばらくは衰弱激しく、粘血便がつづいて、ブリキの御厠《おかわ》に腰を浮かせてしゃがむのに、その都度母親の手を借りました。ついには「渋り腹」になり、便意だけがいつまでも残りました。

それでも、手当てが早かったとみえて、意外に早く回復しました。

避病舎に入ったら、たとえ治っても、三週間は出られない規則らしく、外からの見舞いも駄目でした。ただ、どういう方法でか、大内先生が一度だけ、友だちの見舞い作文や図画を持って来られました。

退院するとき、生まれてはじめて人力車に乗ったのも、鮮明な記憶の一つです。

学校の身体検査では、いつも通信簿に「栄養乙」と書かれていました。こんにちのような栄養過多とは違って、「栄養甲」などと評価されるこどもは珍しかったようです。

栄養の悪いのは、腹の虫のせいかもしれない、というのです。腸でこんな大きなのを飼っていたのかと驚くほどの回虫が、大便に混じって出るこどももいました。回虫のいない子のほうが、少なかったのです。原因は野菜の人糞肥料だといわれました。

学校では、春秋の二回、回虫駆除薬の海人草《まくり》（海仁草《かいにんそう》）を、強制的に飲まされました。この薬湯は、紅藻類の黒紫色海藻で、乾燥すると樺色になります。これを大鍋で煎じます。小使室の台所から、なんともいえない甘臭い匂いがしてくると、もうそれだけで吐き気がしました。こどもたちは、しぶしぶと一列になり、先生の差し出す湯のみの海人草を、鼻をつまんで、一気にグイと呑むのです。呑んだ後で、飴玉を一個貰うのが嬉しくて、とたんにまた騒ぎだしました。

高学年になってから、はじめて大便検査がありました。マッチ箱に、こってり詰めて、何枚もの新聞紙で仰々しく包んだ自分の糞を、いかにも自分のものではありませんといった格好で、学校へ持ってゆきました。カバンから取り出すときも、指先でこわごわ摘みあげます。

「誰もがお腹に溜めていて、毎日、うんこしているのに、出てしまえば、なんでこんなに汚がるのだろう」

と奇妙なことをふと考えました。高学年になっていたせいでしょうね。

新校舎

昭和六年（一九三一）四月、三年生になりました。三年五組、一年のように色分けでは呼びませんが、先生も児童も同じ紫組の延長でした。

校舎は、北側の桑畑を整地して建てられた新校舎でした。いきなり二年時の最古の校舎から、最新校舎へ移ったのです。この校舎は南から三年間かけて建増してきた学校中で最も大きな二階建てで、上下併せて十二教室もありました。わたしたちの教室は二階の一番西です。

旧校舎と新校舎の間には、従来の校庭よりはすこし狭い校庭ができて北校庭といい、従来の校庭を南校庭といいました。北校庭の東には、本館棟と渡り廊下で繋ぎ、その中間には、大きな講堂まで建ちました。また、北校庭の西南の隅、ちょうど一年のときの汚い便所脇に、屋根のある本格的な相撲土俵ができ、男子の体操時間には相撲を取らされました。汚かった便所も、ようやく新校舎の西に別棟で建て直されました。

三年でも大内先生で、教室には、他の教室にはない大きなガラス戸棚が、後の壁に寄せて置いてあり、おもちゃが一杯並んでいました。大内先生が自分の給料で買い与えられたもので、若い大内先生の児童教育への思い入れだったようです。こどもたち全員で、新教室へ運びましたが、その他の机、椅子、黒板、教壇、教卓はみんな新しく別天地でした。

我家が消えた

満洲事変以降、宇和島の製糸業は、次々と倒産していました。

朝日町四丁目に、菊池製糸という大工場（社長菊池勝造）がありましたが、創設間もなく、今城製糸同様、廃屋状態になっていました。

この工場の女工寄宿舎を超安値で貸すと、何処かで聞いてきたのでしょう。父親の一存で、その日のうちに引っ越してしまったのです。

三年生の遠足は、宇和島湾を外海と遮る衝立のような九島でした。九島は、湾のすぐ前で、町からは城山同様いつも見慣れていますが、舟がなければ渉れず、憧れの島でした。三百人近い児童が、どんな方法で島にわたったか忘れましたが、海辺で遊べた楽しい一日でした。

ところが、その楽しさを大逆転させせんばかりに、我家が消えたのです。

弁当箱を空にし、軽いカバンを背負い、家に戻ってみますと、朝まで両親と弟の居た家が、すっかり空家《あきや》になっていたではありませんか。

畳も、障子も、電球も、羽釜《はがま》も、茶碗も、竈《くど》もありません。宇和島の貸家は京間造りで、畳建具はどこへ持って行っても使えましたから、ほとんどが借家人の所有でした。ガランとした家は、シミの目立つ古壁と天井、むき出した根太の間に、暗い床下があるだけです。

とたんに、わたしは捨子にされた、と思い込み、泣きもせず、立ち竦んでしまいました。

東隣のお婆さんがきて、

「あれまあ、坊《ぼん》を残して、宿替《やどが》えしさったんやな。行きさったとこ、知っとんさらんのか？　四丁目の菊池製糸の寄宿舎に移《うつり》んさったらしい」

気の毒顔で教えてくれました。

わたしは、ろくに礼も言わず、逃げるように走っていきました。

菊池製糸は、今城製糸と通りひとつ挟んだ西側で、規模も今城とは一回り大きく、敷地内には、糸繰り工場、ボイラー室、倉庫、二百人は一度に食事の出来そうな大食堂（といってもコンクリート打ちっ放しの土間）、二階建て寄宿舎などが建ち並んでいました。前年倒産して設備や機械はほとんど取り払われ、建屋の間には背丈ほどの雑草が生い茂っていました。

南側の道路沿いの寄宿棟以外は、スレート屋根があちこち剥がれ、窓ガラスも割れ放題です。こどもたちには、恰好の化け物屋敷で、冒険ごっこの穴場でした。

我家は、寄宿棟の二階、十二畳一部屋とその北側三畳ほどの廊下部分でした。おそらく十人ばかりの女工さんが、ガヤガヤと枕をならべて寝ていたのでしょう。さいわい畳と障子は、持ってきたもので間に合ったようです。

廊下は部屋毎に仕切り、一、二階それぞれに四部屋が貸家で、他は荒れ放題でした。二階の住人で、幅広い階段を使えたのは、東の我家と西の土佐から来たという一家でした。さらにその両側を借りている人には、それぞれ別の階段がありました。一階の部屋は、直接部屋に入られるように壁の一部を壊して入口としていました。要するに、寄宿舎として一体だった部屋を、独立の借家に仮改造したのです。

各部屋には、炊事場も便所もありません。炊事は、ガランとした食堂棟の窓際に、八所帯が勝手気ままに竈《くど》を持ち込んで、煮炊きしました。食堂と工場の間、雑草の庭に、ポンプ井戸があり共用できました。

煮炊きの薪には、廃屋を次々壊し、困りませんでした。夕方になると、一勢に各家の竈が活躍します。いつも変わらぬ粗末な料理でも、他家《よそ》の匂いを嗅げば、食欲は煽られました。

便所は、食堂の東側に、学校よりも大きな一棟があり、各家が専用便所を持ち、使わない便所の扉は、早早《はやばや》と薪になっていました。夜は、提灯《ちょうちん》なしには行けません。沢山の蜘蛛《くも》が棲み付いていて、すぐに巣を張りますから、毎回蜘蛛の糸を払って便所に入りました。

便槽は共通で、汲取り回数は少なく、表面が堅くなっていて、お釣りの心配はありません。ただ、夏の臭気には悩まされたばかりか、便所棟が工場正面の石炭殻を敷いた広場に面し、黒い砂埃がたえず便所を汚していました。

雨夜には怖くて、とても便所棟までは行けず、食堂棟から中庭の雑草へ向けて小便するのが癖になりました。雨が続こうものなら、便所も炊事も大変ですが、前の家に比べて部屋が明るく、ホッとしました。両親には、家賃格安だけでよかったのです。

リンゲル注射

家賃が格安といっても、病気には勝てません。法外な出費で、医者にかかるなど諦めるしかありませんでした。ところが、わたしはよく下痢をしました。あるとき、高熱に下痢と嘔吐が激しく、脱水症状になってしまいました。また避病舎行きか、とビクビクしました。しかも、あの時より生活は苦しく、安易に医者も呼べませんでした。

熱に魘《うな》され、意味の判らない叫び声を連発されては、両親はオロオロするばかり、遂に往診医を呼びました。

「これは高価な薬だが、やりますか」

大きなガラス管に入った透明の注射液を出して、両親にいいました。両親はすぐに返事できなかったようです。

「特効薬だがなァ」

医者はガラス管の液剤を鞄に終《しま》い、腰を浮かしかけました。母親が慌てて何か言うと、父親は頷き、医者に頭を下げました。

「大事な息子さんですけんな。必ず薬代くらい稼げる子になりますがな」

すぐに看護婦に準備させ、わたしの尻に、とてつもない大きな（そう思った）注射針を刺しました。その針は、ゴム管で薬瓶とつながっていて、看護婦が持ち上げていた瓶の透明液が、しばらくかかってわたしの身体にはいってしまいました。

「よしよし、これで、すぐに良くなりますけんな」

医者は手を洗いながらいいました。父は、支払いが気がかりで、

「今月中には必ずお支払いしますけん」と頼んでいました。

「思い切ってよくやんなはった。大事な息子さんですけんな」

医者は、同じことをいって帰りました。

リンゲル（生理的食塩水）の皮下注射だったのでしょうが、注射そのものが特効薬であり、即効薬即高価薬であった時代の話です。両親は、置いていった枕ほどの空の注射液容器に、即答を迫られ、呆然としていました。あのときの代金、どうして払ったのか、聴いてみたかったと今も思います。

廃屋の住人

廃屋長屋の借家人たちは、変わった家族でした。西隣、土佐の中村からきたという母子二人には、ご主人を見掛けることがありませんでした。水野さんといい、お母さんは、その水野を「ミヅノ」といいました。「ズ」ではなく「ヅ」です。後年、知ったのですが、土佐人特有の発音だそうで、いまだに忘れられません。もっとも水の古音は「みづ」で「みず」ではありません。

わたしより歳上の水野の兄ちゃんは、母親とよく大声で喧嘩していました。

ところが、突然、夜中のうちに何処かへ行って、空き家になってしまいました。

こんどは、九州の大分からきたという一家が借りました。男の子が二人いて、さすがに都会育ちらしく、遊びも派手でした。工場棟のガラス窓に石を投げ、ガチャンと割れる音を楽しんでいました。遂に、満足なガラスは一枚もなくなりました。

滑り落ちそうな工場のスレート屋根を走り回って、「黄金バット」や「怪傑黒頭巾」、「鞍馬天狗」ごっこをやる

のです。

上のこどもが、穴あき屋根から飛び下り、腐った根太板を踏み抜いて、腕を折りました。片手しか使えなくなると、使える片手で木刀を振り回し、「丹下左膳」に変身です。わたしは、この兄弟の遊びには一目置かざるをえませんでした。

一家は、南洋で盛大にゴム園をやっていたとかで、食うや食わずの我家とは、付き合うのも、うまくなかったようです。

蛇足。その頃、工場の屋根には、瓦よりも安くて保温性のあるスレートに人気がありました。スレートは、石綿にセメントを混ぜた人造石板で、こんにちでは発癌性があるとして使用が禁じられている石綿製品です。そのころ危惧する者は、誰一人いませんでした。

一階の一番東の部屋は、船大工さんで、一部を仕事場にしていました。板を蒸して、ゆっくりと撓《たわ》めながら、たった独りでボートを造っていました。あまりものを言わない人で、仕事中も酒を呑んでいました。

あるとき、その家の可愛い女の子が高熱を出して、あっというまに死にました。大粒の涙を流しながら、毎日コップ酒を呷っていたので、近所では慰める言葉がありません。そのうち、ボートが完成しないまま、一家は何処かへ行ってしまいました。

その隣、わたしの家の真下の部屋には、九十過ぎたお祖母《ばあ》さんが孫と住んでいました。孫、といってもわたしよりも遥かに歳上のお兄さんで、お祖母さんを騙しては、よく小遣いをせびっていました。それでもわたしには、ときどきアイスケーキを買ってくれたり、挿絵の沢山ある雑誌を見せてくれたり、仲良くしていました。お兄さんの持っている雑誌には、高畠華宵や蕗谷虹児の挿絵が多く、大人の華やかな世界を垣間見る気持ちでした。なにかのはずみに、お兄さんは「昔恋しい銀座の柳、仇な年増を誰が知ろ。ジャズで踊ってリキュールで更けて、明けりゃダンサーの涙雨」（西条八十作、中山晋平曲、佐藤千夜子唄『東京行進曲』）と歌いだし、「一緒に歌え」と言われると、夢中で真似したものです。

お祖母さんが一人の時には、わざわざ部屋へ呼び入れて、蒸し芋《むしいも》など食べさせてくれました。

「わしの娘のころにはガイ（「大変」の方言）なことがあってなし、井伊掃部頭《かもんのかみ》（直弼）さまという、いまなら総理大臣のような偉い人が、お江戸の桜田門というところで斬り殺されなさったんと。大騒ぎやったぜ」

と、よく昔話をしてくれました。

遠い歴史の一齣《ひとこま》が、わたしの子供の頃には、まだあちこちに生きていたのです。

内職簇《まぶし》カタメ

その頃、我家は、やっと食い繋いでいました。

沖仲士の父親は、天候や材木輸送船の出入り状況に左右され、「きょうは仕事がなかった」と手製の長い竹棒の鳶口を担いで早々と戻ってくる日が多くなっていました。

母親は、製糸女工以外に働く方法を知りません。製糸業は不況のどん底で、いや二度と景気の回復はないだろうとまでいわれました。幸い、南予製糸で父親が世話になった池下常五郎氏が発明した「池下式簇《まぶし》カタメ」の組立て内職をもらえるようになりました。

池下氏は、父親と同郷の吉野生村の産ですが、小さいときに喜多郡内子町池下家の養子になり、京都高等蚕業学校を出た地方蚕業界の名士でした。南予製糸工場の部長をしていた池下氏を頼って、父親が宇和島に出てきたことは、さきに触れました。「池下式簇《まぶし》カタメ」で巨万の富を得たのち、大阪で映画製作会社をやったり、郷土の小作争議に介入したり、東奔西走して、やがて政治にも口を出しました。

簇とは、「まちぶせ」から転化した蚕具の一つで、藁をすだれのように編んで、その中に成長した蚕を入れ、繭《まゆ》を作らせる器具で、「蚕簿《えびら》」ともいいました。

池下式簇カタメとは、その簇を固定させる器具です。なんのことはない、一メートルくらいの小さな棒に、針金の半円輪をいくつも差し込み、抜けないようにしたものに過ぎません。この棒を二本使って、簾《すだれ》式簇を針金輪っぱに挟み、固定させるだけです。こんな簡単なものが全国養蚕地の需要を得て、一時期、宇和島の特産品になりました。

母親の内職は、棒に針金を固定させるだけです。幸い食堂棟の広い土間を仕事場に使えました。簡単なので、職のない近所の小母さんも、下請けしました。

用心しなければならないのは、差し込んだ針金の折り曲げた先が、棒に十分に密着できているかどうかです。母親は、会社から貸与された特製の鉄の台に製品を挟んで、裏に出ている針金の先を鉄棒で擦り、折り曲げるのを専門にやっていました。これだけが力のいる工程で、下腹に簇カタメの先を押し付け、鉄棒をぐいと手前に引くか、押すかします。その作業を、一日に何千本もしなければなりません。

やがて、針金差しは、わたしの仕事になりました。

気紛れなわたしの手伝いとは違って、母親の内職は、三百六十五日休みなくつづきました。

我家に赤ん坊死産という不幸が起きました。

臨月の十日前まで動いていた母親の胎児は、妹でした。でてきたときのこどもの頭が砕けていたとかで、理由はいつも下腹を圧迫していた内職のせいだと母親は言いいました。

父親は、何処からか丈夫な素麺《そうめん》の空き木箱を貰ってきて、棺桶代わりにしました。それを大きな風呂敷に包んで、肩に担ぎ、このときだけは珍しく汽車を使い、山奥の本家の屋敷墓地まで持っていって埋めました。帰りは、七里（二十八キロ）ばかりを歩いて帰ってきました。

翌日は、いつもの通り、港へ材木を担ぎに出掛け、母親も寒風の吹きぬける土間で内職をはじめていました。

拾った犬

広い工場廃屋は、何時まで経っても、そのままで、遂に倒壊寸前の建屋もできましたが、まったく手が付けられません。まだ暫くは煮炊きの薪には困りませんでした。

東隣の船大工さんがいなくなると、なぜかその部分だけを家主が取り壊してしまいました。我家は、まるで半壊の建屋に齧《かじ》り付いた状態です。台風の時には、壊された部分から屋根が吹き飛ばされそうになり、眠るどころではありませんでした。

ずぶ濡れの野良犬が、捨てられてか、しきりに鳴いていました。まだ目の十分開いていない小犬です。母親に叱られながら、食堂棟土間の片隅に、ボール紙で犬小屋を造って、こっそり飼いました。

昭和六年（一九三一）正月の『少年倶楽部』から「のらくろ二等卒」という漫画がはじまっていました。野良犬黒吉「のらくろ」が、猛犬聯隊に入隊し、次第に進級していくので、こどもには圧倒的人気でした。

拾ってきた赤茶色の小犬は、すぐに大きくなりましたが、小型犬でした。「ポチ」と呼んだか、「エス」にしようか、「マル」と言ったか忘れましたが、黒毛ではないので「のらくろ」にはなりません。「のらくろ」ほどに要領のよい犬でもありません。それでも、遊びに行くとすぐに追っかけてきて、しばらくは付いてきました。そのうちに、自分の住処《すみか》から遠くなるのが怖いのか、吠えながら付いてくるのをやめます。

飼っているうちに、犬の習性に興味が湧きました。小犬は、わたしを追っかけながら、ときどき止まって、電信柱の匂いを嗅ぎ、ときに小便をします。小便をする電柱と、しない電柱とがあります。後年、得た知識ですが、犬の耳は人間の五倍も敏感だそうで、鼻は百万倍から十億倍も優秀だそうです。

犬が匂いを嗅いでいるのは、犬同士のメッセージを読んでいるのですね。そこへ小便するのは、こんどは自分のメッセージを残そうという行為で、電柱は犬のサイン・ポスト（標識場）です。気に入らない奴の匂いを消すために、自分の匂いをふっかける。いや、その反対で、気に入った奴に、君と同じ縄張りだね、といって小便をするらしいです。

片足をあげてするのはオスで、メスの約七十五％は、ちょっと腰を落としてします。逆立ちして、より高い位置にマーキングしようとするメスもいるそうです。片足を高くあげればあげるほど、サイン・ポストは目立ちます。オレは大きな強い犬だ、と誇示するためでしょうね。

犬と人間とのかかわりは、一万年とも、三万年ともいわれます。馬や猫は五千年程度ですから、犬が人間を群れのボスとして認めることに従順なのは、当然かも知れません。はじめは猟犬だったでしょうが、いまはほとんどが番犬かペットです。

犬ほど大小さまざまな動物も珍しいですね。番犬は、より大きく、より吠えたてて、主人以外ならば、咬みつくことも厭いません。ペットは、より小さく、よりおとなしく、咬みつくなんてとんでもない、吠えもしません。主人以外の人間を見れば逃げ出してしまいます。そんなふうに人間は品種改良してしまいました。なるほど、動物生態学者は、着眼が鋭いと感心しました（今泉忠明著『イヌはそのときなぜ片足をあげるのか』）。

最近のペットブームには恐れいります。昔のように、犬を勝手に走らせることは出来なくなり、よく手入れされた毛並みの犬を引きながら、いや引かれながら、こちらの電柱、あちらの塀と、ジグザグに歩いてくる中年女性の、いかに多くお見かけすることか。

新聞にこんな記事がありました。見出しは、「フン『黄害』オゾンで除去。新宿が採用、砂場から大腸菌激減。国分寺の業者開発」。オゾンテクノという会社が、公園の砂場が犬や猫の糞で汚されていることに着眼し、調べたところ砂一㌘から毒性の強い「糞便性大腸菌」が九百八十個見つかりました。金属イオンがオゾンの殺菌作用を高め持続させる効果をねらって、実験したところ、数時間で二個に激減しました。一砂場に年三、四回の使用で、費用二十万円前後といいます（平成六年二月六日付け読売新聞朝刊）。

さらに愉快な記事がありました。東京都足立区千住旭公園に、長さ一メートルほどの棒を中心に立てた円形の砂場が、平成五年（一九九三）九月に完成しました。犬猫専用の公衆便所で、人間用公衆便所の外側に造られ、総工費数百万円とか。飼い主が糞を拾って処理する水洗陶器もついているといいます。縄張りをアピールするすべての犬が使用するでしょうか。飼い主に従順であればともかく、野犬が果たしてエチケットを守ってくれるでしょうかね（平成六年一月七・十四日合併号『週刊朝日』）、とコメントされていました。なんとも優雅な時代になったものです。

　ついでながら、昨今の流行ペットは、犬よりも猫だとか。散歩に連れ出す手間がかからぬせいでしょうか。勝手気ままな人間には、いまにロボット犬を飼う時代が来るでしょう。

　脇道にそれ過ぎました。わたしが小犬を飼っていたこどものころは、犬に首輪もしなければ、綱で引っ張ることもしませんでした。犬は、勝手に走り回って、餌を食べたくなれば勝手に帰ってきました。

　町では、保健所の野犬狩りが、たえず餌の毒万頭を持って歩いていました。

　ある日、わたしの小犬もそれを頂戴してしまいました。苦しそうな息を吐いて、よたよたしながら帰ってきたのです。わたしの足元に蹲《うずくま》り、すぐに動かなくなってしまいました。帰ってくる力だけを残していたのでしょう。

　以来、わたしは、いくら勧められても、一切犬を飼うことをやめました。

爆弾三勇士

　昭和六年（一九三一）九月十八日夜、奉天（中国東北部瀋陽）郊外の柳条湖で満鉄線路が爆破され、これが、関東軍の謀略であったことは、今日では周知の事実で、「満洲事変」の発端です。

　つづいて四ヶ月後の、昭和七年（一九三二）一月十八日、上海で、五人の日本人僧侶が、中国人数十名に襲われ、死者一、他は重軽傷という事件が起きました。これも、関東軍の指示で上海駐在公使館付陸軍武官補佐官田中隆吉少佐が仕組んだ謀略でした。たちまち「第一次上海事変」へと発展しました。

　二月二十二日、上海郊外の廟行鎮《びょうこうちん》を攻撃の際、敵の鉄条網爆破のため、二十キロ爆薬詰めの三メートル竹破壊筒を、三人が抱えて点火し、突撃しました。爆破は成功しますが、二名が爆死、一名は戦傷死しました。

　これに続いた破壊筒攻撃は成功し、全員帰隊しました。

陸軍は、先発死亡した三人を、いちはやく、国民の戦意昂揚《こうよう》宣伝に活かし、「軍神」として讃えました。

各新聞社は、競って「三勇士を讃える歌」を発表、軍の意図に乗りました。

『爆弾三勇士の歌』（東京日々・大阪毎日新聞社募集歌。当選・与謝野鉄寛《よさのてつかん》、作曲・陸軍戸山学校軍楽隊）は、

廟行鎮《びょうこうちん》の敵の陣／われの友隊《ゆうたい》すでに攻《せ》む
折から凍る如月《きさらぎ》の／二十二日の午前五時
命令下る正面に／開け歩兵の突撃路
待ち兼ねたりと工兵の／誰か後《おく》れをとるべきや
中《なか》にも進む一組の／江下《えした》、北川《きたがわ》、作江《さくえ》たち
凛たる心かねてより／思うことこそ一つなれ
（以下略）

『肉弾三勇士の歌』（朝日新聞社募集歌。当選・中野力、作曲・山田耕作）は、

戦友の屍《かばね》を越えて／突撃す
祖国《みくに》のために／大君にささげし命
ああ忠烈肉弾三勇士（以下略）

『肉弾三勇士』（報知新聞社選歌。作詞・長田幹彦、作曲・中山晋平）は、

廟行鎮の夜は明けて／残月西に傾けば
時こそ今と決死隊／敵陣深く潜入す（以下略）

この三作が、特に有名で、電波に乗り、レコードが発売されました。たちまち全国的な唱歌となります。なかでも、明治の詩人・与謝野鉄寛が応募し一等当選した歌詞は、歌いやすく、群を抜いて愛唱されました。山田耕作の曲は、格調高く、ほかに比べて深刻で、わたしたち少年には、とても歌えませんでした。報知新聞のものは行進曲風で、歩きながら朗らかに歌いました。わたしは極端な音痴で、軍歌すら一人では歌えず、仲間外れにされかねませんでしたが、爆弾三勇士だけは、手を繋いでよく歌ったものです。

この年三月一日、満洲国が建国されました。満洲は、関東軍の筋書通りに変貌していきました。後に、支那どころか、全世界を相手に戦うことになったてゆくのですが、わたしたちには、まだ軍歌に明け暮れる時代でした。

音痴

昭和七年（一九三二）四月、わたしは四年生になりました。

受け持ちが友沢清志先生になりました。一年生のときの桃組友沢喜代子先生のご主人です。ところが、学年の途中で結核になられ、長期の休暇をとられたので、授業は科目ごとに、色々な先生が、臨時に教えに来られました。

三年までの唱歌は、合唱中の真面目さで、大内先生はお情け採点をされていたようで、わたしはいつも「甲」でしたが、臨時の女先生は違いました。音樂教室に新たに入ったグランドピアノを引きながら、一人一人歌わせますから、友だちと歌う調子っぱずれの軍歌並みの甲は、貰えません。

試験では、『冬の夜』（明治四十五年三月制定の尋常小学唱歌③）を独唱させられました。

燈火《ともしび》ちかく衣《きぬ》縫う母は、春の遊びの楽しさ語る
居並ぶ子供は指を折りつつ、日数かぞえて喜び勇む
囲炉裏火《いろりび》はとーろとーろ、外は吹雪《ふぶき》

最後のとーろとーろでは、必ず調子が外れてしまいました。二度歌っても同じです。なんと意地悪な女先生だろう、と恨みました。

「じゃ、これを歌ってごらん」

これまた難しい。『鯉のぼり』（大正二年五月制定の尋常小学唱歌⑤）ではありませんか。

甍《いらか》の波と雲の波
重なる波の中空《なかぞら》を
橘《たちばな》かおる朝風に
高く泳ぐや、鯉のぼり

こんどは、はじめから閊《つかえ》て、歌になりません。「雲の波」でダウンです。いくらピアノを、丁寧に叩いていただいても同じことです。ちなみに、これは名曲で、弘田《ひろた》竜太郎《りゅうたろう》（一八九二～一九五二）が音楽学校二年生のとき、勧められて作曲したといいます。

「あとでまた、歌ってね」

女先生は、頚を傾げながら、仲間のいないところで歌わせれば、すこしはあがらないだろうと思われました。臨時先生は、受け持ちの友沢先生に遠慮されていたのです。いきなり「丙」も付けにくかったのでしょう。

「じゃ、ゆっくり落ち着いて、これを歌ってごらんなさい」

一人残されて、ピアノを叩かれたのは『君が代』でした。とてもとても、ますます息がつづかず、独りで歌える代物ではありません。これは合唱するものだとばかり思っていました。さすがの女先生も、お手上げです。

「もういいわ」

まさかこんなに音痴だとは思われず、「なんとも、気の小さな子だ」と呆れられたのです。臨時教師の無責任か、いままで通り「甲」を頂きました。

「甲」はこの時が最後で、五年、六年の二年間、音楽好きな谷岡武義先生が受け持ちとなられると、堂々と「乙」、いやそれもお情けでしょう、「丙」に近い最低の「乙」になってしまいました。

以来、わたしは、決して人前で、歌を歌わないことにしています。それどころか今でも「甍《いらか》の波と雲の波」が、憎く憎くしくて、独居すれば、ついつい「甍《いらか》の波と糞《くそ》の波、糞《くそ》の波」と怒鳴ってしまいます。

非常時日本

四年生になってまもなく、東京で「五・一五事件」が起こりました。

田舎町の少年には、なんのことやらさっぱり分かりません。

海軍の青年士官が、昭和七年（一九三二）五月十五日の夕方五時半ごろ、総理大臣官邸を襲いました。日曜日で寛《くつろ》いでいた総理犬養毅《いぬかいつよし》（一八五五〜一九三二）は、家族への危機を庇《かば》って、彼らを離れにつれて行き、「まあ、靴でも脱げや、話を聞こう」と穏やかに語りかけました。しかし、彼らは、「問答無用、撃て！」と拳銃を放ったのです。総理は頭部に二発の銃弾をうけて、同夜絶命しました。

この年は、さきの上海での戦闘といい、日本中、子供たちまで、戦争の身近なことを感じるようになっていました。

つぎの総理大臣斎藤実《まこと》（一八五八〜一九三六）が、

「いまは非常時」

と発言したことから、これがたちまち流行語になりました。

国民の士気昂揚に最も有効な手段は、時局歌謡の普及です。たちまち「非常時」が歌になりました。

非常時来たれり／我等が国に

非常時、非常時／前代未聞の
今こそ行《ゆ》かめ／世界の前に
堂々我等の／正しき道を
日本の道を
非常時来たれり／内より外《と》より
国難国難／重なり来たれり
今こそ研《と》がめ／力を協《あわ》せ
奮然日本の／生命《いのち》の剣《つるぎ》
精神《こころ》の刃《やいば》（植村作作詞、寺村周太郎作曲）

なんと肩を怒らせた歌であることか。内も外も国難というのですから恐ろしくなります。

「吼《ほ》えろ嵐、恐れじ我等」ではじまる中川末一作詞、山田耕筰作曲の東京日日新聞当選歌『国難突破日本国民歌』や、関東軍参謀部作詞、藤原義江作曲のラジオ歌謡『亜細亜行進曲』「有色の、屈辱のもと、喘《あえ》ぐもの／亜細亜、亜細亜《あじあ》／奪われし吾らが亜細亜（以下略）」が、街中のスピーカーから、ガンガン響き渡りました。

どこやら一本釘が抜けたような穏やかな宇和島の街でも、やたら競《きお》い立つ国民歌謡でした。意味がよく分からないままに、四六時中騒ぎたてられるのですから、もはや音痴のわたしとて逃げることはできません。二人が肩を並べて歩けば、「非常時、非常時」が口癖になりました。人々は、職を失ったやけくそ人生を、空元気の歌でごまかそうというのでしょうか。

慌ただしく暗い時代になってゆきました。ブラジル移民や満洲開拓団が、生きる道はこれしかない、と決心したように、日本から追い立てられてゆきました。

我家には、そんな甲斐性すらありません。「いま何時だ？」「非常時よ」と、もう自棄糞《やけくそ》です。

父親の実家

父親はボロを着て港の材木積み下ろしの日雇いに明け暮れていますが、時化《しけ》がつづけば海の荷役はすぐ中止、その日の飯に困りました。

両親が、それぞれの実家へ、泣き付くことがよくありました。父親には、まだ隠居の祖父が健在でしたが、母方は他家へ嫁いだ妹が近所にいるだけで、祖父母も、実家を継いだ伯父夫婦も死んでいて、再再《さいさい》の無心にいい顔はしてくれません。それでも、僅かばかりの米と野菜を貰って帰ることはありました。

わたしは、そんな父親と田舎へ出掛け、泊ったことがありました。

吉野生《よしのぶ》村大字蕨生《わらびょう》字延行《のびき》が本家の所在地で、大谷川《おおたにがわ》なる小さな谷川を源流へ遡れば、これ以上奥のない辺りを「池の奥」といい、溜池（通称「菖蒲池《しょうぶいけ》」）があります。山鼻のつかえる山峡《やまかい》で、それでも何枚かの田圃を開いていました。おそらくこの風景は、ご先祖が住み着いたであろう三、四百年ほど前（?）から、ほとんど変わっていないのでしょう。

山一つ越せば、土佐の幡多《はた》郡で、深い山々が連なり、その山襞《やまひだ》を四万十川の源流となる支流が、延々幾つも蛇行する秘境です。大谷川も、谷を下れば広見川に注ぎ、さらに四万十川に合流するのです。いうなれば、この「池の奥」の溝にもひとしい小川《せせらぎ》も、大河で清流の四万十川になるのです。脱線しますが、この大河は昔、「渡川《わたりがわ》」といいました、昭和も敗戦後になって、通称名「四万十川」のほうが、響きがよかったのでしょう、正式名称になりました。戦国時代には、「渡川の合戦」なる壮絶な戦が記録にあります。

とにかく、父親の実家は山の奥です。この辺りの人々は、「雪隠《せっちん》が長旅」というほど、生涯のほとんどをこの山奥で暮らし、長旅の孤独といえば、雪隠を挙げるほどです。

そんなところから、三男の父親だけが、ご城下の宇和島へ出て働いていました。

谷間《たにま》の道を登っていくと、田圃で草取りをしていた農夫が、腰を伸ばして、声をかけてくれます。そして、山の端を回ってわたしたちが見えなくなるまで、手を休めています。渓はクネクネと三キロあまりですが、「よう戻《も》んて来さったなし」と同じ言葉が仕事の手を休めた人々から繰替えされました。

「菖蒲《しょうぶ》ヶ谷《たね》の嘉蔵《かぁー》やんが、お城下から戻《も》んて来さったぜ」

たちまち渓中の評判になるのです。菖蒲ヶ谷とは本家の屋号、嘉蔵《かぞう》は父親の名前です。昭和初期（一九三〇）になっても、宇和島は藩政時代同様に伊達藩の城下町で、「ご城下」が古老の口癖です。

本家は、菖蒲池を前に、山を背に、西に向かって建っていました。母屋の北に、土蔵と隠居部屋が並んでいて、そのすぐ裏山が、死んで生まれた妹を埋めた木下家の屋敷墓地でした。藁葺きの母屋は、三方を屏風《びょうぶ》のように山で囲まれています。

父親の曽祖父《ひいじい》さんで、同名の嘉蔵というご先祖さまが、母屋を建てました。明治維新前の話です。宇和島伊達藩の支藩吉田藩が、専売していた木蝋の原料、櫨《はぜ》を栽培して財をなしました。周囲の山は吉田藩の領地で、ほとんどが櫨山でした。この谷間の集落には、珍しく土蔵まであるのは、嘉蔵爺さんの甲斐性だそうで、長い渓沿いの集落で、土蔵のある家は、三軒しかありません。四万十川が溝になるほどの山奥で、桃源境といえば、そうかもしれません。限られた人々の穏やかな里でした。

母屋は、北寄りが広い土間で、その奥は竈のある台所。土間につづいて、囲炉裏《いろり》を切った板敷きの茶の間。つぎに座敷が二部屋並んでいました。奥座敷には床の間があり、囲炉裏寄りの座敷の裏側は納戸、いや寝間かもしれません。座敷の西は廊下で、奥座敷を回って、その突き当たり東南の角が、上便所で、客用らしく、家族はほとんど使いません。ということは、床の間のすぐ脇が、便所なのです。

むかしの建物は、これが普通のようです。日本建築を愛し、昭和の初期に亡命してきたドイツの建築家ブルーノー・タウトが、この異様な配置を「自然的必要だけの世界『便所』と、純粋に精神的な世界『床の間』との無比の対象」として、創造し、象徴したものである、と奇妙な褒めかたをしています。しかし、「美学的にこれほど洗練されている国民でありながら、ほとんどどこの家でも居間にまで厠臭《ししゅう》が漂ってくるのは、実に訳の分からない」といっています。「料亭や旅館で便所へ行こうと思ったら、この悪臭がだんだん強くなる方向を辿ればよい」と、皮肉っています。

本家を訪ねた父親とわたしは、食糧の無心とはいえ、一応は遠来の客ですから、この床の間付奥座敷で寝ました。本家を継いでいる父親の長兄、藤之助伯父たちは、いつも茶の間と表座敷、そして奥座敷裏の納戸で寝るのだそうです。健在な祖父は隠居ですから、蔵に並んだ陽当りの悪い隠居部屋に、忘れ物のように独りポツンと住んでいました。孫のわたしが覗くと、小さな戸棚から、蒲鉾を取り出し、一切れ切って、食べろといいました。祖父には、蒲鉾が大変なご馳走なのですが、摘まんでくれた指が、猿のように黒く皺だらけだったので、忘れられません。

わたしたち父子《おやこ》は、いつもは使わない客用の、黴臭くて堅い布団にくるまって寝ました。わたしにはいまだに、闇の中から漂ってくる甘酸っぱい便所の臭いが強烈です。

後年、前述のブルーノー・タウトの感想を知って、その印象がさらに鮮やかによみがえりました。むかしの人々は、この臭いの中で素直に育ちました。わたしには、むしろ郷愁をそそる田舎の臭いでした。

母屋には、便所がもう一ヶ所ありました。ちょうど台所の裏で、甕《かめ》を埋めただけの肥溜の上に建てた外便所（下便所ともいい、家族常用）でした。扉があるにはありますが、しゃがめば見えない程度の丈の低い一枚板戸で、台所の汚水も風呂の排水もこの肥溜に入るようになっていました。この肥溜めは、重要な畑の肥料です。伯父一家は、真夜中でも、この外便所の闇のなかで用を足していました。

五右衛門風呂と肥溜め

農家は、自家製の糞尿を主要肥料としていました。本家のさらに奥、二百㍍ばかりのところにある大谷家へ、養子に行った駒吉叔父の家では、風呂の流し場と便所とが同じ肥溜の上に設けられていました。風呂の流し水も肥溜に寝かせて肥料に使いますから、捨てるものはありません。風呂桶は、鉄製の五右衛門風呂でした。叔父の家の風呂は全部が鉄で、厳密には「長州風呂」といいました。桶の底の釜だけが鉄のものを、大盗賊石川五右衛門が釜茹でにされた俗説から「五右衛門風呂」というそうです。

蓋を明けると、湯の上に板が浮いています。ご丁寧に蓋が二枚もあると、慌てて引き上げようとすると、焚き口の前で薪を焼《く》べていた叔父が、

「その板を、踏んで入りんさいや」

といってくれました。これは底に置く板で、風呂の直径よりぐんと小さく、鍋蓋くらいですから、静かに板の中央部分を踏まないと、くるりと滑り返って、浮いてしまいます。煩わしくなって、板を取り出そうとすると、

「釜の底が熱いけんな、それを沈めんと、火傷しますらい」

この板を沈めるのは、どうしても自分でしなければなりません。慣れないと、何度やっても板は沈まず、風呂に入れません。

流し場は、下が便槽と繋がっていて、丸竹を縦に割って並べてあります。そこで釜の湯だけ被り、糞臭に酔いながらガタガタ震えていました。

そのうちに、年下の従弟《いとこ》がやってきて、「一緒に入ろうや」といってくれました。彼が風呂の中の板を踏むと、板は簡単に底に沈みました。その板へわたしもゆっくり乗り、冷えきった身体を浸しました。

十返舎一九の『東海道中膝栗毛』で、江戸っ子の喜多八が、小田原宿の風呂で、踏み板を取って下駄で入り、釜の底を踏み抜くというところがあります。すると、わたしも喜多八並みの粗忽な都会人だったのでしょうか

ね。

少し気持ちが落ち着くと、便所の臭気がたまらなく鼻を突くようになりました。とても流し場で身体を洗うなどできません。従弟のように慣れてしまえば、風呂の底板も上手に踏むし、さほどに糞臭を感じなくなるのでしょう。わたしは、糞尿を巻き散らした畑に立つことすら、汚くて怖くて、早々に逃げ出したくなったくらいです。

父親がわたしを連れて行ったのは、孫を見せて祖父を喜ばせ、土産の野菜や米をわたしにも相応に担がせて帰れる算段だったのでしょう。そんな経験が、二、三度ならずありました。

勝手に決めた進学

昭和七年（一九三二）はすでに述べましたように、「五・一五事件」など不安な事件が起きました。大磯坂田山で、結婚に反対された慶応義塾の学生が、恋人と心中しますと、たちまち大島三原山でも火口に投身自殺するのがブームになりました。

世の厭世風潮は、農村の疲弊にも際立ち、東北辺りでは娘の人身売買が、公然と行われました。

政府は、渡航費用を全額負担して、ブラジル移民まで奨励します。

八月二十五日の衆議院本会議では、満洲国を承認決議。中国に日本の傀儡国家まで創ったのですから、列強と摩擦を生じ、政府の対応を質《ただ》された外相内田康哉は、「たとえ、国が焦土となっても、この主張に徹する」と大見えを切りました。答弁通り十三年後には、確実に「焦土日本」になるのですから、とんだ発言をしたものです。まだ誰一人そこまでは気づかず、言葉の彩《あや》だと思っていました。

一挙に急坂を転げ落ちる暮らしで、我家は喘《あえ》いでいました。

小学五年生になり、組替えが行われました。わたしは、両親に相談もせず、進学希望の第五組を申し出ました。この組だけがこれまでと同じ男女共学で、他の四組は男女別々で各二組編成でした。

家に話せば、とても進学できないと判っていましたから、格好だけでもこれまで通り第五組にいたかったのです。

昭和八年（一九三三）十二月二十三日午前六時三十九分、皇太子殿下がお生まれになりました。暗い世相に、一点の明かりが点《とも》ったようで、連日、祝賀集会、提灯行列、旗行列、都会では花電車、国中が奉祝歌まで歌って沸きかえりました。

ところが年が明けた昭和九年（一九三四）三月二十七日、日本は大見得を切って、満洲国不承認決議の国際連盟に脱退宣言し、自ら求めて「世界の孤児」になってしまいました。

六年生になって、いよいよ進学を決めるときがきましたが、どうしても、両親にいいだせません。なにかのはずみに、口走ってはみましたが、両親はお菓子でもせびられたのかと、あっさり「いけん、いけらせん（駄目、駄目だ）」と相談にものってくれません。

日に日に延ばしているうちに、クラスでわたしだけが未決定のまま残ってしまいました。

宇和島には、男子中等学校は普通科の「県立宇和島中学校」と、商業科の「市立宇和島商業学校」の二校しかありません。普通科を出れば、さらに上級の高等学校を志望しなければ役だたないらしいから、五年制の商業を学ぶしかない、と独りで決めました。

時が経つにつれ、それも怪しくなってきました。なぜか夜業の増えた父親には、なかなか言い出せません。

受け持ちの谷岡武義先生までが、父の帰りを狙って夜遅く訪ねてこられました。先生が、直接、父親を説得しようとされたのです。ただ、そのときは、成功しませんでした。

勉強のできる場所は、寺の小僧になることだってあると誰かに言われて、わたしは、真剣にそれを考えました。それでも、商業学校の受験日に、こっそり受験しました。受験料を誰に出して貰ったか、肝心なことですが、いまではどうしても思い出せません。先生が一時都合してくれたか、母親が何処かから前借したのかもしれません。

試験は簡単で受かりました。

そうなると谷岡先生も父親に負けてはいません。何度目かに、父親はしかたなく奇妙な提案をしました。

「それでは、尋常高等小学校へやったと思えばええですけん、二年間だけ商業へやりますらい」

五年制の商業学校を二年間だけ通わせようというのですから、本心はゆかせたくなく、先生の手前しぶしぶ承知したのです。先生は、唖然とされたにちがいありません。

見栄っぱりなわたしは、ひたすら白線が二本入った商業の制帽を被りたかっただけかもしれませんが、二年ならば二年でいいじゃないか、と思いました。

谷岡先生は、卒業式のあとで、先生の金で特別に専門の写真屋を呼んで撮らせた、理科教室裏の花壇を入れた記念写真を、一部の子供たちに配られた。わたしの頂戴した写真の台紙裏には、

「卒業記念　昭和十年三月二十五日　木下博民君の宇商合格を祝す。武」

とあります。

宇和島商業に入学できたことをご自分のことのように喜ばれた谷岡先生へのご恩は、卒業式の時に先生自らピアノ伴奏された『仰げば尊し』の歌とともに、この齢になっても、ついつい涙ぐみます。

仰《あお》げば尊《とうと》し、わが師《し》の恩《おん》。
教《おしえ》の庭《にわ》にも　はや　幾年《いくとせ》。
思《おも》へばいと疾《と》し、今こそ　別《わか》れめ
いざさらば。（以下略）

部活、やっと園芸部

宇和島商業学校で最初に困ったのは、校友会（部活）が中々選べなかったことです。

ラッパを吹けば格好いいから、と音楽部を覗きました。音痴でも歌うわけではないから、ということ自体厚かましいのに、誘いに乗りました。ブラスバンドですから、第一日目から楽器を持たされました。テストはトロンボーンです。長いU字型の金管をスライドさせると音が変わる楽器だから簡単、簡単と、身の程知らずです。何度吹いても音になりません。

音楽部には、小学校からの同姓友人、木下善蔵（故人）がいて、彼はトランペットを吹いていました。太鼓でも叩かせてくれないかと、かすかな夢を抱きましたが、音感のない者は邪魔だとばかり、即日、お払い箱です。

つづいて、華やかな野球部の選手世話係か、スコアブックを付けるくらいなら出来そうだと訊ねましたが、「キャッチボールもしたことないだろう、ノックの手伝いできるか？　駄目々々、希望者はいくらでもいる」、と相手にされません。

スポーツも音楽も駄目なら、残ったのは園芸部です。これだけは、誘われたのではなく、下心がありました。園芸なら力仕事以外特殊技能はいりません。部長は、宇都宮松太郎先生、通称「ウマさん」といい、珠算の先生でした。実は、わたしの珠算技能は中の下で、最も不得意の科目でした。小学六年のときに珠算塾に通って補習したほどで、一桁十口読上げ暗算すら間違います。

すこしでも先生の印象を良くしてもらおうと、つまら

ぬ野心を発揮し、園芸部に入りました。

入部は歓迎されたものの、鍬を持ったことも、花を弄《いじ》ったこともありません。素手で土に触っていますと、たちまち老人の手のようにかさかさになってしまいました。それでも放課後は、毎日その連続になりました。

学校に近い竜光院墓地の、枯葉の吹き溜りが、腐葉土に最適といわれ、リヤカーを引っ張って取りに行きました。枯葉の中から、みみずや百足《むかで》が一杯出てきます。三年生の阿部敏夫、二年の末光忠夫の両先輩（いずれも故人）が、平気で百足に触り、リヤカーにうず高く枯葉を積みます。理科教室の裏に、板囲いで簡単な腐葉土置場が出来ていて、そこへ何回も運ぶのがわたしの役目でした。

ウマさんは、にこにこして、

「よっしゃ、これくらいあればええけんな。ここへ小便《しょんべん》かけとけや」

積上げた枯葉に、率先して勢いよく飛ばされました。部員も一列に並び連小便《つれしょん》しました。それでも足りないのか、肥杓《こえしゃく》で便所の小便を汲んできて掛けました。こうしてよく寝かせると、良質の堆肥になるというのです。

「お前らのように、若いぴちぴちした奴らの小便《しょんべん》が、一番効《き》くんぜ」

ウマさんほどざっくばらんで、生徒たちの気持ちを掴む先生はいませんでした。

先生はときどき、腐葉土を両手で掬いあげ、おどけたように嗅いだり、ちょっと嘗めたりして、わたしたちを煽《おだ》てました。

「よしや、よしや、これなら今年の菊はよう育つぞ。お菊さんも、ええ花つけてやんなせよ」

園芸部では、夏休みに、夏は朝顔、秋は菊と、数十鉢もの花を咲かせました。次々と咲き誇る朝顔は、みずみずしくて美しいにはちがいないが、長い休み中、毎日登校して、朝晩の散水をつづけなければなりません。

しかも、その夏休期間に、部長のウマさんは、ご自身の発想で、珠算の成績不良者を特訓するため、学校に来られかたがた、園芸部員の花の世話を、目を細くして見に来られます。わたしは、珠算特訓該当者で、そちらにも出ないわけにはいかないので、朝顔の水やりは、もっぱらわたしの専業でした。ただ、妙なことで、一、二年は免除されました。その理由は後に述べます。

赤、紫、白など色とりどりの大輪の朝顔は、朝に開いて夕方には萎んでしまいます。少年のわたしすら、なんと世話し甲斐のない儚《はかな》い花か、と思いました。

それに比べて菊は、咲いている期間が長く、十一月学期試験の最中に満開になります。町の菊造り自慢の旦那《だんな》衆が、ちょうどその頃、学校の菊を見に来てくれ、同時に自宅に誘われたりしました。緋毛氈《ひもうせん》を敷き、金屏風をバックにした、一本立てや二本立て、三本立て、懸崖仕立ての菊が、覇を競っています。厚物や厚走り、細管など豪華な花々を、痺《しび》れをきらしながら、畏《かしこ》まって見ていると、さすがに花の王様といった感じがしました。

旦那衆は、会心の新種菊が咲くと、思い思いに名を付けて楽しみ、ウマさんが褒めると、得々と、

「後で、お分けしますらい。生徒さんに取りに来させてやんなせ。来年は、学校でもよう育てて、がいに大けな花（たいへん大きい花）見せてもらいますらい」

と応じてくれます。菊は、挿木《さしき》で新株をつくります。こうして学校の菊は、元は街の旦那衆から、一年遅れの新種寄贈品が増えつづけました。

自分たちの小便で枯葉を発酵させた腐葉土から、なぜこんな美しい花が咲くのだろう。豪華絢爛たる大輪の朝顔が咲き競ったり、色とりどりの華麗な菊になったり、学校の狭い裏庭は、いつも季節を勢一杯に華やいでいました。

教室の窓から見える庭の花壇では、黄金の金盞花《きんせんか》や甘いピンクの薔薇《ばら》が咲き、温室には可愛いベコニヤやサボテンが、つつましやかに並んでいました。

少年期に、変な野心から園芸部に在籍し、糞尿という汚物が美しい花に変化する自然の妙を認識体験したことを有り難く思いました。

自家製肥料と糞土

ことのついでに、糞肥《ふんぴ》について書きます。

糞尿が堆肥として使われるようになったのは、一体、何時から、誰が、考えだしたのでしょう。

辞書によると、「糞」という文字には、「大便」や「肥《こ》やす」「肥料《ひりょう》」のほかに、『論語』に「糞土言《ふんどのげん》」のような、道にはずれた卑しむ言葉の意味があるかと思えば、『礼記』では「田疇《でんちゅう》を糞《つちか》う（穀をうえる田と畑に糞肥を入れてそだてる）」、『周禮』には「掃除糞洒《ふんさい》（はらいすすぐ）」とあり、また、「作物に肥料をあたえる」や「けがれをはらう（糞除）」と、様々な意味があります。

一応、汚いといいながらも糞尿を、肥料に使ったのは、古代人からの知恵で、三千年前の中国殷《いん》の時代には、既にその痕跡があると、李家正文《りのいえまさぶみ》の『糞尿と生活文化』では述べています。

漢字の圂《こん》と圊《せい》が、厠を意味する文字であることは序章

で述べましたが、圂は豚に飼料を提供する意味を持ち、圊は青々と成長する植物への肥料を意味する厠文字といっても、さほど間違っているともいえないでしょう。
日本には、農耕とともにその知恵が渡来したのです。『延喜式内膳司』の条には、蕪菁《かぶらかぶ》一段を営むに、糞土《こえつち》百二十担、運功三十五人、殖功六人を要したとあります。肥料としての糞尿土が、いかに必要であったかがわかります。

大正初期（一九一〇）の東京近郊を描いた徳富蘆花《ろか》は、『みみずのたはごと』に、東京府北多摩郡千歳《ちとせ》村粕谷（東京都世田谷区粕谷）から東京へ糞尿を汲取りに行く情景をこう書いています。

「この辺りの若者は皆、東京行きをする。この辺の「東京行き」とは、直ちに「不浄取り」を意味する。東京を中心として、（略）陸路四里（一六キロ）四方（略）、荷車を引いて、日帰りが出来る距離である。荷車もあるが、九分九厘までは手車である。ずッと昔は、細長い肥桶で、馬に四桶附け、人も二桶担《にな》って持ってきたが、後、輪の大きい大八車で引くようになり、今は簡易な荷車になった。この村では、方角上大抵四谷、赤坂が主で、稀に麹町まで出かけるものもある。（略）一桶の重量十六貫（六〇キロ）とすれば、六桶も挽けば百貫（三七五キロ）からの重荷だ。（略）甲州街道を朝々幾百台となく東京へ向かって行く。」（注、かな使いなど改め、読み易くした。以下同じ）

「東京界隈《かいわい》の農家が申し合わせて、一切下肥《しもごえ》を汲まぬとなったら、東京はどんなに困るだろう。（略）百姓は黙ってその糞尿を掃除して、それを肥料に穀物蔬菜《そさい》を作っては、また東京に持って往って東京人を養う。不浄を以て浄を作り、廃物を以て生命を造る。（略）」

東京周辺の畑に、東京人の糞尿で「むっといきれの立つ堆肥の小山や、肥溜《こえだめ》一ぱいに堆《うずたか》く膨れ上がる青黒い下肥」を作っていた時代は、さほどに遠い昔ではありません。また、糞尿にも良否があって、「肥桶にぐっと腕を突込み、べたりと糞のつくとつかぬで下肥の濃い薄い」を判断していたといいます。

遠泳と六尺褌

宇和島の二つの男子中等学校では、夏、学期末の試験が終わった後の約一週間、湾内で水泳練習をし、最終日には遠泳大会が開かれるのが、恒例でした。
宇和島商業は、新須賀川の川口にあたる見返り坂を堀切った残土で、埋め立てた住吉山の西北広場を、水泳練習の脱衣場にしていました。ここは、父親が日雇いに出ている伊予木材の貯木場でもありました。

午前中の短縮授業が終わると、午後一時に広場に集合します。

当時の水着は、六尺褌と決められていて、一年生の水泳準備教育では、その締め方を物理の馬場金次先生が懇切丁寧に図解し、生徒を一人選んで、実技までさせました。白いガウンを着て、金縁眼鏡の小柄な馬場先生を、わたしたちは通称「ババキン」と呼び、うっかりご本人の前でいい、立ち往生する生徒がよくいるほど、人気のある先生でした。

晒し木綿の六尺褌は、水中で絶対に解けてはなりません。そのため、前垂れを作らず、両端を腹のところで堅く結ぶよう教えられました。

「途中で溺れかけたら、お尻の丁字の部分を、こう掴んで引き上げます」

モデル生徒の尻をいきなり掴んで引き上げますから、生徒は両脚をバタバタさせ、

「痛いぞな、先生ッ！」

前を押さえて悲鳴をあげました。

鱶《ふか》避けには、赤褌の前垂れをだらりと長く流して泳ぐと安全だと、ちょっと物知りの生徒が口を挟むと、

「いえ、生徒は清潔な白褌《しろふん》にかぎります。集団水泳ですから、鱶のほうが逃げ出します」

毅然《きぜん》として言われました。たしかに赤褌が、鱶よけには効果があるかも知れませんが、白木綿より高値で贅沢。前垂れを長く伸ばせば、鱶が大きな相手だと勘違いして逃げると、と誰かがいいましたが、ババキン先生の科学的理論には叶いません。

格好つけたがる高学年には、規定の締め方をせず、水中で前垂れをさらっと長くし、水母《くらげ》の群を連れているように、ひらひらさせながら泳ぐ先輩が、たまにはいますが、さすが集団遊泳、赤褌はいませんでした。

ババキン先生はさらに、観海流泳法の科学的講義をつづけられました。

「遠泳では、決して無理な力を使わぬことです。両手は水を掻くのではありません。水面のやや下を、ゆっくりと撫でるのです。両腕を前に出すときには、指先を上に向け、掌《てのひら》は水面に対して四十五度の角度に保ちます。引くときには、大きく両腕を両脇に広げ、今度は指先を下にして同じく四十五度に保ちます。判りますか。掻いてはいけません。ゆっくりと水を撫でるのです。脚も同じです。蹴らない。両脚で水を挟むのです。股を充分開いて、ゆっくり水を挟みます。水が後ろに押し出される

と、その反作用で、身体は前進します。そのとき、両手と両足は、これ以上延びないという状態で、しばらく静止しておきます。浮力がなくなりかけたら、はじめて両手と両脚を動かして浮力をつけます。その連続です。決して慌ててはいけません」

大きな教卓の上に腹這いのモデルは、ババキン先生に手足をとられて、演技させられました。

遠泳には、在校五年間のうちに一度、参加すれば良いことになっていました。それまでは、溺れかけても目立つように、赤帽を被らされ、湾内を能力に合わせたグループで、練習しました。舟の上から、監督の先輩に、頭を小突かれながら泳ぐのです。

わたしは、三年生のとき、ようやく遠泳に参加してきました。

遠泳は、午前八時に、湾外南の無人島小高島まで、褌のまま船で運ばれて、島で体中にワセリンを塗り、スタートします。

三メートルばかりの間隔で、二列になり、前とは二メートル離して泳ぎました。九島の西は外海ですから、やや波があり、前の白い帽子が、ときどき波間に見え隠れしました。

ババキン先生の教え通り、ゆっくりと泳ぎます。列の前後左右には、監視船が何艘もいます。先頭の船では、ゆっくりと太鼓を叩き、この音に手足の動きを揃えれば、あまり疲れません。

「百町遠泳」といえば大変な距離のように感じますが、十キロです。湾の防波堤のような九島の西側から北へ、この水路から湾内に入るコースです。

潮流で極端に温度差があり、出発直前に身体中に塗った、防水用ワセリンも、ほとんど効果がありません。暖流はぬるま湯のようで、寒流は氷柱《つらら》を脇腹に押し付けられた感じです。

途中、一時間毎に九島の浅瀬に近づいて飴玉が貰らえます。飴湯を支給されることもあります。まるで銭湯にひしめくように、日焼けした白帽少年が、目をくりくりさせ、がやがやと、塩水に濡れた飴玉を、しゃぶります。その間、身体を水中から出してしまうと、疲れが増して泳げなくなるので、厳しく注意されました。

小便がしたくなっても、そのまますするしかありません。褌を通して、股といわず腹といわず、背中辺りまでも、なま温かい小便が駆け上がってきます。自分が出した小便だから、汚いとはいえません。

夏雲の湧く黒潮の海原です。この排尿感は、なんともいえません。じっと雲の動くのを見ながら、冷えた身体を包む奇妙な生温《なまあたた》かさに、酔いしれるのも本人なればこそです。

「おい、やったな」

急に、隣の仲間が、水をはじきながら、逃げ出しても後の祭り。

「ふふ」

おまえもさっきやったじゃかいか、とニヤッとするだけです。

後年、ポリネシアやミクロネシアの住民は、腰まで海に浸かって排便すると、ものの本で知りました。天然の水洗トイレで、しかも尻を拭く必要がなく、最も清潔で簡便でしょう。

少年時の貴重な遠泳体験は、アメリカへもロンドンテムズ川へも繋がる壮大な故郷の海とともに、忘れられません。

糞尿の薬効

海は、人間だけのものではありません。鱶もいれば、水母《くらげ》もいます。乳白色の透き通った普通の水母は、ただゆらゆらと波のまにまに近寄っては離れ、ぬるっとして気持ち悪いだけで、毒はありません。ただ、弱者の常で、群をなして漂っています。

遠泳時には、監視船が長い竹竿の先に網を付けて、ときどき掬いあげ、遠くへ投げ飛ばしますが、それくらいで排除できる数ではありません。かれらの大群を避《さ》けて、こちらが蛇行遊泳するしかありません。

ときどき、茶と黒の斑模様の水母が混じっていて、その長い糸が、腕や脚に絡まると、たちまち蚯蚓《みみず》脹れしてしまいます。

「やられたッ！」

と叫び、遠泳のリズムを乱し悲鳴をあげ、周囲の連中は慌て、被害者から離れ、曲者《くせもの》水母から逃げようとします。

毒水母にやられたくらいで、せっかくここまで泳いできたのに、救助船に移ることはしたくありません。即効薬は、アンモニアですが、救助船の先輩は、

「おまえの小便つけとけ。俺のを放《ひ》り掛けてもええぞ」

と冷やかします。

「ええです。自分のでしますけん」

舷《ふなべり》につかまって、海中に放射する小便を手で受けながら、蚯蚓脹れの腕に擦《す》りつけます。尿のアンモニアが、刺されを中和し、消毒してくれるのです。

「やれ、やれ。もっとやれ。うんと擦り込め」

先輩は、いまにも自分のを提供しようか、という素振

りです。

古代ローマ時代、すでに尿の効用は分かっていたようで、皇帝ウェスパシアヌスは、公衆便所の尿を集めて洗剤を製造する特権を洗濯業者に与え、ちゃっかり課税しました。韓国でも、小便で髪を洗う風習がつい最近まで残っていたとか。アラスカのエスキモーは、自分のを溜めておいて、洗濯や洗髪に使い、雪と混ぜて顔まで洗い、決して無駄にしません。いずれも、尿のアンモニアが、髪の汚れや垢や油を取ってくれるためです（中村浩著、論創社版『ふんにょう博士一代記』）。

これも後年の知識ですが、鎌倉中期、時宗《じしゅう》開祖一遍《いっぺん》上人《しょうにん》の尿が薬になると、狂信者が奪い合って呑んだといいます。一遍は伊予の人、念仏踊りを民衆に勧めて、諸国を遊行《ゆぎょう》しました。上人が、ありがたがって差し出す民衆の尿筒《しとつつ》に、悠々放尿している絵図が『天狗草紙』なる古書にあるそうです（スチュアート・ヘンリ著、文春文庫『「トイレと文化」考』）。

糞尿を薬とする話は、世界中いたるところに散見されます。中国の古書『魏志』では、解毒剤として糞汁を用い、『神農食経』では、小便を霊泉と称して薬用しました。また、糞汁を黄龍湯といって傷寒《しょうかん》の治療にも使った、といいます。

唐の文化と共に日本に伝来して、平安時代には、狂犬に咬まれれば、人糞を塗り、腋臭《わきが》は小便で洗うなどという奇妙な治療法が、専門書に載っているそうです。

信心深い人は、一遍上人の例を引くまでもなく、今でも眼病にきくと信じられる向きがあるらしく、ホルモン剤の原料も尿だとか（李家正文著、泰流社版『糞尿と生活文化』）。

中国明の万暦年間に刊行された奇書、『金瓶梅《きんぺいばい》』では、盛端明と顧可学という二人の野心家が、童貞の尿から「秋石方」という閨房薬《けいぼうやく》を作って皇帝に献上し、出世する話があるそうですから愉快ですね。

現在でも、自分の尿を毎朝飲む「尿療法」という万病治療の方法がある（前掲『「トイレと文化」考』）らしく、とてもとてもそこまで信じる勇気が、わたしにはありません。

遠泳が、脱線してしまいました。果てしない太平洋、黒潮へと開ける大海原をゆったりと泳いだ青春でした。

野糞で始まった盧溝橋事件

遠泳参加は、三年生の夏ですが、いま一度、二年三学期に話を戻します。

父親は、約束通り二学年で学校をやめろといってききません。たしかに、尋常高等科二学年の代わりに、商業学校へ進学させてくれたことは違いありませんが、まさか本心だとは思いませんでした。呆れたのは、わたしよりも周囲の大人たちでした。

昭和十二年（一九三七）三月、両親の仲人《なこうど》、土居製糸の土居定一氏が驚いて、女婿《むすめむこ》の和霊小学校寺田茂先生（後年、宇和島市教育委員長に就任）に相談されたようです。寺田先生も見兼ね、宇和島旧藩主伊達家に奨学金貸与制度があると勧めてもらいました。借金までして、と父親は反対でしたが、寺田先生がさっさと貸費願を書いて出してしまわれました。学校の月謝四円五十銭に加算して月額六円も借りられることになりました。ここまで他人に心配かけては、父親も反対できません。

本人のわたしは、以後気持ちだけでも少しゆとりある生活ができるようになりました。

この年七月七日の夜、中国北平《ペーピン》（現首都北京）の西南約六キロの永定河にかかる盧溝橋付近で、実に奇妙な偶発事件が起きました。世にいう「盧溝橋《ろこうきょう》事件」で、たちまち燎原《りょうげん》の火のように中国全土を覆い尽くす、支那事変（日中戦争）の発端となりました。

盧溝橋という名橋の傍《そば》で、夜間演習中の日本軍に、中国兵の銃撃があったとして「断固膺懲《だんこようちょう》の鉄槌《てっつい》を下すべし」と日本の現地司令部が嘯《うそぶ》きました。断固膺懲なる難解漢語は、たちまち流行語になりました。十五歳のわたしに詳しい意味は判らなくても、「やった、やった」と喜びました。

一部大人たちは、

「また、関東軍がなにかやりだした。とんでもないことになった」

と、ひそひそ囁き合いました。たしかに、昭和三年（一九二八）六月、奉天瀋陽駅手前で、張作霖を爆殺した事件も、昭和六年（一九三一）九月、奉天東北方の中国軍兵営「北大営」に近い柳条湖で満鉄線路を爆破して満洲征服の足掛かりとした事件も、さらに国際世論を満洲から反らすため上海で日本人僧侶五人を数十名の中国人に襲わせて上海事件の起爆剤とした昭和七年（一九三二）一月の事件も、すべて関東軍とその特務機関が謀策したことは、公表されないまでも、心ある人々に底流する許されない暴挙でした。

盧溝橋事件を、こんにち流布している資料でみますと、その夜、盧溝橋の東方三キロの豊台《ほうだい》に駐屯していた支那駐屯軍歩兵第一聯隊（牟田口廉也大佐）第三大隊（一木清直少佐）第八中隊（清水節郎大尉）が、盧溝橋のやや上流、永定河左岸の龍王廟で、九日予定の中隊教練査閲に備え、予行演習を行っていたといいます。

一方、中国軍は、盧溝橋が北平への主要街路であるため、永定河左岸の城壁に囲まれた宛平県城に、第二九軍（司令・宋哲元）の一部（守備隊長・金振中）を駐屯させ、永定河堤防にも散兵壕を掘っていました。

午後七時三十分からの夜間演習は、龍王廟付近の中国軍散兵壕を避け、北平方向へ向かって行動する仮装敵陣地を設けて、薄暮接敵し、つづいて黎明突撃を予定していました。

ところが、夜間演習は発砲しないのが常識であるにもかかわらず、午後十時四十分ごろ突然、仮設敵（もちろん日本兵）に渡されていた二挺の軽機関銃で、空砲の「三発点射」をおこなったのです。と、それに反撃でもするかのように、龍王廟付近から五、六発の実弾（？）が飛来しました。

驚いた清水大尉は、直ちに演習中止の集合ラッパを吹かせます。集合させてみると、初年兵が一名足りません。しかも、こんどは盧溝橋付近から十数発の実弾が頭上を掠めました。

伝令によって、直ちにこの状況を豊台の一木少佐に報告。「兵一名、行方不明」を伝えました。

一木少佐の電話を受けた北平の牟田口大佐は、戦闘準備を整えて中国側と交渉するよう命じました。

中国側からみれば、軽機関銃の不法射撃もさることながら、中国警備の宛平県城周辺で、ぬけぬけと夜間演習と称し、しかも兵一名が失踪したのを口実に、深夜、城内に進入、捜査しようとすることは、許せなかったでしょう。事実、後年の極東軍事裁判において、第二九軍副司令・秦徳純が、そのように供述しています。

日本軍は、中国軍に対して常に思慮浅く、強引無礼に「軍の威信」だけを大上段に構えて交渉を開始しました。これに対するこのときの中国は、不在の宋哲元に代わって前記の秦徳純が応対し、穏便に事を処理しようと計り、十一日には現地停戦協定が成立しました。

ところが、現地はともかく、日本陸軍の中央部は、この機会に華北侵略を強行しようと、三個師団の動員を決定、華北に出兵すると発表してしまいました。こうなれば、中国も大人しくしてはおれません。なんとお粗末なことか、感情の激するままに、侵略戦争が始まったのです。

行方不明だった兵、志村菊次郎二等兵ですが、彼は集合後二十分程して帰隊しています。演習中に用便したくなって隊を離れたというのです。よくあることで、わたしも後年、戦場で何度野糞をしたことか。演習であろうが、行軍中であろうが、戦闘最中であろうが、下痢は時も所も許してくれません。その間に、本隊は移動します。特に、闇夜は正常な距離感も失われて、うっかりすると道に迷ってしまいます。志村二等兵も、そんな状況の二十分間でした。すでに軍は戦闘命令を出し、中央ではチャンスとばかり、あれよ、あれよ、という間に、事を構えてしまったのです。

　それにしても、仮設敵に出ていた兵隊が、なぜ空砲を撃ったのか。薄暮接敵演習の終了を告げる伝令を、敵襲と間違ったのだろうか？　演習中、仮設敵に回される兵は、病弱者や虚弱者が多く、臆病風にでも吹かれたのか。しかも対応した発砲数発は、当時中国側が弁解していたように、周辺の西瓜畑で、泥棒を脅したのか、それとも、辺りに出没していた匪賊か、共産軍の仕業かもしれません。単なる威嚇射撃にすぎなかったようでもあり、なんともお粗末な話です。

交錯する出征と英霊

ながながと、盧溝橋事件の野糞騒動に触れましたが、内地のわたしたちは、まだ暢気でした。三年一学期の試験につづいて、夏休み前の短縮授業期間は、例によって午後からは、七月十七日の遠泳に備えた練習遊泳です。

　役所では、「非常時にあたり夏期四十二日間半日勤務、二十日間休暇制度を取り止める」と発表しました。同時に中国は、「対日徹底抗戦」を内外に通告しました。

　学校は、七月二十一日から夏期休暇ですが、この日も午前六時に集合し、戦勝祈願の伊勢神宮と皇居の遥拝をしました。校長からは、「神国日本に生をうけた御民《おたみ》吾《われ》らが、醜《しこ》の御楯《みたて》となるのは今をおいてない！」と、万葉調《まんようちょう》の厳しい訓話です。

　翌日も、翌々日も、翌々々日も、神社参拝と靖国神社遥拝です。

　連日、出征する兵士を歓送しました。「祝出征××××君」、「祝応召××××君」と大書した幟旗を翻えし、兵士は一様に草色の奉公袋を提げ、自分の名前を記した国旗を襷《たすき》にしています。羽織袴や着慣れぬ背広姿で、門出酒を呷《あお》ったのか、赤ら顔や青ざめ顔の丸坊主が、と送られてゆきました。道の両側からは、「万歳！　万歳！」の叫び声とともに、急いで流行《はや》らせた軍歌が、途切れず続きました。

　八月九日、上海海軍陸戦隊の大山勇夫中尉と斎藤与蔵

一等水兵が、中国国民軍正規兵に殺害され、戦火は上海にも飛火しました。

十三日には、遂に第二次上海事変に突入です。

十五日、政府は、「中国の暴戻《ぼうれい》を膺懲《ようちょう》せん」と声明。街角には、千人針を呼びかける女性が並び、わたしたちは戦地への慰問袋に入れる慰問文を、せっせと書かされました。

九月五日早朝、はやくも、樺崎桟橋で戦死者の遺骨を迎えました。船から下りる白手袋をした在郷軍人の、目よりも高く掲げて差し出す真っ白い遺骨箱を、急いで喪服の帯飾を整え、髪を撫でつけた婦人たちが、それぞれの胸にしっかりと抱いて、歩きだしました。

それからはもう、ほとんど毎週出迎えるようになりました。わたしたち宇和島商業の出迎え場所は、灘橋《なだばし》脇で、腕に黒い喪章を巻き、弔旗を先頭に整列しました。

グループ毎に「最敬礼！」の号令が、次々と移ってゆきます。

出迎える遺骨、見送る出征兵士。授業日といわず、日曜といわず、試験中でも、ときには同じ日にその二つが重なって、わたしたちは喪章を付けたり外したりしました。まだ「英霊」という詞《ことば》は生まれておらず、単に遺骨の出迎えでした。

十二月十三日、ついに中国の首都南京を占領しました。祝賀の提灯《ちょうちん》行列は、学期試験日に当たり、試験の延期も併せて喜びました。

疾風《はやて》のような戦争は、わたしたちの学窓を、有無を言わせず駆け抜けていました。

「この戦争、ぼくらが兵隊になるまで、続くやろか？」と呟くと、友人の神山峻は、いつも決まって、

「当たり前よ。勝つまでやるさ、何年かかっても」

彼は、五年の二学期で陸軍少年戦車学校を受験、数年後にはサイパン島で戦死しました。まさに信念の男でした。

須賀通裏長屋

昭和十二年（一九三七）のある日、まったく突然、製糸工場廃屋寄宿舎の我家を壊す、と家主から通告されました。

ずっと以前に、一部は取り壊されていて、台風には神輿のように揺れ、あちこちの雨漏りに、バケツも盥《たらい》も間に合わず、強風が屋根裏を吹き抜けようものなら、大屋根は巻き上げられます。倒れる覚悟までしていましたが、遂に立退きです。

引っ越し先は、北陽色街《ほくよういろまち》に隣接の須賀通《すかどおり》でした。映画館「キリン館」裏路地の二階長屋で、前には次の貸家建築に準備された広場がありました。幸い、わたしのいる間には建たず、窮屈な思いをしなくてすみました。その先が黒板塀に黒暖簾の質屋で、暖簾の色が看板のようなものでした。

借家は、一階が半坪の土間と四畳半。汲取り式の便所と、小さな竈《くど》のある一坪足らずの土間で、裏口がコンクリート打ちの庭で、共同ポンプがあり文字通り長屋の井戸端会議の場所でした。

二階はわたし一人が占領し、下は両親と弟、そしてこの年十二月に生まれたばかりの妹の四人が使いました。二階への階段は四畳半の隅にあり、わたしは、寝ている四人を踏み越えて、夜中に便所に行くのが、なぜか恥ずかしく、朝まで小便を我慢することがよくありました。

二階は六畳と階段を上がると半坪ほどの板敷きで、その窓の外に狭い物干し場がありました。向かいの長屋にも、一、二歳年上の青年がいて、屋根伝《やねづた》いによく遊びにきました。彼も二階を自分の部屋にしているようで、夏の夕方、行水の後など、浴衣も着ない越中褌一本で、屋根瓦を割らぬよう身軽に渡ってきました。

わたしの部屋には、引き戸付の小さな本箱がありました。いままでは、我家でたった一つの食器戸棚で、引っ越したら階下が狭く、置き場所に困り、本箱に使えと下げ渡してくれたのです。それに、すこし自分で稼《かせ》いだ貯えで、新しく机と椅子を買いました。

一、二年の夏休みに、ウマさんこと、宇都宮松太郎先生の口利きで、宇和島運輸会社の総務課給仕に使ってもらった、その給料です。意外に使い出があり、机と椅子のほかに、ゴム靴と新修漢和大字典を買い、まだ少し残っていました。そうそう、この期間の園芸部の朝顔の水遣りや珠算の補習授業は、ウマさんの配慮で免除してもらいました。

運輸会社では、お茶汲や書類配り、ときには便所の掃除もしました。黒茶色になってこびりついた踏み板の古い糞は、箒で掃くくらいではどうしても落ちません。水を流して雑巾でごしごし擦りました。そんな日は、洗っても、洗っても、手の臭いが取れず、家では、便所掃除をしていることなど、恥ずかしくて母親にも話せません。

この須賀通の家は、これまでの我家に比べ、六畳を独占し最も優雅でした。そればかりか、奨学金の小遣いがあり、しかも、五年生になると、二人の一年生の家庭教師の口がかかりました。ひょっとしたら、両親よりも収入が多かったかもしれません。母親は、こっそり前の質屋を利用し、質草はほとんどが母親の衣類で、期限切れの質札の燃え差しが、竃のそばに落ちているのを見たことがありました。おそらく両親は着のみ着のままではなかったでしょうか。

着るものといえば、わたしも、さほど気にしないほうで、一年生のときに新調してもらった小倉の学生服を、五年生まで着通しました。背丈の伸びるこの時期に嘘のような話ですが、洗い晒して黒色が褪《あ》せて灰色になった服に、身体の成長に併せ、上着の背といわず腕といわず、裾《すそ》にも布を継《つ》ぎ足し、ボタンのかがり穴を、そのたびに下へずらしました。ズボンの両側も裾にも、すべて接《は》ぎ布がありました。ですから、その部分だけ色が違っていて、友だちは、「君なら、校庭の何処にいてもすぐに分かる」と冷やかしました。

つぎに困ったのは靴です。学校の規定は黒靴ということになっているだけて、革靴は買ってもらえません。ゴム靴は、夏には汗で蒸れ、軍事教練で走り回ると、靴の中で足がツルツル滑りました。そのうち、成長とともに、足指が外から見えるほど窮屈になり、底が割れ跣《はだし》よりもいいか、としばらく辛抱しました。ついに自分の蓄えでゴム靴を買いました。

御親閲と晒木綿

昭和十四年（一九三九）五月、満洲国とモンゴルで、国境線不明確な草原ノモンハンの境界紛争が起こりました。

満洲国の境界線は独善的で、しばしば小競り合いが各所で起きていましたが、ノモンハンは様相が違いました。日本・満洲国軍とソ聯・モンゴル軍の死闘に発展し、日本陸軍は明治建軍以来の大敗を喫しました。国民にはその真相など、全く知らされませんでした。四年後、わたしがハルビンの特務機関付属教育隊にいたときにも、いまだにここでの戦死者遺骨が運ばれて来るほど、極秘にされた惨状でした。

この最中国内では、全国中等学校以上一千八百校の学生・生徒代表三万二千五百余人を、皇居前広場に集めて、「学校教練施行十五周記念御親閲式」が五月二十二日に行われました。空前の大行事で、宇和島商業学校からも、丸島清校長、ウマさんこと宇都宮松太郎先生、教練担当の予備役陸軍中尉永田音治先生の三人に引率された代表十名が参加しました。運動神経のいささか鈍《どん》なわたしも選ばれました。

式典の直後、天皇は、文部大臣陸軍大将荒木貞夫を呼

ばれ、

「国家隆盛ノ気運ヲ永世ニ維持スル（略）其ノ仁實ニ繫リテ汝等青少年学徒ノ雙肩ニアリ（略）負荷ノ大任ヲ全クセムコトヲ期セヨ」

なる「青少年学徒ニ賜ハリタル勅語」まで下賜されたのです。

宇和島商業学校選抜生徒のうち、大任に殉じた戦死者は二人、神山峻と武山巌でした。現在も老醜を曝すのはわたし独り、遠い話ですが、この行事を境に、すべての学徒は問答無用とばかり、戦時下予備軍に位置付けられたのです。

わたしは、御親閲に選ばれはしたものの、支度が大変でした。五年間着た切り雀の色あせ継ぎ足し布が、遠目にもわかる学生服では、「いくらなんでも、めんどらしい（恥ずかしい）」と母親はいいます。そうかな、とわたしは暢気でした。

ところが、古着でしたが、まともな学生服を都合してくれました。ひょっとすると、母の着物が質屋経由で変身したのかもしれません。

勿論、他の連中の靴は、革靴でしたが、わたしは、そこまでジロジロ見る人はいないだろうと、いつものゴム靴で間に合わせました。分列行進中、革靴のようにカツカツとはいわず、ペタペタいいますが、規律を乱すまでの音ではありません。

御親閲の服装は、軍事教練のときの軍装と決まっていました。各学校は、それぞれの制服制帽で、左腰に銃剣と右脇腹に前弾薬盒《ごう》一個を、帯革に挟んで、上着の上から締めます。ズボンには、靴の上からゲートルを巻きました。陸軍では巻脚袢《まききゃはん》といわせましたが、言いにくく、生徒は、ゲートルですませていました。それに、軍隊から学校に貸与されていている三八式歩兵銃と、野外演習以外はあまり使わない背嚢《はいのう》を背負いました。

銃は兵隊の魂だと教育され、南京錠付の大きな扉がある兵器庫に厳重に保管されていました。戦闘教練では、空砲を撃ちますが、実弾を装填すれば、すぐ戦場に役立つ代物です。それだけに、日常の手入れはやかましく、何度もやり直しをさせられました。

御親閲に携行する銃の手入れには長い時間をかけ、小さな部品の一つ一つにも指紋が残らぬよう、気をつかいました。同行の永田中尉が、付きっきりで監督します。さらに上京途中、銃には白い晒しを巻くということになりました。戦争がはじまった頃のニュース映画で、出征兵士が、晒巻きの銃を担いで兵営を出る場面があり、悲壮感を覚えました。わたしたちの御親閲行も、それとそっくりの姿です。

銃身を全部巻くと、晒し木綿が一反も必要になります。すでに、昭和十三年（一九三八）三月から、衣料切符制度が実施されていて、純綿は切符を使わなければ入手できません。代金は学校が出すとしても、衣料切符は家のものを使うことになりました。我家の配給切符は、ほとんど使っておらず、充分間に合いました。

ところが、出発の直前になって、わたしは校旗の旗手を勤めることになり、銃は所持しなくなりました。じゃあ晒し木綿はどうすればいいか、尋ねましたら、半日ほどして「君の家の切符を使っているのだから、差し上げることに決まった」と、返事があり、母親はほっとしました。

この晒し木綿には、後日譚があります。

衣料が不足すれば一番先に困るのは下着です。この木綿に関する限り、わたしに使用権があるような気がしていました。わたしは、汗を吸わないペラペラのスフ（こんにちでは死語。木綿の代用品で、人造短繊維）のパンツが、すぐに破れるので、母親に越中褌を作ってもらいました。当時、大人はほとんどがこれで、学校でも汗を掻《か》く運動部員などは、常用していました。これが、わたしのはじめての越中褌です。


夏はいつも、隣近所のおばさんたちの集まる裏の井戸端に、盥《たらい》を出して行水をしました。それがとても恥ずかしく、洗い終わると母親が、

「そら、作っといたぞ。仕方知っとるか」

新しい褌を持ってきました。慌てて締め、二階へ上がると、裏の青年が、

「おい、似合うぞ」

窓越しに冷やかしました。急いでズボンをはくと、なんとなく大人になった気分がしました。

越中褌で一番困ったのはシャツとパンツの体操時間でした。体操中にすぐ緩んで仕舞うので、その日だけは、パンツも穿いて登校しました。


御親閲から帰ると、五年生は就職の話ばかりです。あるとき、ウマさんが、わたしに耳打ちしました。

「おい、どうや。上の学校へ行かないか。松山高商（現在の愛媛大学）やったら推薦入学出来る。授業料も、伊達さんの奨学金を続ければええけんな」

願ってもない話ですが、商業を二年で辞めろと言った父親に逆らって、三年からは両親仲人《なこうど》のお婿さんの世話で、伊達家の奨学金を借用してきた手前、これ以上の借金は出来ないと思いました。それよりも、成績がよくな

いのです。英語がまるで駄目。これ以上やれば、化けの皮が剥がれてしまいそうでした。これからは、家のために稼《かせ》ぎたい、と恰好いいことをいって断りました。宇都宮先生はしばらくわたしの顔をみて、

「ええ話やがな。後で後悔するぜ」

何度も繰り返し、ご自分のことのように残念がられました。

就職面接場所の洋式トイレ

七月七日、学校から大阪の住友を推薦され、就職面接に行きました。

幸いに、一年先輩で、住友生命に勤務していた山下利雄さん（故人）が、朝早く旅館まで来てくれ、迷うことなく、住友ビル四階「住友本社」、指定の部屋に連れて行ってくれました。

受験した同級生は六人で、筆記試験などはなく、住友本社理事と称するお偉い方々の前に、学校毎に呼ばれ、机を挟んで並び、あらかじめ学校から提出の身上書や成績証明書に従って、質問されました。標準語でしゃべらなければ、と堅くなり、

「普通の話し言葉でよろしい」といわれ、ますます方言ばかり連発しました。

住友では、傘下子会社を「店部」といい、希望店部を尋ねられました。とても銀行など洒落た金融会社向きではありません。かといって、金属工業や電線製造などの力仕事も駄目だろう、泥くさい「鉱業か林業」と答えました。

受験生六人は、全員採用され、望んだ店部に配属されました。

但し、発病で入社出来なかった者一名（木村壽　故人）、徴兵検査前に過労死した者二名（岩橋新一郎、梶田経雄）、わたし以外の二名（川添義明、大塚誠一　故人）は戦後退社し郷里に職を得ました。現在の生存は、わたし一人です。

「それにしても、逝った君たちは、面接当日の滑稽譚、覚えていますか？

住友ビルの四階には、大幹部の部屋がずらりと並んでいたよね。就職後、五階の住友鉱業本社勤務になったわたしには、最も近いフロアだが、簡単に覗ける場所ではなかった。後にも先にも、あのときかぎりの四階会議室だった。

ところで滑稽譚だが、面接を待っている間に、指示された便所は、それまで見たこともない異様な便器で、用

便に慌てたよ。覚えている？

　金隠しがなく、しゃがもうにもどちらへ向けばいいのか、迷った。便器の上に蓋とさらに楕円の器具があって、その器具の上にしゃがむのか？　それとも蓋とともにそれを上げて、白い便器の縁にしゃがむのか、困った。便器の縁に尻を置こうにも広すぎて、そのまま便槽の水溜まりに落ちそうだった。じゃあ便器の縁に乗ってしゃがめば、不安定だろう？　水溜まりに足を滑らせ兼ねん。

　蓋の次にある輪っぱに尻を乗せればいいが、誰かの尻が乗ったところに、自分の尻を当てるのは、不潔だね。密室だから、尋ねる人がいない。おろおろしながら、出すのを我慢したよ。

　控え室に戻って、そっと仲間に訊ねたら、誰も困っていた。ただ、岩橋新一郎が、『あれが洋式の便所だ』と得々話したね。

『じゃあどうしてするのだ？』

『やったことない』

誰も知らないと、気が強くなり、

『あんなのにしゃがめっていうても、無理ぞな』

と言った途端、他校の洒落た制服の生徒が
『バカ！　輪っぱに尻《けつ》をのせりゃあ、自然に出る』と学のあるところを披露してくれた。

『ぺたんとか？』『ああ、そうだよ』『誰でもあれに、ぺたんか？　そんなの、汚いぜ』『汚うても、外人はそうやるんや』『しゃがまんで、どうやって息詰《いきづ》める？』『知るか』『どっち向くんじゃろ？』

　しばらくは面接待機の緊張がほぐれて、ガヤガヤしゃべったよね。早いもんだ。あれから何十年経つ？　誰一人、聞いてくれる者がいない。寂しいよ」

第三章　青　年　その一

就職

昭和十五年（一九四〇）、中国大陸の戦争は、何時果てるともなく満三年を迎え、占領範囲を「点」から「線」へ、さらに「面」へ拡大させる、と豪語する日本陸軍の戦略だけは、壮大でした。

膨大な軍事費を浪費し、次々と駆り集めた兵力を、英霊の美称に代え、「支那《しな》事変」は「聖戦《せいせん》」として、国民の士気をひたすら鼓舞しました。

わたしたち青年は、これをなんら疑わず、やがて戦場で散ることだけが、生きてきた証だと信じていました。祖国存亡の危機にこそ、ことの是非は別として、潔く戦って死ぬことが愛国心であり、逆らえば「非国民」でした。

二月、代議士斎藤隆夫（一八七〇〜一九四九）が臆せず国会で、「軍と政府の戦争政策は偽瞞《ぎまん》だ、聖戦とは虚偽《きょぎ》だ」と批判します。たちまち、斎藤代議士は、軍部の圧力で除名されました。「事變處理《じへんしょり》問題に関する斎藤代議士の質問は、深刻《しんこく》を極《きわ》め、その言辞には穏当を欠《か》くものあり、とする見解が多く、果然《かぜん》重大な波紋を投げかけるに至った」と二月三日付け『東京日日新聞』まで黙殺してしまいました。国民も、その大勢には逆らえません。

商業学校を卒業したわたしは、三月三十一日（日）午後六時、第十五宇和島丸で、ふるさとを離れました。当時、宇和島から大阪方面へ行くには、ほとんど船便でした。

樺崎港の浮き桟橋には、溢れんばかりの見送り人がいました。お殿さまの参勤交替も藩士がここで見送り、出迎えた由緒ある場所ですが、だからといって、わたしの就職にこんなに集まってくれたわけではありません。偶然、この船の一等船室に、例の理科担任「ババキン」こと、馬場金次先生ご一家が乗っておられたのです。先生は、この年かぎりで郷里長野県の中学校へ転職されたのです。

音楽部のブラスバンドが、校歌や応援歌『ああ夢多き南海に』を繰り返し演奏していました。次々と、五色のテープが先生ご一家に投げられて、桟橋の人々は、テープの色模様に隠れて、よく見えません。

わざわざ見送っていただいていた小学校の友澤先生の未亡人が、テープを買ってきてわたしに握らせました。ご主人の清志先生には四年のときに習い、大変可愛がられ、家によく訪ねていました。その後間もなく亡くなられ、形見に先生の革靴を頂戴していました。ピカピカの革靴をはじめて履き、奥さんからのテープをしっかり握りました。

ドラが鳴り、船は桟橋を離れました。茜雲に映える外海へ出ると、街はすぐ島隠れしてしまいました。

三等船室は、広い船底で、赤い絨毯《じゅうたん》が敷かれていましたが、ところどころが擦り切れ、換気も十分でないのか、船酔いした反吐《へど》の異臭が、ペンキの匂いに混じり、むかつきそうでした。それを我慢してか、大勢の客は、はやばやと、思い思いの方向に寝転んでしまいました。

わたしは小便をしたくなって、便所を探しました。鉄の壁と床の通路を、よろよろしながら、船員に教えられた鉄扉を押し、框《かまち》を跨ぐと、便所にも異臭が籠っていて、ぐっと胸にこみあげてきました。流さなかった先客の汚物が残っています。どこに水栓があるのか、分りません。自分の小便では、先客の汚物まで流しきれません。大のほうは大阪まで我慢するしかないと諦めました。

貨客船なので、港々で荷物の積み卸しに時間がかかり、翌日は終日海の上でした。瀬戸内海の島々や往来する船に、これからの遠くて長い人生の旅路を重ねたりしました。ふるさとの交友が消え、独りで切り開く生活がはじまるのです。戦争もしばらくは終わらないようだし、あと三、四年の命《いのち》か、とますます孤独感に襲われました。

船室で膝を抱え、小さな丸窓にしぶく波を見ていると、船員が一等船室のお客さまが君を呼んでおられる、と伝えてくれました。わたしの同船を知っておられた馬場先生のお招きでした。船員の案内で先生の部屋を訪ねました。

先生も退屈だったのでしょう、例によって、船がローリングする科学的説明を、得得とされました。「いいか、いいか、よく聞け、いいか」が先生の口癖でした。船のボーイが出してくれた角砂糖付コーヒーはうまく、生まれてはじめての味でした。

一時間ほどいて、船底の三等室に戻り、蹲《うずくま》りましたが、エンジンの響きが耳にこびりついて、目はますます冴えました。

ふと気が付くと、船が止まっていて、クレーンの音がします。午前二時。馬場先生ご一家は、神戸から汽車と聞いていましたので、慌ててデッキへ出て、見送りました。以来先生にお会いしたことはありません。

午前六時半、船は貨物の積みおろしを終えて、ふたたび大阪天保山港へ向けて出航しました。

河内《かわち》山本、住友自勝寮《じしょりょう》

出発前に家で無理して買って貰ったトランクを提げ、大阪とはいえ意外と小さい天保山埠頭に下りたちました。

待合室は混雑していても、一人の知人もいません。市中乗り換え自由均一料金の市電を待ちました。

難波に着いたのは、十一時過ぎで、どの食堂へ入ろうかと迷いました。結局、去年の夏面接のときに入った「そごう百貨店」まで歩きました。我慢していた大便も、百貨店の便所でやっとすませました。しゃがんでもトランクを便器の横に置ける広さがあり、綺麗です。ただ、天井近くにあるタンクの紐を引っ張ると汚物が流れ、大きな水音に驚きました。

会社から指示された住友の寮「自勝寮《じしょう》」は、生駒の山並みで信貴山《しぎさん》麓、南河内郡八尾町山本という大阪の郊外です。周辺は、霞んだ空に、時々ひばりの揚がるのが見える田圃だと先輩から聞いていました。

大軌電鉄（いまの近鉄）河内《かわち》山本駅で下り、新芽の美しいアカシヤの並木道を、小川に沿って南へ五百𫠘《メートル》ほど歩くと、生垣のつづく住宅街が途切れて、白亜の鉄筋コンクリート三階の建物が見えました。

思わず立ち竦み、我家を連想しました。便所と三十𫠘《センチ》も離れない四畳半に両親と弟妹の四人が、寝ている部屋。わたしだけが、こんな豪壮な寄宿舎に住んでいいだろうか？

ここには、オール住友（住友グループを、当時そう呼びました）各店部の若い社員が、二百人ほどいました。南寮と北寮の二棟に分かれ、いずれも北側が廊下で、部屋は、九畳三人制でした。頑丈な書棚、洋ダンス、押し入れが造り付けで、各人毎に使えました。しかも、窓際の台下にはスチーム暖房まで通っています。

南北の両棟を結ぶ棟には、各階に、指導員用の六畳室が二部屋あり、その廊下を隔てて洗面所と便所ですが、いずれの床も壁も明るい白タイル張。洗面所には、各人の歯ブラシとカップ、歯磨き粉が置けるよう小さく区切った棚があり、それぞれに各自で名刺の名前部分を切り取って貼っていました。

便所は、和式水洗です。洋式などというものは、住友ビル役員階で見かけただけで、まだ珍しい時代でした。便所の掃除当番が回ってきても、ここなら苦労しないと思っていましたら、自治制度とはいえ、田舎の会社とは違って、専従の掃除人がいます。

玄関ホールの右が食堂棟で、この棟には浴場、ボイラー室、従業員居室があります。浴室は、一度に十四、五人入れます。この棟の二階は、全員集合可能な畳敷きの大広間で、集会室兼娯楽室に当てられていました。集会室の床の間には、住友総理事小倉正恒氏（のち、大蔵大臣）が、寮の名付け親として、自書された大きな二文字「自勝」の掛軸がかかっています。『老子道徳経第三十三章』の「知人者智、自知者明、勝人者有力、自勝者強、知足者富、強行者有志、不失其所者久、死而不亡者寿（人を知る者は智あり、自ら知る者は明らかなり、人に勝つ者は力有り、自ら勝つ者は強し、足《た》るを知る者は富み、強いて行う者は志《こころざし》有るなり、其の所を失わざる者は久《ひさ》しきなり、死して亡ばざる者は寿《いのちなが》し）」が出典で、「自勝」は「克己《こっき》」と同意で、わたしにははじめて知る熟語でした。

集会室と廊下を隔てて、書庫付図書室があり、主要新聞雑誌はいうまでもなく、毎月数十冊の単行本が充足されていました。

因みに大阪周辺には、このような寮が七ヶ所ありました。寧静《ねいせい》、謙和《けんわ》、遜志《そんし》、日慎《にっしん》、猶興《ゆうこう》、致遠《ちえん》、そして自勝《じしょう》といずれも中国の古典から採った名前が付いていて、中等学校卒の新入社員が、兵役までの二、三年間を集団生活する場所として、旧制高等学校の寮を手本に、社会的徳育を主眼に設けられていました。

やや硬くなりますが、住友の社員制度と教育について少し触れますと、住友社員には「職員」と「雇員」の二制度がり、中等学校卒以上は職員、高等小学校卒以下は雇員で採用されました。職員は、四等職員からはじまって徐々に昇格しました。雇員が職員になることは容易でなく、よほど成績がよくても「準職員」が精精《せいぜい》でした。中等学校出の職員は、平社員から係長、課長までが出世頭で、大学卒でなければ部長、役員になることはおよそ不可能でした。ただし、四～三等職員が住友事業の実戦部隊であり、彼らに誇りを持たせるため、当時として最高の住環境を与えていたのです。

　寮名通り儒教的徳育教育には厳しく、優秀な大学卒職員を選んで、六畳室を与え「六畳室委員」と称し、寮生の生活指導員を命じました。六畳室委員の掌握は、住友本社人事部で、職場以外の寮生の日常を把握していました。

　寮では、年二回の部屋替えと、一回の同室者組替えが行われました。また同じ店部の者とは同室させない仕組みで、わたしもはじめは、部屋長が一年先輩の金属工業、同年職員が保険（生命保険会社の略称）に勤務していました。店部間人事異動は幹部職員以外少ないようでしたが、寮内の部屋替えと、同居替えは、将来、仕事上の人間関係に大変有効のようでした。

　集会室では、月例自治会、入退寮歓送迎会、寮祭などが開かれました。ほとんどが未成年者ですから、禁酒です。十銭の袋菓子が配られました。

　全国の中等学校から、厳選されたと自負する硬骨な寮生だけに、高等学校寮ほどの蛮カラはいません。戦争酣《たけなわ》のせいか、小生意気《こなまいき》に髪を伸ばし、ポマードをテカテカ付ける同期生がいると、自治会で、向きになって糾弾する熱血漢がいた程です。

　夏と冬との早朝体操週間や各種サークル活動など、いずれも活発でした。

　寮に接して、雛壇観覧席のある野球場、アンツーカーが使われた公式テニスコート、屋根つきの相撲土俵と至れり尽くせりで、戦後、野球場は八尾市に寄贈されたほどでの設備でした。

　寮生は、入寮すると巧みに標準語で話しました。これも秀才の証かもしれません。わたしは、その切り替えに苦労しました。根は話好きですが、ときに恥をかくことばかりでした。「入れ《はい》」を宇和島周辺の方言で「はまれ」といい、笑われました。大阪人は「嵌《は》まる」に性的連想をするようでした。

　そんなとき、よく図書室に逃避しました。書庫には哲学書や文学書など高価本を自由に読むことができました。哲学書の一つくらい読んでいないとバカにされます。西田幾多郎《きたろう》（一八七〇～一九四五）の『善の研究』、阿部《あべ》次郎《じろう》（一八八三～一九五九）の『三太郎の日記』、倉田百三《くらたひやくぞう》（一八九一～一九四三）の『出家とその弟子』などは、必読書でした。文学書もよく読みました。島崎藤村、山本有三、有島武郎《たけお》、菊池寛、列挙すれば限がありません。

　秋の寮祭で、各階ごとに出し物を競って演劇を楽しむのですが、山本有三の『生命の冠』『盲目の弟』、菊池寛の『父帰る』『敵討以上』、有島武郎の『ども又の死』などなどは、定番戯曲でした。あまり過激なものは許可されません。たとえば、ゴーリキーの『どん底』など危険思想（？）だといわれ、配役が決まり、本読みをはじめたところで、とんでもない、と住友本社人事部から叱られました。

寮祭の午後、全員参加の相撲大会には、愉快な四股名《しこな》をつけるのが恒例で、わたしは上演禁止の腹いせに、出演役名の「韃靼人《だったんじん》」で土俵にあがりました。

毎年の四股名命名委員は非公表で、どんな名前を付けられても寮祭の余興だと甘んじなければなりません。当時の風俗流行語が巧みに駆使され、これだけで文化史ができそうです。

わたしは初年度が「ガンジー」、出征した年は「わめくラマ僧」、その中間が「韃靼人」でした。身長一・七三メートル、体重五十五キロと瘠せていた新入社員時代や、何かにつけ先輩面をし、言いたいことを言い放《ぱな》った退寮年次を思い出す四股名です。

読書の話に戻します。長便所だったので、そのころから本を持ち込んでしゃがむ癖がありました。なにかのはずみに本を便槽に落としてしまいました。図書室の本であったかどうかは忘れました、いやそうではなかったはずです。糞飾《ふんしょく》してしまいました。水洗では流すわけにゆかず、拭ってやっと汚れを落とし、臭いが飛ぶまで陰干しして古本屋へ売りに行きました。ちょうどそのころ、『文芸春秋』に菊池寛の『半自叙伝』が載り、似たような体験談を知って、妙にホッとしたのを覚えています。文豪の青年期の面白い話なので触れておきましょう。

『半自叙伝』のこの章は、「私は、読書の点においては、非常に早熟であったように思う」とはじまります。郷里香川県高松の図書館の本を全部読んだというから大変な読書家だったのでしょう。ただ、学校へ行くようになってからは、教科書を買う金にも困り、試験には友人の教科書やノートを借りて暗記した。「その頃、便所にドイツ語の辞書が落ちていた。落とした当人は、あきらめたらしいのだが、ただ一片の表紙がよごれているだけなのだ。僕が首唱者になり、早速それを拾ってきて、乾かして本屋へ持って行って売った。八十銭かいくらかに売れた」というのです。

厳しくなる食糧事情

昭和十五年（一九四〇）は皇紀二千六百年だ、といきなり『日本書紀』の建国思想「八紘一宇《はっこういちう》」を持出し、国民の思想強化を謀っても、これでは読書同様腹の足しになりませんのに、その頃から自勝寮でも、「丼七分飯」がはじまりました。

これまで食堂には、大きな飯櫃がいくつも置かれ、茶碗飯で食い放題、味噌汁も注ぎ放題でした。わたしは、今日こそ何杯食うか勘定しようと七杯目までは数えても、以後の杯数は覚えられない程でした。丹波の松茸が出回る頃には、来る日も来る日も、松茸飯でうんざりした程でしたのに、皇紀二千六百年からは長い戦争を優先し、米の配給が制限されました。

朝はともかく、晩の丼飯は、時間を区切って、それ以降は、まだ帰寮していない誰の飯でも食ってよい、ということになりました。その時刻になると、在寮の野郎が、食堂に駆け込み、権利放棄者の丼に喰らいつきました。まだ可愛気のある餓鬼の卵でした。

郷里から、間食の芋や煎餅や餅が、ときどき届くと、荷物受取り寮生の部屋は、あっという間に食い尽す駄弁会場になりました。

千葉の寮生に、銘産落花生が山のように来たことがありました。忽ち数人でぽりぽりやって、部屋中、殻の山にしました。

喉までつかえて便所へ走り、咽に指を差し込んで吐出し、嗽《うがい》をすると、さも何も食わぬ顔で、再び部屋に戻りました。「食い過ぎたら、鼻血が出るぞ」と冷やかしながら、最後の一粒まで誰もやめません。

再度便所に駆け込むという馬鹿げた餓鬼です。

ところが、丼飯に変わった年の秋、会社の親心でしょうか、寮祭の夕食に「食べ放題すき焼き会」がありました。当日は、早朝から、走ったり、相撲したり、テニスをやったり、さんざん腹を空《す》かせたのですから、猛然とすき焼き攻撃です。

未成年大半の寮ですから、酒は一滴も飲めませません。もっぱら飯の大喰いだけが解禁です。何杯喰ったか、便所へ何度中休《なかやす》みしたか。このときばかりは、しばらく便所が肉の饐《す》えた臭いになっても、誰も文句をいう者はありませんでした。

平安末期の京の町を描いた絵巻『餓鬼草子』に、糞食餓鬼というのがでてきます。わたしたち寮生は、糞までは喰いませんが、その後もしばしば便所の世話になった「すき焼き餓鬼」話に落ちましたから、弁解のしようがありません。

さらに悲惨な、食えるものなら戦友の肉も、と虎視眈々《こしたんたん》たる幽鬼が戦場に溢れる時代が、そこまで来ていたなどとは、まだ誰も気づきませんでした。

青春の大切な友人

南寮一階西角の部屋が、わたしの最初の部屋で、ここから一部屋飛ばした次の部屋に、武井宏がいました。関東産の高崎商業卒で、四国西南端のわたしとはおよそ違った熱血漢でした。長髪の同僚を自治会で率先罵倒したのも彼で、激しい気性の癖に『平家物語』を謳い上げる趣味がありました。

住友期待の通り、わたしは自勝寮で、信頼し尊敬する多くの友人を得ました。数え上げれば限がありません。中でも彼は、生涯の友になりました。

日曜日の夜など、庭の芝生に仰向けで、「祇園精舎の鐘の声、諸行無常の響きあり。沙羅双樹の花の色、盛者必衰のことわりをあらはす。おごれる人も久しからず、唯春の夜の夢のごとし。たけき者も遂には滅びぬ。偏に風の前の塵に同じ。…」と朗々と謳う男で、あるとき、わたしが彼に唱和したのがきっかけで、仲良くなりました。朗読ならば、お互いに方言を気にすることなく、武井の記憶力に驚きました。

彼の勤め先は遠く、尼崎の住友金属工業でしたから、朝が早く、帰寮も遅くなかなか顔を合わしませんでしたが、たまたま、わたしの出勤時に、彼の名札が出社表示になっていないのに気付きました。遅いはずの夜もそのままで、部屋の前に上履きがありました。声をかけると、寝ています。そばへ寄るまでもなく、すぐそれとわかるほど高熱でした。布団をはがすと汗でびっしょり濡れていました。下着を脱がせて、汗臭い身体を熱いタオルと乾布で拭き、わたしの下着上下を貸してやりました。汚れた何枚かは、すぐに洗濯しました。病気は単なる風邪のようで、熱はしばらく引かず、翌日も、早く帰ってきて、覗きました。

武井は後年、このときのことをよく覚えていて、「下着を洗わせたのは、君と家内だけだ」と繰り返し、涙ぐみました。

情感豊かで、自分の話にもすぐ酔いましたが、信念の強い男でした。例の寮祭相撲の四股名は、一年目は「ホルモンタンク」、つぎが「豪傑気取り」、最後は「見掛け倒し」で、一見、確かに彼を言い当てた四股名でした。

長髪ポマードこってりで、武井発言の被害者になった一人に、一年先輩、というよりわたしの入寮時の部屋長津梅芳久《つばいよしひさ》さんがいました。七尾商業卒で金属工業勤務。とにかくこの人の方言は聞き取りにくく困りました。「ペンギン鳥」や「ロボット」が相撲四股名ですから、硬い髪を無理に撫で付けたペンギンのような光沢が目に見えます。寝るときにはネットを被り、慎重に寝癖を防止しますが、布団は油でテカテカでした。

ついでに同室同期の仲山三郎ですが、彼は宇都宮商業卒で保険勤務。これまた、わたしには意味不明の方言が悩みの種でした。二日ほど早く入寮していたので、先輩に見えました。色白なのに、津梅さんとは対照的で、四股名は「どぶ浚ひ」「隠居ヘボ将棋」「手に負えぬ帰化人」と垢抜けしません。

後年の戦場では生き抜いた同室の三人でしたが、二人は戦後はやばやと住友を去って、いまは故人です。


もう一人紹介します。わたしよりも二年先輩、昭和十三年（一九三八）の下関商業卒で、同じ店部住友鉱業の会計課に席のあったTさんは、後年があまりにも不幸で、敢えて名を伏せました。

日本でも最も歴史の古い商業学校出身の秀才。それだけでわたしは尊敬していました。容貌は、昭和十五年（一九四〇）度相撲大会の四股名が「フランケンシュタイン」で、決して美男子とはいえません。仕事熱心、寡黙な超真面目人間で、しかも体力抜群、翌年の相撲では「神変麝香猫」とますます怪異な四股名になり、大関を張り、俄然光って見えました。この年に出征しました。

学校の延長のような寮生活ですから、二年先輩だと気安く話すことはできませんでした。Tさんのほうから、小さな、しかも丁寧な声で、よく話しかけられました。

戦争から還ってきたTさんは、まるで別人のようでした。

なぜか庶務に転課し、わたしと席を並べたのです。新聞整理が担当でした。ところが、一日中やっても、その日の整理ができません。欠番ページを見つけると周囲の仲間を厳しく叱り、彼は中ノ島の図書館へ行って、欠番新聞をノートに書き写します。あまりにも異常な執念でした。

やがて本社の東京移駐で、わたしは阿佐ヶ谷寮、Tさんは中央線の踏切を挟んだ馬橋寮に入りました。

そのうち、人と話すのに、距離感が分からないのか、極端に顔を近づけて話すようになり、しかもニタニタと黄色い歯を剥《む》き出して笑います。寮友すら薄気味悪く、避けるようになりました。風呂に入らないので汗臭く、新宿三丁目辺りの売春婦にも嫌われた、と不満をしばしばわたしに話すようになりました。社内で、突然奇声を発しても、職員は誰も驚かなくなりました。客に迷惑です、と東京の女性たちから不満が起きるようになりました。

ネクタイは息苦しいほど強く絞めます。「苦しくないですか？」となにかのはずみに声をかけますと、ニヤッと笑って、さらに絞めて「どうですか？」といいます。

Tさんの最後は、全く意外でした。自室の万年床で寝巻きの細帯をネクタイ代わりに絞めて、破れ布団に包《くる》まり、亡くなっていたのです。

人が変わったのは、軍隊で徹底的に殴られたからだと誰かがいいましたが、頸を吊るならばともかく、自分の両手で絞めた豪腕は何だったのでしょうか？

しばらくわたしは、耳元で囁くTさんの夢に悩まされました。

北浜五丁目二二番地

素晴しい寮環境なので、ついつい書き過ぎました。会社の話に移ります。

通勤の住友ビルは、中ノ島の南西、すなわち北は土佐堀川、西は西横堀川に面した北浜五丁目二二番地です。当時は関西一の巨大ビルで、総延面積三万四千㎡、敷地七千九百㎡もあり、こんにちでも、三井住友銀行大阪本社ビルとして歴史の重みを加えています。

地下一階、地上六階、昨今流行《はやり》の超高層ビルではありませんが、六階には屋上庭園があり、ビルの全店部職員の食堂と憩いの場所になっていました。ここでの昼食は、戦争がはじまった昭和十六年（一九四一）十二月八日以降も、わたしの出征する翌年末までは、どうにか「代用食」という芋や雑炊が提供されていました。

ここは式典や講演会にも使われていました。恒例式典は、毎月八日の戦勝祈願「大詔奉戴日」です。ときには有名人の講演会です。陽明学者で右翼思想家の安岡《やすおか》正篤《まさひろ》（一八九八〜一九八三）や郷里宇和島の大先輩穂積《ほづみ》陳重《のぶしげ》の長男で法学者穂積重遠《しげとお》（一八八三〜一九五一）の論語講義などは印象的でした。

わたしの配属店部は、希望通りの「住友鉱業株式会社」、総務部庶務課勤務でした。ビル五階の一画が本社事務所で、事業所は、九州と北海道に炭坑、四国新居浜の住友事業発祥の銅山と精錬所でした。

住友ビルへ通勤と知らされたときには、面接時の洋式トイレの失敗を思い出しましたが、五階のトイレは和式水洗で、洋式トイレは四階住友本社の貴賓室に近い辺りだけと知り、ホッとしました。

水槽が上にあり、紐を引っ張って水を流す方式の洋式トイレは、一六世紀末にサー・ジョン・ハリントンというイギリス人が発明したそうです。随分昔から使われていて、知らないのは田舎者のわたしだけだったということです。

他愛ない仕事庶務課

庶務課は役員室に近いから、重役の側近課だと思い込み、すこしは誇りを持っていました。ところが、新入職員の仕事は、他愛ないものばかりでした。

郵便物の受発信、什器備品消耗品の購入管理、事務室の配置替え、接待費の管理、その他、他課に属さない庶務雑務で、一言で言えば「小使いに毛の生えたような仕事」でした。いま思うと、わたしのサラリーマン生活は、ほとんどがこの職場か、それに類した雑務で、特技なく、自慢できる仕事はまったくありません。

入社早々は郵便の受発信で、受信は親展以外すべて開封して、差出人と用件を回付課毎の帳簿に記し、該当課から受領印をとりました。

発信は差出人、宛先、郵便料金を記帳して郵便局へ持参します。

会社の動きだけは、なんとなく掴める仕事ですが、切手の残数と発信簿に記帳した料金の合計がなかなか合わず、泣かされました。仕事が終わらないからと、勝手に残業しましたが、その手当てなどという観念は、まったくありません。自分の能力を嘆くばかりでした。封書が四銭（昭和十七年四月から五銭）の時代で、いつも残数切手が不足したり余ったりしますが、記帳を直すわけにはゆかず、何度やっても切手が不足すると、自腹を切って合わせました。慣れてくると、着信封書の消印が切手から外れているものを見つけて丁寧に剥がし、発信用に使い回ししました。悪事のはじまりです。だからといって、上司に報告しても、厳しく調べ直せといわれるだけです。

まだ、大阪中央郵便局が中ノ島の赤レンガ建築時代で、近いので毎日発信物を担いで行きますから、局員とも顔馴染みになりました。そのことが、なんとなく郵便扱いのベテランのように思われて、愉快でした。いま思えば、わたしに優しくしてくれたのは、襟につけた住友の井桁バッジのせいなのですが。

こんな思い出があります。入社早々、印鑑を作ろうと阪急百貨店に行きましたら、わたしの井桁バッジをみて、「住友さんですね、代金はお渡しするときでよろしゅうおます」と言ってくれました。印鑑のような注文品は、前金が常識の時代でしたが、大阪人の住友への信頼度を知ってうれしくなりました。

その頃、会社に関係する高級官吏が転勤しますと、直ちに店部代表者の専務名義で候文の祝詞や謝恩状を出すのが恒例でした。

蛇足。住友の代表は男爵住友吉左衛門で通称「家長様」といい、各店部では平取締役の筆頭に名を連ねておられました。各店部の実務は専務取締役で、社長という職名は使いません。「家長」という住友さんと混同させないためでした。

官吏の異動が新聞に発表されると、その日のうちに、祝詞や礼状の差出先を上司に伺う起案をします。たとえば新居浜事業所所在の愛媛県の何代か前の知事がどこかへ転勤しても、旧恩を謝して祝詞を送りました。だから、内務官僚の異動があれば、ときには二、三十通も出さなければなりません。簡潔な候文でも、冒頭の挨拶語も同じ表現では裁決してもらえません。「拝啓」が「謹啓」や「粛啓」とさまざまに朱記された起案書が戻ってきます。尤も高橋学蔵秘書は若者教育の一つだと思っておられたのかもしれません。つづく時候文、本文になると朱のないのが不思議でした。

決裁された文章を奉書の巻紙に毛筆で書くのが一苦労でした。事務所だけでは書ききれず、寮へ戻って徹夜したこともありました。

翌朝、郵便局へ持ってゆくと、顔見知りの局員に、

「これ、君が書くの？　大変やね」

と声かけられ、消印して大きな箱にポイと投げ込まれます。ここからいくらぞんざいに扱われても、局員のその一言は、いまも忘れられません。

戦果、南アジアを覆う

昭和十六年（一九四一）十二月八日、ハワイ真珠湾アメリカ太平洋艦隊基地を奇襲以来、しばらくはフィリッピンやジャワ、スマトラと、日本軍は得手勝手に敵を追い散らし、連戦連勝と称し、あっという間に戦果を広げました。

塩漬けになっている満洲・中国の過大な荷物を背負ったままで、東南アジアの資源を狙いました。米英仏など西欧圏諸国の既得権を奪わんと、「大東亜戦争」なる壮大な呼称を冠した進撃でした。

流石に米英大国は、大風呂敷的日本戦略に呆れました。幻想に酔った日本軍は、自己の戦力に無知で、夢の結末しか考えない進撃をつづけたのです。

国民には只管《ひたすら》「勝った！　勝った！」と旗を振らせるばかりです。

気負った開戦数ヶ月後のある朝、高橋学蔵秘書の部下が、大封筒の書類を持ってきて、

「これを、明日の朝までに博多の住友販売店へ届けて欲しい」

といいました。もちろん郵送では間に合いません。どうしたものか躊躇《ためら》っていると、

「夜行で発てば、所長の出勤前には着きます。必ず直接手渡してほしいそうですよ」

「出張？・・・」

「そうですよ。極秘ですから」

そっと耳打ちし、

「渡せば、博多見物でもしてくればいいじゃないですか。はい、切符と日当」

有無を言わせません。高橋秘書が、直接手配した仕事でした。庶務課長席へゆくと、

「そのまま渡せばいいよ」

と中ノ島の郵便局へでも行かせるような調子でした。

汽車は満員でしたが、とにかく重要書類と秘書が特別に準備してくれた弁当入りの鞄を抱え、ほとんど一睡もせず、トイレも我慢して、翌朝博多の住友販売店へゆきました。間もなく所長が出社され、すぐに書類を手渡しましと、

「ありがとう。間に合ってよかった。さすがは鉱業さんだ。余人をもって替え難し」

添書を読みながら、住友本社直轄販売店の所長は、妙な褒め言葉でわたしを慰労しました。

これがわたしの初めての出張体験です。何を運んだのか、書類の内容は一切分りません。

戦後、ボルネオの占領炭鉱に勤務していた原田先輩の回顧談によりますと、南方作戦では、民間船舶が船員諸共次々と徴用され、護衛不十分のため莫大な犠牲を強いられていました。緒戦の真珠湾奇襲当日も、コタバル上陸作戦中に、淡路山丸が空襲沈没され、一ヶ月足らずのうちに徴用船が九隻も犠牲になっていました。

開戦翌年の五月八日にも、南方開発に選抜された優秀商社員八百余名を乗せた大洋丸（一万四千五百総トン、サンフランシスコ航路の客船）が、門司港出航間もなく、長崎県男女群島沖で敵の魚雷を受けて沈没しています。この事件は、今日でもあまり資料の見付からない悲劇です。連戦連勝と騒ぐ陰の大惨事で、住友でも、政府から指示されたフィリピンの銅山やボルネオの炭鉱開発の先発人材が、多数乗っていました。犠牲のあった店部では、軍隊以外の戦争悲劇が、既に多数起きていることを、わたしたちは秘かに知っていたのです。

博多へ届けた重要書類は、フィリピンの占領鉱山関係書類で、後続の技師には必須だったようです。博多からフィリピンへは船が使えず、中国経由の軍用機があり、この飛行に間に合わせる為だったようです。わたしが知る由もありません。ただ、将棋の「歩」のように使い廻わされただけです。

この日の夜行で大阪へ帰るまでに、筥崎《はこざき》八幡宮へ参りました。大鳥居の「敵国降伏」の扁額《へんがく》を見上げ、まだ戦にも出ない自分が、何故《なぜ》神風の権化である八幡さまに縋《すが》ろうとするのか、恥ずかしくなりました。

満員列車のトンボ返りで、翌朝、そのまま出社、報告しました。

わたしの使い走りなど、お世辞にも「余人を持って変えがたし」などという仰仰しい仕事ではありませんが、住友ではどんな小さな仕事でも、主務と副務をダブらせた配置がなされ、突然一人が欠けても日常業務に何ら支障がありませんでした。戦局が混沌としてくると、いつ何時《なんどき》徴兵されるか判りません。

わたしと仕事を分担していた一年先輩の片岡富三郎さん（天王寺商業卒）は、徴兵検査で結核とわかり、療養のため退職し、すぐに一年後輩の三輪孝義君（小樽商業卒、故人）と組みました。

同志社大卒の浦田達雄さんは接待費の整理係で、その副務をしたこともあります。浦田さんは京都新聞社長の御曹子で、さすがは生まれが違うと尊敬しました。当時の料亭の請求書は、巻紙に達筆で届きました。それを接待起案簿と照合精査し、支払い手続きします。さらにその詳細報告を住友本社に毎月提出しなければなりません。店部の接待は、本社でも厳しく管理されていたのです。

接待者は部課長以上に限られ、わたしたちはその使途について知る由もなく、ただ、料亭の請求内容で、飲み食いよりも、呼んだ芸子の名まで列記された玉代《ぎょくだい》が、いかに高額だったことか。副務をやらされ、御茶屋の様子が、すこしは判るようになりました。これも、浦田さんのお陰でした。浦田家では、学生の頃から、お茶屋遊びも躾の一つだったようです。彼の話は、まるで小説の世界でした。反面、浦田さんは、「この非常時に、なんたる贅沢か」とお茶屋の請求書をチェックしながら、独り興奮していました。

そうそう、温厚な浦田さんには、こんな気配りもされました。

満二十歳を過ぎなければ、たとえ無礼講の忘年会でも、冗談にでも酒を勧めないのが住友の仕来《しきた》りで、課の宴会など、わたしの膳には、サイダーが一本載っていました。隣席の浦田さんは、「不味いですよ、ここの酒は。ぶぶ（お茶）かサイダーがいいですね」と、わたしに気遣ってくれました。

はじめての本土空襲

昭和十七年（一九四二）四月十八日昼日中、突如、アメリカの爆撃機が、日本本土を襲いました。戦勝気分に湧く日本の本土が奇襲されたのです。

空母からの陸軍機で、離陸はできても、艦上に着陸は困難で、中国に飛び去るという乱暴な作戦でした。しかもわずか十六機の牽制襲撃です。

防空演習といえば火叩きと水バケツ程度の智識ですから、消せるはずはありません。巨大なアメリカの飛行機を見て驚きました。

わたしは、たまたま、北海道の坂炭礦《ばんたんこう》を住友が買収したため発行された株券に、社印を押す仕事をしていました。大量株券ならば社印も印刷されてしまうのが通例ですが、公開株ではありませんから、一枚一枚擦《かす》れないよう、曲がらないよう、丁寧に実印を押していたのです。

そこへ東京からの特急電話で、「いま空襲されています」「防空演習じゃないだろうな？」応答者は、長距離電話ボックスで、大声で暢気な応答をしていました。周囲も予告なしの演習程度に思っていました。わたしも作業の手をやめませんでした。

そうこうするうちに、名古屋の販売店からも、「空襲だ！　そちらへ向かっている」と伝えてきました。それと、ほとんど同時に、ビルの窓という窓のシャッターが、自動的に降りはじめました。つづいて「地下へ避難しろ！」と課長が叫びます。

わたしは朱肉の乾ききらない株券を、かき集めました。廊下では、職員がおろおろしています。地階書庫が、非常時の避難場所と予め知らされていましたから、全員階段を駆け下りました。

地階書庫の扉には、透き間防止のゴムがかまされていて、毒ガス避けの密閉室になっている、と係長が自信ありげにいいました。ビルは、防災に万全な構造で、さすが住友だと、感心しました。

書類に挟まれた庫内で、しばらくがやがや騒ぐうちに、空襲警報が解除されました。

この経験を生かして、早速、書庫の保存書類を、御堂筋に建築途中のビル地下室へ移しました。もっともその作業は、わたしが出征後のことで、三年後、大阪が徹底的な空襲をうけたときに、疎開書類は未完成ビルとともに焼失したそうです。一方、住友ビルは、無数の焼夷弾や爆弾被害にも耐え、屋上庭園の一部を壊した程度でした。

初空襲では、住友でも神戸の倉庫がやられました。新聞は、軍の指示するまま、「ほとんど無傷」と報道されました。

昭和十七年（一九四二）六月のミッドウエー海戦は、本土空襲の反撃作戦でしたが、まるで着替えも間に合わず、裸で立ち向かうような狼狽振りで、大敗を喫しました。

以後の昭和の戦争は、万事に下着のままでさ迷う裸の戦いになるのです。それを補うには、見えもせぬ「大和魂」という戎衣《じゅうい》でした。

やがてわたしも、その叱咤に似た命令に右往左往する一兵卒になってしまいまうのです。

いざ征《ゆ》け、兵《つわもの》

月刊雑誌『文芸春秋』に尾崎喜八の詩が連載されていて、ただそれだけに感動し、毎月買ったことがありました。

その一編に、『つはものの母の夢の歌』というのがあり、その頃のわたしの気持ちを代弁してくれました。

あの時以来、わたしは、心に、お前への所有の夢を捨てた。わたしの知らぬ海は、おそらく、眉目《びもく》すぐれて、丈高《たけたか》く、涼しく賢い花嫁のやうなものなのだ。
ああ其の飛沫《しぶき》の歌にむかつて、お前がわたしから行つて以来、わたしは男子《おのこ》の母である事をやめ、時の中に老い、秋のやうに枯れて立つてゐた。
しかしつひにお前は帰つて来た。お前はすこしも變《かわ》つてゐない。ただひどく冷めたく重くなつたそのからだを、今、わたしは抱き、暖める。敵艦のくろがねの腹つんざくとて、うちぬかれたお前の若い心臓へ、今、母は這入つて塞いでやる事ができる。
身は老い、かはき、枯れながら、なんとわたしの乳が甘く、ほのぐらく、滾滾《こんこん》と、お前にほとばしることだらう！　今宵二十年を昔にかへす愛の夜に、神とはなつても、「母よ」と呼んでむづかるがよい……

近所隣りの息子たちが、次々と、英霊と讃えられる冷たい遺骨となって、いや遺骨などない紙切れの納められた遺骨箱となって還っていたのですから、わたしの母も、この詩ほど綺麗ごとは言えなくても、母親なりに「死んだらいけんてや」と、ぼっそり独り言を言って、わたしを送ってくれるのだろうと、思っていました。

わたしは、まるで他人事《ひとごと》のように、「冷めたくなった」自分を想像しつつ、出征したのです。

それにしても、出征兵士を送る定番軍歌『露営の歌』ほど空しく、惨めな歌はありませんでした。

昭和十二年（一九三七）、支那事変勃発と同時に発表された薮内喜一郎作詞、古関裕而作曲のこの歌は、「手柄立てずに死なれよか」、「明日の命を誰か知ろ」、「死んで帰れと励まされ」、「笑って死んだ戦友が」、「死する覚悟でいるものを…なんで命が惜しかろう」と、毎節、死ね、死ね、死ねとの絶叫です。

「人生五十年」どころか、わたしたちは二十五歳も怪しく、確実に死ななければなりません。

つづいて、戦場への送別定番軍歌『出征兵士を送る歌』（昭和十四年、陸軍省選定、林伊佐緒作曲）が加わりました。歌は全節とも終句が、

いざ征《ゆ》け、兵《つわもの》　日本男児《にっぽんだんじ》！

です。『露営の歌』につづけて歌われると、「還すものか、還さんぞ！　還るなら死んで還れ！」と追われるような憎悪まで感じる絶叫の中で、わたしは出征《たち》ました。

第四章　青年　その二

出征準備の兵営

昭和十七年（一九四二）十二月一日、現役兵として徳島の第十一師団歩兵第百四十三聯隊補充隊第三機関銃中隊に入隊しました。ここの兵営は、単なる第一線部隊の補充要員集合地でした。

仮泊とはいえ、二等兵の新品軍服を着せられると、これまで口先では軍歌を真似て、大きなことを言ってはいましたが、遂に戦争から逃げ出せなくなったのか、と臆病風を感じました。

銃撃戦が起きれば、忽ち弾の肥《こや》しです。送別軍歌のように矢鱈死ぬ気は毛頭ありません。臆病と貶《けな》されようが、殴られようが、わたしは「死なない、死ぬものか。侵略戦争には死ぬ意味が分からない」、そんなもう一人の自分がいるのに気付きました。

わたしの転属部隊は、中支（中国揚子江沿岸地域）派遣第十一軍（秘匿名「呂」集団）第四十師団（「鯨」部隊）歩兵第二百三十五聯隊（「鯨六八八三部隊」）でした。鯨部隊は、中支の占領第一線地域に当たる武漢から南、岳州までの警備部隊として創設されたのです。主要都市である「点」と、武昌・岳州を「粤漢線《えつかんせん》」鉄道で結ぶ「線」を辛うじて占領していました。その周辺、即ち広大な「面」は、依然敵地ですから、線を寸断されることは日常茶飯事で、警備の危険地帯でした。

そこへ送り込まれるせいか、徳島では客扱いで、娑婆《しゃば》で言うほど初年兵を殴りはしませんでした。初年兵受領と称して、鯨部隊から大勢の下士官が、内地慰労を兼ねて帰っており、彼らは郷里の空気が吸える特典と引き換えに、一名の事故もなく戦闘要員のわたしたちを連れ帰る義務がありました。

ただ、わたしたちを娑婆のように客扱いするのは、軍衣支給の初日だけでした。軍帽（略帽のみ）、軍衣（上衣）、軍袴《ぐんこ》（ズボン）、襦袢《じゅはん》（シャツ）、袴下《こした》（ズボン下）、軍足《ぐんそく》（靴下）、巻脚絆《まききゃはん》（ゲートル）、編上靴《へんじょうか》（編上げ革靴）など、頭から足の先まで、すべて官給、天皇陛下からの拝借品です。私物は越中褌だけで、猿股（パンツ）は許されません。いざとなれば褌を手拭か包帯代わりに使へといいます。

わざわざ新しい軍衣が支給されたのは、明日にも殺されかねない戦場要員だからで、着替えれば、農民も職工も職人もサラリーマンも、ちょっと気障な芸術家も、会社役員も教師もすべて同じ星一つ、二等兵の姿に変身してしまいました。娑婆の衣服は、全部持参の風呂敷に包みました。

翌日から、戦場の予行演習だ、と言わんばかりの日課に追いまくられました。不寝番の号令で一斉起床。飛び出す営庭で点呼、体操、ときには営外まで駈足。内務班では、飯上げ当番が、炊事場から運んできた麦缶《ばっかん》（飯や汁を運ぶ容器）から、各人のアルミ食器に配膳準備…。

その間に、初年兵たちは、やたら甲高い声で自分の行動を古参兵に告げて走り回ります。「××二等兵。厠《かわや》へ行ってまいります」と叫ぶのですから、下痢でもしようものなら、その連続で惨めというほかはありません。

営庭の便所を厠といい、それに並んだ物干し場を物干場《ぶっかんば》とことさら呼称まで違えていいました。うっかり「便所へ」などと言おうものなら、隣の班にも届くほどの大声で、やり直しさせられました。しかも、初日の営内説明では、厠での用の足し方まで、古参兵が実演してくれたほどに、懇切丁寧でしたから、わずかな失敗でも、繰り返せば虐《いじ》めの対象になります。

初年兵のせめてもの逃避場所といえば、唯一厠くらいで、いくら臭くても、ここで隠し持ってきた菓子を、音の出ぬように食べるのが、兵《つわもの》が餓鬼《がき》へ転落するはじまりでした。

戦場への転属準備が日々為されました。全員、まったくの素っ裸、風呂に入る格好で、軍医のまえに並ばされます。徴兵検査同様に、再度の性病チェックです。軍隊の最大の敵は、伝染病ですから、過度に厳しいのです。予防接種も、チフス、パラチフスなどの四種混合ワクチンを一度に注射しました。これで発熱するのを恐れ、全員就寝命令がでました。その「発熱《はつねつ》」を、軍隊用語では転倒させて「熱発《ねっぱつ》」といいましたから、なんとも臍曲《へそまが》りな社会です。

十二月七日、一週間ぶりに引率されて徳島の街へ出ました。

徳島駅の裏、城山の山頂に護国神社があり、その参拝が主目的でした。社前では若い将校の抜刀にあわせて最敬礼しました。終わって将校が、

「お前たちの半数以上は、ここに祀られることになろう」

と言いました。半数どころか、参列者のほぼ同数を、補充せざるを得ないほどの、苦闘が、敗戦までつづくとは、まだ誰も知りません。

悲壮感を慰撫しようとでもいうのでしょうか、帰途、映画館に連れて行ってくれました。

開戦一年記念に、急遽製作された『ハワイ・マレー沖海戦』という戦意高揚映画でした。映画でも、戦友が次々と海の藻屑に消え、無言の鼓舞となって、わたしたちを煽りました。

翌八日は大詔奉戴日で、突然、父親が面会にきました。まったく予期しないことでしたが、町内会で、これが最後になるかもしれないと、勧められたようです。遠い徳島まで進んで長旅するような父親ではありません。父親からは、いつか、シベリア出兵のとき、ロシア人捕虜の監視に、松山聯隊まで召集された独身時代の話をしてくれたことがありました。その松山以遠の一人旅は、初めてだったようです。

父親とは別段改まった話などなく、「なにか言っておくことはないか」と訊ねられました。「住友の給料は全額ではないが毎月送られてくるはずだから、伊達家から借りた奨学金を払って、残りは貯金しておいて欲しい」と伝え、まだ送りかえしていなかった服など私物を入れた風呂敷を渡しました。父親は、ヒガシヤマを一袋と、母が縫ってくれた越中褌三本などを置いて行きました。

ヒガシヤマとは甘薯を茹でて切り干にした宇和島特産の食糧で、せんべいのようにそのまま食べられる間食です。班長や古参兵に分けて、いささか点数を稼ごうと企みました。古参のところには、初年兵父兄からの献上品が、山のように集まっていました。

徳島の兵営には、わたしたちのような中支派遣の鯨部隊転属要員のほかに、南方や満洲などの部隊へ転属予定の古参兵が待機していました。彼らの出発前夜には、大酒を飲んで暴れ、初年兵を寝かせません。翌朝、神妙に歩調をとって営門を出て行くのを見送ると、なんとなく気の毒に思われました。南方も満洲も、中支派遣とは比

較にならない犠牲者を出す戦場になって行くとは、この時点では誰も予測していませんでした。神もまだ駒を振りかねておられたかも知れません。

中国戦線へ

鯨部隊（第四十師団）へ転属するため徳島を出発したのは、昭和十七年（一九四二）十二月十七日、早朝です。

昭和十四年（一九三九）八月に編成された鯨部隊は、揚子江右岸の湖北、湖南両省にまたがる最前線に展開していました。師団司令部は、湖北省武昌から粤漢線で南下した県城「咸寧《かんねい》」にありました。その配下、鯨六八八三部隊（歩兵二百三十五聯隊）の本部は「横溝《おうこう》橋《きょう》（現、横沟橋）」に、わたしの所属となる第十一中隊は、さらに武昌寄りの駅「賀勝橋《がしょうきょう》」にありました。最前線の「岳州（現、岳陽）」周辺からは相当後方と思われますが、占領範囲が鉄道沿線だけで、すこし奥地へ入ると、たちまち敵地の広がる地域でした。

聯隊本部で、わたしたちが、十一中隊人事係准尉に引き渡されたのは、昭和十八年（一九四三）一月八日でした。

玄界灘を越えて、朝鮮を縦断し、満洲に入って奉天（現、瀋陽）から天津へ南下、北支の徐州を経由、南京で正月を迎え、揚子江を武昌まで遡航した旅程は、じつに二十三日間もかかりました。

その日のうちに賀勝橋の十一中隊まで引率され、中隊長から歓迎訓辞をうけました。

戦争がはじまって足掛け六年、鯨部隊がこの周辺に駐屯してから四年目です。平穏な警備ばかりではありません。討伐や作戦で失った戦友も少なくないようで、明日はわが身と、日夕点呼後の班内は、古年次兵を中心に、酒と猥談と賭け事で時間をつぶしていました。

怒鳴り散らし、誰彼かまわず襲って鬱憤を晴らす彼らです。内地の兵営のような規律一点張りの処罰はできません。自暴行動を大目にみながら、しかも初年兵がその餌食にならないために、教育期間中の初年兵兵舎は、別に用意されていました。中隊兵舎とは公路を隔てた中国人家屋で、接収後、内部を改装し、わたしたちに提供してくれました。

班室は、床を高くして、藁を入れたベッドを並べ、壁には白い紙、天井にはアンペラを貼り、新しい石油ランプまで準備されていました。

わたしは十一名の戦友とともに第三班に配属されました。教育係は班長の監崎伍長で、同室に寝起きする教育助手には川口上等兵と井谷一等兵が当りました。

監崎伍長は香川県産の志願兵で、南京の下士官候補生学校を出た若い下士官です。川口上等兵は同じ香川県で、高松高商の野球部で鳴らしたらしく、なぜか幹部候補生を受験していません。戦争批判者か、それとも受験資格失格者で、仕方なく兵役だけを勤めるつもりか、よく判りません。軍隊は階級より勤務年次がモノをいい、監崎伍長とて川口上等兵には敵わず、常に一目置いた感じでした。

井谷一等兵は台湾産の台湾育ち、本籍が徳島というだけで、徳島編成の部隊に入ったのです。体力のある優秀な兵で、わたしたちの一期先輩にすぎませんが、教育助手に抜擢されたのです。

歩兵小隊の火器には、小銃、軽機関銃、擲弾筒《てきだんとう》があり、それぞれの専門教育は、第一班小銃、第二班軽機関銃、第三班擲弾筒と分けられ、戦闘になればそのまま各班が分隊を編成しました。もっとも小銃訓練は全員で行いました。

小銃と軽機関銃が小隊の主戦力です。その突撃直前に、やや後方から榴弾を射ち込み、敵を怯《ひる》ませるのが擲弾筒分隊の任務でした。擲弾筒は、小銃より破壊力があり、破裂音も大砲並みで、ちょっとの間は威嚇効果があります。小銃よりも小さく歩兵の秘密兵器で、中国軍は小砲《シャオパオ》と恐れていました。ただ、榴弾が小銃弾より格段に大きくて重く、携行困難です。擲弾筒分隊の射手以外は、小銃所持の護衛兵というよりも、榴弾の運び屋で、数発しか撃てない欠点がありました。

おもちゃの大砲、竹筒に棒を差し込んだような火器をもじって花器、花立《はなたて》などと茶化される擲弾筒班に配属されたとき、機敏な小銃班でなく、軽機のように敵から狙撃され易くもなく、つねに小隊後方に隠れて隊長の命令を待つだけの任務に、わたしはすこしホッとしました。

監崎班長は、とうぜん幹部候補生試験を受験するのだろう、とわたしを見てニヤッと笑いました。中等学校卒で教練科目に合格していれば、それを忌避するほどの反戦思想があるわけではなく、そんな勇気もわたしにはありません。

受験を勧めなければならない立場の教育助手川口上等兵は、何となく幹部候補生など糞食らえという態度でした。一方、井谷一等兵は、班長の指示通り、強引に勧めました。

湖《こ》泗《し》橋《きょう》警備隊

一ヶ月もたたないある日、突然、中隊に作戦命令が下りました。

戦線大動脈の揚子江を阻害する敵を叩くという「江北殲滅作戦」でした。

職業軍人は、何とか理由をつけて戦闘をしない限り、警備だけでは、軍歴に箔が付きません。兵こそいい迷惑です。

この頃、昭和十四年（一九三九）徴集の古年次兵は、満期除隊の時期でしたので、わたしたちと交代して、内地へ凱旋できるとばかり思い込んでいました。ところが、この作戦要員にされたばかりか、以後敗戦まで、除隊できない羽目になったのです。しかも、この作戦を契機に、賀勝橋警備地区にすら帰隊できなくなりました。

まだ鉄砲の撃ち方も、ろくに知らない初年兵は、作戦要員から外され、警備要員にされました。いないよりもましの戦場の案山子《かかし》、といいたい新兵です。

賀勝橋には、わずかの留守要員を残し、初年兵はさらに十㌔ばかり奥地の、湖泗橋集落で、警備と教育を受けることになりました。

移駐日は一月二十六日でした。折角内装まで新たにした初年兵専用賀勝橋兵舎は、わずか十八日間の居住にすぎませんでした。

湖泗橋警備隊は、四年前の武漢攻略戦で、武昌の敵退路を断たんと迂回攻撃した部隊が激戦、奪取した陣地で、小高い丘の上には敵の堅固なトーチカ（防御陣地）があり、兵舎は、その麓の寺廟《じびょう》を活用していました。

中国軍陣地を、日本軍がそのまま使用して歳月が経ったので、寺廟というよりも少しは兵舎らしくなっていました。建物の中央には、異様に大きい真っ赤な泥の仏像が鎮座なさっていて、その両翼の部屋が班室と下士官室、隊長（初年兵教官）室でした。隊長室は日本式に改装し、襖と畳、床の間まであるのです。隊長当番や衛生兵、炊事係の古参兵は、別棟が居室で、炊事場と並んでいました。その周りには、戦闘で壊れたままの屋根と土壁の部屋がいくつもあります。

警備部隊は何度か交代したのでしょう、その都度整備したと見え、立派な風呂場が警備隊と中国人街を仕切る小川の脇にありました。湯を沸かすには川水が汲まれ、若い苦力《クリー》が専従していました。炊事場にも、何人かの中国人が働いていており、彼らは古参兵の当番のように使われていました。

警備隊には、苦力以外にも大勢の中国人がいます。日本が創らせた中国南京政府配下の保安隊が四十人ばかり同居し、共同警備に当っていました。

保安隊には、もっぱら昼間の警備を任せ、夜はわたしたちがトーチカ陣地（旗山陣地）の動哨勤務まで担当しました。

初年兵訓練期間継続中のわたしたちには、不寝番や軍公路の巡察を兼ねて賀勝橋留守中隊との連絡勤務などが、三日に一度回ってきました。

昼間は平穏にみえる集落ですが、夜は、軍公路を堂々と中国軍が横断する不安な地区なのです。彼らの情報収集には、中国人の密偵を使っていました。しかし、ほとんど事態が終わってから得られるもので、もし敵に直面しようものならば、こちらは一溜りもなく全滅したでしょう。使っている密偵も、どちらの味方なのか、わかったものではありません。

教育訓練は、陽気が暖《あたた》かくなるとともに、日に日に激しくなりました。しかも即戦力のある銃剣術、実弾射撃、戦闘訓練が殆どでした。

銃剣術は日課で、狭い営庭では訓練し切れず、中国人の通る公路でもやりました。班長や助手に突き飛ばされる度に、見物している小孩《ショウハイ》が笑います。

実弾射撃は、中国人への威嚇も意図していたのでしょう、反《そ》れ弾で彼らを傷つけないことばかりを気にしました。

公路の兵舎と反対側は、広々とした麦畑で、その遥かかなたに、標的に格好の白壁の小さな廟がありました。演習中には、前面の農作業を中止させて、軽機を連射します。擲弾筒の目標は、麦畑左前方の小高い丘に、ぽつんとある立木で、それへ向かって撃ちまくりました。

戦闘訓練では、麦畑をやたら匍匐《ほふく》前進して、保長《パオチャン》から苦情を持ち込まれるほど麦をむちゃくちゃにしました。

飯上げ使役《しえき》

初年兵は極端に腹が減ります。唯一の願いは、なんでもいい満腹感でした。

飯上げ使役だけは、誰もがすすんでやりました。炊事場から麦缶《ばっかん》（内地兵営では専用桶がありますが、野戦では味噌や醤油の空き樽で代用しました）を班内に運んできますと、アルミ食器（メンコといいました）または飯盒を並べて待っています。まず、班長には別のメンコに山盛り飯をつぎます。その分だけ初年兵の飯が減りますが、これが上官への礼儀でした。誰もは、飯盛りをグッと生唾を呑み見ています。当番の盛具合、不公平な杓子の手加減に、すぐ文句をつける、野郎の惨めな目の一瞬です。

戦場では早飯が美徳で、汁をぶっ掛けた犬飯にし、一分とはかからぬ早業の連中ばかりでした。ぐずぐずする奴は、「戦死だ！」などと、教育助手から頭を小突《こづ》かれました。

食事当番には、食器や麦缶洗いよりも、まず班長の食器下げという特典（？）がありました。一見少食の班長は、大盛り飯を必ず食べ残してくれました。残飯を狙う当番への思いやりです。やたら箸を付けず、丁寧に食べ残してくれる班長に、わたしたちは無言の敬意を払っていました。

風呂場の横の食器洗い場は、すこし流れのある溝のような小川で、風呂の排水も流れ込みました。その少し上流で、食事当番たちは、競って残飯の余慶にあずかるのです。日に三度の飯上げ使役に、ここは天国。餓鬼の巣窟でした。

上等残飯は、もちろん班長の食い残し。つぎが助手の食い散らしたメンコ。下等が麦缶にこびりついている飯粒。最後は、下痢戦友のメンコ残飯で勇気がいりました。

ときどき班長が、小川縁《べり》にやって来て、柵越しに見ている小孩《ショウハイ》を叱りながら、

「やめろ。みっともない」といいますが、自分も体験した初年兵時代の野犬的習性とでも思っているのでしょう、わたしたちに厳しいことは言いません。

小川は警備隊の給水と排水の両用で、さらに川上も川下も中国人が使っています。彼らとて、この水で湯を沸かし、飯を炊き、水浴し、洗濯、汚物も流します。伝染病にでもなれば、敵襲どころではありません。全滅です。

警備隊の便所

警備隊に、水洗便所などありません。ときどき、農民が肥担桶《こえたご》を担いでやってきます。

同居している保安隊兵舎の前には、厠というよりも広々とした糞溜めがありました。かれらはここで、思い思いの方向にしゃがんでいました。天井などなく、臭気に慣れなければ便意も湧きません。

ちょうどその横が日本兵の物干場《ぶっかんば》で、慰安日（休日）など干物の多いときには、盗難防止の見張り番を付けますが、そんなときにはわたしたちも、やむなくこの厠を使いました。アンペラで申し訳的に囲い、溢れんばかりの糞壷をいくつも並べた青天井です。

便槽に踏み板が載っていても、壷という壷、踏み板という踏み板には、黒豆を撒き散らしたような銀蝿が、隙間なく止まっています。板には糞がこびりついていて、用心しないと滑りかねません。こわごわしゃがむと、ま

ず蝿が舞い上がり、つづいて肩にも背にも頭にも処かまわず止まります。払うと糞の上に逃げ、またすぐ襲ってきます。中国兵はそれぞれ踏み板にしゃがんで、用を足しながら、大声で何やら話しあっています。

保安隊は、畑にある肥壷と同じ成熟肥料として、ここの溜まった糞尿を農民に値良《ねよ》うに売っているそうです。

衣食住に心配ない保安隊は、普段は住民がなんと言おうと、権力を振りかざしますが、ここでは、汲取り農民が便槽を掻き回しはじめると、流石にズボンを絡《から》げて逃げだしています。どちらが強いのか、滑稽な中国の裏文化です。

殺戮《さつりく》体験　その一

湖泗橋警備隊に移って二週間も経たない雪のちらつく夜中、わたしは屍衛兵《しかばねえいへい》に付いたことがありました。平たく言えば、闇夜に棺桶の前に立つ歩哨、たった独りで通夜をしている状態です。

圧《の》し掛かられんばかりに大きな赤黒い泥の仏像の前に、中国式の立派な棺桶が二個置かれていました。供え物は、箸を突っ立てた山盛りの丼飯と、毒々しい食紅で彩られたこれも小山の菓子でした。両端には、真っ赤な中国の大蝋燭《ろうそく》（彩燭《ツァイツォ》）をともし、中央に大仰な線香（寿《ツァイ》香《シャン》）が立っています。赤い蝋燭の灯《あかり》以外は、真の闇。風に煽られて吹雪が頬を打ち、雫《しずく》になって首筋をひやりとさせました。

この日午後、密偵が近くの集落で発見されたといって、首なしのラシャ上衣《じょうい》と袴《こ》をつけた死体と、別に見付けた首を添え、運んできました。あきらかに日本人で、上衣のラシャから古参兵とわかりましたが、襟章も肩章もありません。先日、他の警備隊で、糧秣収集に出かけたまま帰ってこない兵隊が二人いる、という不確実情報があり、これに違いないと大騒ぎになりました。しかも胴と首は別人のようです。保長を呼びつけ、「もう一人いるはずだ。持って来なければ、集落を焼き払う」と脅しました。ふたたび運んできた遺体には、認識票が残っており、ようやく所属部隊がわかりました。認識票とは、真鍮小判型の板に番号を打ち込み全員に渡される身元証明札です。

白昼の宣撫地区で、気を許した災難でしょう。金を出して買う糧秣だといっても、住民は略奪されると恐れています。敵の密偵が居ようものなら、どうぞ殺してくださいと、首を差出したような不注意です。尤も、このような事件は珍しくありません。

もう一体を素直に返してきたのは、日本軍の残酷な報復を恐れたせいです。

一方、作戦出動中の警備隊は、蛻《もぬけ》の殻で、やたらことを構えれば、いつ逆襲されて、全滅するか、判りません。その不安に重ねて、はじめて戦友の、しかも日ごろ恐れている古参兵の、惨殺死体を見せ付けられたのですから、初年兵はたまりません。

泥と血で干からびた首なし胴体に、所属隊から飛んできた戦友によって識別された首を添えて棺に寝かされるのを、見せ付けられたわたしは、真夜中一時間の英霊衛兵に当たり、赤い大きな線香の燃え尽きるのがたまらなく遅く感じられました。

「仏を取り戻せただけでもいいほうよ。戦闘中なら、そのまま野良犬の餌食《えじき》になるのが落ちだ」

古参兵の言葉は残酷でした。

わたしたち初年兵の中にも、この二年後には、戦場に遺棄される者が出ています。一寸先は闇、それが戦争です。

殺戮体験　その二

首なし戦友事件からいくらも経っていません。

昭和十八年（一九四三）三月十日の陸軍記念日、初年兵を鼓舞する最も重要な祭日ですから、はっきり覚えています。

話が逸《そ》れますが、アメリカも、二年後のこの日を狙って、日本壊滅の東京大空襲を敢行しています。しかも、最も人口の密集した台東区を中心に、非戦闘員を標的にした残虐卑劣な大空襲で、いくら鬼畜米英と怒鳴っても、戦争では犬の遠吠えにすぎません。

敵も敵なら、我々も似たようなものでした。この日の捕虜刺殺行動は、首なし古参兵への報復ではすまされませんが、戦とは、単純にして残忍な連鎖反応です。

朝食後、営庭に整列し、白手袋をした小嶋教官の抜刀礼により、全員が銃に着剣「捧げ銃《ささげつつ》」を、東方皇居へ向かって、行いました。

あとは休養、といっても外出はできません。班内でごろごろするしかなく、はじめて内地（日本）から届いた手紙を開き、返事を書きました。着信も返信も、班長が検閲しますから、泣き言など書けません。空元気《からげんき》の、通り一遍の文字を並べるだけです。

早目の夕食には、五勺の酒が飯盒の蓋を杯にして配られました。尾頭付きの焼き魚が一匹、アルミの菜皿にのっています。内地では見たこともない奇妙な淡水魚で、血の色がまだ鮮やかな半焼けですが、誰も文句は言えません。

無礼講だといわれて、やたらはしゃぎました。

「花も嵐も踏み越えて／行くが男の生きる道」『旅の夜風』

「やると思えばどこまでやるさ／それが男の魂《たまし》じゃないか」『人生劇場』

「男いのちの純情は／燃えて輝く金の星」『男の純情』

「男命をみすじの糸に／かけて三七《さんしち》　二十一《さいのめ》目くずれ」『流転《るてん》』

「名残つきない　はてしない／別れ出船の　鐘が鳴る」『別れ船』

映画とともに覚えた流行歌をがなり立て、酒がなくなると軍歌演習と称し営庭で輪になって行進しました。

軍歌演習の定番は『戦友』です。

ここはお国を何百里、離れて遠き満洲の、
赤い夕日に照らされて、友は野末の石の下…

この悔恨歌は延々とつづき、

「おい、お前は石の下だぞ。爪や髪くらい残しておけよ」

などと、ふざける奴が必ず出てきます。

中支の山野が、日暮れとともに故郷に似てきますと、歌もしんみりして、つい胸が苦しくなります。

そんな時でした、小嶋教官が大声で命令しました。

「いいか、よく聴け！　今日はお前たちに戦場体験をさせる。今日の標的は、いつもの藁束じゃない！　人間だ！　生身の人間だ！　日ごろのお前たちの銃剣術が、いかに役立つか、試してもらう。直ちに小銃と、帯剣を付けて、この場所に集合！」

一瞬息をのみ、つづく班長の叱咤で、班内に駆け戻りました。

営庭に整列すると着剣し、「構《かま》え銃《つつ》」の号令がかかりました。

木銃とは違って、銃身は重く、突き出したはずみに剣先が下がってしまいます。

「腹を刺しても死なん。胸だ、敵の胸を突くのだ。お前たちは両脇をうんと絞って突くのだ！」

第一班の阿部班長が怒鳴りました。酔いを醒まさせようという魂胆か、何度も何度も予行演習させました。たった五勺の酒で酔えるものか、と班長を憾《うら》みますが、偽酔いして、逃げるわけにはゆきません。

隊列を作った初年兵は、集落を通って警備隊とは反対側の山へ登りました。先行していた古参兵が、畑の隅に穴を掘りはじめていました。やわらかい土で寝棺ほどの穴はすぐに掘れました。少し離れた畦に、腰を下ろしている汚れた便衣の跣《はだし》の男が、標的にされるらしく、別の古参兵が差出した煙草を、吸っていました。男は、虚《うつ》ろな目を、己の墓穴から徐に空へ移し、大きく息を吸いました。茜空が焼け、闇がそこまできています。

「よし。初年兵はこの位置から一列縦隊をつくれ」

いつもなら、競って先頭へ並びますが、刺殺の先頭は誰も嫌です。

「おい、どうした？　早くしろ。いいか、思い切り突くのだ。そして思い切り抜く。一刺必殺！　判ったか？」

教官の声まで、妙に上擦《うわず》って聞こえました。

各自は銃剣にたっぷりスピンドル油を塗りました。あとで血糊がとれなくなることのないようにする古参兵伝授の知恵です。

男が穴の前に立たされました。汚れた手拭で目隠しし、両手を後ろ手に縛りました。服のボタンをはずすと、肋骨が浮き出しています。うずくまろうともせず、そのまま突っ立っています。気丈な男で、まるで幽鬼でした。

このままだと、剣は、間違いなく彼の腹を刺すでしょう。わたしは刺殺順を遅らせようと、再度油を塗る格好で列を離れました。

最初に、悲鳴に近い大声で、ワーッと突っ込んだのは、精悍な来代《きただい》二等兵でした。わたしは思わず目をつぶりました。

「バカ！　腹じゃない、胸だ、左胸だ。両脇を締めてかかれ。もう一回ッ！」

男はまだ脚を踏ん張っています。二度目の剣先は心臓に達しました。絶叫とともに穴の中へ仰向けに倒れました。

「よし、つぎ」

二番目が、穴の中を目掛けて突き下ろしました。と、男は、身体をのた打たせ、弾みに目隠しの手拭が取れて、飛び出さんばかりの大目玉で、カッと睨みました。戦友は、噴出した血潮で脚を掬われ、蹌踉《よろ》めきました。

「バカッ！　早く退《ど》けッ！」

そのとき、手を縛られた穴の中の男が、満身の力で身体を仰《の》け反らせ、くるりとうつ伏せになったのです。

つぎからは背中を刺すことになります。「次ッ！　次ッ！」と狂声が発せられ、わたしたちは突進しました。

男の身体は、まだ痙攣しているようです。そのたびに噴きだした血潮が、黒い畑の土に浸み込んでゆくのです。

わたしの番が回ってきました。逃げることはできません。凶暴な悪魔に引っ張られるように、穴へ走りました。男の尻を刺したつもりが、背骨に当たって剣先がブリキ板のように撓《たわ》み、抜けなくなりました。

「馬鹿野郎ッ！　剣が折れるぞ」

こちらが仰《の》け反《ぞ》らんばかりに夢中で引き抜きました。

「駄目だッ。も一遍！」

男はもう動かなくなっています。二度目は、銃口まで減《め》り込むほど右尻に刺さりました。豆腐のような感触です。こんどは男の肉が絞まってか、抜けません。杵に絡まった臼餅のようです。左に身をかわして、ようやく抜き、つぎの戦友に場所を譲りました。

男には百ヶ所近い刺傷が残ったでしょう。すぐに土をかけて、埋めてしまいました。

殴られても、殴られても、足が前に出ない戦友が何人かいました。意思堅固なのか、卑怯か、臆病か。実行した連中が、剣身の血痕を拭い、再度スピンドル油を塗っている間にも、彼らは、さっきまで男が煙草を吸っていた畦道に、突っ立たされ殴られました。小便を漏らし、袴下まで汚した戦友は、刺突もできず、洩らした股間を押さえて震えていました。後年、作戦がはじまると、早々と警備部隊へ転属させられたようで、以後の彼を知る者はいません。

あの男をなぜ処刑したのか、まったく知らされませんでした。初年兵訓練の仮標代わりに捕らえた、家畜のような扱いだったのでしょうか？　戦場では、殺《や》らなければ、殺《や》られるだけ、その連鎖の一つに組み込まれるのがわたしたちなのです。

帰途、不気味なほどに中国人が姿を見せない町の通りながら、

『歩兵の本領』

万朶《ばんだ》の桜か襟の色ォ、花《ばーな》は吉野に嵐吹く
大和男子《やまとおのこ》と生まれなば、散兵線《さんぺいせん》の花と散れ

と軍歌行進をさせられましたが、まるで葬列です。

「声を出せィ！」

尺余《しゃくよ》の銃《つつ》は武器ならずゥ、寸余《すんよ》のつるぎ何かせん…

班長は、気勢を上げようと叫びますが、剥がれてしまった初年兵の気持ちを癒す妙薬には、なりませんでした。

殺戮体験　その三

警備隊周辺が宣撫《せんぶ》地区とはいえ、戦場にはかわりありません。初年兵教育も、訓練と実戦の色分けができなくなることが、しばしばありました。

親日（？）中国人に経営させる「合作社」が物資調達に出かける集落へは、警備の名目で戦闘教練によくゆきました。集落の米や野菜を合作社が安値で買い取る威嚇行動です。

代価は、日本軍の傀儡《かいらい》政府配下の儲備銀行券《ちょびぎんこうけん》で払われました。住民は、中国軍の法幣《ファペイ》をありがたがりましたが、やむなく双方を使い分けていたようです。むしろ、塩などの物々交換を喜びました。武装日本兵に囲まれ、法外な安値の、しかも儲備券で、強奪されるのですから、怨念は膨らむ一方でした。

話が逸れます。戦闘中の日本軍は、後方兵站部隊からの弾薬搬送が滞り、思うように前進できなければ、戦えません。まして食糧など後方から運んでくれることは、ほとんどありません。作戦命令の末尾には決まって「食糧は現地調達」と付記されていました。戦闘員自身が、交戦しながら食糧を探し、煮炊きまでしなければならないのです。

食糧探しとは、周辺の民家に押し入って、手当たり次第強奪することです。「軍票」と称する貨幣代わりの紙切れを渡し、平和になれば正規通貨と交換するといっても、住民はまったく当てにしません。宣撫地域でも同じで、これが戦争というものだと住民は諦めるしかなかったのです。

物資調達に同行するわたしたちは、小銃、軽機、擲弾筒、持てるだけの実弾と、雑嚢に携帯口糧の乾麺麭《かんめんぽう》、水筒に煮沸《しゃふつ》した水、上衣《じょうい》の物入れ（ポケット）裏側には、負傷したときの救急用繃帯包《ほうたいほう》（三角巾《さんかくきん》を小さく折りたたんだ包）などを必携しました。いつどこで実戦になっても、慌てない最低の装備です。

この日も、どこまでが訓練か、どこからが徴発警備か、討伐か、わからない一日でした。例によって、手先に使っている密偵が、敵情報を注進してきました。

ちょうどそのころ、中隊の本隊は、はるか西方の湖南省墨山舗付近に駐留し、二月の「江北殲滅作戦」につづく、「江南地区戡定《かんてい》作戦」の待機中でした。江南とは、洞庭湖の北、揚子江の南に位置する肥沃地帯で、しばしば蒋介石直系軍と激戦していました。

中国軍は、作戦配備中の日本軍の間隙を縫って、墨山舗駐屯部隊を奇襲したのです。たまたま近くを移動中の大隊とわたしたちの中隊にも、急遽、支援命令があり、そのちょっとした連絡ミスと強硬な敵襲で、中隊では隊長以下五名が戦死、十数名が負傷する大打撃を蒙ったのです。

四月八、九日のこの悲劇は、わたしたちの湖泗橋警備隊にも急報され、一日も早く中隊戦列に加わるよう要望されていました。

密偵が、便衣《べんい》の動静を小嶋隊長に伝えたとき、隊長には中隊悲闘の心理的動揺があったに違いありません。便衣とは、平服を着て小グループで、非占領地の後方撹乱をする中国戦闘員です。

たまたま午後の演習に出発直前でした。すぐに予定が変更され、尖兵小隊の接敵訓練という名目で、軍公路を賀勝橋留守中隊方面へ進撃するよう命令されました。

小嶋隊長の脚が速くなり、いつも公路巡察で留守中隊側と待ち合わせる集落近くまで来たとき、路上にいた密偵が、「便衣がいま保長の家で飯を食っている」と、伝えました。隊長は全員に着剣させて、丘の家を左右から包囲しました。わたしは隊長伝令として傍に控えました。

配置が終わると、密偵が保長の家に入いりました。と、すぐ飛び出して、東の田圃を指差し、「逃げた、逃げた」と叫びました。

隊長は、丘に駆け上がり、萌黄の麦と黄金《こがね》の菜畑が一面の田圃を、双眼鏡で追います。遮蔽物など殆どなく、作業中の農民が慌てふためいています。「あっ、彼奴《あいつ》だ」と、軽機の乱射を命じました。小銃手も、撃ちまくりました。

わたしは、隊長を追って丘へ駆け上がりました。前面は、桃や楊柳《ようりゅう》、遥かに古塔、菜の花と麦穂が霞む景色です。なぜか銃声が耳にはいらない程の桃源郷です。

「木下！　撃たんか、彼奴《あいつ》だ、狙え！」

隊長に叱られ、ぷつんと糸切れした凧のような自分に気づきました。逃げる人間など狙えるものではありません。着剣した銃口は重く、思わず目をつぶり、空へむけて引き金を引きました。

さすがに軽機は、小銃の比ではなく、麦穂が散り、菜の花が波うちます。逃げ惑う人影が消えると、隊長は軍刀を掴んで丘を駆け下り、畦道を直走《ひたはし》りました。五百㍍ばかり追っかけたところで、池の堤に倒れている男を発見しました。ずっと後方から血痕があり、ここまで逃げて力尽きたようです。喉首を射抜かれ、なにか言う度に血潮が噴き出し、声は壊れた笛のようで言葉にならず、ひいひいいっています。それでもポケットから数枚の金券を、血だらけの手でつかみ出し、助けてくれと手をあげるのです。少し動いたはずみに、彼の身体が、頭から池に落ちそうになりました。わたしはおもわず手を貸して引き上げました。命乞《いのちご》いを止めません。こんどは両脚から身体がすっぽり田圃の溝に入ってしまいました。足も撃たれています。たちまち溝が真っ赤に染まりました。

「こいつは便衣だ。見ろ、法幣《ファペイ》を持っている。それに帛子《ハイズ》（布の帛《くつ》）を履いている。ここらの百姓は、田圃では跣《はだし》だ」

　隊長の推理で、仕方なく黒の便衣を引き裂きましたが、武器など何も持っていません。

「木下、突け！　こいつはもう助からん」

　血だらけのくしゃくしゃな法幣を、わたしに差し出し、哀願を止めません。声の代わりに食ったばかりの飯粒が血潮とともに噴き出ています。

「やれ！　どうした、木下？」

　隊長が軍刀を振り上げたはずみに、わたしは、男の左胸へ銃剣を突き下ろしました。瞬間、男は血だらけの両手で、刺した剣を掴みました。慌てて引き抜こうとしますが抜けません。思わず軍靴で男の腹を踏み付け、やっと抜きました。真赤な眼を開けた男は仰《の》け反《ぞ》りました。そのまま池に落ちかける寸前、わたしは血を浴びた片腕で、男を引揚げました。はずみに男の体は、溝にすっぽり嵌《はま》り、引き出せません。もう動かなく、溝が長い棺桶のようになりました。

　追っかけてきた監崎班長が、

「はやく血を拭かないと、剣が錆びるぞ」

と言いましたので、隊長を追うこともせず、いわれるままに溝に銃剣を浸け、田圃の土でゴシゴシと何度も擦《こす》りました。

　この討伐（？）では、軽機関銃乱射で、農民にも思わぬ被害が出ました。結局、便衣を捕まえたとは、初年兵には伝えられませんでした。殺した男が、便衣かどうかも判りません。

　銃剣の曇りは、どうしても取れません。血の臭いすら感じました。以後、銃剣を抜くたびに、黄金の菜花、青い麦穂、桃花に霞む象牙色の古塔、碧く淀んだ池などと重なって、無抵抗の男の断末魔が蘇ってなりませんでした。

警備地、桃林《とうりん》へ

　六月一日、初年兵教育が終わって全員星二つの一等兵になりました。後続兵がこないので、日々の行動は、最下位の使役ばかりで、これまでと何ら変りません。

中隊は、墨山舗の戦闘で大打撃を受けたものの、作戦戦列から離れることなく、五月二十四日から「江東地区反撃作戦」に加わっていました。

この作戦は、粤漢線沿線の長安（現、臨湘）から平水舗あたりを警備していた土佐編成の鯨六八八四部隊（小柴部隊）主力が移動した隙を狙って、仕掛けられた戦闘でした。地上軍だけでなく、アメリカ空軍カーチスＰ40の来襲で、平水舗の鯨六八八三部隊戦闘指揮所の聯隊長が、直撃弾を受けて戦死しました。

この時期の日本軍は、南方で敗退続出し、全滅を玉砕《ぎょくさい》（兵が玉と砕ける）と美化した報道ばかりの惨状でした。

わたしたち初年兵は、江東地区反撃作戦の終了を待って、七月十六日に湖南省桃林駐屯の中隊主力に、ようやく合流できました。

桃林は洞庭湖の東にあり、粤漢線岳州（現、岳陽）駅の手前、長安駅《ちょうあんピン》（現、臨湘駅）から南へ十二、三キロ入った町です。江南（揚子江の南）には「桃」の付く桃源郷に肖《あやか》った街がいくつもあり、桃林はその一つです。それなりに裕福な商業中心の古い街で、この辺りでは油港河《ゆこうが》という通称の新墻河《しんしょうが》右岸に開けていました。

町の中心部に鯨六八八三部隊の聯隊本部が置かれ、西はすべて最前線で、第一大隊本部とその中隊を配陣し、北端には第三大隊本部とその主力が駐屯。第二大隊本部は、西北の岳州に近い新開塘《しんかいとう》に配備されていました。

桃林南面の敵は、薛岳《せつがく》の率いる強靭な中国第九軍で、ゲリラ的行動が活発でした。わたしの所属する第三大隊は、聯隊の予備隊になっていて、前線陣地のような地上戦闘は少なく、連日、一、二機のアメリカの飛行機に、超低空で威嚇される程度でした。

少人数でも道路巡察などは、しばしば敵機の標的になり、機関砲で狙い撃ちされていました。日本の飛行機は全く姿も見せず、対空防御もわずかな小銃や軽機で立ち向かうという、お粗末さでした。

各班（作戦に出動すれば一ヶ分隊を編成）に分配された新品一等兵が、やっと戦力になったようです。連日、歩哨や不寝番など諸勤務の他に、もっぱら使役に狩り出され、周辺不穏地区の討伐へも休むことなく参加しました。

作戦疲れの古参兵たちは、何もなければ終日班内でごろごろしていますが、内地のようにやたら意味なく新兵を殴ることはしません。厳しすぎれば、逃亡されかねません。古参は、集落の小孩《ショウハイ》を私設当番兵にして、使い走りさせ、将校も大目にみていました。古参兵ばかりではなく、炊事など中隊の体力のいる雑用には、すべて中国人を使っていましたから、わたしたちに使役を強いることはありませんでした。

中国人と同居の集落で、柵などありません。情報が敵へ漏れる心配は多分にあって、討伐出動など、わたしたちよりも先に彼らが知っていました。討伐隊が目的地へ到着するころには、敵影はまったくありません。双方ともに、無用な戦闘を避けたいのが本音《ほんね》でした。

桃林幹部候補生教育隊

中隊の幹部候補生資格者には、わたしのほかに小柄な高橋高則（現姓、吉沢）という香川県出身の優秀な男がいました。彼は主計将校希望で、はやばやと経理学校へ移りました。わたし一人が兵科幹部候補生で、人事係の宮内准尉には、気味の悪いほど大切にされました。そればかりか、下士官や古参兵までが、「困ったことがあれば何でも相談しろ」とよく声をかけてくれます。

聯隊本部の幹部候補生集合教育に分遣されたのが七月二十四日でしたから、中隊で古参に囲まれて勤務したのは、僅か八日間にすぎません、二日間の討伐にも参加しました。

幹候教育隊は、第一大隊本部の傍にありましたから、慰安日（休日をこう呼びました）には、清代《シン》から殆ど変わらないという古い商家の街並を通って、親元になる原隊には必ず帰って、教育状況を報告しました。その都度、人事係の宮内准尉は、気を遣い、軍足（靴下）は足りているか、褌はあるかなど、真新しいものをくれました。

作戦行動の合間を利用した、短期の教育ですから、日々の訓練は激しく、残酷そのものでした。周辺のさまざまな地形を選んだ実戦紛いの演習が多く、真昼でも便衣の往行する油港河対岸の綿畑での索敵演習では散々な目にあいました。

農作業者を蹴散らして、猪突する癖の若い教官は、便衣の横行する奥地へと候補生を矢鱈走り回らせます。そのうちに、猛烈な雨になり、泥んこになっても、「状況中止！」の命令を出してくれません。気負う教官を追いかけながら、遂に、生徒は「弾は前からだけとは思うな！」と恨みました。

幸い実敵には遭遇せず、やっと教官が中止命令を出しました。驟雨も去り、ホッとしました。河まで戻ると、なんと異常な増水で、小板の橋など見当たりません。流れは速く、簡単に渉れる状況ではありません。にも拘わらず、いきなり教官が叫びました。

「渡河！」

助教たちも慌てましたが、ザブザブと続かざるを得ません。

転べば流されてしまいます。手を握り合い、片手では銃を高く差し上げて、一歩一歩腰まで浸かって進みました。

さすがに、次に予定されていた桃林市街戦演習は、記憶すらありません。

生徒の鬱憤が嵩じて、万一、演習を逸脱する何かが起きようものならば、住民も黙ってはいないでしょうし、教官も聯隊の御偉方《おえらがた》に睨まれます。ずぶ濡れの生徒を引きつれて、怱々と帰隊しました。

取り上げられた帯剣

街外れの第三大隊駐屯集落の裏山で、幹部候補生教育隊が戦闘演習をしたことがありました。

山岳戦では、起伏を利用したいくつもの陣地が構築されるのが通例で、このときの演習も、第一線陣地よりも、つぎの陣地へ取り付く陣内戦が目的でした。

たまたまわたしは、軽機分隊の二番（射手）をやらされ、突入直後に一番と交替し、陣内戦に移る手順になっていました。

一番の役目は、分隊長補佐と射弾観測です。演習では発射弾の空薬莢を、袋に受ける役目でした。しかし、突撃の際に帯剣を振りかざしたので、陣内での最初の射撃位置で伏せたとき、剣を鞘に納めず、そのまま脇に置き、薬莢受けの袋を軽機の右に添えました。ところがこの袋は、スフ（人造木綿）の慰問袋を再利用したもので、たちまち破れ、空薬莢が激しく周囲に散乱しました。雑嚢と、鉄帽の下に被っている略帽で掻き集めましたが、間に合いません。軽機は、二、三連撃つと、狙われますから、すばやく位置を変えなければなりません。まして陣内戦は、何処から弾が飛んでくるか判りません。このときも、何度か位置を変えました。いざ、第二陣地へ突入となったとき、わたしは帯剣の鞘に剣身がないのに気づきました。引き返すわけには行かず、旗を持って仮設敵を演じていた戦友に、そのまま襲い掛かって組み伏せました。

教官や班長が気づかぬ筈はありません。

「木下候補生、貴様何しちょる?」

「はっ、帯剣がありません」

「なにィ?」

「さっきの陣地に忘れてきました。格闘しかありません」

「貴様ッ！」

教官の強打が顎に飛んできました。それだけではなく、一線陣地に引き返してみると、剣身ばかりか、沢山の空薬莢が散乱しています。わたしよりもさきに班長が剣身を拾い上げ、わたしには空薬莢を掻き集めさせました。

「貴様！　このざまはなんだ！」

軍隊の訓練には憐憫《れんびん》の情などなく、失敗を見つければ徹底的に痛めつけられ、班長の鉄拳が何度も飛んできました。

更に、候補生には連帯責任の制裁処置がなされました。

「兵舎まで、速《はや》駆《が》け！」

身軽な装具の教官は、軍刀をつり革から外すと、左手に握って一挙に山を駆け下りました。班長も、わたしの剣身を仰々しく振りかざしながら、教官を追いました。わたしは剣身を取り返さんと、必死に先頭を走りました。候補生たちはいい迷惑です。

兵舎に着くや否や教官は、

「午前中の演習は終わりッ。午後は一時に集合」

遅れた連中には目もくれず、自室に入ってしまいました。教官が消えた瞬間に、班長の強打がわたしの顎に飛んできました。剣を返して欲しいといくらいっても、殴るのをやめません。眼鏡が飛びました。何度叩かれても、わたしは奥歯をぐっと噛み締め、両足を開いて耐えました。班長は、痺れる手を庇いながら、殴り続けます。当番の候補生が、班長に洗面用の水を運んできても、わたしとは目も合わさず、さっさと部屋に入ってしまいました。

宮庭にはもう誰もいません。わたしは、剣を返してくれるまで懇願するしかありません。班長は再び現われ、汚れた水をわたしの顔に殊更打《ぶ》っ掛けて、

「飯食う時間がなくなるぞ。行け！」

「帯剣を返していただくまでは帰れません」

「しぶとい奴じゃ、此奴《こいつ》は」

やっと剣身を投げて返しました。わたしは、さっと拾い上げ、部屋へ戻る班長を追って改めて頭を下げました。

「すみませんでした。ありがとうございました」

「おい……」

班長が何か言ったようでしたが、聞こえぬふりをしました。班長が言いたかったのは、「眼鏡を拾って行け」、のようでした。拾う気にはなれません。また殴られるのが落ちです。

入営するとき、戦場で最も困るのは眼鏡だと思って、まったく同じものを五個作り持ち歩いていました。一つや二つなくしても、班長への抵抗の方が強かったのです。

さっさと私物箱から替りを取り出し、昼飯は温《ぬ》るま湯で流し込み、午後の訓練に並びました。

案の定、班長がわたしの眼鏡を手にして現れました。と、わたしを見てちょっと驚いたのか、傍へきて手にした眼鏡と見比べながら、

「図太い奴ちゃ」

と突き返しました。

「殴られたら素直にぶっ倒れるんだ。嬲《なぶ》っている奴には、早目のダウンしてやりゃいい」「眼鏡は、素直に拾えばよかった。奴らは威張りたがるが、戦闘になれば、一番臆病なのが班長だ」

部屋では戦友が口々に班長批判をしました。詰まらないことで反抗したわたしは、最も御《ぎょ》しがたい兵だったようです。

この事が、わたしの甲種幹部候補生失格理由の一つのように思います。

つぎの慰安日に帰隊して、古参にこの話をしました。ところが、

「バカじゃないか。帯剣の一本や二本、いつでも員数つけてやるよ。遠慮なく言ってこい。そんな教官には、実弾をぶっ飛ばせ。弾なら遠慮するな」

わたしを慰め、班の床板を外し、ニヤッと笑いました。

そこには、前の駐屯部隊が捨てていったおびただしい員数外の小銃弾が転がっているではありませんか。

谷間の一本路で遭遇戦

帯剣事件から一ヶ月ばかり経っていました。『鯨部隊奮戦記』（歩兵第二百三十五聯隊戦友会　昭和六十年三月刊）では、この日の第一大隊の討伐は、昭和十八年（一九四三）十月八、九日と記録されています。

討伐は、敵の潜む地域へ示威行軍で、時には少数の敵と戦闘も予想される軍事行動です。

第一大隊本部兵舎に接した幹候隊も、実戦体験を兼ねてこの討伐に参加しました。教育ですから、戦列では最後尾となり、予備隊を命じられました。よほどのことがない限り、戦闘には参加せず、ひたすら行軍すればよかったのです。なぜか、わたし一人だけが離れて伝令となり、尖兵小隊のすぐ後につづく大隊本部と行動するよう命じられました。

先頭の尖兵小隊は全員中国人と同じ普段の服（便衣）で、兵器は籠に入れて天秤で担いでいました。担ぎ手には、苦力を雇い、本隊とは距離をおいていますから、いかにも岳州あたりへ物売りに行く住民の群れのようにみ

えました。宣撫地を離れるときの、これが尖兵の偽装でした。

接敵はほとんど考えられず、このまま毎度の暢気な山歩きで帰隊できると、古参兵は小銃を天秤にし、肩にわたして両手を乗せ、卑猥な鼻歌混じりで歩いていました。

隊を出て二、三時間経ち、山が迫って曲がりくねりはじめ、視界の悪い谷の畦道に差し掛かったときです。一列縦隊になって、隊列が伸びていました。と、向こうからも、こちらの尖兵と同じ烏のような薄汚い便衣の集団がやってきます。すれ違うには狭すぎますので、先頭の下士官が、同行の密偵に、道を避けさせろ、と命じました。便衣に偽装していますから、先方に強圧的な発言はできませんのに、ついつい地が出たようです。とたんに、発砲してきました。彼らも、隠密行動中の中国軍だったのです。瞬時に、数発も撃たれました。

後続の大隊本部までは、山に遮られて、状況が掴めません。大隊長は下馬し、左の山へ向かって走りました。田圃の百㍍ばかり先が雑木林です。大隊長に続きわたしたち伝令も走りました。一瞬の出来事でしたが、転ぶようにして林に逃げ込む間にも、敵弾がピシピシと土に撥《は》ねました。

「危ない！　固まるな！」

各中隊の伝令を束ねている上等兵が叫びます。どこから撃たれているのか判りません。わたしたちは完全に敵の視野に入っています。土に弾ける流れ弾に当たりかねません。ようやく崖下に辿り着き、差し伸べてくれた上等兵の手を借りて、雑木の根方に蹲踞《うずくま》りました。被弾の下を這った大隊長は、早くも尾根近くまで上っていっています。

相当数の敵が、さっきの畦道を隔てた対面の山から撃ってきます。伝令たちは、頭上にピシピシと弾の弾ける音を聞くばかりで、身体を動かすことが、全くできません。

やっと尖兵小隊の伝令が来ました。敵も、こちらの尖兵を、仲間の集団と錯覚したらしく、あまりにも接近して慌てたのです。最初の一発は、敵隊長の拳銃でした。死傷者の出ていないことがわかると、大隊長は各中隊に命令しました。緒戦の混乱を回避するため、しばらくは現在地で待機することになりました。双方の銃撃戦は、依然、激しく、簡単に動けません。

わたしは伝令のためにここを離れ、畦道の最後尾にいるはずの幹候隊まで戻らなければなりません。

「気をつけろ」といわれても、雑木の枝に撥ねる敵弾の下をかいくぐるのは、演習とは違います。教官がいつも命令する猛進などは避けて、低姿勢のまま田圃に滑りおりました。

山裾を回った畦道は銃声だけで、被弾の危険はなさそうです。伸びきった隊列の最後尾は、思わぬ後方になっていました。斡候隊は、演習休憩のような格好で農家の庭先に叉銃し、休んでいました。若い隊長だけは軍刀を杖に、山に木魂《こだま》する銃声に耳を澄まし、突っ立っています。

わたしは、「遭遇戦になったので、しばらく現在地に待機するように」との命令を伝え、引き返しました。

戦闘は、予想以上に手間取り、敵の展開していた対面の山に辿り着くまでに、十時間も要しました。

敵は後退したかに思われましたが、さらに後方の山から撃ってきます。湖南省のこのあたりは、谷を隔てて幾重にも山がつづいていて、それを乗り越えるのは容易でありません。薄暮になってしまいました。敵の攻撃もすこしおさまったようで、これ以上戦えば、彼我ともに犠牲が大きくなります。大隊長から、山頂に警戒小隊を配置して、本隊は山裾の集落で待機し、払暁攻撃に備えるよう命じられました。

集落は、数時間前まで敵の拠点であったらしく、いくつかの遺棄死体があり、逃げ遅れた捕虜も一名、確保することができました。

谷間は漆黒の闇です。しかも敵前、明かりを漏らさぬよう厳しく達せられました。どうやら辿りついた廃屋らしい民家の、饐《す》えた臭いの壁沿いに、天幕を敷き仮眠場所としました。隣の戦友の顔も、はっきりしません。声だけが頼りです。

明日に備えて飯を炊かなければならなりません。耳を澄ますと、戸外に水の流れる音がします。伝令たちはそれぞれに自分の飯だけを確保すればいいのですから、競って流水に手を差し入れました。底は浅く、川というよりも溝です。それでも、米を洗い、水を飯盒に満たし、明かりの漏れぬよう屋内で戦友同士が輪になって、炊きました。屋根の落ちた部屋のようで、古参からしばしば注意されましたが、なんとか炊けました。おかずは携帯味噌だけです。明日の食糧のはずですが、炊き立て飯の据え膳は我慢ならず、少し食べました。流石に美味《うま》い。ちょっと塩味があって、ついつい二食分を食べているのに気づきました。飯盒は三食分を炊くので、これ以上喰えば明日慌てます。そう思ったせいでもありませんが、なぜか口の中がざらざらし、飯の味が変わり、やっと蓋を閉じました。とにかく満腹です。戦闘の危機を忘れさせてくれました。

上等兵に叩き起こされるまで、ここが戦場であることも忘れるほど、熟睡していました。

払暁戦に備え、歩兵砲と一個中隊は、すでに山に上っています。

わたしは、戦闘前に朝食を、と飯盒の蓋を取りました。ところが、中は飯ではなく、わずかに飯粒の混じった黒砂ではありませんか。飯を洗ったとき水と一緒に砂を掬ってしまったのです。砂が下に沈んで、炊けていたのです。妙な塩味は、このせいでした。

薄明るくなった戸外に出ると、せせらぎと思った小川、いや溝には、大きな馬の死骸と、顔を撃たれた中国兵が二体転がっています。身震いしたのは大陸の朝の冷気だけではありません。

靄の中を集合地点に急ぎました。集落前の小さな池を囲んで、百人ばかりの兵隊が集まっていました。昨日の捕虜を引き出し、池を背に土手に立たせています。着剣小銃した下士官が、大隊長になにか指示を仰いでいましたが、すぐに腰だめで引金を引き、男の胸を突きさしました。男は、飛び跳ねざまに池に落ちました。周囲の兵隊の、鬨の声が谷間に木霊《こだま》しました。

同時に、既に山頂にいた歩兵砲が轟音を発し、大隊長は先陣きって山へ駆け上がってゆきました。

わたしは、すでに三度ばかり伝令往復していましたが、命令のないときは、弾の来ない斜面に寝そべっていればよかったのです。

昨日にまして敵弾は激しく、攻撃目標は正面の山です。それに達するには深い谷へ下りなければなりません。集中砲火されることは必至です。こちらの重火器は歩兵砲と重機関銃です。いくら撃ち込んでも、いっこうに怯む気配はありません。それどころか、敵はあらたに迫撃砲を使用しています。銃口から弾を装填するのは擲弾筒のようですが、その親玉です。弾道が見えるほどのスピードで、シュルシュルと異様な音で飛来します。擲弾筒より強力で、弾道の真下になった目標は、三発目には命中するほど効果的火器です。一発目は、山を越えて昨夜の集落に落ちました。二発目の落下地点は歩兵砲の五十㍍ほど前方でした。

「狙われている、移動しよう」

分隊長が慌てていました。

「いや、大丈夫ですよ。あんな迫撃砲、あたるものか」

砲手が嘯《うそぶ》いて、遮蔽位置からすこし身体を乗り出しました。分隊長は、それを無視して、

「変換用意」

と号令した一瞬、砲手の身体が吹っ飛び、斜面を四、五米《メートル》転げて、わたしたちの前で動かなくなりました。分隊長が駆け寄って、かれの体を揺すり、大声で名を呼びましたが、敵の狙撃手に狙われたのです。

すぐに砲の位置を変え、分隊長自ら砲門を開きましたが、不思議と命中率は低下し、敵の二門の迫撃砲が、執拗に撃ち込んできました。

時間の長短はわかりません、戦線は膠着し、ある限りの弾を撃ち込んでも、まったく怯みません。つぎの陣地奪取など無理だと誰もが思いました。大隊長も、これ以上戦っても犠牲が増えるばかりだ、と判断したのでしょう。昼前に、反転（退却）を命じました。

戦闘は、すこしでも気力が緩めば敗けます。こちらの火力が怯むと、たちまち敵の反撃がはじまります。山を降りるまでに、三時間もかかりました。やっと敵の追撃を振り切れる地点に達したのは、日没前でした。

本部が安全地帯に達した時点で、わたしの伝令は解かれ、幹候隊に復帰しました。朝も昼も、喰わず飲まず。桃林の駐屯地までは、まだ相当の距離があります。小休止のときには、路傍で崩れるように寝転びました。

最後尾にあった大隊本部が、先頭になるため、わたしたちの前を通り過ぎようとしました。討伐中は、いちいち上官に敬礼することはなく、このときもわたしたちは、寝転んだまま目を瞑《つむ》って、大隊長の通過をまっていました。ところが、そのうしろに、犠牲者砲手の遺体が担架で運ばれてきたのです。馬上の大隊長が、幹候隊の教官の前で止まると、

「お前たち、英霊に対するその態度は、なにごとだ」

と鞭を上げて叱りつけました。わたしは、陽気に砲撃していた砲手の姿が焼きついていて、慌てて立ち上がり捧げ銃の礼をしました。

その夜、英霊は営庭に薪を積み上げその上に乗せて、茶毘に付されました。その臭いは、幹候隊の兵舎にまで流れてきました。真夜中の不寝番だったわたしは、黒い薪のうえで焔《ほのお》に包まれた戦友の寝姿を、まじまじと見ました。

マラリア、慢性下痢、下股潰瘍《かかいよう》

わたしたち幹候生に、甲、乙の格付けがなされたのは、昭和十八年（一九四三）十月十八日です。約半数の二十名が将校となる兵科甲種幹部候補生に選ばれ、九州久留米の陸軍予備士官学校に入学することになりました。わたしは、帯剣を紛失しかけた失敗もあり、甲種幹候など

とっくに諦めていました。予想通り兵科乙種幹部候補生です。

乙種は、教育が終わればただちに原隊に復帰、予備役下士官（成績が良ければ軍曹、よほど悪ければ伍長止まり）になって、実務に就きます。すでに計画されていた大規模な湘桂作戦要員となることは、必至でした。

あの事件以来わたしは、極端な慢性下痢が続き、急激に痩せました。

わたしの軍歴簿には「昭和十八年七月十九日、桃林に於いてマラリアに罹患す」とありますが、この日付は当てになりません。復員直前の捕虜生活中に、事務担当者が創作した軍歴簿ですから。

この日は、幹部候補生教育隊へ分遣直前で、マラリア罹患中なら教育時に熱発《ねっぱつ》（民間でいう発熱《はつねつ》）がしばしば起こり、訓練どころではなかったはずですが、練兵休《れんぺいきゅう》（病気で訓練を休むこと）の記憶はありません。

マラリアという病気について簡単に説明します。ハマダラ蚊が媒介するマラリア原虫の血球内寄生による伝染病で、中国でも中支と南支は、感染率が極めて高く、軍隊は「戦病」として扱い、「従軍証明書」に記載しました。赤血球内で増殖分裂して、血球を破壊する時期に発熱します。隔日に三十九度から四十度の高熱を発する「三日熱」、最初の発作から二日平温で四日目に出る「四日熱」、さらに悪性マラリアといわれる不規則発熱の「熱帯熱」があります。わたしの記憶するマラリア罹患は、敗戦の年で、はじめ「三日熱」、のちに「熱帯熱」と「罹患証明書」に記載されました。発熱が終わると、多量の汗とともに症状は常態に戻りますが、心身消耗すれば決まって再発します。徹底的に治療しない限り肝臓や脾臓が肥大し、貧血や腎不全になり、高熱で脳をやられることも珍しくありません。

当時は、キニーネ（キナの樹皮から製するアルカリ性の苦味あるアルカロイド）という高価な薬が唯一の特効薬でした。根治させないと、数年のちにも発病する厄介な病気です。中国人は悪寒と発熱の過ぎ去るのを、じっと耐えるだけでした。

幹候隊で、マラリア発病練兵休の記憶がないのは不思議で、当時のわたしを悩ませたのは、慢性下痢でした。

食べたものを、ほとんどそのまま排泄し、飯粒も糞のなかにそのままの形で残っていました。わたしは身長一メートル七十二センチ、体重六十三キロでしたが、次第に瘠せて、幹候隊の教育期間中には、四十八キロになってしまいました。ただ、体力がなくては落伍すると自分に言い聞かせ、食欲だけは人一倍ありました。早飯、早糞が兵隊の信条で、早飯は犬飯にして流し込みます。入営直前に治療した奥歯の金冠が外れて、噛めなくなったので、ほとんど丸呑みでした。

早糞はなかなかできません。食った量だけそのまま排泄する下痢便には、難儀しました。いつ催すか、それもコントロールしなければ、訓練中に尻を押さえて、隊列を離れることになります。起床時刻前に排便できることを、必死で祈りました。点呼に整列してこらえきれなくなった自分の惨めな姿を想像しながら、そうならぬよう、どんなに疲れていても、起床時刻三十分前に便意を催すよう自己暗示をかけました。誰よりも早く軍衣袴《ぐんいこ》を着て、営庭の隅に並んでいる暗い厠の一つにしゃがみました。いくら下痢でも、一日一回だけ、この時刻限りの排便にしなければなりません。ときには不寝番に誰何《すいか》されることもありましたが、いつの間にか、この行為がわたしであることを戦友が知ってくれ、「頑張れ！」、と奇妙な激励までしてくれました。

栄養不足ですから、湿疹にもなります。両脚は、毎日巻く脚絆《ゲートル》で、汗に蒸れ、ちょっとした傷が化膿しました。マーキュロクロム（帯緑赤褐色の有機水銀剤、通称・赤チン、マーキロ）を塗り、黄色い殺菌剤リバノールガーゼを当て、絆創膏でとめていると、薄皮が張るだけでした。その下には膿がたまり、いつまで経っても治りません。痒いので掻けば、またそこが化膿し、袴下《こした》（ズボン下の陸軍呼称）には血膿の跡がやたらついて汚れが落ちず、干していても誰も盗もうとはしません。

「これで死ぬことはない。風土病の一種だ、それとも戦場栄養失調症かな？」、と衛生兵は笑います。

乙幹になったのは、教官に楯突いたからだと諦めながらも、戦友や古参たちは、その体で将校になれば、一ころだ、と慰めとも冷やかしともつかぬことをいいました。

わたしたちの中隊では、翌年の早い時期に開始される「湘桂作戦」の準備に忙殺されていました。しかも、その前哨戦となる「常徳作戦」で、手薄になっていた他部隊の警備地を支援に向かったところ、十一月二十七日、雁鶏尖付近で敵と遭遇、四人の戦死者と多数の負傷者を出しました。そのショックもあったのでしょう、湘桂作戦がいかに大作戦になるか、重苦しい雰囲気が中隊に澱《よど》んでいました。因みに、この作戦だけで、日露戦争規模の戦死者を出し、物量を消費した、とこんにち伝えられています。

慰安日（休日）に原隊に帰ると、古参が、せっせと自分たちの入る遺骨箱造りに励んでいました。人事係の宮内准尉が「君の体ではとても、作戦は無理だ」と心配してくれました。同郷宇和島出身の中田義男伍長も、「君は、作戦に出ない方法を考えられないかな」といいながら、兵隊には容易に手に入らない加給品の羊羹を食わせてくれたことがありました。

露語教育隊分遣

十一月最後の慰安日の翌日だったと思います。

甲乙に振り分けられてからは訓練らしい訓練がなく、甲幹の帰国準備を横目に見ながら、わたしは班室でゴロゴロしていました。そんなとき、決ってアメリカ空軍機が飛来しました。殆どが武漢三鎮（漢口・漢陽・武昌）を空爆した帰隊時のようで、日本軍駐屯地を低空飛行し、機関砲で威嚇する程度でしたが、こちらは警報とともに壕に隠れるしかありません。その日は、警報が遅れたのか、わたしがグズグズしていたのか、壕へ飛び込む前に、搭乗員のあざ笑う目が見えるほどの低空で、ピシピシ跳ねる機関砲の弾を浴びました。わたしの右横で瞬時に撥ねた泥をしばらく被ったまま、茜空へ消えた敵機が引返しはしないかと、耳を澄ませました。

こんな処で死んで何が名誉の戦死だ。泥を払いながら、無性に憎悪を感じました。

班内に戻ると、聯隊本部から「乙幹一名の『第六次露語通訳要員』募集」の会報が回ってきていました。教育場所は満洲国ハルビンです。

わたしは、何ら躊躇《ためら》うことなく、すぐ希望しました。ロシア語など知っているはずもなく、むしろ学校では語学（英語）が最も苦手な科目でしたが、そんなことはどうでもよかったのです。馬鹿げた戦場から離れ、少しでも遠くへ行きたかったのです。

甲幹が久留米なら、わたしは満洲、大いに結構じゃないか。しかもエキゾチックなハルビンへ一人で行く。どうだ。胸を張る気持ちになりました。

何と、聯隊での希望者は、わたし一人でした。幹候隊の教官も中隊も、文句なく同意してくれましたのです。

出発は十二月二十五日と決まり、当日、聯隊副官まで申告にいきました。副官は、わたしが全くロシア語を知らないとわかり、驚き呆れたようですが、軍隊は一度命令すれば面子《めんつ》もあるのでしょう、なかなか変更はしません。むしろ同情した副官が、私物の『ロシア語三週間会話読本』なる新書版冊子を贈ってくれました。修業期間は一ヶ年ですが、成績如何で三ヶ月半で帰隊させられることもあるのです。語学第一だから、これまでのように上官に胡麻を擂って及第も意味がありません。なんとしても一年間頑張れば、その頃には「湘桂作戦」の危惧も避けられるかも知れないし、二度とここには戻らないだろう。戦友と別れるのは寂しいが、満洲なら死ぬ確率も尠《すく》ないだろう。口には出せないが、依怙地《えこじ》な気持ちを強くし、「戦場とは自分を殺すところではない、一人になっても生き抜くのだ」と、何度も自分に言い聞かせました。

副官に申告した帰りに、聯隊本部の衛兵司令に勤務中の中田伍長のところへ、挨拶に回りました。

「よかった、よかった。君の慢性下痢も、脚の潰瘍も、栄養不良だから、あっちへゆけば、すぐ治る。マラリア予防のキニーネだけは、中隊でたっぷり貰ってゆけ。満洲は食べ物がいいから、すぐ肥える」

と、自分のことのように喜んでくれました。

「餞別、やらなきゃぁ。あ、ちょっと待て」

奥の仮眠所にわたしを連れて行き、すぐに自分の帯革をとり、襦袢のボタンをはずすと、巻いていた晒の腹巻を解いて、これをここでしてゆけといいました。

「腹冷やすのが一番悪い。満洲は寒いから気をつけろ」

そして独り言のように、

「君は頭がいいのだから、鉄砲の肥やしにはできん。よかった。よかったよ」

と呟くと、つづけて、

「何時か日本へ帰れたら、自分の家は宇和島の野川だから、遊びに来て欲しい」

軍隊手帳に挟んでいた、自分の写真を取り出して、

「せめてこれだけでも、日本に持って帰ってほしいな」

わたしが帰れるかどうか。弾除けのお札の積もりで小さな財布に納め、別れました。

半年後、中田伍長が湘桂作戦中、湖南省寧郷県月堂山東方一キロの戦闘で戦死されこと敗戦直前に知り、戦後渡航可能になると、最後の場所を訪ね冥福を祈りました。

ホテル「ニューハルビン」

昭和十八年（一九四三）十二月二十五日、関東軍情報部（通称、ハルビン特務機関）所属の満洲第三四五部隊（哈爾濱《ハルビン》露語教育隊）へ分遣のため、桃林を発ちました。

途中、漢口では、第十一軍（「呂」集団）配下の師団選抜の露語通訳要員十人が揃って、司令部担当将校に申告に出向きました。

揚子江周辺に配備されている呂集団の兵隊までが、なぜロシア語を専修するのか。将校の説明でも十分理解できませんでした。

明治以来、陸軍はロシア（ソ聯）を仮想敵国にしてい

るとはいえ、大陸に配備した全軍が、ソ聯と戦う事態になれば、中国はたちまち反撃するでしょう。陸軍首脳はなにを考えているのか、醒めた気持ちになりました。

わたしたちは、そこまで考えなくていい。ひたすら、ありがたく官費で語学を学ぶ、それだけのことです。中田伍長に忠告されたように、体力回復のチャンスと、わたしは割り切っていればいいのです。

桃林出発の十五日後、すなわち昭和十九年（一九四四）一月八日、ようやく満洲国濱江《ひんこう》省の省都ハルビンに辿り着きました。

ハルビンは、アジアらしからぬ西欧的異国情緒の街でした。

部隊所在の新市街は、ロシア風駅舎の南方台地に、ロシア人専用住宅街として開発された地区で、中央寺院《サボール》と呼ぶギリシャ正教の教会を中心に、五本の放射状街路が延び、その一つ郵政街が北京街とクロスする角が教育隊の兵舎でした。

女学校だった赤レンガ鉄筋半地下二階建ての建物を接収して、そのまま使っていました。周囲は高い板塀で囲われ、表札のない玄関には、ロシア人の歩哨《チャサボイ》がいて、一見、日本軍の兵舎とは見えないようです。

わたしたちの入隊指定日は十日でしたから、まだ二日の余裕がありました。

本来ならば、ハルビンの兵站に入るか、そのまま部隊に行けばよいのですが、中国の戦塵を洗い流そうと、引率責任者で同じ専修要員の軍曹が提案しました。皆目見当のつかないわたしたちは、軍紀違反を気にしながらも、反論できず、従うことにしました。中央寺院脇の豪華ホテル「ニューハルビン」に二泊しようと決めた一行は、中支派遣軍貸与の薄い軍服のままで、駅舎の二重扉を押して外へ出ました。南へ一直線に上る坂道の車站街を急ぎました。話に聞いていた零下四十度の極寒とはこういうものかと、忽ち実感しました。

揚子江周辺の部隊では、満足な防寒具など支給されません。薄い略帽では、頭の芯が締め付けられるように痛みます。瞼が重くなり、睫も凍ってニチャニチャです。木綿の軍手（手袋）だけでは、すぐに凍傷になります。靴裏に鋲の打たれた軍靴では、凍った道は転倒しかねません。襦袢も軍足（靴下）も持てる限りを重ね着しても、躯《からだ》じゅうがぞくぞくし、動作が鈍くなります。

二頭立て馬車《マーチョ》の馬は、息が凍って口に氷柱《つらら》ができ、満人馭者も同じ、口周りは氷柱だらけです。ただ、帽子も服も、手袋も靴も、垢だらけですが、防寒用で着膨れています。

軍曹はときどき立ち止まって「耳をこすれ」と注意しました。耳朶《たぶ》の感覚は、とっくになくなっていました。

坂上に見える中央寺院の尖塔、白い十字架を目標に黙々と歩きました。すれ違う満人たちには、厳寒に打ち据えられた惨めな兵隊に見えたでしょう。

近代的なニューハルビンホテルのロビーには、日本の将校、下士官、民間人が大勢屯し、その添景のように中国人やロシア人がいました。いや、かれらは、みな満洲国人というのでしょう。白系露人と呼ぶロシア人は、ソ聯から逃避した旧貴族か共産党嫌いの面々で、日本軍に阿る《おもね》連中です。ハルビンには、かれらが溢れています。のちに、部隊で教師として紹介されたロシア人もこの類で、日本軍に繋がっていれば、その日の糧には困らない、と割り切っていました。

敗戦後に判ったのですが、この教師たちにはソ聯との二重スパイも居ました。もちろん日本軍も、それを承知で使っていたのかもしれません。

ホテルの部屋割りが決まると、早速、汚れた軍服や下着を、西洋風呂《バス》や洗面器で洗濯しました。同室になったロシア語の話せる上等兵（詳しいことは話しませんが、大学の語学教授で、年配の応召兵でした）から、部屋はスチーム暖房だから、一晩で乾くと教えられました。こんな専門家とロシア語研修すること自体、わたしの能力ではとても無理、さきが思いやられました。

シャワーを被り、鎖骨や肋骨の飛び出した自分の躯を、大鏡でしげしげと見たとき、これで研修に耐えられるだろうか、とますます不安になりました。

やたら増えた潰瘍のわたしの下肢と、血膿と赤チンで染みだらけになっている袴下に気づいた上等兵は、「すげえ、伝染病か？」と眉を顰《ひそ》めました。

夕食の食堂には、さすがに全員、垢で汚れた服を着替え、襟布《えりふ》（緊急時、包帯にする鶯色の三角布を折畳んだカラー）まで新しいのに付け替えて現れました。責任者の軍曹はしゃれ男で、私物の白い襟布をつけていました。

兵站でないので食事は自費です。はじめてみる、英語とロシア語、それに日本語が小さく載ったメニューから、財布と相談の品を探しました。わたしは、一番安値のカレーライスを頼みました。戦場とは比べられない美味《うま》さで、いまも忘れられません。

兵隊の手紙は厳しく検閲されますので、ここから出せば、ひょっとしたらそのまま届くかもしれないと思い、ハルビンにきたこと、語学に自信はないが、しばらくはここにいるはず、体重が減って不安だ、衣服で褌だけが私物なので、これを送ってほしいなど、細細《こまごま》と親元へ書きました。憲兵に見つかれば、大変なことになります。えい、儘よ、とばかり街のポストに投函しました。内地の経済事情の急激な悪化も知らず、あわよくば慰問袋のひとつもせしめれば、という甘えまでありました。

ペチカと糞尿の石筍《せきじゅん》

一月十日朝、下士官、兵の露語専修要員二百五十名が、教育隊に集まり、まず四ヶ月の普通科六箇班に配属されました。

専修要員には、わたしのような幹部候補生を表示する座金と、伍長（赤地に黄の一本線、星一つ）の襟章をつけ、眼鏡をかけた乙幹が目立ちました。やや年配、といっても二十台後半の一等兵や上等兵は、語学に関係ある職業についていたらしい応召兵のようです。原隊は、関東軍が最も多く、つぎが朝鮮軍で、支那派遣軍は北支と中支を併せて四十四名いました。ですから、員数の点でわたしたち中支組は、添え物という感じでした。兵科は、歩兵、砲兵、輜重兵、衛生兵、憲兵…と雑多です。

教育隊には、普通科の上級に、高等科A《アー》、Б《ベー》の二個班がいて、普通科を終えると成績順に約七十名が、まず高等科Бに進んで四ヶ月、さらにAで四ヶ月専修する制度でした。すなわち、普通科の七〇％は、四ヶ月で原隊に帰されます。何としても高等科に残らなければ、わたしは湘桂作戦に出動中の原隊を追及しなければならなくなります。

兵舎は、玄関ホールにいきなり二階への階段があり、その両側に並んで東と西に中庭を挟む二棟ありました。

東棟の一階が普通科六箇班の班室で、支那派遣軍は玄関に近い北東角の大部屋に入りました。東棟には半地下があり、酒保、被服庫、全員集合可能な講堂になっていました。

高等科の二箇班は西棟一階で、Бが玄関脇の北西角、Aはその奥、西南角です。西棟は東棟よりも短くなっていました。

二階は教室です。東棟が普通科のいくつかの部屋に分かれていて、玄関棟の上が高等科Б教室、西棟には高等科A教室と教員室、隊長室がありました。

中庭には、煉瓦貼りの大きな厠と、西棟の南に営庭へ通じる道を隔てて、炊事場と風呂場の一棟がありました。

営庭は西棟の西で、さほど広くはありませんが、営庭と同じ広さの馬場に接していました。馬場は、兵舎の南にある特務機関官舎（？）の人たちが、時々使う程度でした。

班室は天井がやけに高くて広く、四列のベッド棚は、上下二段ともに立って手を伸ばせるほど余裕がありました。しかも、ベッド棚の間には、大きな長い机とベンチが置かれ、その脇の通路は整列点呼できるほどにゆとりがありました。

通路脇には、大きな円筒のペチカがあります。強いて兵舎らしいといえば、通路沿いに銃架があることと、各自ベッドの壁際に衣類と私物箱を置く棚、その下には帯剣掛のあるくらいです。教育隊では、外出時に帯剣を着用する以外、銃を使用する機会や訓練などほとんどありませんでした。

煉瓦を積み上げた壁面からの放射熱で暖房するロシア特有のペチカは、冬のハルビンでは必需設備で、石炭は終日焚き続けなければなりません。

東棟と北京街の板塀脇が貯炭場で、冬将軍に備え山積されていました。毎日の当番は、専用バケツに一日分を運んでくるのですが、凍った石炭を砕くにはスコップなどでは容易に掘れず、手慣れた関東軍の兵隊によく助けられました。

ペチカを焚く室内では、上段ベッドは襦袢一枚でも暑く、濡れタオルがすぐ乾きました。下段は逆で、コンクリの床に撒いた水が夜のうちに氷の板になってしまうほどの温度差でした。

わたしのベッドは上段で、寒さに悩まされることはありませんが、暑いと活発になる南京虫の襲来には参りました。図体が大きい南京虫に咬まれると、たちまち赤く腫れ上がります。ただ南京虫は動作が緩慢で、朝になると柱の割れ目に群れて潜みますから、蝋燭の火を向けると、面白いほど焼き殺せます。そのときの悪臭を我慢すれば、戦場での蚤や虱とちがって、わたしには滑稽な同居人といえなくもありませんでした。

ペチカは班室だけではありません。教室はもちろんで、厠にも二十四時間焚きつづけるペチカがあり、当番で使役が回ってきました。

厠は、尻が凍傷になるからです。いくらペチカを焚いていても、小便は湯気となって顔面を過《よ》ぎるし、大は便槽にうず高く凍って、たちまち糞の石筍《せきじゅん》ができてしまいます。落下の位置を変えようと、巧《うま》くしゃがんでも、なかなかそうはいかず、前の奴も苦労したと思いながら、新しい石筍が尻の穴にささるのを恐れます。

ときどき、満人がやってきて、便槽に潜り、いや人工鍾乳洞というほうが上品かもしれませんが、氷壁を滑りおり、「先生《シーサン》、小便、不行《プシン》！」と穴の中から叫び、鶴嘴で糞尿石筍を穿《うが》っていることがありました。かれらの黒い垢汚れの服といわず、顔といわず、小さな氷片が飛び散り、口元のそれは袖で払いのけながら、丹念に糞石を壊しているのです。

便槽から這い上がってきた満人は、いくつもの叺《かます》に入れた糞塊を馬車に積上げて運び去るのですが、わたしたち中支から来た連中には、もの珍しい光景で、おもわず見入ったものでした。

卑怯な進級作戦

ロシア語の教育隊ですから、本来ならば、学習状況を詳しく話さなければなりませんが、そこへ踏み込むと、やたら主題から逸れそうで、簡単な説明にとどめます。

教育隊は、外語学校の三年課程を一年に短縮した教科でした。普通科の一教室は二十人ほどに区分けされていて、いきなりロシア人教師が身近な机や椅子を指してロシア語をしゃべります。

教師は、日本語を一切口にしてはならないと命じられていて、生徒は、ただ口移しに声を出すだけです。つぎの時間は、その言葉の書き取り。つづいて文法。授業五時間、必修自習三時間の毎日ですが、一度教えられた語彙《ごい》は、二度と繰返されません。


やがて、班室の朝夕の点呼もロシア語の数詞になってしまいました。

身体を動かすといえば、半地下の講堂で軽い体操をロシア語でする程度で、終日、ロシア語、ロシア語の連続でした。

休日にはハルビンの街へ出されますが、これとて学習のひとつです。誰彼かまわずロシア人を捉まえて、決まり文句の「ズドラーストウィツチェ　カトールイ　チャス？（こんにちは、今何時ですか？）」とやります。日本の兵隊が訊ねるのですから、仕方なく彼らも素直な返事をしてくれます。そこで覚えたばかりの語彙を、やたら使って、まるで尋問でもするように「家族は？　ボーイフレンドは？　何処に住んでいるのか？」など限なく話します。逆に彼らから質問されると、返事に窮しますから、もっぱらこちらが質問するばかり。最後に、「ボリショーエ　ワム　スパシーボ（大変ありがとう）」と別れます。男の声は概して聴き取り難いから、綺麗な女性（クラシーバヤ　バーリシニヤ）ばかりを狙うようになりました。

四月は復活祭《パスハ》。ハルビンは松花江《スンガリー》の氷が解けて、外輪船が動きはじめると、さすがにわたしたちの語学力も格段に進歩していて、バーリシニヤの二、三人と、誰もが仲良くなれるのですから、まさに天国でした。

こう書いてしまうと、いかにも華やかですが、毎日の学習では、際限なく増え続けるロシア語の語彙に圧倒されて、気の狂う兵隊まで出る始末でした。

ついてゆけないと諦めれば、普通科だけであっさりリタイアするしかありません。同じ中支からきた戦友でも何人かが逃げ出しました。土佐で編成された鯨部隊の乙幹伍長刈谷裕は、豪快な男でしたが、マラリアが起こって授業に躓《つまづ》きました。わずか二、三日の病欠で、高等科へ進級できなくなり、戦場に戻されました。

刈谷は作戦中の原隊に辿り付く直前、空襲の被弾で戦死したと、戦後、刈谷伍長を可愛がっていた聯隊副官から連絡がありました。

わたしは、それを恐れ、なんとしても高等科に進もうと卑怯な策を練りました。一人に五分間ほどの会話試験が毎月行われました。

ロシア人教官が質問するより先に、こちらからあれこれ訊ねて、教官を煙に巻き所要時間を潰しました。もともと語学の不得手な上に、戦場に戻されて、弾の肥料《こやし》になる気が毛頭ない卑怯なわたしの、ロシア人教官との先手必勝作戦でした。

体力回復

満洲の食べ物は、戦場とは比べられないほどに豪華でした。肉も魚も野菜もふんだんにあり、街へ出れば菓子など甘味品には困りません。民間人に言わせると、日本内地の食糧事情よりも格段に豊富だといいます。

不思議なもので、これぞという治療もしないのに、慢性下痢も、脚の潰瘍も、いつの間にか忘れてしまうほど全治しました。脚には、傷跡の痣《あざ》が残る程度です。

さらに心配されていた、刈谷伍長のようなマラリアも、起きないままに普通科を終了しました。高等科Ｂクラスになったとき体重を計ったら、六十三キロにもなっていました。中田伍長がくれた腹巻は愛用していて、浴場でそれを巻くたび、伍長の言葉を思い出しました。もし甲幹になっていて内地の学校へ入ったとしても、ここほど早く体調の回復する環境であったかどうか、考えられません。とすると、訓練で痛めつけられた幹候隊の教官にも、感謝しなければならないとさえ思いました。

マラリアほど気まぐれな病気はありません。わたしと同じ聯隊から一期遅れてやってきた乙幹伍長古屋は、マラリアで作戦に参加できず、ここに分遣されたのですが、一ヶ月も経たないうちに高熱のマラリアがつづき、原隊へ戻されてしまいました。マラリア保菌者のわたしが、ハルビンで発病しなかったのは、幸運というほかはありません。

露語教育高等科

高等科では、学習量が極端に増えました。「赤軍事情」などさすが軍隊の学校らしい科目もありましたが、気持ちにゆとりができ、生徒は誰でも教官とロシア語で気安く話せるようになりました。

会話試験で卑怯な真似はしなくなりましたが、日頃から親しいロシア人教官などは、その手は食わぬと、「今日はこちらから質問するよ」と切り出され、ニヤニヤ笑われました。

「ク　サジャレーニユ！（残念！）」とわたしが言えば、教官も負けず「オーチン　ジャーリ　ネリジャ（大変気の毒ね、だめですね）」とやりかえしました。

ハルビン第一のオペラ歌手、サヤーピン先生が部隊に教えに来てくれていました。語学に音楽は必須というのが本旨ですが、意識して綺麗なロシア語を聴くことができました。ロシア民謡をやたら歌ってくれ、最も楽しい時間でした。

高等科Aクラスの時代に、サヤーピンの主催する歌劇団のオペラ『ピーコバヤ　ダーマ（スペードの女王）』（プーシュキン原作、チャイコフスキー作曲）を、キタイスカヤ街のモデルン劇場へ部隊から観に行ったことがありました。語学は、その国の文化に接することが第一、という方針に添って遊びまくったわけです。このときは、座席も民間の白系露人と混じっていましたから、否応《いやおう》無《な》く実用会話を強いられました。

映画も何度か部隊から観に行きました。どんな経路で入手したのか、ソ連の劇映画（共産党員が共営農場《コルホーズ》で活躍する宣伝映画）や、満映が製作したミュージカル映画『モイ　ソロベイ（私の鶯）』など、ロシア語の耳慣らしと称して、楽しんだ記憶があります。この映画には、サヤーピン先生が李香蘭と共演していました。ただ、戦争意欲を阻害するという理由で、日本内地では上映禁止され、戦後ようやくビデオ発売されました。

軍隊の組織ですからやむをえませんが、思い出したように戦闘教練を郊外の高粱畑でやったことがあります。といっても、号令も命令もすべてロシア語。鉄砲も持たない訓練でした。作戦行動中で明日をも知れぬ原隊の戦友が知ったら、怒るどころか呆れたにちがいありません。

厳冬の小興安嶺の山中に分け入り、異様なロシア人集団と、野営訓練をしたことがあります。耐寒用の大型二重テントを二張、雪中に張って、一つをわたしたちが、もう一つにはその集団が入りました。野営の目的は、白樺林の伐採でしたが、本旨はこのロシア人と友好関係を持ち、生のソ聯情報を得ようというものでした。

特務機関では、彼らを「ソトへ」と符丁で呼びました。「ソ聯逃亡兵」の略です。国境の黒竜江《アムール》を渉って逃げてきたソ聯兵を、ハルビン郊外に収容していて、そこから選抜された集団でした。なかには、ソトへを偽装したスパイがいました。彼らを符丁で「ギトへ」といい、それを承知で逆スパイするのも、特務機関の任務でした。

テントからちょっと離れた場所に、凍てた雪を穿ってトイレを作るのですが、ここが唯一の独居場所で、尻の凍傷を気にして用を足し、ついついソトへ同士が本根を漏らしすのを察知することもありました。逆に、わたしたちが気楽に話したトイレでの雑談も、ギトへには貴重な情報源にされることがあります。だから野営は、訓練というよりも、スパイの初歩的な実戦行動であったのかもしれません。

かれらについては、こんなこともありました。ソトシと符丁するソ聯逃亡市民やソトへのなかで、収容所生活を真面目に送っているロシア人には、常時、褒美と称してハルビンの街へ単独外出させせました。もちろん、ギトへやギトシと見做《みな》して、必ず尾行します。この任務も、憲兵隊から分遣の高等科Aクラス研修生でした。とかくこの世界は、騙し、騙されるのが常識です。

野営の帰途、佳木斯《チャムス》に近い小駅「南叉《なんさ》」の白系露人特殊移民部落を訪ねました。かれらは、特務機関が指導するパルチザンで、日ごろは農牧や森林伐採をしていますが、辺境警備要員として秘密に武装し、組織化されていました。教育隊にも、卒業すれば、このようなところに単身派遣が珍しくありません。

わたしたちも、このとき、二、三人のグループで、各家庭を訪問し、なんとなく雑談しました。ここでも、二重スパイは少なくありません。雑談が、両国でさりげなく分析されるのは、いうまでもないことでしょう。

中支の原隊へふたたび

わたしたちが、いかにも暢気なロシア語学習をしている間にも、戦局の齟齬《なだ》は、みるみる大きくなり、日本は、轟音とともに急坂を雪崩れる寸前になっていました。

昭和十八年（一九四三）初頭、南方戦線のニューギニア、ブナの日本軍が玉砕し、つづいてガダルカナル島では、二万五千の戦死と餓死を放棄して撤退しました。

新聞報道とは裏腹に、特務機関各部隊では、敗戦情報をしばしば耳にしていましたが、もはや誰も崩壊を食い止めることはできません。わたしたちは、只管、傍観者の一人です。

昭和十九年（一九四四）に入ると、たちまちサイパン島が玉砕し、陸軍でもインパール作戦の失敗を、公表せざるをえなくなりました。

七月十八日、いきなり東条内閣が総辞職しました。大勝報道しか知らない国民には、「突如」の政変です。わたしたち露語教育隊には、やたら時局に批判的な分子がいて、「やっと戦争が終わる」と囁《ささや》き合っていました。

十月二十三日からはじまったフィリッピン沖海戦では、海軍神風《しんぷう》特別攻撃隊（敷島隊）が、肉弾とも、自爆ともとれる残酷な作戦で、大戦果を挙げたと報道されましたが、わたしたちは、もうまともに受け取れません。むしろ、大敗を糊塗する策謀だ、と呟きました。飛行機ごと敵艦に突入する組織的特攻作戦とは、明らかに諦め作戦だ！　勇壮な自爆？　いや、犬死させられるのじゃないか、と声を荒げる者までいました。

高等科最終試験を終え、卒業を待つばかりのとき、民間のロシア語学校「ハルビン学院」の文化祭に誘いがありました。早速、特攻隊出撃シーンの寸劇をやろうと、航空隊から白絹スカーフを数本借りてきて、格好良く頸に捲き特攻隊員をロシア語で演じる者と、見物席の白系露人の女子学生に、特攻の説明をする者に分れて、楽しんだことがありました。わたしのロシア語では、彼女たちに特攻の真意が十分伝えられず、「自殺行為でしょう」「そんな命令をするって、残酷ね」「日本人って恐ろしい民族だわ」とまるっきり逆の反応が続出して、参りました。

スカーフは、返却前に仲間同志が頸に巻き、偽特攻の記念写真で家を驚かそうとしましたが、もはやそんな茶目っ気が通じる内地ではなく、通信は没収されたのか、届くことはありませんでした。

関東軍から露語教育隊に分遣中の戦友には、原隊が次々と南方へ移動していて、取り残された自分の転属部隊がどこにいるのか、分からないと零《こぼ》すのが増えていました。

最強の陸軍を誇示した関東軍が蛻《もぬけ》の殻では、対ソ戦がはじまれば、ひとたまりもありません。その穴埋めに、満洲在住日本人男子の総動員が始まっていました。

にも拘わらず、特務機関は奇妙なほど優雅で、正月用餅つきを露語教育隊が一手に引き受け、終日賑わいました。

　搗《つ》きあげた餅は、炊事場の前庭に敷いた筵《むしろ》に乗せると、たちまちに凍ります。それを素早く切り餅にして叺《かます》に入れ、満人の馬車でハルビン中に散在している特務機関の関係先に届けて回りました。

　繰返された歳末行事も、これが最期だ、と誰も口には出さず黙々と使役しました。

　年明けには教育も終わりました。満洲にこのまま残るといえば、特務機関はすぐに配属先をきめます。わたしは、同じ死ぬなら原隊でと、ひそかに思っていました。いや、張子の虎になった関東軍で、ソ聯の餌食になることを恐れました。

　十二月末、二等通訳の免状が渡されました。以後は自習ばかりで、ごろごろしました。お互いに原隊と親元の住所を知らせあい、戦争が終われば必ず連絡しようと、夢のようなことを話し合いました。

　昭和二十年（一九四五）一月十九日は、ハルビン名物の洗礼祭《クレスチェーニエ》、松花江の氷を割って信者が飛び込む奇習祭で、見物に出かけました。はからずもわたしたちの期は、去年につづけて二度もこの祭を観ることができました。

　一月二十五日、半地下の講堂で原隊復帰の訓示をうけました。支那派遣軍の連中と仲良くなった教官が、小さな餞別をニッコリ笑いながら一個ずつ各人に握らせました。戦地では品薄だという「突撃一番」（衛生具）でした。

　原隊帰りは、なぜか一人旅になりました。といっても、中国山海関を越えれば戦場ですから、列車を乗り継ぐごとに兵站へ立ち寄り、原隊の位置を訊ね、指示をうけなければなりません。

　天津の兵站に入り、南京の揚子江対岸浦口までの、津浦線乗車許可を申し込み、原隊の動静を尋ねました。

　「南京の中支派遣軍司令部で訊ねよ」といいます。「第四十師団（鯨）は、湘桂作戦につづけて、広東省まで南下したようだ」と告げられました。

　いやはや、中国大陸を北から南へ、広大な戦場を単独行動しなければなりません。しかも、重いロシア語資料を背負った壮大な戦場彷徨です。戦況がどうなろうと、戦場の独り旅、楽しい夢でもみるか、と観念しました。

　翌日、指示された時刻に停車場司令部にゆくと、似たような一人旅の兵隊が数人居ました。病院下番者《かばんしゃ》（退院兵をそう呼びました）がほとんどです。南京まで行く兵隊を束ねて臨時分隊が編成され、責任者にされてしまいました。

　全治したとも思われない一等兵の負傷者が、左手を庇いながら寄ってきて、「お世話になります」といいます。

列車運行時刻は決まっていません。車中で待つしかありません。

「敵襲があれば、自分のことだけ考えて逃げろ！」といいました。おどおどしている初年兵をみながら、こんな奴の犠牲になって死んではたまらん、と思いました。

ようやく発車しても、途中の小さな駅に半日以上停車したりします。まさに気まぐれな旅です。ただ、兵站司令部とは連絡されているらしく、朝昼夕の三食には困りませんでした。

浦口から揚子江を渡って南京の下関《シャーカン》兵站に入りました。ここで、遡行する船便を待つのですが、夜間は機雷に触れる危険があって航行できず、昼間も九江以西は連日空爆下にあるといいます。食糧も弾薬も、思うように前線へ運べないようで、これでは戦争になりません。

ある日、突然、乗船命令がでました。兵站では漢口までの輸送指揮官が決まり、ふたたび、わたしは十名の臨時分隊長になりました。本隊追及時に落伍した初年兵や補充兵、病院下番です。金光京澤という二等兵がいました。名前からして日本名にさせられた朝鮮の若者です。かれらだけで集団を造らないよう、あらゆる部隊に分散配属されていました。のちにも、至るところで、朝鮮徴集兵に遇うことになりました。

船は薄暮か払暁のわずかな時間だけ航行し、あとは左岸や右岸、中州の陰に待避しなければならなかったのです。爆音のたびに、こんどこそ撃沈されると覚悟しました。沈まぬまでも、機銃掃射で負傷する兵隊が何人かいました。

二月上旬、雪のちらつく夜明けに、漢口江漢関《こうかんかん》（税関）脇の埠頭に、ようやく着きました。ここで臨時分隊は解散、またわたしの一人旅がはじまりました。

洞庭湖畔廃墟の岳州

一年前の漢口の町並みは、絨緞爆撃（絨緞を敷き詰めるように完全に破壊する爆撃）で瓦礫の山と化し、出発時に集まった六角塔脇の兵站は場所すら見当がつかなくなっていました。

船舶司令部で教えてくれた「鯨部隊連絡所（第四十師団連絡所）」も、中山路に面した廃屋に「くじらぶたいれんらくしよ」と小さな貼紙をし、壊れかけの机の前で所在なげな軍曹を、ようやく見つけました。

この廃墟に長居していては、飯も食えません。一日一回は必ず空襲されるといいます。一刻も早く、兵站のある対岸の武昌へ渡ることにしました。

渡船中は、幸い敵機に遭わず、駅前の兵站に辿り着きました。ここから粤漢線《えっかんせん》が岳州（現、岳陽）まで通じています。その南は、去年の作戦地域で、治安のほどは皆目見当がつきません。岳州には師団、その周辺には聯隊の、留守隊がいるようですから、何としてもそこまでは辿り着こうと決めました。

兵站には、列車待ちの兵隊が、意外に多くいました。初年兵のときの下車駅賀勝橋も、満洲へ発った長安駅も、この沿線です。そう思うと、まるで我家のような気持ちになり、ハルビンは仮の宿、夢の街だったのだと、奇妙な安堵感がおきました。

武昌兵站では、同じ聯隊の下士官が三人、列車待ちしていました。彼らがなぜここにいるのか、話しませんでしたが、聯隊の留守隊が岳州に近い新開塘にいることを、はじめて聞きました。

列車がいつ発車するか、その日の朝にならないとわかりません。発車しても、空襲警報が出れば、途中下車、退避はしばしばだといいます。三人は兵站事務所前の掲示板をみて、連日のように慰安所を楽しんでいました。

霙まじりの寒さで、腹を冷やしたのか、わたしは下痢気味になり、しばしば便所に通うようになっていました。兵站には、毎日何百人もの兵隊が出入りしていて、便所がとくに汚く、掃除使役を命じられても、徹底しないようです。

便所の扉は壊れ、踏板も糞だらけです。古い糞なら踏みつけても、さほど靴に被害はありませんが、新糞がある踏み板は困りました。どんな格好でやれば、これほど穴を外す脱糞ができるのか、くだらん感心をしました。しかも血便が多いのです。その上に、使役が消毒用の石灰をやたら撒き散らします。夜の用便では、とてもここでしゃがむ気にはなれません。適当に、塀の隅など、あちこち用便行脚せざるをえません。

ハルビンで、こんな経験は全くなかったのに、下痢便の回数が増えました。戦場に来たという気持ちだけで、身体までが途端に過去の記憶を呼び戻したのか、と焦《じ》れったくなりました。

汚れた水で洗う飯盒のせいかなどと苛《いら》つきます。次第に食欲が減りました。三人の下士官が街で買った菓子を、食わないか、と古新聞に包んだままくれます。不思議に、それだけはむしゃむしゃ食べました。

例によって、突然、乗車許可がありました。といっても列車は、物資輸送が主任務です。三、四百人の兵隊の移動は、ほとんど行軍を命じられます。貨物輸送に便乗するのは、わたしたちのような少人数だけで、慌てて臨時分隊を編成しました。下士官の多い分隊になり、長はやや年配の軍曹が当たりました。

どの時点で支給されたのか思い出せませんが、全員、重い鉄帽を所持し、完全武装です。小銃には弾を装填し、帯革の前と後につけた弾薬盒にも一杯詰め込みました。

岳州までは二百十八㌔、列車ならばたいした距離ではありません。日課のように敵機が超低空で機関車に機銃掃射しますから、走るよりも停車時間が多くなります。わたしには、かえってありがたい停車で、その都度、線路に降りて辺りかまわず野糞しました。三人の下士官は、わたしが列車を飛び降りる度に冷やかしましたが、それが毎回となると、「尻を出した途端に、撃たれぬよう、用心しろ」と真面目顔で励ましてくれました。

沿線は、鯨部隊が警備していた一年前とは比較にならぬほど険悪のようです。

岳州に着いたのは翌日の夕方でした。駅舎もホームも爆撃で消えていましたが、終点だといわれて、全員が列車から線路上に飛び降りました。雪がちらつき、視界はすべて瓦礫の荒野です。岳州といえば洞庭湖や岳陽楼を連想しますが、それどころか、人家もなければ人影もありません。わたしたちのほかに何人か降りたようですが、怱々《そうそう》と散って、誰もいなくなってしまいました。わたしは仕方なく、列車警備の兵隊をつかまえて、兵站を訊ねましたが、「五里牌《ウリハイ》にあります」とすげなく応えて、行ってしまいました。

再度訊ねようとしましたが、もう誰もいません。雪がちらつくばかりです。それでも百㍍ほど歩いたとき、廃屋に人のいる気配がしました。なんと「くじらぶたい連絡所」と小さな紙が貼ってあります。漢口の連絡所よりも狭い、ここの兵隊は、どこに寝泊りしているのだろうと思いながら、「堀内部隊（鯨六八八三部隊）の分遣者だ。帰隊中だが、何処へ行けばいいか」と訊ねました。

いかにも兵隊らしくない上等兵は「ご苦労でした」といいながら、五里牌までの道順を丁寧に通信紙に書いてくれました。まだ三㌔南へ行かなければならないのです。上等兵は、満洲からの帰隊と聞いて、懐かしそうに話しかけてくれましたが、日の暮れぬうちに兵站に辿り着かなければならないので、便所を借りただけで、ここを出ました。

岳州は湖水に沿って開けた丘陵の町です。いくら歩いても中国人に出会わず、やたら坂ばかりが目立ちます。書いてくれた地図には、目標らしいものがなく、廃墟の中を黙々と歩きました。便意を催しても、廃虚ばかりですから、処理には困りません。道をちょっと逸れ、壊れた壁に隠れて軍袴《ぐんこ》を下ろせばやれます。

地図の五里牌は、長安と新開塘の分岐地点で、小松林の丘です。家らしいものは見当たりません。薄暮が迫り、ときどきすれ違った軍用トラックも、もう見かけません。ここで野宿するしかないか、と途方にくれたとき、ふと、道端に小さな標識を見つけました。その矢印の先、斜面の下にアンペラ張りのバラックが点在していました。これが兵站だったのです。

敵機に狙われながら野糞

兵站は薄汚れた軍衣の戦友で溢れていました。どこの誰だか判りませんが、明日こそ留守部隊、とはいえ作戦中の原隊へ戻れると、ホッとしました。

気が緩むと便意が沸きます。決められた場所に装具を置き、用便に走りました。絞るように腹が痛みます。アメーバー赤痢かもしれません。便所を探す時間がなく、軍袴の紐を解きながらうろうろしました。

霙の舞う小松の陰に、しゃがんだ途端、空襲警報です。同時に双胴のロッキードP38が二機、兵站の屋根に二十ミリ機関砲を叩き込んできました。寄りかかっている小松の枝を薙ぎ払い、ピシピシ赤土を抉《えぐ》った弾道に、一瞬、えいどうにでもなれと、逃げるのを止めました。

怪獣のような機影が飛び去ったと気付くと、いくら絞っても粘液しかでない尻丸出しの自分の銃撃死体までが消えました。「糞！こんなことで死んでたまるか」、ゆっくり袴下の紐を結び、怪獣の溶けた暗雲を、思いきり睨み付けました。

バラックの兵舎は、土間にアンペラを敷いただけですから、装具から毛布を外して、坐りました。土が濡れていて、毛布も湿ってきます。暖は、生木を焚くしかありません。そこらの小松では、燻《くす》ぶってなかなか燃えません。それでも噎《む》せながら、屈《かが》み込んで、フウフウ風を送っていました。

わたしはふと気付き、燃えさしの薪殻《まきから》から、炭の部分を帯剣で削り取りました。下痢止め薬代わりです。口中真っ黒にして飲み込みました。

兵站で薬などくれるはずもなく、ここの勤務兵も空襲のたびに蛸壺に逃げ込むのが必死です。

夜中に何度、用便したことか。そのうちに夜が白み、武昌から絶食していたのを思い出し、水を飲もうとしました。しかし、煮沸しない水では下痢を昂進させるばかりだ、と諦めました。

新開塘は、南へまだ十キロもあるらしく、そのうちに別の兵舎（?）に泊まっていた三人の下士官が顔を出しました。かれらはこの辺りをよく知っていて、昨日は何処かに寄ってきたらしいのです。一刻も早く出発しようと勧めましたが、われわれだけでは危険、と兵站は許可してくれません。やむなくいま暫くここで待つことにしました。

炭を食ったせいで、下痢の回数がいくらか少なくなったようです。足だけが、ふらふらし思うように歩けません。

新開塘の留守隊

二日後の二月十三日、新開塘にいる聯隊の留守隊から、軽機関銃携行の、歴《れっき》とした戦闘装備の一ヶ分隊が、岳州駐屯師団留守部隊の定期連絡にきて、兵站に立寄ってくれました。岳州兵站以南は、白昼でもゲリラが出没し、独り歩きはできません。

わたしは、衰弱が激しく、分隊の兵隊に銃や装具を手分けして運んでもらい、帯剣と水筒だけを身に付けて歩きました。途中、三眼橋の警備隊で小休止し、やっと留守隊新開塘に辿り着きました。

連日、決まった時刻の米軍機を、兵隊は「定期便」といい、逃げ惑っていました。超低空で、小銃弾よりはるかに大きい機関砲掃射ですが、応戦機は一機も現れません。長沙街道は、新戦場への往来部隊が激しく、病院下番《かばん》の員数だけ揃えた小隊などは、恰好の餌食になっていました。

長沙街道と桃林街道の分岐点である新開塘は、作戦出動直前まで第二大隊本部が警備していました。街道から丘一つ陰になった集落を接収した兵舎で、外壁は中国家屋ですが、室内は床を高くしてアンペラを敷き、兵隊には住みよい環境でした。

営庭と称する広場を挟んで、兵舎が建ち並び、在隊者の割に空き部屋が多く、その一角、ちょっと高い場所には日本風の家が建っていて、隊長のN中尉が住んでいました。戦場でも、将校だからここは営外居住区になりましょう。

帰隊申告にゆくと、中尉は畳敷きで床の間まである広い部屋に布団を延べて、当番兵に按摩をさせていました。起き上がろうともせず、そのままの姿勢で、大きな眼だけぎょろりと向け、「ご苦労だった」と、きまり文句を一言洩らしました。

同行してくれた人事係の曹長は部屋をでるなり、「あいつは、敵襲されれば一番先に逃げる奴だ」

と訊ねもしないのに、吐き捨てるように言いました。

下痢はやや治《おさ》まったものの、本調子ではありません。曹長の下でしばらく事務を手伝うことになりました。

事務室には、東京帝大卒の一等兵美馬律郎という年配応召兵がいるだけです。機関銃中隊の所属だといいますが、幹部候補生の受験はせず、戦闘に向かないと判断され、留守隊要員に残されたようです。

書記事務は、美馬一等兵一人で十分でした。わたしは、ロシア語研修の一年間とは無縁の戦場に戻り、やっと本隊を探し当てたのです。これで十分でした。暇に任せてロシアの雑誌を開き、うとうとするばかりでした。満洲の戦友たちが、露助（ソ聯兵の蔑称）に甚振《いたぶ》られる夢をよく見ました。しかも、一年間も作戦を続けている古い戦友には何時会えるか、楽しみでもありました。

留守隊は、本隊の帰隊を想定し、残してある公私の荷物を管理するのが本務でした。その外、師団司令部留守隊との連絡、わたしのように作戦行動から外れた者の待機場所、通過部隊のための宿舎など、戦場街道の旅籠《はたご》も兼ねていました。

また、近辺の警備は当然で、要所には分哨、近くの山には展望哨など、陣地が数箇所配置され、それだけが体力のいる勤務でした。

日頃、訓練らしい訓練は殆どせず、思い出したように銃剣術や各個教練を、古参兵の気まぐれでやり、弱兵を厳しく躾けることがありました。

周辺の敵情は、決して良くなく、昼間でも、兵舎外の単独行動は出来ません。夜間は、留守隊といえども、敵の大海を漂う孤舟のようなものでした。

便衣青年の脳味噌

わたしには、食欲だけが体力を取り戻す手立てでした。もはや初年兵のように、ガツガツ残飯漁りなどせずとも、当番兵が運んでくる殊更山盛りにした飯を、半分は手を付けない怠惰な日々が、つづくばかりでした。

これでも、聯隊ではただ一人のロシア語通訳ですから、古参兵からは距離を置かれ、インテリ班長と変人扱いされました。勤務もなければ、書記事務もやらず、員数外扱いに甘んじて、殊更のように『軍用日露会話』を開き、声を出して読んだりしました。ここでのわたしは、確かに不必要な下士官でした。

そんなある日、真っ昼間から便衣が陣地周辺に現れ、捕まえたと分哨に出ていた古参兵が、事務室に連れてきました。密偵だといいますが、まだ十八、九の青年です。

眼つきは利口そうですが、憔悴しきっています。顔中血だらけなのは、分哨で随分嬲られたのでしょう。

「どうします？」と古参兵がいいましたが、その場に事務担当の曹長が居なくて、仕方なくわたしが、N中尉に報告しました。

中尉はこのときも、当番兵に按摩をさせていて、「適当に処分しろ」と煩わし気に言いました。憲兵隊に電話連絡しますと、

「便衣など居なかったことにしろ」

と関わりたくない様子で、ガチャンと切られました。

そのうちに、ゴロゴロしていた下士官が集まってきて、

「もし、逃がせば、警備隊が襲われかねない。いっそ、新兵の仮標刺突《かひょうしとつ》にしよう」

と言い出しす始末です。

「適当に処分」とは、殺すことか、「居なかった」とは、煩わしい捕虜扱いにしたくない、という逃げか。奇怪な戦場倫理が働き、あれよ、あれよという間に、刺殺に一決してしまいました。隊長も承知はしましたが、立ち会おうとはいいません。

本隊追及に落伍して待機中の初年兵や補充兵が、十人ばかり集められました。事務室前の田圃に、刺突訓練の仮標代わりに棒杭二本を建て、捕虜の両手両足を縛り付けました。

わたしは、湖酒橋での惨殺記憶が、まざまざと蘇りました。居た堪れなく後退《あとずさ》りすると、残酷で評判の伍長が、

「インテリさんでは、戦争はできんよな」

と冷やかしました。わたしには、歴戦の彼らを中止させる気力がありません。青年の両手両脚を棒杭に括りつけるのを眺めているだけでした。それまで項垂《うなだ》れていた青年が、カッと眼を開き、口中の血痰をわたしたちへ吐き飛ばしました。

残酷伍長は、罵りながら日常茶飯事のようにことを進めました。

並ばされている兵隊は、真っ青になって、ガタガタ震えています。伍長に殴られ蹴られても、進んで銃剣を突き出す者はいません。

「糞垂れッ！　それで戦争がやれるかよ！」

いいざまに伍長は、ひ弱な兵の銃剣を奪って、捕虜の左脇腹を突き上げました。項垂《うなだ》れていた便衣青年が、伍長をカッと見据えました。

「このバカたれが！」

再度、心臓を狙いました。骨と皮に痩せた青年は、これが最後の抵抗のように、伍長の顔に血飛沫《ちしぶき》を浴びせました。

「この野郎っ！」

伍長一人が、狂人のように、また突き刺しました。

「おい！　どうした？　お前たちもやるンだ！」

青年の首は垂れ、もう生きてはいません。新兵は、悲鳴にも似た叫び声をあげ、やっと骸《むくろ》に剣を刺しました。

はじめに嗾《けしか》けていた下士官たちは、いつの間にかその場を離れて、居ません。

「この脳味噌は俺が貰うよ」

誰にいうともなく伍長は、準備していた小円匙《しょうえんぴ》（歩兵が携帯する小さなシャベル）を取り出しました。猿の脳味噌の黒焼きは万病の薬、人間ならばなお効くと、日ごろから嘯《うそぶ》いていたらしい伍長は、まさに鬼畜の化身でした。

杭州湾上陸作戦で戦死した兄の仇討ちだと、彼はこれまでにもしばしば残忍な行為を繰返し、戦友には「鬼じゃよ奴は」と嫌われていました。

屍は、わたしの部屋からさほど遠くないその田圃に埋められました。

翌朝、起床前の不寝番が、

「班長。掘り起こされています」

と真っ青になって報告にきました。夜中のうちに、持ち去られたのです。掘り起こし、担ぎ出すには、一人では無理です。数人の敵が、部屋の側まで来ていたことは確かです。彼らがその気になれば、わたしたちは一溜まりもありません。

岳州兵站病院

人面鬼畜の伍長を隊内にのさばらせていては、何が起きるかわかりません。幸いわたしは事務室下士官ですから、筆先一つで彼を営外勤務に出すことができました。

留守隊を取巻く山頂には、防衛の分哨陣地が数ヶ所ありますので、一週間交替のその勤務に当て、次々と渉らせれば、一ヶ月は優に鬼の顔を見なくて済みます。そのうちに、わたしにも前線追求のチャンスがあろうと、姑息な策を練りました。

早速、松陣地の勤務を命じました。ところが嫌な顔をするどころか、嬉々と部下四人を連れて登ってゆきました。勤務明けの交替申告にきた時、わたしに、

「班長、進呈しましょうか、強壮剤。松分哨では、じっくり焼けました」

とニヤニヤ笑って、黒焼きの粉末を見せました。刺殺した青年の脳味噌です。

「結構ッ！」まさに此奴《こやつ》は鬼です。

その夜の点呼に、週番士官に随行し、鬼伍長の班へ行くと、彼は芝居気たっぷりの号令をかけたあとで、

「班長、また分哨を頼みますよ。こんどは竹陣地がいいな」といいました。

週番士官は事情を知らず、

「彼ばかり使って、大丈夫か？」と訊ねました。

三度、四度と矢継ぎ早の陣地勤務に、鬼もわたしの意図に気付いたようで、

「インテリ班長といえども、戦場の弾は前からとは、かぎりません」と面と向かっていいはじめました。

そのうち、わたしはマラリアに罹り、連日震える状態になり、ついに前線とは逆方向の岳州兵站病院へ入ることになりました。

その途中、雨が激しく、ずぶ濡れで病院玄関脇の収容室に入りました。

診断は後日らしく、医師も衛生兵も、明日は、前線の「衡陽《こうよう》野戦病院」へ転出すると騒いでいました。

キリスト教教会付属女学校を接収した岳州兵站病院は、半壊民家を活用しているらしい衡陽野戦病院とは比べられない安全な病院で、隣室の衛生兵らの自棄酒《やけざけ》もそのせいのようでした。

この岳州兵站病院には、周辺の駐留部隊や、移動中の部隊から、ひっきりなしに病兵が運び込まれ、溢れていました。独歩患者《どっぽかんじゃ》（独り歩きできる患者）も、断末魔の兵隊も、一緒くたにぎゅうぎゅう詰めで、収容室の床に転がされています。

悶死の新兵

わたしは、当番兵の阿部重一一等兵に付き添われ、岳州兵站病院収容室の板床に持参毛布を敷き横になりました。マラリアの悪寒が始まり、阿部一等兵に病院の毛布を借りてこさせ、重ねましたが、震えは中々治まりません。つづいて高熱です。朦朧となってしまいました。やがて発汗し、常態に戻るのですが、その繰返しで極端に衰弱するのがマラリアです。激しくなると、脳まで犯されます。

阿部一等兵は、わたしを病院に送り届けるだけの任務でしたが、この状態では放っておけず、この日の連絡分隊が帰隊する時刻を逃がしてしまいました。

わたしの横には、初年兵が寝かされていました。いつ運び込まれたのか気付きませんでした。ときどき板壁を足蹴りし、訳のわからぬことを口走ります。

雨は激しくなり、雨樋がないので、軒下には水のカー

テンができていました。

初年兵は呻きながら何か訴えますが、雨音に打ち消されてよく判りません。暫くすると、こんどは板壁に体を激しくぶっつけ、なにか喚《わめ》きはじめました。

阿部一等兵に、「軍医を呼んで来い」と頼みました。

板壁の向こうの衛生兵の騒ぎも、わたしには腹立たしく、止めさせろと阿部一等兵に命じましたが、衡陽野戦病院へ移る連中の送別会では、所詮無理。

「この初年兵は死ぬぞ！」

叱り飛ばすと、阿部は雨脚を被って、中庭へ飛出していきました。

「我慢しろ」

わたしは、そう言うしか言葉がありません。

そのうち、彼は静かになりました。耐えてくれている、とホッとしました。

阿部がようやく衛生兵を連れてきましたが、彼は小さな懐中電灯で初年兵の目を覗き込み、

「駄目ですね、もう仏ですよ」

酒臭い口吻《こうふん》でわたしに言い、つづけて阿部一等兵に、

「おい、初年兵、運ぶのを手伝ってくれ」

「気安く使うな！　俺の当番だ」

「すみません。おねがいします」

衛生兵が、担架を持ってきました。わたしは起き上がり、手を合わせました。口と眼が半開きで、顔はまだ童顔です。衛生兵が、わずかの遺品らしいものを封筒に入れ、遺体の腕に、会符《えふ》をつけると、玄関脇の屍室《しかばねしつ》まで、阿部一等兵と連れて来た独歩患者に運ばせました。

一人分の寝場所ができたので、阿部一等兵をわたしの隣に休ませました。

まだ雨脚は激しく、隣の自棄《やけ》酒騒ぎまで悲鳴のように聞こえます。

糞だらけの遺棄患者

一時間くらい経ったとき、一見して栄養失調とわかる兵隊を、戦友が両脇から支えてドヤドヤと入ってきました。ランプの芯が絞られていたので、よく判りませんが、彼らの服や帽子は、泥水がそこら中に飛び散るほど濡れています。

「おい、濡れた軍衣ぐらい絞れ！」

誰かが怒鳴ると、それに覆いかぶせるように、

「此奴《こいつ》は、これ以上行軍できません。衛生兵殿は、明日転属するらしく、患者を引き取ってくれません。墨山舗の本院へ行けといわれましたが、自分たちの部隊も明

日は五里牌《ウリハイ》兵站を発ちます。お願いします」

連れて来た上等兵が、誰彼かまわず頭を下げ回っています。

「おい、捨ててゆくつもりか？」

わたしは自分に呟くように、しかも思い切り残酷に毒突きました。

「お願いします、班長殿！」

わたしが下士官とわかって、執拗に頭を下げました。もう一人の付き添いが、患者の泥だらけの雑嚢を外し、外套を脱がせ、ボタンが外れたままの軍袴も引き摺り下ろして、軒下で、ねじるようにして水を絞りました。涎《よだれ》を拭こうともしない空ろな眼の患者は、まるで痴呆です。上衣も着ておらず、垢だらけの襦袢と袴下のまま、板壁に凭《もた》れています。

「明日朝、出直したらどうだ？」

「いえ、自分たちは早朝、五時の出発です。お願いします、班長殿」

それまでじっと見ていた阿部一等兵が、

「班長殿、可哀そうですね。あとで衛生兵に頼んでやりませんか」

突然彼らに同情し、わたしを驚かせました。彼も本隊追及途中の落伍者なので、黙っておれなかったのです。

「診断書はこの雑嚢に入っています。よろしくお願いします」

わたしに頭を下げ、付き添いの二人は、

「早く治って来い。待っているぞ」

戦友に声をかけて腰を浮かしました。

この病院に薬などありません。健胃錠か解熱剤程度です。所詮、病院は行軍途中の落伍者廃棄場所に過ぎないのです。

ベランダ近くに病人を置いて、彼らが出てゆくと、急に静かになり、寝息とも呻きともつかぬ異様な響きだけが、闇の中に残りました。

遺棄患者の隣にいた独歩患者が、急に起き上がって、叫びました。

「きさま、臭いぞ」

そういえば、運び込まれたときから、奇妙な臭いがしていました。もう一度、ランプの芯を大きくしますと、彼は小便も糞も垂れ流しでした。板床から押し出され、雨で濡れたベランダに転がされても、惚《ほう》けた表情は動きません。

糞尿まみれになっても、自制がきかないのか、汚れた手を動かして雑嚢からなにやら摘み出し、隣の独歩患者がポリポリかじっている南京豆と、交換してくれと無言

の仕種《しぐさ》をしました。男は、

「おい、それくらいの岩塩で、南京豆が何粒買えるか、知っているのか」

差出す糞の手を、払いのけました。

「班長。あいつは・・・狂っていますよ」

阿部一等兵は、餓鬼患者を指差し、絶句しました。

棄てられたことも気付かぬ男が、生き残れるだろうか？　このまま戦場の塵で消えるのだろうか？

狂った軍曹

明け方、さすがの豪雨も止みました。

阿部一等兵は、五里牌兵站から帰隊する連絡分隊に合流するため、早朝に病院を去りました。ここに置いていては、彼まで戦場の塵《ごみ》にしかねません。たとえ当番でもこれ以上引き止めるわけにはゆきませんでした。

その後、彼と再会することはありませんでした。留守隊に帰隊直後、本隊追及要員となり、戦死したと聞きました。敗戦後、遺族を捜しましたが、郷里徳島の山奥から親たちも離れ、大阪に行かれたらしい、と噂されたにすぎませんでした。

当番が居なくなり、一人残されると、不思議に高熱症状も終わりました。治療などないわたしも、収容室に放置されたままでした。

毎日、空襲され、その都度負傷者が運び込まれます。マラリアや脚気、栄養失調などは、部屋の隅に追いやられました。

阿部一等兵と別れて二日目の夕方です。衛生兵がわたしを呼びに来ました。隔離室で軍医が、わたしを呼んでいるというのです。フラフラしながらついてゆくと、竹製の寝台に寝かされている患者の前で、軍医がこちらへ来いといいます。

「君は、鯨部隊ですね。この男、知っていますか？」

彼の頭上の壁には「鯨六八八三部隊　軍曹　□□□□」とありました。武昌兵站から一緒に、警備隊に戻った三人組下士官の一人です。隊では一、二度分哨長勤務に出たことは知っています。その都度、哨所でスケッチした湖南風景を、自慢気に見せてくれましたから。ただ、つい一週間ほど前、赤痢の疑いがあって、入院させられたのです。わずかの病気でも、隊には置けないのが、N隊長の事なかれ主義で、わたしもその一人でした。ですから、彼の入院は、さほど気にしていませんでした。ところが、いまここに寝かされているのは、まるで別人のようです。溝色《どぶいろ》に痩《こ》けた顔の澱《よど》んだ眼で、わたしを睨んでいます。

「間違いないかな、この名前と」

軍医は念を押しました。

「人違いするところでした、変わってしまって…、間違いありません」

「軍医殿、なぜ、自分をいじめるのですか？　知りませんか、画家の山下新太郎ですよ、私は。□□なんかじゃない！　この腕を見てくれ、これでは、絵は画けん！」

注射の跡が化膿して、血膿が毛布を汚し、食べ残した食器の中にまでこぼれています。無数の蝿が化膿箇所を狙い、血膿の中には白い蛆が動いています。

「間違いないな？」

「はい、間違いありませんが…。いつもスケッチブックを持ち歩いていました。おそらく山下というのは、好きな画家の名前ではないでしょうか？」

「軍医殿。武昌の陸軍病院へは、明日送ってくれるのですね。早くしてくださいよ」

軍曹が軍医に催促しました。軍医は、この男あと何日持ち堪えるかな、という表情で、患者を見ながら、呟きました。

「木下伍長、ご苦労」

練成班という使役要員

岳州兵站病院の収容室で、四日目の朝、軍医が診断にやってきて、わたしに、練成班にまわるよう命じました。

練成班とは、退院前の患者に軽い使役をさせながら原隊復帰の訓練をする内務班です。別棟になっていて二十一名の班員がいました。わたしのように軽い患者の下士官がいたことは、病院側にはありがたかったのです。早速、練成班の班長にされました。

班員は、ほとんどが部隊追及途中に落伍した一、二等兵で、二十歳になったばかりの初年兵から三十に近い補充兵、しかも出身は全国に跨っていました。病院では、作戦部隊のように、大量の苦力《クリー》を使うことが困難で、練成班は、態のいい病院の人夫グループでした。

屍室《しかばねしつ》に遺体が溜まると、五里牌《ウリハイ》兵站に近い処理場までリヤカーに積んで運ぶのも練成班員の使役でした。この使役は、帰りに同じ五里牌の貨物廠で糧秣受領を兼ねていましたから、意外と希望者がありました。病院を出て、自由な空気が吸えるばかりか、貨物廠では煙草か甘味品の余得がありました。

はじめて、処理場へ搬送の使役を班員に指示したあとで、彼らに付いて屍室を覗いてみました。部屋は五坪くらいで、正面奥には、民家から接収した朱塗りの脚高机に枯れたままの花台、灰のこぼれた線香立て、流れ蝋のこびりついた蝋燭《ろうそく》立があります。その前に、古毛布に包んだ数体の戦友が、砂床にじかに寝かされていて、冷え冷えする臭気を感じました。

一台のリヤカーには、重ねて積まなければ載せきれません。使役はタオルで鼻を押さえ、こわごわと運び出しました。そのなかにあの軍曹が居たかどうかは覚えていません。おそらく彼がここへ運ばれたとすれば、軍医に呼ばれた日の直後だったでしょうか・・・

「空襲には用心しろ。リヤカーは放り出しても、道から離れて伏せろ」

「あの世まで仏さんと道連れは、お断りや」

冗談を言いあって出て行きました。

三月の終わりになると、暖かい日がつづきました。

敵機の低空飛来は相変わらずですが、岳州にはもう格好の襲撃目標などないとでもいいたげに、伝単《でんたん》（宣伝ビラ）だけを撒き散らしていました。

都合よく病院の中庭に落ちてきた一枚で、東京は大空襲で壊滅した、大阪や神戸もやられたなど、滑稽なほどに仰々しい謀略ニュースを知りました。命令されるのか、拾った伝単を衛生兵がその都度回収しています。

新聞やラジオに縁がなくなっていたわたしたちには、伝単も物量に物を言わせる敵の謀略戦争程度に思われ、漫画や冒険小説と同じような気持ちでこっそり廻し読みしました。

中庭は、天気がよければ独歩患者の日向ぼっこの場所になっていました。

わたしも班員が使役に出てしまえば、なにもすることがありません。ひたすら彼らの仲間になりました。崖上が教会で、ときどき乱打する鐘の音と敵機の襲来とに、因果関係がありそうだとか、衡陽野戦病院ではコレラが発生して、完全隔離されたまま餓死者がでたとか、それに比べればここはまだ天国だ、できれば看護婦のいる武昌陸軍病院で死にたいと、取り留めもない話に時間を弄《もてあそ》んでいました。

一人、いつも静かに日向に座って、ニッコリこちらを見ている童顔の二等兵がいました。かれも、原隊に到着できず捨てられた兵隊だったかも知れません。ひたすら武昌陸軍病院へ後送される日を待っているようでした。

かれの背中の上、頸筋には大きな癰《よう》ができていました。直径三《チセン》はあり、本人には見えないので判りませんが、頸骨が見えるのではないかと思うほどの穴で、襟元は血膿でコチコチになっています。しかも患部には、無数の銀蝿がいて、払いのけても、横着な蝿はすぐ戻ってきます。穴を覗くと、あの軍曹と同様に乳白色の蛆が蠢いているのです。

「どうにかならんのか?」

「自分ひとりの治療にガーゼが一反も要るそうです」

「放っておいたら、命取りになるぞ」

「衛生兵殿も、そういいます。でも、ここでは治療できないらしいです」

「はやくしないと手遅れだぞ」

この若年兵の両親はどう思っているだろうか。なにもしてやれないわたしは、祈るしかありませんでした。

道越准尉、前戦から帰隊

四月上旬、わたしは、やっと病院から新開塘警備隊に戻ってきました。

一ヶ月足らずの入院でしたが、警備隊の陣容はすっかり変わっていました。わたしの当番だった阿部一等兵も、本隊へ追及して、もういません。隊長と仲の悪かった人事係曹長も、念願通り阿部たちを連れて南下していました。事務室は美馬一等兵だけで、わたしの帰隊を待っていたのです。

湖南省は、稲の三毛作地帯で、はや真夏の暑さ、ハルビンの爽やかさが偲ばれました。

四月下旬、突然、原隊から道越常治准尉の一隊（隊長ほか下士官三名、兵十七名。装備は軽機一、小銃十八。さらに桃林地区で徴用して戦場を連れ歩いた苦力約三百名）が、帰ってきたのです。

残して置いた公用行李を整理するのが目的でした。作戦出動聯隊の公私荷物は留守隊にあり、これを可能な限り処分して少なくし、師団司令部留守隊に集めるというのです。明らかに、次の作戦を意識した行動でした。

また、桃林で徴発した苦力を連れ戻ったことは、もはやここに原隊の帰えってくる意思がないように思われました。

それればかりか、南方へ移動した師団司令部は、これまでの中支警備の第十軍（「呂」集団）から離れ、第二十軍（「桜」集団）を経由し、南支警備兵団第二十三軍（「波」集団）の麾下《きか》に入っていました。

作戦で増えた占領地区の警備に、現地既設師団から兵力を抽出し、第百三十一師団（秋水）が新設されたため、原隊の戦友も多数転属していました。いうまでもなく、わたしの中隊にも旧知は少ないようで、丸一年余の息もつかせぬ戦闘の犠牲者は思わぬ数に上っていました。

帰隊した道越准尉は、小柄ですが、浅黒い肌の、いかにも精悍な将校です。一見、眼は柔和で、兵隊の誰彼かまわずよく話しかけ、すぐに信頼感を与える不思議な風貌の准尉でした。ただ、四国編成の鯨部隊では、異質な五島列島上五島、魚目の出身で、大村編成の関東軍第十二師団（剣）第四十六聯隊から、中支の第四十師団（鯨）第二百三十五聯隊に転属、最初の所属中隊は、わたしと同じ第十一中隊でした。転属三ヶ月後に、聯隊本部付となり、以来、副官部書記として恩賞事務を担当し、この三月一日付けで准尉に任官、十日付けで留守隊に帰隊命令を受けたのです。十七歳で志願入隊した根っからの軍人で、わたしより三歳年長でした。

　ある日、思いがけなく、敵にすれば気まぐれな攻撃だったかもしれませんが、ロッキードP38三機が、超低空で新開塘兵舎を銃撃しました。

　戦場慣れした古参兵が避難している横穴壕に、軍刀と鉄帽を抱えたN中尉が、下駄履きで転げ込んできました。

「Nさん、お怪我は？」と道越准尉がとぼけて席を譲りました。いうまでもなく准尉は、小心で形式にこだわる隊長N中尉とは対照的で敏捷ですから、部下はますます隊長を避け、准尉を頼っていました。

　わたしには、特に気安く話しかける道越准尉でした。はじめから、民間人のように「おい、君」と声を掛け、二人だけになると、すぐに「博ちゃん」といいます。このときも二人は、壕内の入り口近くに並んでいました。

「ところで博ちゃん。君は軍曹のはずだが、どうしたの？　去年八月三十一日付けで（幹部候補生表示の）座金が取れたとき、確か軍曹になっているよ」

　幹部候補生教育期間終了と同時に、乙幹は伍長と軍曹に振り分けられます。よほど成績が悪ければ伍長止まりということもあります。わたしは、いくら幹部候補生教育隊で殴られ、嫌われたとはいえ、軍曹になると思っていました。ただ、ハルビンまで連絡はありませんでした。聯隊の功績など熟知の人事担当だった准尉がそういうのですから、隊長命令がなくても、軍曹になっているはずだと自分に言い聞かせ、ちょっと愉快でした。

　准尉が、自分の私物行李から軍曹の襟章を探し出して、すぐに付け替えろといいます。それにしても、隊長には申告しなければなりません。准尉がわざわざ付き添ってきてくれました。隊長はキョトンとしただけで、言葉はありませんでした。

　部屋を出ると准尉は、「なんだい、オヤジのあの面《つら》は」と、聾桟敷に置かれている隊長を冷やかしました。

　保管中の公私行李を半分以下に減らす命令が出ていま

すから、これまでの聯隊戦闘記録の委細は、この時点でほとんど整理処分されました。公式記録の中には、単なる遭遇戦を、意識的に華々しい激戦とした詳記もあって、准尉が指示し、焼き捨てました。戦死者の私物まで廃棄するのは、偲びませんでしたが、営庭一杯に積み上げて、火をつけました。

千人針の腹巻が何本かありました。どれも縫玉の赤糸が汗で白地木綿を汚し、薄汚く手拭にもなりません。虱の巣窟になった腹巻も、家族の願いが込められていては捨てるわけにゆかず、私物に押し込んで作戦出動した戦友もいました。

整理しながら戦友は「奴は、これを巻いてゆかなかったから、死んだのだ」と残酷な独り言を言いました。

「千人針」はもう死語ですが、戦時中、親戚総出で、腹巻の白木綿に赤糸で、千人の女性に一人一針ずつ縫玉作りを頼んで回り、出征者へ持たせたお守りです。赤には、一種の呪力《じゅりょく》があり、それが千人の力であれば敵弾も避けられると信じました。しかも、寅年の女性は「虎は千里を走り、千里を帰る」と縁起を担ぎ、歳の数だけ縫玉ができると喜ばれたのです。

焼却私物の中から、わたしはメリヤスの腹巻を拾いました。一昨年暮れ、桃林で中田伍長からもらった晒は、使っているうちに虱の巣になり、岳州兵站病院で捨ててしまいました。

わたしの私物は、ほとんどがロシア語の本で、四十六冊もありました。これを背負ってここまで戻ったことは、われながら驚きです。これも半分以下にする命令に、逆らえません。ハルビン時代の日記も、このとき焼却してしまいました。もうロシア語は使わないかもしれないと思うと、あの一年は、まさに夢でした。

武昌兵站「大東亜寮」

新開塘留守隊の整理済行李を、師団留守部隊へ送り出してしまうと、もうほとんど仕事はありません。前線へ追及する通過部隊の数も、極端に減ってきました。広東省南西地区の警備にあたっている鯨部隊も、移動命令を待っているといいます。

前線追及がぱたりと止って、病院下番者や分遣先からの帰隊者で、留守隊の人員がアッという間に百五十名を越えました。

戦局は、期待とは裏腹に断末魔で、支那派遣軍も中国を放棄し、アメリカとソ聯へ向かって大きく舵を切っているのではないかと推測されてきました。

昭和二十年（一九四五）四月一日、アメリカ軍は、中国の日本軍などには眼もくれず、一挙に沖縄本島へ上陸しました。

中国全土にずるずると展開してしまった三百万の戦力を、本土防衛に当てようにも、渡航困難です。関東軍を支援しソ聯の防戦に宛てようにも、対戦車戦ではノモンハンの轍を踏む玉砕は免れません。

万事が、泥縄戦法で、右往左往している四月五日、ソ聯がいきなり「日ソ中立条約」廃棄を通告してきました。小磯内閣は総辞職。いかに犠牲少なく終戦するか、その大命をうけた鈴木貫太郎内閣が成立しました。

四月七日には、海上特攻と称し戦艦大和が、九州南西でアメリカ艦載機約三百の集中砲火で全滅。日本海軍自決という終焉でした。

一方、中国戦線では、四月十五日、湖南省衡陽で「芷江作戦」を始め、五月九日には早くも中止します。この作戦は、アメリカ空軍を大陸に引き付ける本土防衛の陽動作戦でしたが、制空権を失った無謀作戦と気付く茶番劇だったのです。

四月二十七日には桂林周辺からも撤収。同日、駐在武官補佐官浅井勇中佐が、モスクワの帰途、ソ聯軍の東方移動を確認し、チタから関東軍経由で参謀次長宛「シベリア鉄道の輸送状況から、ソ聯の対日参戦は不可避と判断」と打電しました。

大本営は、南満洲と朝鮮の戦備強化に、支那派遣軍の一部転用を下令したに過ぎませんでした。

五月二十八日になって、湘桂・粤漢鉄道沿線の占領区域を放棄し、余剰兵力は北支へ、支那派遣軍の一部を満洲へ転用と、まるで将棋の駒を掻き回すような命令が達せられました。いくら「反転」などと誤魔化しても、敵に追われる徹底的な「退却」が、短期間にできるものではありません。

同じ五月二十八日、連合国は、ポツダム予備会談で、スターリンの「ソ聯は、八月八日までに、極東での展開を終え、八月中に満洲、朝鮮、樺太、すなわち日本へ向かって攻撃を開始する」との明言を了承しています。勿論、日本の知る由もなく、既に沖縄は壊滅し、東京はじめ内地の主要都市が空爆に曝されていることは、わたしたちの戦場でも、薄々判ってきましたが、一時的嵐に苛《さいな》まれている木の葉のようなものだと、吹き飛ばされないことを念じる程度でした。

全く同じ五月二十八日、定時刻に飛来するアメリカ軍機を避けた薄暮、わたしたち留守隊も、新開塘兵舎を放棄しました。命令は、「岳州を経由して武昌に待機」でした。

一個小隊強の弱兵ばかりですが、意外と下士官が多く、中告は遅れてもわたしは、任官日の古い軍曹でしたから、指揮班長を命じられました。

「指揮班長には軍刀が似合うぞ」と道越准尉に勧められましたが、「切れ味の悪い官物軍刀より、小銃と帯剣のほうが安心です」と、数振の官物軍刀は梱包して師団司令部へ送っていました。

移動中の指揮は、戦慣れした准尉が執り、珍しく完全軍装したN中尉は、添え物の隊長といった感じでした。

岳州までは、敵機の狙う五里牌経由の公路を避けて、夕映えの湖面を眺めながら、渇水で干上がった洞庭湖の湖底を渡りました。

岳州駅で割当られた車両は、有蓋貨車一両です。ゲリラの襲撃を警戒する夜行列車で、夜明けまでに武昌に着きました。

揚子江岸の巨大な兵站「大東亜寮」は、旧《もと》日本人経営の紡績工場で、赤煉瓦の建物一棟だけで、優に一個聯隊が雑魚寝できるほどの規模があり、さまざまな通過部隊で溢れていました。

ここでも、病院下番の弱兵や周辺の軍機関に分遣中の兵を収容する任務が課せられていました。人員は日毎に膨れ上がり、たちまち一個中隊ほどになりました。もちろん病院へ逆送する兵もいました。それらの事務が皆、わたしの仕事でした。

ここには、陣地哨所のような前線勤務はありませんが、周辺へ使役要員を出さなければなりません。道越准尉は、隊員の半数を連れて、武昌自動車廠の防空壕堀に出かけ、現地に寝泊りすることが多く、もう一組は、対岸、漢口の軍司令部周辺の爆撃跡の清掃にでかけ、かれらは、給与（食事のこと）が悪いと零してばかりでした。

給与は、残留している大東亜寮とて同じことで、与えられる食事以外はほとんど当てになりません。しかも、武昌や漢口の夏は暑く、一口に猛暑といっても「ここで働くインド人は、インドへ避暑に行き、屋根の雀が焼き鳥になって転げ落ち、それを食った犬が口を火傷《やけど》した」なんて中国人の笑い話までが、真《まこと》らしく聞こえます。気温四十度近くも珍しくありません。

部屋にいても熱射病になりかねません。汗がじわじわと噴き出して、わたしは居た堪らなく、渇水で水位の低くなっている揚子江の緩やかな岸を、水際まで降りて、流されぬように、日に二、三度も身体を沈めました。ときどき敵機が飛来しても、慣れっこになり、裸のまま、岸辺に張り付いていました。兵站には風呂がありません。いや、有ったかもしれませんが、こうも多人数では使った覚えがありません。水浴は、その代わりです。すぐにタオルも褌も揚子江と同じ泥色に変わってしまいました。

　揚子江は流れが速く、泳ぐのは危険です。雑多な塵を押し流し、犬猫の死骸もあれば、人の骸《むくろ》も珍しくありません。仏《ほとけ》さんとの水浴では、気味悪いですが、岸辺では四手網をいくつも沈め暢気に煙草を吸っている老人もいます。まさに漁場であり墓場であり、人の生死まで掴んだ悠久の大河でした。中国人は、通称の「揚子江」は使わず、「長江《ちょうこう》」「大江《たいこう》」「江《こう》」または「楚江《そこう》（楚国を流れた河の意）」といいます。

落伍兵の収容

　栄養失調の落伍兵山田一治一等兵が戻ってきたのは、長江水浴中でした。事務係の上等兵が「また病院下番です」と呼びにきました。

　彼の頭髪は十㌢以上も伸び、日焼けというよりも顔も頸も手も垢だらけです。少々の水浴では落ちそうにありません。

「病院はどこだ?」と訊ねると、

「いえ、自分は、入院しませんでした」と答えました。

　真冬、新開塘から南へ五十㌔ばかりの、長沙との中間地点にあたる新たな占領地、湖南省新市の兵站で、マラリアにかかって落伍したといいます。四、五日で治ったものの勝手な行動は逃亡罪になると脅され、しかたなく重宝な兵站使役をさせられたようです。五月になると戦況が一変し、突然「九十日間マラリア三日熱」という兵站発行の旅行証明書を渡されて放たれたといいます。山田は、さらに八十㌔先の長沙鯨部隊連絡所まで、どうにか辿りつきますが、ここで、南下ではなく、武昌へ反転するよう命じられました。

　彼は、はじめに支給された冬軍装のままで、酷暑の湖南省をふたたび北上してきたのです。

「銃はどうした?」と尋ねると、新市に残されたとき、所持していない戦友に渡した、と答えました。前線追及歩兵部隊の初年兵ですら、一人一挺の小銃が渡らない貧弱な装備になっていたのです。

「もう大丈夫だ。原隊に戻れば不安はないぞ」と励ましました。

　被服係下士官に頼んで、軍衣を取り替え、兵器係にも新たに支給するよう告げました。散髪は器用な兵に頼み、何度か揚子江での水浴をさせると、どうやら戦力になりそうな恰好になりました。元々山田は徳島の山奥育ちで、独りで生きる何かをもっていたのでしょう、でなければ、戦場を武器も持たず歩くことはできません。

　この兵站には、兵器や被服がやたら集積されていて、各隊の要求によって比較的安易に授受できました。わたしも、ここで帯剣を交換しました。初年兵のとき、この帯剣で人を刺したのが、無性に腹立たしく、いつか取替えようと狙っていました。

夜盲症、便所の失敗

　これは武昌兵站での、いかにも情けない滑稽譚です。使役を命じても、みずからは力仕事をしようともしない怠惰なわたしへの、天罰だったかもしれません。

　兵站の夜は、電気もランプもなく、どうしても必要なときに、とっておきの蝋燭を使う程度で、真っ暗でした。暗くなれば早々に就寝するだけです。起きるのは用便くらいで、兵舎から離れ、営庭を横切った先に便所がありました。途中に障害物はありませんので、その位置まではいくら漆黒の闇でも、勘に頼って行けました。

　小便所に辿り着りつけば、前ボタンを外し、放尿すればすみます。と、

「バカ野郎！　俺に掛けるな！」わたしの真ん前で怒鳴られました。ちょうど前で、用を足していた兵隊が居たのです。

　まったく見えなかったのは、闇夜のせいだけではなく、わたしに欠陥があったのです。鳥目《とりめ》（夜盲症《やもうしょう》）だ、とはじめて気付きました。

　夜盲症は網膜反応の欠陥で、先天性とビタミンA不足の後天性疾患があるそうで、以前から「夜は闇だ」と単純に思っていましたが、先天性かなと慌てました。まさかこれほど馬鹿げたちょんぼをするとは、いよいよ戦場には向かぬと諦めざるをえません。後天性疾患ならば八つ目鰻が特効といいますが戦場で食える代物ではありません。

　この時以後、夜の便所にはわざわざ当番兵に手を引かれる無様な欠陥人間になりました。ただ、これで死ぬことはないだろうと、人知れず滑稽な失敗を胸に、昼間の仕事をこなしました。

　多発するマラリアや悪性下痢の患者を連れて、武漢大学病院へはよく通いました。国立武漢大学を接収して陸軍病院としていたのです。ここだけはなぜか爆撃にも遭わず、松林に囲まれた東湖畔に、白亜碧甍《はくあへきぼう》の病棟が建ちならび、白衣の独歩患者が看護婦に付き添われて散歩し

ていました。岳州兵站病院で狂死した軍曹の憧れた別天地です。彼もここに来れば、存分にスケッチを楽しめただろうにと、思いました。

ついでに、わたしは、夜盲症についてここの軍医に尋ねました。

「肝油でも飲めばすぐ治る。ただ、肝油はここにはない」

軍医にすれば、ここでは鳥目など病気のうちに入れていないようでした。

病気でない、その通りでしょう。わたし自身も、いつの間にか忘れてしまい、気がついた時には夜の便所も、以前のように一人でゆけるようになっていました。戦場での治療は、やはり体力と気力が特効薬でした。小便を放り掛けた兵（？）に謝らなければなりませんが、所属部隊も判らず彼の怒号、いや悲鳴だけがいまも甦ります。

そうそう、忘れていました。隊長のＮ中尉は武昌到着と同時にわたしたちのところから消えました。営外居住者ですから気にはしませんが、武漢大学病院に自ら入院したと噂に聞きました。以降、二度と会うことのない隊長でした。

第五章　青　年　その三

敗戦

南支にあった本隊(鯨部隊)は、昭和二十年(一九四五)六月一日、広東周辺地区の防衛を解かれて、支那派遣軍直轄兵団となり、江西省南端の敵地、全南、龍南、定南を突破する「三南作戦」に加わり、南昌へ向けて一気に北上中、とようやく連絡が取れました。

七月十三日には、贛県《かんけん》に入ったらしく、ここから南昌まで、主力部隊は戦闘を余儀なくされました。同行の患者、病弱者、糧秣物資は、大舟団を仕立て、贛江《かんこう》を下ると再度連絡してきました。

本隊は、南昌から江西省北端、揚子江右岸の、九江へ至るはずです。

わたしたち残留隊も、武昌から百三十キロ東南の湖北省陽新県陽新へ移動と下命されました。陽新から九江は、まだ西へ百キロあります。残留隊は合流時期を待つばかりですが、敵中横断中の本隊には、どんな災難が起きないともかぎりません。

九江合流後の、鯨部隊(第四十師団)の作戦行動は、まったく知らされていません。敗戦後に流れた噂では、南京の支那派遣軍の護衛兵団、またはアメリカ軍の大陸上陸に備えた東シナ海沿岸の水際防衛部隊に投入される戦略だったようです。

七月二十日、わたしたち残留隊は、武昌を発ちました。熱暑を避けた夜行軍で、夜盲症に悩まされました。ただ、隊長は道越准尉に替わっていましたから、何かとわたしには気を配ってくれました。

陽新には少人数の警備隊がいて、とりあえずその配下になりました。到着翌日から、武昌兵站では考えられなかった炎天下の戦闘訓練の連続です。
怠惰に慣れて誰も身体が鈍《なま》っていた反動のように、これまで一度もやったことのない対戦車攻撃訓練ばかりです。

中支では彼我ともに戦車を見かけません。わたしには訓練の意味が皆目見当が付きませんでした。竹の先に地雷をつけた棒地雷や、アンパンと呼ぶ丸い地雷を抱えて、敵戦車に接近し、キャタピラーに銜《くわ》え込ませる訓練でした。戦車も地雷も、まだ現物を見たことがなく、戦車（訓練では戦車がいると想像するだけ）の後ろから、歩兵（これも仮設敵となった戦友）が前進してくる状況です。これに肉迫、自爆すれば成功。ぐずぐずしている老齢応召兵や虚弱初年兵は、古参兵に棒切れで鉄帽を殴られながら、「戦死、戦死」と怒鳴られ、蹴飛ばされます。かつて、ノモンハンの荒野では、最強陸軍の関東軍ですら、ソ聯の戦車に大敗しています。その二の舞になる、と秘かに囁き合うだけでした。

以前ここは、大部隊の警備兵舎でしたので、宿舎には困りませんでした。准尉とわたしは、二階の広々とした部屋を事務室兼居室に独占しました。二人で、大きな蚊帳《かや》を使いましたが、蒸し暑くて寝付けず、准尉は、これからどうなるのか、と珍しくこぼしました。関東軍から転属した准尉には、ここでの戦闘訓練があまりにも泥縄式で、貧弱に思えたのです。そして最後には決まって、
「博ちゃん（そのころも准尉は、二人きりになるとわたしをそう呼びました）、玉砕するしかないね」と言って笑いました。

階下の班室では、准尉の危惧とは裏腹に、夕食後、やたら演芸大会を繰返していました。

准尉は、去年湘桂作戦の始まった頃、湖南省で拾った孤児の小孩《ショウハイ》を連れていました。戦闘間は郷里から離れ過ぎて連れ歩くしかできませんでしたが、郷里に近い新開塘辺りで、帰そうとしました。しかし、どうしても帰る、と言わず日本へ行くと泣きます。まだ十四歳くらいで、准尉も可愛がって、武夫と呼び、私的当番兵に使っていました。武夫は、陽新でも自由に難民区へ出掛け、街の様子を知らせてくれていました。八月に入ると、街が何となく変だ、と武夫はオロオロしていました。

「また大きな作戦が始まるが、心配するな。准尉さんはお前を放さないから」

わたしは暢気なことを言って、武夫を慰めました。

占領後数年間も経っていて、宣撫の行き届いた陽新の街で、兵隊をみる住民の目が違っている、と武夫は繰り

返しました。

「木下班長、街へ出たら危ないよ」と武夫は真顔で言います。わたしは、それどころではなく、夜発熱型のマラリア症状が出はじめて、ついに訓練を休み、ひたすら班室に残って事務をやっていました。

八月十九日、突然、道越准尉が訓練現場から、警備隊本部に呼ばれました。

兵隊はいつものように戦闘訓練を続けていましたが、准尉は早々に部屋に戻ってきました。表情が引きつっています。小机を挟んでわたしを対座させ、通信紙に大きく、ゆっくりと、「無条件降伏」と書きました。

二人には言葉がなく、見つめ合う視線が、時間を凍らせました。いや、瞬間でした。

「新型爆弾が広島と長崎に落とされた。ソ聯が参戦した」

「じゃあ、ソ聯と戦うのですね？」

「いや、負けたのだよ、完全に、日本が。今夜、ここを出発する。博ちゃん、そのからだで、大丈夫か？」

「日本が負けた？」興奮しながら、「日本へ還れるのか？」と、もう一人のわたしが騒ぐようで、ゾッとしました。

「博ちゃんは、夜型マラリアだね。夜行軍は無理だろう。ここから病人たちを宰領《さいりょう》して、船で揚子江を下るといい」

ここで道越准尉と別れることが、無性に恐ろしく感じられました。しばらく双方無言のままでしたが、

「やっぱり、一緒に行こう。大丈夫だ、離しゃしないよ」

涙声になって准尉が言いました。

「いよいよ駄目なら、途中で棄ててください」

「バカな、棄てやしない！　安心しろ、一緒に日本に帰ろう、博ちゃん」

朦朧たる夜行軍

この日も、日暮れとともに、マラリア熱帯熱の悪寒症状が現れ、熱は、四十度近くになりました。出発に当たって准尉は、態態《わざわざ》頑強な当番を付けてくれました。前田留吉上等兵という三十三歳の補充兵で、わたしより十歳も年長の妻帯者でした。しかも、四国の出身ではなく、大阪で召集されたのです。この年齢になると、軍隊では大変な老頭児《ロートル》です。すまないと思いましたが、装具一式を持ってもらい、わたしは帯剣と水筒を頸に引っ掛けました。腰につけると下半身が抜けるように力なく、歩けません。

午後九時、いつもより丁寧に兵舎を清掃して、陽新を

離れました。街の方角から、住民たちの打ち上げる爆竹の、弾ける音が聞こえてきました。

「奴らは、戦勝気分だ。それとも、餞別の爆竹かな」

作戦慣れした古参兵には、暢気な出発です。

街を離れると、星影一つ見えない真の闇になっています。前を行く兵の背中につけた白い布切れが頼りです。

行軍は、わたしたち残留隊だけではなく、どこから集まったのか大梯団になっていました。戦友の単調な軍靴の音だけが、朦朧としたわたしの、まだ生きているたった一つの頼りでした。

ドイツの思想家ベンジャミンが「夜中を歩み通すとき、助けになるものは橋でも翼でもない、友の足音だけだ」と言っていることを、後年知りました。

ふと、靴音に併せて、道路脇の小川から綺麗な水音が聞こえました。思わず流れを見ると、そのなかに仰向けに寝ている兵がいるではありませんか。先行部隊の落伍兵か、熱射病で倒れたようです。傍らに戦友が不安そうに立っていました。

朦朧としたわたしは、水の中の戦友と交替したい衝動に駆られました。

前田上等兵が「大丈夫ですか？」と声を掛けてくれましたが、答える気力がありません。先頭を行く道越准尉も、ときどき引き返してくれ、「頑張れ、もう少しで夜が明ける」と励まします。

夜行軍は、夜明けになれば、先行分隊が設営した集落で、仮眠します。宿営時間には、わたしのマラリア熱も一応治まり、ケロッとして休息できました。ただ、再び夜行軍が始まる頃になると、激しい悪寒に襲われ、一時間ほど震えつづけ、あるだけの衣服を重ね着します。やがて高熱。今度は宙を漂うような足取りになります。もしこれが炎天下の行軍で、真昼に発熱する症状であれば、とても体力は保てなかったでしょう。

敗戦直後の行軍ですから、これまでのように強引に住民を追い出して宿営することは憚られました。しかし、周辺には共産軍や土匪《どひ》が出没していて、いざとなれば彼らとは戦います。住民も、これまで通り素直に日本軍に宿舎を提供するほうが、自衛よりも犠牲が少ないと考えたのか、公道筋は殆ど一時的な空家でした。

半死半生の夜行軍が、逆治療だったのでしょうか、目的地江西省九江との中間都市、瑞昌《ずいしょう》に入ったころには、マラリア熱もようやく発熱周期の峠を越えてくれました。

八月二十七日朝、九江の兵站に着きました。

原隊はまだ到着していません。二十二日には、江西省南昌の南、新渓塘からこれまでの戦闘隊形のまま北上中との情報を受けました。

九江でも、道越准尉は、わたしの入院をしきりに勧めました。一年余も作戦をつづけている荒くれた戦友の原隊と合流して、さらに揚子江に沿って東へ行軍することは、とても無理だ。弱兵五十名を連れて入院して欲しい。病院船が上海へ下るはずだ、と諭されました。

これ以上准尉に迷惑は掛けられない、と観念し、別れる決心をしました。

九江兵站の塵になった戦友

八月三十一日、原隊鯨部隊（第四十師団）が九江に到着し、翌九月一日午前七時から、一大梯団となって揚子江左岸へ渡河する情報が、九江兵站に入りました。

これに合流するため、道越准尉の追及部隊は、三十一日の夕刻に、わたしたち入院グループを残して、九江東端の渡河地点へ向かって出発しました。

急に戦友が抜けた宿舎はがらんとし、陽気で饒舌だった兵隊が、捨てられた不安で、「これからどうなるのですか？」とわたしに小声で訊ねます。知りたいのはこちらでも、彼らに弱みは見せられません。

九江周辺には、日本軍を囲むように共産軍（新編第四軍、略して「新四軍」）がいて、傭兵の勧誘があるらしいのです。兵は下士官に、下士官は将校待遇で採用する噂まで広がっていました。ならば、わたしはロシア語を武器に、ソ聯軍へでも就職するか、と詰《つ》まらぬ妄想に駆られました。

兵站に取り残された病弱兵は、他部隊も同じで、どの部屋も広々とし、いかにも捨てられた塵のようで、隅に蹲《うずくま》っていました。

部隊が出て行って、いくらも経っていません。突然、隣の部屋で銃弾の破裂音がしました。一度だけでしたが、黒煙が充満し、噴き出してきました。

わたしは、部屋へ飛び込み、「暴発させたな」と怒鳴りますと、腰が抜けたような煤だらけの初年兵が、「……自殺です」と震えながら指差しました。

「戦友か？」というと、頷きました。中国軍の使う柄付手榴弾を抱えて、柄の中にある紐を引いたのです。めちゃくちゃの顔は硝煙で煤け、パックリ割れた胸から、鮮血が鈍くアンペラの床一面に流れています。

兵站の勤務兵が飛んできて零《こぼ》しました。

「またやった。世話のやける奴らだ」

わたしをこの兵隊の上官と間違えたのか、

「片付けますから、使役を出してください」

といいました。同時に、この部隊の人事係らしい曹長が現れ、

「とうとう、やったか」

塵《ごみ》となった肉片を見ながら曹長は、日常茶飯事といった表情です。

わたしは、残された五十余名を、明朝、異常なく病院船に乗せることが役目だと、改めて自分に言い聞かせました。

混雑の渡河点で宮本辰巳少尉と奇遇

自殺騒ぎがおさまって、まだ、いくらも経っていませんでした。兵站勤務下士官がやってきて、意外な状況を伝えました。

「あなたたちは、船を利用されるはずでしたね」

「そうだよ」

「ところが、それができなくなりました。急に、中国側の命令で、百トン以上の船の航行が禁止されたのです」

絶句しましたが、すぐに、

「じゃ、どうすればいいのだ?」

噛み付く口調で詰め寄りました。

「どうって、わたしにいわれても、困ります。いまなら、本隊に追及できるかもしれません。歩けば渡河点まで十分間に合います。どうしても歩けない兵隊は、なんとか入院できますが、帰国の保証はできません」

わたしは、すぐに全員を起こしました。

「いいか、よく聴け。どうしても歩けないと思う者は手をあげろ」

そういって、全員を見回しました。原隊と離れて戦場の孤児となることの惨めさを、これまでにも承知している連中ばかりです。お互いの顔色を窺いながら、一人、二人とゆっくり手を挙げはじめました。脱落希望者は約半数、その二十数名を見回して、

「よし、お前たちはここの病院に入ってもらう。これから先は病院の指示に従ってほしい。一日も早く日本へ帰れるよう祈るしかない。ほかの者は、遅くなったがこれから自分とともに、部隊に追及してもらう。お前たちは半病人だから、行軍中、部隊に迷惑がかかるかもしれない。途中で、迷惑をかけると思えば、さっきの兵隊のように自分で処置しなければならない。その覚悟はあるか?」

「はい!」意外と大きな返事が返ってきました。

一時間後に出発と言い渡し、準備を命じました。

各自が手持ちの蝋燭を立てると、部屋がパッと明るくなり、騒がしくなりました。これまでの装具をさらに減らし、身軽にしなければなりません。重い銃弾は、半数を兵站に渡すよう命じました。手榴弾一個はいざというときのために持たせました。

　軽いつもりでこれまで持ち歩いた寄せ書きの日の丸も廃棄です。重くても捨てられないのは、軍足（靴下）に詰めた携行米だけです。

　わたしはこれまで前田上等兵に背負わせてきた装具を、自分が背負い、その重さに驚きました。最後には、ロシア語の本は全部捨てなければならないだろう、と決心しました。

　兵站から渡河地点までは約八キロあり、真夜中、無人の九江の街を急ぎました。石畳の道だから、三十人の足音が、やけに響き、野犬が突然現れて吠え立てます。それに応えるように遠くの犬も鳴きます。一本道ですが、教えられた目標の古塔は、なかなか現れません。兵隊の体力を考えて三十分毎に小休止しなければ耐えられません。薄明るくなってきました。落伍しそうな兵隊を先頭に、かれらの歩調に合わせますが、つぎは大休止をとらなければならないと決めたとき、先頭の上等兵が叫びました。

「軍曹殿、塔がみえます」

その声で全員の足並みが、いくらか速くなりました。かすかにエンジン音が聞こえました。小走りになり、江岸の人影を見つけました。快調な響きで上陸用舟艇が数隻、揚子江の霞んだ対岸へ戦友を運んでいます。

　歩兵三個聯隊に、工兵、通信、輜重の部隊を加えた鯨師団の大部隊ですから、梯団行軍では延々四、五キロになるはずです。いまどの聯隊が渡っているのか見当がつきません。渡河点は兵隊でごった返しています。兵隊を堤防に休ませて、わたしは発着場に向かいました。

「堀内部隊の方はいませんか」聯隊長名で部隊を繰り返し捜しました。と、遠くから、

「木下さんじゃありませんか」

と手を振っている将校がいます。なんと、昔の学友で、会社も同じだった宮本辰巳君です。かれとは、半年前、前線に向かう初年兵指揮官として、新開塘留守隊を通過したとき、逢っていました。走りよってきて、

「元気でしたか？　よかったですね」

とわたしの手を握りました。

「君こそ、よく生きていたね」

雑踏の中では、手短な話しかできません。つぎの舟艇がわたしの原隊、堀内部隊の最後だといいます。

「急いでください。すぐに、つぎの部隊が来ますから」

宮本少尉は聯隊の輸送指揮官でした。わたしは病弱兵をこの船に飛び乗らせてから、舟艇の中で、宮本少尉に落伍理由を手短に話すと、彼は図嚢から靴下に入れていた数十粒のキニーネを取り出して、

「これを使ってください」

といいました。キニーネはマラリアの特効薬で、軍隊でもなかなか手に入りません。

「マラリアは余病がでます。内地ではなかなか治せません」

「いいのか、こんなに沢山…」

「どうぞ」

わたしが復員後、一度も発病しないのは、このキニーネのおかげです。

揚子江左岸に上陸すると、宮本少尉はあわただしく去っていきました。次々と船から上がった他部隊も、隊伍を整え堤防を下って行きます。

炎天下長江敗軍行

わたしは、とりあえず兵を纏め、堤の叢《くさむら》で小休止させました。

「所属中隊の分かっている者は申し出ろ。中隊に追いつき次第、帰隊させる。これから何日行軍するかわからないが、落伍しても介抱してはくれない。そのまま置いてゆく。遅れれば、迷子になるだけだ。しかも、本隊と同じ速さの行軍では、追いつけない。いいか、もう一度各自の装具を整理し、軽くしろ」

悲愴です。兵は装具を枕に、雲ひとつない空を見上げ、

「もう空襲はありませんね」

とつぶやきました。

「ないだろう。ただ、行軍中、土匪や新四軍に襲撃されることはあるかもしれない」

兵を見渡してわたしは、

「よし、鉄帽は捨てろ。もう、必要ないだろう」

というと、こんどは兵たちが、

「いいのですか？」

念を押しました。不満気な兵もいましたが、重い鉄帽を装具から外し、次々と速い流れの揚子江へ投げ捨てました。惜しむように木の枝に括りつける者もいました。

出発直前、全員は揚子江へ向けて、一斉放尿しました。放尿しながら身震いし、誰にともなく「バカ野郎！」と叫ぶ兵がいて、他の連中は子供のように思いきり飛ばしました。

これまでの夜行軍と違って、強い陽射しでは極度に疲労しますが、堤防の道は意外と爽やかでした。

わたしの引率兵は、堀内部隊というだけで、今のところは所属中隊がよく判らぬ完全な単独分隊です。落伍者が出ても、助けてくれる部隊はなく、小休止を重ね速度を速めて、追い越しながら中隊名を尋ねるばかりです。

階級章も付けず、住民と識別できない支那服の古参兵を見かけました。作戦時と変らず、苦力まで連れて、兵器以外はほとんど苦力に持たせています。一年余の作戦を戦った兵たちで、まだまだ一戦を交える自信に満ちています。敗戦という実感がまったくありません。

昼過ぎ、聯隊本部の集団に、ようやく追いつきました。帰隊の申告をして、この日の宿営場所には本部設営集落の片隅を借りました。

昨夜、九江兵站で別れた道越准尉を捜しましたが、もう聯隊本部ではなく、第一機関銃中隊へ配属替えになっていました。

翌日、聯隊本部に来ていた中隊の命令受領者たちに、所属中隊の判っている兵隊を、一挙に引き渡すことができました。わたし自身も、原隊（十一中隊）に帰隊できると気負っていましたが、所属中隊の不明者がまだ十二名もいて、しばらく引率して聯隊本部と行動するよう命じられました。

師団の大梯団は、午前中行軍、午後宿営準備というパターンで、設営隊を毎早朝先発させていました。わたしの分隊も二名をそれに加えました。

沿道の中国人は、一人残らず逃げていて、民家という民家は、空き家です。設営隊は、競って小奇麗な家を狙い、本隊の歓心を買っていました。

何日目かに、安徽省安慶に達し、久しぶりの大都会と喜びましたが、周辺は新四軍の勢力範囲で、やむなく街を迂回すると決まり、古参兵をがっかりさせました。

その直後、わたしは、原隊の第十一中隊に一年半ぶりに帰隊できました。

中隊長は、三十五歳の予備役松島幸雄大尉に替わり、人事係の宮内准尉、初年兵教官だった小嶋少尉は、作戦途中で新設部隊へ転属し、同期初年兵四十四名は、わたしを含めて十五名になっていました。戦死、他部隊転属、入院で消えたのです。戦友で下士官になっていたのは、わたし以外には三名だけで、あとは兵長と上等兵でした。

中隊の下士官は、総勢三十三名と意外に多く、わたしはしばらく指揮班所属の無役軍曹で、居候のような扱いをうけました。

依然、揚子江岸の行軍がつづき、梯団は予定に反して大幅に伸びていました。昨日先行した部隊の宿営民家に入ると、やたら屋内に脱糞していて困りました。中国は桶の便器か、田舎では庭先に大きな肥溜めがあってこれにしますから、とても日本軍は使いこなせません。部屋の隅にするのは、作戦中の兵の悪癖でした。

日俘集中営

九月十四日、安徽省蕪湖《ぶこ》の対岸（左岸）に達しました。ここで、再び揚子江を渡河しました。

中国軍から、この周辺に集結するよう命じられたのです。ついに捕虜の扱いを受ける「日本軍捕虜収容所（日俘集中営）」の自主的設営をしなければなりません。

九月十八日、第四十師団（鯨部隊）は安徽省當塗《とうと》縣當塗に到着。同月二十三日、聯隊の第三大隊は、當塗から東へ二十キロの薛鎮《へいちん》に駐留（収容）と決まりました。

駐留といえば聞こえはよくても、柵のない捕虜収容所です。街中が日俘集中営で、住民と同居でした。わたしたちは、十分な武器弾薬のほかに衣料や食糧、若干の薬剤まで所持していて、しかもこれからは自分だけを守ればよいのです。

中国軍の使役をする必要もなければ、街へも帯剣以外の武器は持たず、自由に出歩けました。これまでのような徴発行為はできませんが、なんでもモノが買えました。通貨は役立たず、物々交換です。気楽といえば気楽な環境でした。

中国軍の主力は、まだ、揚子江上流の仮首都四川省重慶で、遥か東の安徽省辺りまで兵を配備する余力がなく、住民は周辺を跳梁する土匪や共産軍（新四軍）をわたしたちに抑制して欲しいと、暗に願っていました。ですから、わたしたちの武器を取り上げることはしません。わたしたちは、帰国指示があるまで、自主的に、素直に過ごせばよかったのです。中国兵に監視されているなどと、気負い立つことは無用でした。

街の中心部、万年台の小さな寺が、第十一中隊の宿舎で、ご本尊さまが見下ろすお堂の狭い石畳に、全員百余名が、担いで歩いた毛布を敷き詰め、折り重なるのですから、秋風の季節になると、冷気が体に堪えてきました。

炊事場と便所は前庭の隅に仮設しました。一穴の便所では、とても全員の排泄には間に合いません。毎日、汲み取り使役を出して、遠い畑の肥溜めに運びました。雨でも降ろうものなら、健康者は大のほうを少しは我慢しますが、日々増える下痢患者には、間に合いません。便所周辺をやたら汚す重症は、病院送りにしました。

病院下番者も多く、隊員は減るどころか、増えつづけました。

ところが、古参兵は、戦場で覚えた知恵で、各自が、近所に懇意な中国人の家を開拓していました。

捕虜が戦勝国の住民を手玉にするには、治療という宣撫工作がありました。

中国人は、日本人ほど風呂の習慣がありませんので、皮膚病が目立ちました。彼ら患者には、わたしたちの持っている歯磨き粉や保革油（弾薬盒や帯革、軍靴など革製品に塗る油）を医薬代わりに使いました。

化膿した皮膚には歯磨き粉を、かさかさの肌には保革油を塗ると、奇妙によく利きます。このインチキ治療が、評判になりました。

わたしは、寺の左隣の商店へ、毎朝、歯ブラシを銜《くわ》えながら訪ねました。歯磨き粉治療をすると、愛想よく小さな桶に湯を入れて、竈《かまど》の上に置き、これで顔を洗えと勧めます。

ただ、主婦は漆喰の竈を特に丁寧に扱っていて、水を零すと、嫌な顔をし、すぐに漆喰竈を拭きます。わずかの湯にタオルを漬けて顔にあて、タオルではなく、顔のほうを動かせば水は零れません。わたしは、はじめのうちはついつい両手で顔を擦り、辺りに水を散らして、叱られました。

あとで、必ず茶まで勧めてくれるようになりました。もっとも彼らは白湯《さゆ》を呑みます。茶は贅沢な飲みものなのです。

ついでにこの家の厠まで利用しました。

中国では、竈は主婦の顔のようなもので、綺麗です。鍋から吹き零して竈を汚すような調理は絶対しません。燃料も、数本の藁束を、上手く燃焼させ、やたら煙をだしたりはしないほど慎ましい暮らしぶりでした。

住民と仲良くなっていったのは、わたしたちが私物ばかりでなく、物々交換できる物資を持っていたからです。遠からず接収されることになる貨物廠の物資が、急いで各自に特配されていました。タバコなどは平等に渡されましたから、吸わぬ者は代用通貨にし、これで酒や菓子がたやすく手に入りました。近所の住民は、兵隊との仲介だけで、結構儲けていたようです。隣家などは、兵隊相手の飲食店まではじめました。将校も咎めることはできません。そればかりか、珍しい惣菜を作ったからとサービスしてくれるほど、親しくなっていました。

帯剣一つで自由に街へ出る兵隊は、住民たちにとって降って湧いた最上のお客さんになったのです。

糧秣庫監視哨と沈徳炎の友情

薛鎮《へいちん》周辺は、揚子江と無数の湖沼をつなぐ川やクリークで四通八達《しつうはったつ》し、古くから栄えた江南（揚子江の南）の水郷でした。

街から南へ一キロばかりのクリーク沿いに、丁家橋という二十軒足らずの集落があり、蕪湖や當塗辺りからの荷揚げ場になっていました。

（注、薛鎮に居た当時のことは、四十二年後に『戦場彷徨』と題して記録し、その翌年とさらに三年後、即ち戦後四十三年と四十六年目に、独りで現地を訪ね、薄れ掛けた記憶を蘇らせ、『上海タイムスリップ』（中国版『悠悠長江行』）を出版している。）

丁家橋の西のはずれにあった空き家を借りて、第三大隊（わたしの所属第十一中隊の上部組織）の糧秣庫にし、経理係の兵隊が寝泊りしていました。中国正規軍には襲われませんが、土匪や新四軍の危険がないとはいえません。そんな情報が入り、十月初旬、急遽、糧秣庫監視分哨を第十一中隊に命じられました。しかも、戦闘経験のないわたしに、最初の分哨長勤務が当たったのです。

幸い、東のはずれに空き家を見つけました。年中出稼ぎで不在の木匠《ムージャン》（大工）から管理を任されているという三十四、五歳の沈徳炎なる隣家の男が気安く、使用を承知してくれました。

いかにも好人物の沈は、「どうせ空き家だから、遠慮なく使って欲しい」と、掃除具まで持ってきました。家は、藁屋根と土壁の三坪ほどの土間にすぎません。新しい稲藁を運んできて床に並べ、天幕を敷くと、五人の仮眠場所には、結構広く感じました。

沈は、早速、わたしを連れて、集落の一軒一軒を挨拶して回ってくれました。住民もはじめはキョトンとし、警戒していましたが、沈の明るい声に、誰もがすぐに笑顔で応じてくれました。

つづいて沈は、歩哨を出すなら、土橋の向こうが、視界が開けてよいと、みずからその場所に立って勧めます。土橋も、集落と同じ丁家橋というのだそうで、対岸からは、くねっているクリークに沿って東西に開ける道がよく判ります。

歩哨係の兵長は、万事に調子のいい沈を警戒しているようで、密偵じゃないかと耳打ちしましたが、わたしは、素直に沈の意見に従いました。

飯時になると、近所から箸を集めてきて、使ってくれといいます。翌朝は、池の菱の実を採ってきて茹でて食わしてくれます。しかも、「もっと差し上げたいのだが、あとは街へ売りに行くから申し訳ない」と、訊きもしないことまで謝ります。

兵長は「お人よし過ぎませんか」と、ますます怪しみました。三歳くらいの女の子がいて、自慢気に連れてきましたから、兵隊とはすぐ仲良くなりました。ただ、奥さんには頭が上がらないのか、ときどきガミガミいわれているようです。まるで女房からの逃げ場のように、日に何度か顔を見せて、「困ったことはないか」と、訊ねてくれました。

成程、ここは交通の要所で、周辺の集落に点在している中隊の兵隊が、薛鎮《へいちん》の大廟にいる大隊本部への連絡に、よくこの土橋を通っていました。

武昌兵站に乞食のような状態で戻ってきた山田一治一等兵（このときは上等兵に進級していました）が、第九中隊の隊長当番をやっていて、通りかかりに偶然声を掛けてくれたことがありました。見違えるほど肥っており、再会を喜びあいました。

山田とは後年、徳島でも一度だけ会ったことがあります。自動鋸を扱う山林業の職業病だという白蝋病で悩んでおり、まもなく亡くなりました。

分哨勤務は秋だったので気付きませんでしたが、水郷の欠陥という洪水で毎年集落が水没したらしく、そのせいか、殆どが粗末な藁屋根だったのです。戦後再訪したときは、どの家も、数段も土台を上げて、コンクリート造りの建屋に替わっていました。

沈徳炎の家もすっかり立派になり、もう若い沈徳炎ではなく、娘一家や孫たちに囲まれた好々爺でした。

その昔、分哨勤務中、楊柳の傍らで、貸してくれた竹の長椅子に寝そべり、水路に映える茜の秋空や朝靄に烟る鵜飼舟などを眺めたことが甦りました。

沈さん女房とキニーネ

ここに分哨を設営できたのは、沈徳炎のお陰でした。わたしが最初の分哨長として、勤務明けして間もなくの頃に、いま一度話を戻します。

突然、中隊宿舎を街中の寺から郊外の寺へ移されました。この寺では、マラリア予防のために大きな蚊帳を吊ったため、これまでの寺より更に狭くなりました。秋雨がつづき、周囲にはやたら水溜りができてマラリア蚊が発生し、毎日のように病院送りの兵が増えました。それなりに病院下番の兵もいて、事務係はその対応に追われました。

ここでも近所の住民は、以前に増して兵隊に好意的で、早速、特製の焼売《しゅーまい》を作って、売りにきました。焼売は、広東料理で、呼称も広東語です。ところが江南では、広東語が通じず、日本語と思い込み、焼売は長崎料理だと言って、兵隊を喜ばせました。

わたしたちは、結構、彼らの商いのお得意さんになっていたのです。但し、すべて物々交換でした。わたしも、抜け落ちて、修理してもすぐ駄目になる奥歯の金冠まで食い物に替えました。

十月の中頃でした。下番した糧秣庫監視分哨長が戻ってきて、「沈の女房がマラリアで呻っている」と、いいました。体力さえあれば、自然治癒する風土病なので、さして珍しいことではありません。わたしにしても、宮本少尉から貰ったキニーネのおかげで完治し、忘れていたほどです。わたしは、残っているキニーネを持っていってやろうと思いました。二十粒ばかりを、通信紙を裂いて包み、丁家橋へ出かけました。案の定、女房は、あるだけの布団を被って、暗い部屋の寝台で呻いていました。亭主の沈は、わたしの手前もあってか、いつものことだといわんばかりに、ケロッとしています。

わたしは、貧弱な兵隊支那語の語彙を駆使し、しかも経験者ぶって発病の苦しみを伝え、キニーネを贈りました。彼も貴重な特効薬であることをよく知っていて、はじめはなかなか受取ろうとしませんでしたが、強引に渡して帰りました。

ところが、二、三日すると、沈が鶏蛋《チータン》（卵）を持ってわたしの宿舎までやってきました。すぐにわたしを見つけて、ニコニコしながら、女房が全快したと礼を言います。いつもは発熱すると一週間はつづくのだが、薬のおかげで、すぐに治った。残った薬はお返しする、というのです。

キニーネなど飲みつけない彼らだから、すぐに効いたのでしょうが、「全治には、一クールは飲みつづけて欲しい」といいました。

「とんでもない、高価薬を、こんなに沢山貰うわけにはゆかない」

と顔まで引きつらせて辞退します。

「そうか。じゃあ、また悪くなったらすぐ知らせて欲しい」

というと、ホッとして帰って行きました。

丁家橋監視哨閉鎖

寒気とともに、ふたたび病院に戻される兵隊が増えはじめた十一月、またもや捕虜収容施設の移動を命じられました。糧秣庫も撤収し、監視分哨も閉鎖です。ところが、最後の分哨長に亦、わたしが就きました。

わたしも、沈はじめ丁家橋の住民とは、一番気心の通じる一人だと思って出かけました。撤収といっても、借りた小屋を掃除して、返せば済みます。

最後の立哨を終えようとしたとき、沈が言いにくそうに言葉を選びながら、

「木下大人、お願いがあるのだが」と前置きして、「この家の家主は出稼ぎ中だが、借りた礼に煙草の一つでもいただけないか？　糧秣庫の家にはたくさん貰ったというが……」

「分かった。当然のことだ。分哨あっての糧秣庫だ」

わたしは気安く応じ、これから大隊本部の主計将校のところへ、一緒に行こうと誘いました。

沈は、普段着の上に余所《よそ》行《ゆ》きの長衫《チャンサン》（衽《おくみ》のある一重の長い中国服）を羽織りました。わたしは、この親子を連れて、綺麗な着物を着せていました。わたしは、この親子を連れて、刈り取られた田圃の冬枯れ道を、夕暮れに追い立てられるように、大隊本部の居る街中の大廟へ向かいました。

本部では、すでに移動準備が終わっていて、主計の部屋は賑やかな酒盛り最中でした。手短に用件を話すと、酩酊した少尉が現れ、

「いまごろそんなことを言われても困る。ごらんの通り、全部梱包してしまった」

煩わしげにわたしを見下しました。

「同じ集落で、糧秣庫に礼をし、もう一軒は黙殺、それはないでしょう」

「なに！　なにが黙殺だ！　もう一度いってみろ」

「煙草の一箱でもいいのです。お願いします」

酔っ払いと喧嘩もまずいと思い、つとめて静かに、重ねて頼みました。

「ないものはない。男を連れて来い。おれが話す」

中国人に、酒乱の将校を会わせたくはありませんでしたが、仕方なく、庭で待たせていた沈を呼びました。

「軍曹は外で待っておれ」

わたしを追い出すと、兵隊支那語で声高になにやら話していました。やがて娘を連れた沈が部屋の大戸を開き、框《かまち》を跨《また》いで出てきました。すぐに中からは将校たちの蛮声が起こりました。

「どうした？」

「荷物を全部送ったので、気の毒だが、なにも渡せないようです」

「そんな、バカな！」

「没有法子《メイユウファンズ》（仕方ないじゃありませんか）」

「そんなこと、絶対に許せん！」

「先生《シーサン》、不行《ブシン》（駄目です）、没有法子（あきらめましょう）」

沈と目を合わせたわたしは、泣きたくなりました。人影もなければ大廟を出て、石畳の通りに出ました。犬も吠えません。冬の月だけが冴えて、わたしを無性に苛立たせました。沈は、わたしの気持ちを察したのか、

「日本は空襲され、どこの街も廃墟らしい、身体を大事にして復興に頑張ってほしい」

手真似を加えて、真剣に慰めてくれました。わたしは、涙で沈徳炎が潤んでしまいました。

沈の家に戻ると、女房が門口に出ていて、なにやら大声で喋りました。沈は、それを払いのけるように、「回家了《ホイジャラ》。回家了《ホイジャラ》（帰ったよ。帰ったよ）」といって、わたしを家に誘い入れました。

竈の脇で子豚を飼っています。鼻をならして寄ってくる子豚の薄桃色の腹をポンと叩き、

「正月には、先生に丸焼きをご馳走しようと思っていたのに、別れるとは、とても残念だ！」

「平和になったら、必ず訪ねて来ます」

反射的にそう言いましたが、すぐに、それは夢だと、自分に言い聞かせました。

女房が磨き上げた竈脇には、新年を迎える春聯《しゅんれん》が貼ってありました。そして、竈の上には、煤けた土煉瓦の壁一杯に「世界平和」の大きな切り紙の文字があります。よくみると敗戦まで強引に日本軍が使わせていた儲備銀行券を切り刻んだ文字でした。これは、沈家の蓄財紙幣のほとんどだったかもしれません。権力者でもない一介の農民沈徳炎の、世情への精一杯の反抗なのでしょう。

「大東亜共栄圏」だとか、「東洋平和」とか、華やかなお題目をかかげた戦争でしたが、彼らは、わたしたちとはまったく別の次元の闘争をやっていたのだと、いまさらのように絶句しました。

翌朝、わたしたちは、寺の前の畦道に、横長に並び、松島大尉久々の抜刀号令によって、「擔《にな》え銃《つつ》」し、夜明けの霧を分けて薛鎮《へいちん》を離れました。

粛々と響く軍靴の音に、つい昨日まで、いやいまもまだ厳然と日本陸軍だ、と思いおこしました。それぞれの右肩には小銃、もちろん銃弾も帯革に通した薬盒に詰まっています。そして、背負い袋にした天幕には、衣服や口糧、私物を、背中一杯に担いでいます。これでも、敗軍の将兵なのだろうか。

街外れまで来たとき、爆竹が、盛んに鳴りました。街の住民が見送ってくれていたのです。

「厄介者が出て行って、せいせいしたお清めだろう」

誰かが皮肉っぽくいいました。

群衆のなかに、丁家橋からわざわざ出てきた沈徳炎親娘《おやこ》がいました。わたしと眼が合うと、娘が小さな手を振ってくれました。

敗戦から四十六年後、すなわち平成三年（一九九一）に中国を訪ねたとき、老人の沈徳炎に逢いました。

その頃、この辺りの農村は、外国人の観光地として、まだ解放されていませんでしたので、強引な訪問でした。集落は、「安徽省馬鞍山市当塗県薛津鎮丁家橋」と変わっていました。薛鎮《へいちん》が薛津鎮となっていても、住民は簡単に呼称を変えようとせず、もとの薛鎮に馴染みがあり、すぐに分かりました。

丁家橋の保長、周世保から届いた書簡には「当塗県薛津郷勝利村」と別の呼称もありました。土橋の丁家橋も、コンクリートの眼鏡橋に架け替えられ、「勝利橋」と社会主義国らしい平凡な橋名になっていました。過去を葬り去ろうとする住民不在の社会主義国家の強引な改称でしょう。

沈家は橋の袂で、新築の部屋には、印刷の壽神像を貼り、両側には新築の賀聯《がれん》が沢山飾られていました。沈徳炎は七十七歳で、中国の老翁によく見かける泥鰌髭《どじょうひげ》でしたが、当時の好人物の面影を思い出させました。娘は嫁に行って、四十二歳の長男沈国玉がここに住んでいました。

突然の訪問でしたが、集落を挙げて迎えてくれました。たちまち集落中の子供という子供が、日本人見たさに集まってきました。ここは、毛沢東の「独生子女政策（一人っ子政策）」など何処吹く風で、「多子多福（子供は多ければ多いほど幸福だ）」の農村です。

沈家は、万事に保長の周家を立てて応対していました。クリークと岸辺の楊柳、餌を探して走り回る豚。はじめは威勢よく吠えても、すぐに子供たちの陰に隠れて尻尾を振る犬たち。途端に集落はお祭騒ぎになってしまいました。

徳炎爺さんと周世保さんとは得々と、街までわたしを案内してくれました。街の通りと併行してバイパスが走っていますが、石畳の狭い道は昔と変わりません。休日でもないのに肩の触れるほどの雑踏です。大隊本部のいた大廟は取り壊されて、郷鎮企業当塗プラスチック工場になっています。わたしの中隊がいた万年台の寺はバイパスへ通じる側道になり、つぎに移された朱詞林なる廟の跡には、中国農業銀行当塗県支店薛津営業所の看板が架かっていました。

日本から同行した通訳の意見に従って、煙草や金太郎飴を沢山持ってゆきましたが、わたしは、徳炎爺さんには別に小遣いを渡しました。別れ際に路上で、中国銀行券の五十元を握らせようとすると、しばらくは手を振って遠慮しましたが、人目を憚ると思ったのか、素直に両手で受け取りました。帰国後、記念写真を贈ったら、その礼状に「頂いた金は使わないで、家宝にして大事に仕舞っておく」とありました。

蒋介石を喰う

薛鎮《へいちん》の収容時には、中国軍はまだいませんので、暢気でした。當塗にいた聯隊本部へ歯科治療に行き、泥酔したことがあります。しかも、便所の前に寝転ぶ失態を仕出かしたのです。

昭和二十年（一九四五）十月十日は、中国では戦勝第一年の中華民国建国記念日、しかも辛亥《しんがい》革命記念日でもありました。

十の重なる日でこの日は、「双十節《そうじゅうせつ》」とも呼び、こんにちでも盛大に祝っています。

彼らが半狂乱で祝う戦勝の双十節、選りに選ってこんな日に、わたしは聯隊本部のいた都会當塗に出張したのです。それもまったく私的な歯科治療です。戦争が終わると時間をもてあますのは、兵隊の誰もが似たようなもので、なにかと身体の不調を訴えて、使役や勤務をサボり、歯科の軍医がいたかどうかも尋ねず、當塗まで出張しました。案の状、このとき歯科治療したか記憶がありません。単に口実をつくったのか、公務といって、聯隊本部へ書類を持参した程度かも知れません。

理由はともあれ、わたしはこの日、聯隊本部の兵舎（日俘収容所）に一泊し、痛飲したのです。

兵舎は繁華街にあり、路上の「祝戦捷」と大書した横断幕や、広島・長崎に落とされた新型爆弾（原子爆弾）をぶらさげた張子の飛行機が、部屋からよく見えました。わたしたちを挑発でもするような爆竹と銅鑼《どら》や太鼓が、ひっきりなしに聞こえます。

市場は、物資がやたら豊富で、長い戦争が夢のような雑踏です。ただ、主婦たちの籠には藁稭《わらしべ》で括り握りきれないほどの札束があるのに、これでは一切れの肉も買えないと零すほどの超インフレで、紙幣の価値はほとんどありません。

わたしは、特配された煙草「前門《チエンメン》」で支那酒《チャンチュウ》を買い、戦友は、揚子江で捕れる鯰の化け物のような魚を買ってきました。高級魚で鰣魚《スーユイ》というらしく、わたしたちは、この魚に蒋介石と渾名しました。やたら爆竹を撃ち鳴らす街の戦捷ムードに抵抗して、彼らのボスを喰いつくそうと名付けたのです。

昼日中から、仮泊の班室で大宴会をはじめました。もはや誰も注意する者はいません。下士官と古参兵ばかりですから、腕章を付けた日直下士官が覗いても、「ほどほどに」という程度です。酔うほどに、外の爆竹を打ち消さんばかりに、軍歌をがなりたてました。

死に体の軍隊組織でも、さすがに日夕の点呼は行われます。たとえ酔いつぶれていても、点呼準備がはじまると、軍衣のボタンを掛け、襟を正して整列しました。わたしは先任下士官の軍曹でしたから、班長を勤めました。

泥酔は、自分にも分かっていました。やたら揺れる身体を意識しながら、それでも予行号令だけは、まともに怒鳴ったつもりでした。

遠くの班から、週番将校への点呼の声が聞こえて、ここまで来るにはまだ間があると思ったのでしょうか、途端に、尿意を催しました。班付伍長に頼んで、営庭の便所へよろめきながら走りました。

街の爆竹は、激しく続いています。糞ッ！　こちらも思い切り強く放尿しました。と、なぜか意識が薄れてゆく奇妙な自分を感じました。

もう点呼がはじまっていて、伍長が、「事故の一名は班長殿」と報告しています。「事故理由は、気は急《せ》くのですが、足が動きません。「厠です」、としゃべっています。

「バカ野郎が、くだらんことをいう奴だ」

わたしは、むかつくのを押さえきれず、指で舌の根を思い切り押し、胃に溜まった蒋介石を便槽の汚物へ吐き捨てました。高級魚もへったくれもありません。

蹌踉《よろめ》きながら営庭まで出てくると、へたへたと草の中にのめりこんでしまいました。

どれほど時間が経ったのか、覚えていません。夜露の中で、降る星をしばらく仰いでいた気もします。

点呼をすっぽかし、暗い便所で朦朧としながら、思い切り放尿したのは、大勝利を騒ぐ中国民衆の双十節を揶揄したわたしには快感でした。

その後で、夜露の草を褥《しとね》に満天の星に吸い込まれたのは、以後の長い生涯でも見ない夢天国だったようでなりません。

屋根藁吹っ飛ばした台風

最初の日俘集中営薛鎮《へいちん》を出るときには、このまま南京かな、それとも一挙に上海まで行軍し、あとは沈められない船で日本に還れる、と勝手に思っていました。親しくなっていた中国人は逆に、南京で重労働させられる、と案じてくれました。どちらでもいい、日本に少しでも近くなれば、帰国チャンスは早いはずです。

ところが何と、わずか十キロ東へ移動したに過ぎませんでした。

まず目指す南京は江蘇省で、その省境まで来るには来たのですが、まだ安徽省で、馬鞍山市郊外の揚母村《ヤンモソン》（現在は馬鞍山市に編入）という土煉瓦に藁屋根のいかにも貧しい三十軒ばかりの集落が、第十一中隊に割り当てられたのです。

村名の「揚母」は、復員時に政府から渡された「軍歴簿」の表示です。後年、拙著の戦場再訪記『上海タイムスリップ』が、『悠悠長江行』と題して中国で出版されたとき、翻訳者夏文宝は、「楊秣村《ヤンモソン》」と改訳しました。この表示が正しいのかもしれません。楊も揚も陽も、よくある中国の姓で、同音で「ヤン」、どれが正しいか中国人にも判らないようです。母と秣はすこし違う音ですが、日本人にはなかなか聞き分けられません。そればかりか、揚母を似た音の養墓と書く住民すらいました。墓場のようで、なんとも薄気味悪い村でした。

早速、王という保長がやってきましたので、手持ちの衣料や煙草、医薬品など相当量を贈って、宿舎の提供を申し入れました。やや広い家といえば、東のさほど高くない佳山という草山の頂に廟があり、ここには第一小隊が入りました。本尊の両脇には、まだ仏さんの居ない棺桶が山のように積まれていました。中国では、立派なお棺を生前の親に贈るのが、孝行の慣例です。

第二、三小隊と中隊本部は、西の雨山湖と称する沼沿いの群落で、いくつかを空けて使わせてもらいました。中隊本部要員のような少人数は、王家の一部屋を借りました。事務室書記の馬詰武雄兵長は、たちまち同家の絵が巧い王仕根少年と仲良くなりました。

わたしの分隊には、炊事係と衛生兵、それに病院下番の弱兵がいましたので、ちょうど東西宿舎の中間地点で、小さな沼のほとりに十坪ほどの空き家を見付け入居しました。さいわい部屋が三等分されていて、中央にはマージャン卓ほどの机を探してきて、中隊のサロンだ、と洒落ました。左の部屋には、藁とアンペラ、天幕を敷き、班室としました。右の部屋は、壊れた竈がありましたが、寝藁を敷けば結構な居室になります。わたしと同期の甲種幹部候補生から任官した徳永少尉の住居に充てました。戦争に負けても将校は内地並みの営外居住とし、広い居室待遇です。それに比べて同じ広さのわたしたちの班室は十五人で、不寝番が一人常に抜けていても仰向けには寝られぬ窮屈さです。

この狭さに気付いてくれたのか、徳永少尉が、当番の三好上等兵をコタツ代わりに連れて寝ると言い出し、奴は男色か？　と慌てました。不寝番と少尉当番が抜ければ、一番奥に寝るわたしは、土壁に押し付けられなくて済みそうで、寝返りだけはできます。

炊事は、家と沼の間に仮小屋を建てました。

食と医療を抱えている分隊ですから、他小隊の古参がいつも遊びにやってきて、噂の発信地になっていました。

兵も時間は持て余していました。なかなか器用な男がいて、軍服をジャンパーに仕立て変えたり、天幕でリュックサックを作ったり、帰国準備に余念がありません。トランプや花札はいうまでもなく、マージャン牌まで特製し、見物に来る中国人を驚かせました。特製品が中国人との食糧交換に使われたことはいうまでもありません。

東、佳山の寺への飯上げ（飯が炊けた）合図は、沼の脇にポールを立て、白旗を挙げました。茶目な炊事係が、便所の落し紙代わりに、前垂れを裂《さ》いて使い、短くなって尻を被《おお》えなくなった越中褌を、合図の白旗として掲げ、「班長、言っちゃあ駄目ですぜ」と舌を出しますので、「臭い飯食わせるな」と鼻を抓みました。

西、集落の連中には、ガランガランと壊れた大鍋を叩くか、小孩《ショウハイ》を使って触れ歩かせました。子どもは残飯で釣り、鍋洗いも命じていました。

腹になにか溜まっていればいいのですから、美味《うま》い、不味《まず》いを、いう者はいません。保存食の乾燥味噌や、豚油を放り込めば、具がなくても、結構人気の味噌汁ができました。

飲料水だけは、いくら沸かしても、毎日見ている裏の沼が汲み水では、思い出すたびに吐き気がしました。渇水期で、水面の狭くなった沼では、朝早く老的姑娘《ロークーニャン》が馬《マー》桶《トン》（中国人の使う便器）を洗い、姑娘《クーニャン》たちが洗濯や水汲みをやっています。農耕に必需の水牛は、気持ち善《よ》げに水浴し、排泄もし、汚物は魚の餌になり、魚は住民の大切な食料です。しかも、わたしたちの生活用水は、この小さな沼の上水《うわみず》しかないのです。

佳山の麓は、棺桶を置いて土を被せた塚原《つかっぱら》で、ここでも水牛は糞をし、その糞は各家の貴重な煮炊き燃料でした。

いくら麓が広くても、わたしたちは水牛のように、墓ッ原で脱糞はできません。さいわい、家の前に円形の肥溜めがあり、近所との共用で、便槽は広くて深く、肥料溜めですから、われわれの分、量が増えたのを喜んでくれました。肥溜めの一方に踏み板を渡し、板と便槽の縁にそれぞれ片足を置いて、しゃがめばいいのです。幼児も姑娘も、遠慮しません。他人に見られても、排泄行為はこんなものだとばかり、誰もが平気です。竹に藁を巻いて垂らした小さな仕切りがあって、しゃがめば行為の姿は隠れます。しかし、隠れるのは、しゃがんだ辺りだけで、便槽の反対側に遮蔽はありません。小便のほうは、溜めに向かって、男女とも立って放射すればよく、しゃがんでいる大便中の者に遠慮はいりません。

雨だと、濡れた踏み板が滑り、慣れないわたしは、大の方を我慢しました。彼らのように、馬桶《マートン》を使ってみようと思ったくらいです。しかしこれも、慣れないと出来るものではありません。

こんな貧乏集落の藁屋根が、台風で殆ど吹き飛ばされたことがありました。

屋根は、竹竿を並べて縄で括《くく》った梁《はり》に、藁束を置き、その上に荒目の縄網を被せ、軒に縄押さえの石を幾つか括りつけただけの、至って簡単な構造ですから、一ヶ所でも縄網が切れて藁が飛べば、アッという間に全部の藁束が吹き飛ばされてしまいます。庭先に、藁屑の竜巻が起こって悪魔のように猛り狂ったのです。わたしたちの小屋の被害は大きく、台風の通過を待つしか、手の打ちようがありませんでした。

藁屋根が吹き飛ばされる被害は珍しくはなく、毎年のようでした。その都度、住民は、八年前の南京攻略戦で日本軍がここを通過し焼き払ったせいだと零します。

加害者の日本軍は、通称「明」部隊という熊本編成の第六師団です。日本でも豪傑部隊として有名で、「明」の通過した後には、草も生えないと恐れられました。

ところが、実際の加害者は日本軍ではなく、中国軍が首都南京の防衛に予め周辺集落を焼き払う「焦土作戦」の対象にしたのです。中国では昔から「堅塁清掃」と称して実施されている防衛作戦の一つで、揚母村も、その被害を蒙ったというわけです。

雨が少ない台風で救われました。

それでも飯は炊けません。少し残っていた携帯口糧を分配して、誤魔化しました。ただ、その夜はどこでどう寝たか、思い出せません。

翌朝は、抜けるような青空でした。全員総出の屋根修理です。幸い、農家出身の兵が多く、屋根葺きはお手の物。辺り一面に散っている藁屑を掻き集めて、屋根に載せ、不足藁は、保長が提供してくれました。藁止めの縄数を増やして、以前より丈夫な屋根にし、午前中に仕上げました。

つづいて部屋の大掃除です。敷藁とアンペラまで敷替え、今夜は一杯やろうと騒いでいると、再び思わぬ椿事《ちんじ》が起き、慌てました。

集落では見かけない小柄で痘痕面《あばたづら》の三十代半ばの男が、戸惑った表情で、家の前に立っています。近所の住民がやってきて、「この小屋の主《あるじ》だ」といい、すぐに気づいて、保長が日本兵に貸した理由を伝えてくれました。

南京へ出稼ぎに行っている家主は、大工でした。保長の斡旋ですから、彼もわたしたちに闇雲に出てゆけとはいえません。

しばらくして、保長に説得されたのか、自分は隣家に泊まるといいました。

親類筋らしい隣家は、三、四日前から墓地の棺桶を掘り起こして家に運び、門口に置き、法事の準備をしていました。中国にはこんな風習があるらしく、大勢が集まっていました。大工の帰省は、そのせいだったようです。

翌朝、わたしは隣家へ洗面に行きました。これは薛鎮《へいちん》からのわたしの知恵でした。すぐに、小さな湯桶を持ってきてくれました。

終わって、歯磨き粉で小孩《ショウハイ》の疥癬を治療しながら、ふと竈脇の土間をみると、アンペラに布団を敷いて大工が寝ています。彼も、わたしに気づいて挨拶し、愛想笑いしました。昨日、保長を通して貰った謝礼が法外だったのか、七日の予定を三日に切り上げ、南京へ戻る、といいました。こちらも、小屋を占領して悪かったと謝ると、

「なんの、なんの、屋根まで葺き替えてくれ助かった」

とお世辞をいいました。

そのうちに、彼は筆談をはじめ、わたしは、

「南京まで六十キロもあるが、汽車で何時間かかるか」と、尋ねました。

中国では、汽車は火車で、自動車が汽車ですから、自動車と間違えたのか、「とんでもない。歩いて行く」と、脚を叩いて笑いました。

煙草を吸わないわたしは、配給された「ビクトリー」を、いつも物入れ（ポケット）に入れていますから、取り出して、彼に贈りました。オーバーな仕草で、両手の掌をわたしに見せ、なんどか遠慮のポーズをし、受け取ると押し頂くように鞄にしまいました。

武装解除

中国軍に武器引渡し命令を受けた日が、丁度台風当日

でしたから忘れません。

　わたしはそのころ命令受領下士官も兼ねていて、伝令の横田平二上等兵を連れて、雨山湖に沿って西へ二キロほどの三保村《さんぽそん》にいる大隊本部へ毎日出かけていました。

　引渡し日は十一月二十八日、場所は聯隊本部が駐屯する采石鎮《さいせきちん》の駅前広場。当日までに武器弾薬のすべてを十分手入れし、持参すべし、と指示されたのです。

　その日は、十一月二十二日か、二十三日でした。午後から強風で、湖畔の道には、水底の泥土までかき混ぜたようなどす黒い波が、次々と牙を剥《む》き、襲っていました。吹き飛ばされないように横田上等兵と固まって、なんどか立ち止まりながらやっと帰隊しました。

　予定されていた武装解除ですから、隊内はさほど驚かず、中隊長松島大尉だけが蒼褪めた顔になりました。


　台風一過の翌日、藁屋根の葺き替えと部屋の清掃を終えると、やっと全員は、小銃や帯剣の最後の手入れをはじめました。

　去年の秋、陸軍予備士官学校卒業時に買った徳永少尉の私物軍刀も、押収対象でした。古刀のような値打ちものではない昭和新刀ですから、没収されても諦めはつくでしょうが、一度も使わなかったのが悔しいのか、やたら抜き身を振り回し、遠巻きにした中国人を怖気《おじけ》させました。

　小銃の小さな疵にも、各自戦闘の想い出があるようですが、わたしは、はじめて人を刺した帯剣が悍《おぞま》しく、武昌の兵站でやっと取り替えたばかりでしたから、今度こそ腰まで軽くなると、ホッとしました。

　小銃では銃腔《じゅうこう》の螺旋溝《らせんこう》に少しでも曇りがあると、初年兵時には忽《たちま》ちびんたを喰らいました。それすら懐かしくなりました。薬室覆《おお》いに刻印されている小さな菊の紋章のせいで、天皇の分身だと、粗末に扱えば何度殴られたことか。今度はその紋章を、丁寧に鑢《やすり》で擂《す》り潰《つぶ》しました。なぜか、思わず目頭が潤みました。

　最後の兵器係下士官になった塩谷軍曹は、服装を整え、佳山の第一小隊まで手入れ状況を検査に上って行きました。

「手榴弾の員数なんて、分からんでしょう。一発池に投げませんか」

　古参兵が池の魚を狙おうとしましたが、

「ここの魚は飼っているンだぞ。いまさら支那人と悶着起こしとうない。鉄砲がなくなれば、奴らに何をされるか判らん」

　塩谷軍曹は日本陸軍の有終の美を飾りたかったので

す。

予備検査で中隊本部前に全部の兵器を集めると、意外に多く驚きました。保長が、集落警備に分けてくれぬか、と中隊長に申し入れました。衣糧ならともかく、これだけはどうにもならぬと謝りました。周辺に潜む土匪や新四軍にも、垂涎《すいぜん》の兵器でした。

朝早く、聯隊本部の収容場所、采石鎮に各中隊が集まってきました。南京へ通じる鉄道線路沿いの広場に、中隊毎に叉銃《さじゅう》（三挺ずつを三角錐状に組み合わせる休憩時の小銃形式）線《せん》を作って、中国軍の接収官を待ちました。

塩谷軍曹は、繰り返し現物と報告書の員数を照合しています。間違うと復員できないと脅かされていました。

緊張のつづくなか、ようやく接収官がやってきました。国民政府軍の兵隊は小柄で、しかも小孩《ショウハイ》です。軍服だけは真新しいのに、なかなか計算できないのか、指を折りながら、途中で何度も数え直していました。そのうちに、煩わしくなったのか、数えるのを止めて、五挺ずつ荒縄で縛り、箱詰めにして待機中の貨車に投げ込んでしまいました。

乱暴な積み込み作業を眺めながら、わたしたちは「それみたことか」と苦労した手入れを悔やみながら、「おかげで、腰が軽くなった」と何度も嗤《わら》いました。

昭和二十年（一九四五）十一月二十八日、鯨第六八八三部隊（第四十師団歩兵二百三十五聯隊）は、遂に武装解除されました。

秣陵関道路改修

武器を取られた完全捕虜と、かってこの日本軍に打ちのめされた住民との、奇妙な集落生活が、まだ続いていました。

住民は、気味の悪いほどわたしたちに親切でした。わたしたちの様子を偵察にくるといえば語弊がありますが、事ある毎にやって来ました。近所の老婆は、珍しい御数《おかず》を作ったといって、茶碗に入れ、前垂れの下に隠しながら持ってきます。こちらも身体を動かすことなら、遊び気分で手伝いました。こんなとき、衛生兵は人気者で、小春日和の広場には、皮膚病の小孩に赤チンを塗ってやる列ができていました。

このまま手持ち食糧を食い尽くしながら、明日はどうなるのか、考えるのは、夢ばかりでした。むしろ心配してくれるのは、住民たちでした。帰国の噂も、彼らから流れます。

わたしは命令受領者ですから、中隊の誰よりも早く正確な情報を得られるはずで、しかも、その頃大隊本部には、初年兵時代の班長堅崎軍曹がいて、非公式情報も得られましたが、肝心の帰国時期となると、皆目分かりませんでした。

この年も残り少なくなった十二月二十四日、突如、作業隊を編成して秣陵関《まつりょうかん》へ道路修復に出かけることになりました。帰国どころではありません。いよいよ捕虜として本格的重労働がはじまったのです。

秣陵関は、南京の南方二十キロにあり、昭和十二年（一九三七）十二月、南京攻略の第六師団が進撃した激戦路でした。当時の新聞に書きたてられた街です。まさか八年後、中国の怨念街道を、復旧に行かされるとは、甚だしい報復です。

わたしの分隊も、鳥羽衛生兵長以下僅かを残して、出発しました。二週間の予定で、中国軍の監視員が付きました。なぜか作業は捗りません。妙に白眼視する住民には耐えられませんでした。

昭和二十一年（一九四六）、年が明けましたが、屠蘇どころではありません。無性に故郷を思い出すばかりです。

遺骨無し遺骨箱

正月中旬、ようやく揚母村に帰ってきました。することは何もなく、誰かが、死んだ戦友のことを漏らしました。そうだ、彼らも一緒に連れて帰らなければ。骨はないが、遺骨箱を作って、祀ろうと衆議一決しました。桃林で、湘桂作戦出動直前に準備した遺骨箱はどうなったのか？　骨のない空箱でしたので、邪魔荷物として何処かで処分してしまったようです。今度は鉄砲も弾薬もないのだから、小さな箱くらい手分けすれば大丈夫、せめて友の魂だけでも連れ帰えろうと張り切りました。もっともわたしの分隊だけの軽挙妄動でしたが、決めれば、これも小さな戦《いくさ》のようなもので、早速行動開始です。

箱は、配給される煙草梱包の木箱を使おう。白布は、藁布団の包布か敷布、新品軍衣の裏布を流用する。足りなければ、わたしの郷里の学友野中茂が、隣接の馬鞍山市で、師団直属輜重部隊の下士官と聞いていましたから、彼から融通して貰おう、と厚かましく訪ねました。

馬鞍山市には、八幡製鉄が中国の鉄鉱石を使う製鉄所を建設中で、完成直前に敗戦となった日本人社宅があり、これをそっくり師団宿舎にしていました。

突然の無心で、野中も困ったでしょう。わたしにすれば、互いに生きていたことを確かめ合っただけで満足でした。しかも、彼は、師団の帰国が近いことをほのめかしてくれました。

遺骨無し遺骨箱を幾つか作りました。中国人は白布の箱が屋内に山積みされるのを、嫌いました。仕方なく、部屋の隅に積み上げ、天幕で覆いました。

帰国まで、まだ暫くは窮屈な生活でしたので、どうやって持ち歩いたか、よく覚えていません。所詮、遺骨箱造りは、連れて帰れない戦友への、哀悼にすぎなかったのです。彼らは、いまだに大陸の山野に眠っています。

厳冬の肥溜めで糞鬼になる

繰り返される「復員（帰国）」の噂とは裏腹に、まだ暫くは、単に日俘（日本軍捕虜）収容地が移動するだけだと、諦めていました。

（追記　「復員」とは、戦時体制の軍隊が平時体制に戻ることです。昭和の敗戦では軍隊そのものが解体したので、再び兵隊になることなどありません。「帰国」か「帰郷」でしょう。尤も後年「警察予備隊（のちの自衛隊）」に就職した連中なら、「復員」で通じたかもしれませんが。）

そんな明日の判らない怠惰なある日、わたしは生涯で最も稀有な、一大椿事を惹《ひ》き起こしました。いや、よくあること、珍しくない、と嗤われるかも知れません。

わたしたちの食べる米は、蕪湖辺りで買い集められ、水路を使って各聯隊の収容地区へ配られていました。水運不能の場所は、兵隊の肩で運ぶのです。

この日は、荷揚げ場から采石鎮の聯隊本部まで、数㌔の陸送使役が、わたしたちの中隊に回ってきました。わたしも荷役の一人で、一袋を担ぎ、前の戦友を見失わない距離を保ち、何度も休みながら公路を運びました。

あと二、三㌔で采石鎮という辺りで、急に腹がキリキリ痛みだし、寒風に曝らされ、なぜか極端に汗をかき、どうしても便所へ行かねばならぬ状態になりました。米の麻袋を道端に降ろすと、一刻の猶予もできません。後に続いていた部下の下藪盛一上等兵に声を掛け、道からできるだけ離れたれた畑の脇にしゃがもうとしました。すぐ先に集落が見えます。しめた、と小走りで近づき、家の前の肥溜めを探しました。江南では、わたしたちの居る揚母村のように、何処にでも便槽があるはずです。

案の定、民家のはずれに直径二㍍ほどの大きな肥溜めがありました。

軍袴と袴下を下ろし、褌の前垂れを外してその先端を結び紐に挟むのももどかしく、肥溜めに渡した丸太に、右足を乗せ、しゃがもうとしました。

途端に、朽ちてぬるぬるの丸太に軍靴が滑り、バランスを崩し、思わず左手で、肥溜めの壊れた目隠し簾《すだれ》を摑みました。

右足は完全に丸太から外れ、それを支えようとした左手は、目隠し簾諸共、宙を切りました。身体が、糞尿の淵に投げ出された一瞬、コチコチに乾いていたのは表面だけ、中は固まらない羊羹で、右肩が吸い込まれ、蹴れば蹴るほど、ズブズブの底なし沼です。

深い。糞尿を掻き回して踠《もが》きますが、立てません。溜めの縁を摑もうと、踠《もが》くばかり。他に捕まえるものがありません。夢中で肥溜めの縁の土を掻くたびに、反って顔が半分沈んでしまいました。

それでも、どうやって這い上がったのか、肥溜めの縁を掻き毟《むし》るように両手の爪を立てたことだけは、覚えています。

糞海を脱出すると、これも不思議な現象ですが、公路とは逆の方向へ、しかも集落を避け、片手で脱ぎかけた軍袴を握り、畑の中を走りました。

幸い、すぐに川があり、道から三㍍ばかりの崖になっていました。

崖を滑り降りると、すぐに糞だらけの服を脱ぎました。シャツも袴下も靴も靴下も帽子も褌も、眼鏡にまで古糞がこびりついています。全部脱ぐと、流されないように両足で押さえ、身体を洗いました。洗っても、洗っても汚物は取れません。必死で擦りました。背中にもついていると思い、全裸を流れに沈めて、踠《もが》きました。

軍衣は二の次と小石を幾つも乗せて水に漬け、身体の臭気を落とそうとしました。洗い擦《こす》ろうにも手拭がありません。寒風に曝され、急に感覚が失われてゆきました。両歯が合わずガチガチ歯の根が鳴ります。石で押さえている軍衣は、何度も速い流に奪われそうになりました。官服だと言い聞かせながら、引き寄せようとしても、手が伸びません。切るような川風を避けて、崖に身体を寄せ、蹲《うずくま》りました。

早瀬の響きだけが脳底に残り、朦朧となっていきました。

「日本兵《リーペンピン》!」

崖の上に二、三人の中国人が立っているようです。わたしと眼が合った途端、その中の一人が、

「東洋鬼《トンヤンクイ》!」

と叫んで、唾を吐きかけました。

「我的《オーデ》、衣布没有《イフメンファー》法子《ズ》、進上《シンジョウ》」

全裸のわたしが訴える兵隊支那語など、判るはずがあ

りません。まして、捕虜に変身した奴に、わけの分からぬ命令口調で、戦勝国民に訴えられても、通じません。

「ボズボーリチェ、パジャールイスタ、コスチューム（どうか服を貸してください）」

わたしが思わず口走ったのは、ハルビンで去年一年間必至に学んだロシア語でした。ハッと気づき、狂わんばかり混乱しました。たちまち、大勢の中国人が見下ろし、騒ぎ立てています。彼らに通じる言葉の出ないわたしは全裸、小孩が何やらわめきながら、石を投げはじめました。

そのとき、彼らを掻き分けて纏足《てんそく》の老婆が覗きました。

「噯呀《アイヤ》、日本兵《リーベンピン》！　漫々的《マンマンデー》、漫々的《マンマンデー》（待て、待て）」

と呆れ顔で言うと、隣の少年に何か頼みました。少年が走り去りました。

「衣布拿来《イフナーライ》（着物を持ってきてくれ）」

手を合わさんばかりに頼みました。群衆がドッと笑います。

「殺了《スラ》！　殺了《スラ》！　（殺せ、殺せ）」

青年が大声で叫ぶと、

「漫々的《マンマンデー》、漫々的《マンマンデー》（待て、待て）」

老婆が甲高い声で制しました。一瞬、崖上は沈黙しましたが、憎悪の眼は逸らしません。誰かが蹴った小石がわたしの脇腹に当たりました。こんな無様な格好で晒しものにされては、死んでも死に切れません。

「没有関系《メイユウカンシ》（心配するな）」

老婆が、わたしを励まし、彼らを制しました。たとえ垢で汚れていても、彼らは温温《ぬくぬく》した綿入りの綿服を着ています。凍死寸前のこんな無様な見世物はないだろう！　誰一人、立ち去ろうとはしません。

凍りついたわたしの時間を溶かしてくれる者は、誰もいません。このまま意識が遠退く、と観念しました。

そのときでした。下薮上等兵が群集を掻き分けて顔を出したのです。

「どうしたんです？　班長」

彼を呼びに行った小孩でしょうか、なにやら口走っています。

「多謝《タシエ》、多謝《タシエ》（ありがとう、ありがとうよ）」

わたしは立ち上がって子供たちに思わず、前を押さえていた両手を合わせ、頭を下げました。老婆もやっと顔をほころばせて、なにやら言いました。下薮上等兵が、駆け下りながら自分の軍衣を脱いで、わたしに着せ掛けました。

「大隊本部の監崎班長のところへ行って、着るものを借りてきてくれ」

わたしは、蹲《うずくま》りながらも、第三大隊本部の三保村が北へ五、六百メートルと、思いつづけていましたので、やっと言い、あとは歯茎が合わず声にならなくなりました。

「はい。行ってきます。監崎班長ですね」

かれは走り去りましたが、崖上の中国人は動こうとしません。時間は氷塊になり、わたしの意識を混濁へと攻めたてました。

　このまま停止するかもしれないわたしの呼吸を、凝視するもう一人のわたしが、近くにいるようでなりません。

「すみません。遅くなりました」

　下藪上等兵が、やっと風呂敷がわりの天幕の大きな包みを持ってきました。褌も、襦袢も、袴下も、軍足も、軍衣も、軍袴も、軍靴、軍帽、巻脚絆《ゲートル》……、すべて揃っていました。軍衣には、新しい襟布と軍曹の襟章まで付いているではありませんか。さらに三枚のタオルまでありました。

　すぐ、彼が乾いたタオルで、わたしの背中をゴシゴシ拭いてくれました。瞬間、仮死していたといわんばかりに鳥肌が湧き、激しく涙が吹き出ました。

「さ、これを」と差し出してくれる衣服を痺れた指でやっと抓みました。崖上の中国人も言葉なく見下ろしています。眼を合わせた老婆に「謝謝《シェシェ》、謝謝《シェシェ》（ありがとう、ありがとう）」といって、頭を下げました。

　水を含んだ糞だらけの軍衣は、汚れを少し落とすだけで、精一杯でした。絞る力はありません。下藪上等兵が青竹を探してきてくれたので、濡れ軍衣を巻脚絆《ゲートル》で括りつけ、二人で崖上に担ぎ上げました。長時間わたしを見つめていた中国人たちも、さすがにホッとした表情で送ってくれました。

「まだ付いていますね。臭い、臭い」

　畦道を歩きながら、下藪上等兵が鼻先で滴の垂れるお荷物に、おどけてみせました。前を行くわたしは、なぜか何度か蹌踉《よろ》けました。

「冗談じゃない。もう止めてくださいよ。凍死します。熱でも出たら、それこそ入院だ、復員どころじゃありません」

　励ますつもりでしょう、彼は道々よく喋りました。

　帰隊したときには、すっかり陽が落ち、もう誰もが知っていて、全員が心配して出てきました。

　温かい雑炊をすぐ食べるように勧めてくれました。

「心配かけて、すまなかったね」

　わたしは、全員の滑稽な安堵顔に、照れくさく何度も丁寧に頭を下げました。

　鳥羽衛生兵長が、黙ってわたしの脈を取り、額に手を

当て、ニヤッと笑うと、

「木下班長、名前を変えなければいけませんね」

と、神妙に言いました。

「なぜ？」

「肥溜めに落ちると、そういいますね、徳島の田舎では」

「ウンが付けば、おめでたい」

いつもは冗談をあまり言わない森秀雄伍長までが冷やかしました。

「臭《くさ》いか？」

「臭《にお》いますね」鼻をならしながら「やっぱり臭《くさ》い。もう寝てください。点呼は自分がやります。欠員一名は班長殿、病気就寝中」

とおどけました。わたしもさっさと毛布に剳《く》るまり苦笑しました。

糞まみれの軍衣は、小屋の裏の沼で下藪上等兵が丁寧に洗ってくれました。「まだ臭いますか？」「いや」「乾いたらこれを着ますね」「……」

監崎軍曹に借りた軍衣を返した記憶がありません。帰国後、四十年ほど経って、この話を戦友会で監崎さんにしましたが、彼は覚えていませんでした。

わたしにとって生涯の一度の糞鬼《ふんき》事件でした。お世話になった監崎軍曹はじめ、下藪上等兵も、鳥羽衛生兵長も、森伍長も、いまではすでに故人です。

『左伝』の糞槽溺死事件

粗忽者のわたしは、肥溜めに転落しても、どうにか生き返りましたが、なんと、中国では、権力者の糞槽溺死事件が、堂々と『左伝』に載っています。

『左伝』は、『春秋左氏伝』の略称で、『左氏伝』ともいいます。孔子（前五五一～前四七九）が筆削したといわれる魯国の記録『春秋』を、弟子の左丘明《さきゅうめい》（生没年不明）が注釈した、隠公元年（前七二二）から哀公十四年（前四八一）の十二代二百四十二年間の年代記です。

その「成公十年（前五八一）」に載る晋侯（景公）の逸話で、前段は「病膏肓《こうこう》に入る」故事、即ち医者が「匙を投げる」話で、本文第十一章で述べます。ここは後段のみで、わたしの肥溜め転落騒動と対比し、お笑いください。

景公が、桑田《そうでん》の巫《みこ》を呼んで訊ねると、病魔が不治の場所に巣食ってしまった自分の見た夢を、ぴたり言い当てたばかりか、「今年の新麦は食べられません」と占いのままを応えました。

巫を信じない景公は、彼女を殺し、新麦を食べようとしました。

『左伝』は、

「将食張如厠陥而卒（食《た》べんとすれば、腹が張り、厠へ如《ゆ》き、陥《おち》て卒《し》す）」

と僅か八文字で、景公の生涯が閉じられています。

二千六百年も遡る厠の溺死事件です。

動植物の栄養資源として、糞尿が重要であると知っていた古代中国人は、王者といえども、より深い肥溜めの上で排泄していたわけです。

転落溺死の危険まで冒しかねない排便では、トイレを独居沈思の場とは言えませんね。日本では平安時代の貴人が排泄するには、着替え係「更衣」が、お側に侍っていたと言います。景公の轍を踏まぬようと厠独居を見張ったのかもしれません。もっとも、日本では貴人の大きな肥溜めの上にしゃがんだ記録はありません。

とにかく、肥溜めに落ちたわたしは、自力で這い上がり、川まで走り、中国人に罵倒されながら、素っ裸で流される軍衣を押さえました。凍死寸前に、助けられたのです。

同じ踏み板で足を滑らせた貴人の景公は、わたしとは瞬時の違いで、糞尿に溺れ、生涯を閉じて名を末代に残しました。すべて瞬時、「一瞬という悪魔」の悪戯です。

わたしはなぜか彼の子孫の罵倒まで浴びて、生き抜いたのです。

南京の清掃使役

わたしたち第四十師団には、何が何でも首都南京の清掃を命じたかったようです。中国人には、秘匿名「鯨」で「鯨呑《げいどん》」を連想し、桂林まで侵入した強豪部隊と知れ渡っていました。その意趣返しといえば残酷ですが、とにかく南京に至近の位置に収容されていた悲劇でした。

昭和二十一年（一九四六）二月六日早朝、歩兵第二百三十五聯隊（鯨六八八三部隊）第三大隊第十一中隊は、第一小隊が佳山の廟から降り、雨山湖畔の中隊本部前に到着と同時に出発集合を終えました。松島中隊長は、軍刀を払って、一言檄を飛ばそうと無意識に右手を左腰にもってゆきました。没収されて刀がないのに苦笑すると、兵も背を丸くした大荷物に、互いがニヤッと哂《わら》いました。日本に帰るまでは、組織は解体されず、武器無しの軍隊です。

出発号令だけが勇ましく、歩調を整えて揚母村を離れました。

わたしたち十一中隊の清掃区域は、南京のど真ん中でした。中山路、中山東路、中正路、漢中路のロータリーに面した四階建の旧「福田洋行」ビルが割当られました。日本商社の空き家で、電気も水道もなければ、各階は塵の山、ガラス戸も割れたままです。裏庭で塵を焼くと、百足が出るわ出るわ、ゾッとしました。蠍《さそり》でなかったことが救いでした。

屋上へ上がると、眼下の中山路を、大勢の泣き女を洋車《ヤンチョ》（人力車）に乗せ、銅鑼《どら》やラッパの音も賑賑しい葬列が、延々とつづいているではありませんか。「縁起でもない」と森伍長が唾を吐き飛ばしました。

翌朝から、わたしたちの分隊は南京第一の商業街太平《ターピン》路《ルー》の清掃です。北から南へ掃きすすめました。雑踏の中で偶に中国人の青痰を喰らうこともありました。

わたしはこれまで通り、大隊本部の命令受領で、伝令に江本勲兵長を連れて、連日太平路の大隊本部へ通いました。作業兵よりもいくらか自由で、街の雰囲気を味わえました。

繁華な太平路には、雑多な軍人が往来しています。中国兵は意外と少なく、アメリカ兵も見かけます。溝鼠《どぶねずみ》のように汚れた銃剣無しの日本兵がいます。ときどきピンクの襟章（？）が派手な若者がいます。噂では昨日まで日本兵だった大韓民国の新設徴集兵だといいます。

この日、江本兵長とわたしは、大隊本部から配られた「復員のための実用英会話」について歩きながら話していたと記憶しています。

幼稚な英会話で、ついつい高笑いしたとき、いきなり後ろから思いきり殴られました。ピンク襟章の若僧です。江本兵長がわたしを庇って男に飛びかかろうとしました。男は短剣を抜こうと構えました。雑踏で、周囲の中国人まで一瞬動きを止めました。直ぐ中国人が数人、わたしと江本兵長を庇うように囲んでしまいました。江本兵長はその彼らを押し分けて、ピンク襟章に飛び掛ろうとしました。

「先生《シーサン》、没有関係《メイユウカンシー》、没有関係《メイユウカンシー》（心配するな、構うな）」

なおも気負う江本兵長を、

「先生《シーサン》、不行不行《プシンプシン》（駄目、駄目）、没有法子《メイユーファンズ》（諦めろ）」

しきりに宥《なだ》めます。ピンク襟章は何時の間にか消えていました。それを見定めた中国人が、片言の日本語で、わたしに耳打ちしました。

「あなたたち本当は強い。日本軍、誰にも負けない。彼奴《きやつ》らと相手になってはいけない。元気で日本に帰りなさい」

「謝々《シェシェ》（ありがとう）」

「你好朋友《ニーハオポンユー》（あんたはいい友だ）！　再見《ツァイチェン》（さよなら）」

十分顔を合わせる間もなく、その中国人も雑踏に消え、二度と会えませんでした。

作業で泥運びの最中、揚母村で小屋を借りていた出稼ぎ木匠《ムージャン》（大工）にバッタリ遭い、一抱えもある紙袋のピーナツを土産にくれたと、連中は大騒ぎしました。夕食後、皆でポリポリやり村を思い出しました。

戦乱で破壊された街の塵は、裏通りの広場に山とあり、それを畚《もっこ》で近くの沼へ移し替えればいい単純な作業がつづきました。

周辺の住民は、監督（南京市政府衛生局清潔総隊）の目を掠めて、白湯《さゆ》や飴菓子を持ってきてくれます。南京では生水を飲みません。

朝、日本酒の四斗樽を利用した屋台で、白湯や豆乳、油果子《ユクォズ》（イースト入り小麦粉の棒状油揚げ、油条《ヨウチャオ》ともいい朝飯です）を売り歩いていて、売れ残った油果子など、こっそり作業兵に「進上《シンジョウ》（差し上げる）」と持って来てくれたりします。

命令受領の帰りに、作業場所に寄ったことがありました。急に綺麗になった広場を悦び、班長と知ったわたしの水筒を奪うように持ってゆき、こっそり支那酒《チャンチュー》を入れてくれた主婦がいました。翌日、煙草と洗濯石鹸を新聞に包んで礼にゆくと、広場を指し「子供があんなに喜んでいる」といいました。

徹底的に破壊した首都南京で、こんな市民の好意を得ようとは今も忘れられません。

敗戦直後、突然戦勝国と自称して、挨拶一つせず現地除隊したわたしの部下の、朝鮮の若い兵二人も、路上でわたしを殴ったピンク襟章の与太少年のように、どこかで胸を張って威張っているのではないか、と寂しくなりました。

南北朝鮮戦争後のことです。わたしもどうやら気持ちが落着いた時、住所のわかる戦友全員に手紙を書いたことがあります。朝鮮兵の一人は、駒沢大学（？）卒、平譲（ピョンヤン、北朝鮮首都）出身、いま一人は、釜山出身でした。不完全な宛先のせいか、返信も返送もありませんでした。

中国人医師と交友はじまる便所掃除

南京の主要道路が集中したロータリー脇の旧福田洋行は、よい宿舎ではありませんでした。

コンクリート床に毛布を敷き、ギュウギュウ詰で寝転ぶ狭さでは、寝返る度に戦友の頭や腹を蹴るばかりか、病人が続出しました。大隊本部付の軍医は、巡回の都度、纏めて入院を命じました。下痢やマラリアならまだしも、結核患者が増えていました。逆に病院からの下番者《かばんしゃ》（退院者）も日毎に増えました。病院が、治療も食事も不十分なことは、兵たちもよく知っていました。そんな連中の増えた雑魚寝は、病人を増やすばかりでした。

幸い、中隊清掃区太平路の横道に、日本人が放棄した「松ヶ枝旅館」と看板まで残る二十人程度の完全和風旅館がありました。まだ畳も新しく、部屋毎に床の間、飾り窓付です。見つけると、もう一刻も猶予せず、その日のうちに転居、日本に戻った気になりました。ただ、狭いのは解決されません。各人の荷物は床の間に積上げ、一畳に三人としました。一畳三人は、同じ方向に寝ることができません。中の一人は逆方向で、途端に「屁《へ》放くと一発煙草一個」と罰金を科す戦友まででる騒ぎです。

畳は天国でしたが、便所は途端に地獄になりました。日本から取り寄せた瀟洒な便器で二ヶ所しかなく、便槽も小さく、三日もしないうちに満杯使用禁止になりました。やむなく通りを三十メートルばかり隔てた中国軍病院の外来共同便所が正門脇にあると発見、清掃を条件に使用許可を取り付けました。ありがたいことにこの便所は日本風に大便には夫々扉があり、小便も便器脇に仕切りが付いていました。早速、便所使役が不寝番のように割当られました。ろくに清掃されていなかったようで、詰まって放置されているのも何ヶ所かあり、はじめは古糞の飛び散るのをものともせず磨き上げました。たちまち、病院中で、ここが一番綺麗な厠と評判になり、ときどき白衣の医者と並んで用を足します。そのうち顔見知りが増えました。帰国準備の片言英会話をやっていたわたしに気付いてか、妙な質問を英語でしてきました。

「なぜ、あなたたちは兵隊になったのか？　中国では『良い鉄は釘に打たず、好い人は兵隊にならぬ』という諺がある。英語をしゃべり、中国の歴史や詩文にも造詣のあるあなたが、将校ならともかく、兵隊になるとは、考えられない。しかも厠掃除など最下層の労働だ。だから、日本軍は強いのかな？」

歯の浮くようなお世辞を、互いに他国語、英語でしゃべるとは、こそばゆい限りでした。李白や杜甫の詩まで筆談したことがありました。

若い医者とは、トイレが思いもかけない交友の場でした。あるとき風邪気味で、咳き込んでいましたら、頼みもしないのにアスピリンを持ってきてくれました。思わず握手しようとし、作業中の汚れに気付き慌てて手を後ろに隠しました。

互いに笑って、「薬で困ったらいってくれ」と医者はいいました。

少年憲兵と糞汚れ握手

「松ヶ枝旅館」よりもやや広い、日本人所有の空き家を近くに発見し、旅館の畳を全部担いで引っ越しました。中国の数家族が住んでも、さらに余裕《ゆとり》がある程でした。広い内庭まであり、湯を沸かせばシャワーまで使えました。

道路面は高い黒板塀で、一見倉庫の感じでした。上海の金持ち日本人が、何人かの妾を囲っていたという噂でした。屋内に家具がない以外、傷んだ個所は何処にもありません。立派な厨房までありますが、厠は見付かりません。女護ヶ島のような妾屋敷ならば、万事馬桶《マートン》（蓋付便器）で処理したのでしょうか。わたしたちは、従来通り病院の共同便所を使いました。

一畳に三人は変わらず、畳感触だけが、日本そのものでした。

雨の日でした。妾屋敷に移ってまもなく、わたしたちの中隊監視に着任した、二十歳そこそこの憲兵《シェンピン》が、土足のままずかずかと畳の上に上がってきました。

慌てたわたしが、

「不行《ブシン》、不行《ブシン》（駄目、駄目）」と制しました。

「什麼《ショマ》（なんだ？）」

小孩《ショウハイ》の憲兵が、キッとなってわたしを睨みました。

「畳の上では沓《くつ》を脱いでほしい、それが日本の風習です」手真似で伝えた積もりでしたが、いきなりわたしの首筋を掴み、顎を思いきり殴りました。

「殺了《スラ》、殺了《スラ》（殺すぞ）！」

怒鳴り散らして、真っ赤になりました。

周囲の戦友が、忽ち囲んで大声で喚《わめ》き返しますと、数では勝てんと思ってか、汚れ沓で畳をさらに蹴り、踏みつけて出てゆきました。

わたしは戦友をこれ以上興奮させたくないので、さっさと病院便所の使役へ出てゆきました。汚れがひどい糞尿の床を、デッキダワシの飛沫を浴びながら、まるで鬱憤晴らしのように擦りました。

小孩憲兵《ショウハイけんぺい》（少年の憲兵）とて、重慶の中国国民政府軍先発兵のはずです。米英の支援で、日本軍を捕虜にしても、同じ中国人の共産軍には、いつ倒されるか判らない連中です。しかも彼は孤独な南京赴任。わたしも気持ちがやや和むと、逆に彼を同情したくもなりました。

今日は朋友《ポンユー》の医者も現われないようで、掃除具を片付けはじめたところへ、庶務係の二宮弘曹長に呼ばれました。案の定、小孩憲兵が二宮曹長と並んで茶を飲んでいました。すぐに庭の隅にわたしを連れ出し、

「奴を怒らすなよな。お前一人じゃなく、全員帰れなくなったら、どうする？　我慢、我慢。謝れ、謝れ、仰々しく。土下座して…」語尾はもごもごと独り言のようにいいました。

土下座？　とんでもない。おもむろに、汚れた手を小孩憲兵の前に差出すと、キョトンとしていましたが、これが日本の和解風習と気付いたのか、慌てて右手を出し握手しました。わたしはさらに左手まで沿え、つぎに強く抱締めてやりました。

あとで二宮曹長は「土下座より恰好いい」といいました。わたしは、便所使役後のシャワーで、糞臭が取れたか確かめながら、いつもより石鹸を丹念に使い両手を洗いました。

塵《ごみ》の中の乳児死体

大隊本部とわたしたちの中隊収容所とは同じ太平路で近く、命令受領の往復に伝令と二人だけで歩いても安全でした。毎日清掃する大道を歩けば、他中隊の命令受領者より、何時も早く着きました。

大隊本部も、旧日本人事務所で、殊更畳部屋が多く、二階の下士官溜まり部屋では、寝転びながら雑談や猥談に花を咲かせました。話に疲れると、大路に面した大窓から、道行く人々を飽きることなく眺めました。ジープやバイクを飛ばすのはアメリカ兵で、戦勝国のはずの中国人は、数こそ多いものの荷物を運ぶ天秤や四つ車が溢れる中を、縫《ぬ》い歩いています。

つい見過ごすところでしたが、ジープのブレーキ音がして、黒い襤褸《ぼろぎ》切れの塊が撥ね飛ばされました。やったな、と窓から身を乗り出したのと、一旦止まったジープが再び猛スピードで走り去るのが同時でした。

黒い塊は少し動いたようにも見えましたが、すぐに人囲いができ、たちまち女数人の悲鳴が湧きました。ジープの引返す姿などありません。中国人には横断歩道の感覚などありません。交通警官もおらず信号機もありません、撥ね飛ばされ損です。

「ジープ野郎がもし日本兵だったら、…タダじゃ済まされん」

数人の下士官が騒ぎを見下ろしていましたが、誰一人冗談もいわず、無言でした。

　南京の表通りはともかく、一歩裏通りになると空地が目立ち、毎日のように何処から誰が運ぶのか、塵の山が出来ました。清掃局でも、担当区域以外の塵をわたしたちに片付けろとはいいません。むしろ、その日の担当区域を、決められた時間一杯で、ゆっくりとやれといいます。日本人は性急《せっかち》で、さっさと片付け、昼寝でもしたいのですが、「畚《もっこ》に塵《ごみ》を少しずつ入れ、時間一杯ゆっくりと、動いていればいいので、能率を挙げればノルマが増えるだけ。損だ」と監督の中国人は零します。


　あるとき、裏道を回って大隊本部へいったことがありました。堆《うずたか》い新塵が路上に溢れていて、老婆がその脇で、立ち小便していました。白昼のこんな風景は、中国では珍しくもないのですが、首都南京とあっては、たとえ裏通りでも、これは異様でした。

　老婆から二㍍も離れていない塵の中に、大きな人形が捨ててあり、両脚が覗いていました。

　その前まできて、よく見ると、人形ではなく赤ちゃんです。「おい」と同行の伝令に伝えると、

「女の子ですね。嬰児だ！　捨てたのだ」

「警察へ連絡しなきゃ」

「時間の無駄です。ゆきましょう」

　立ションの老婆が、その子を杖で突《つつ》きはじめました。

　わたしは伝令江本兵長のいうまま、逃げるように表通りへ急ぎました。

　帰途、嫌がる江本兵長と、もう一度裏通りの塵を見にゆきました。三、四時間経っていたはずです。表通りと違って人影はありません。塵は片付けられた気配もなく、銀バエが焚き殻の炭と間違えるほど黒々と群がっていて、赤ちゃんは脚だけが急に干からびて見えました。

　手拭で口を覆い覗き込んだ江本が、手を合わせていいました。

「日本でもし、こんなことが起きていたら・・・」

「白昼夢って奴さ」

　わたしには日本への思慕が、無性に湧きました。

復員船

　南京郊外の日俘集中営にいた徳島編成鯨部隊の聯隊本部から、帰国後創設予定の「ちから組」要員を募集するといってきました。中隊からも応募してほしい、といわれ、員数合わせのつもりで、最も閑な命令受領下士官のわたしが、何時も同行する伝令の江本勲兵長を連れて、

聯隊本部へ出かけたことがありました。

帰国後、職なく路頭に迷わないために、相互支援の力仕事グループを結成する。力仕事といわれただけで、生来不器用なわたしには不向きでした。江本兵長には郷里が徳島だから、「切札《きりふだ》のつもりで登録しては」、と勧めました。「それなら木下班長も何枚目かの切札にされては？」と、お互いに冷やかし半分、中隊代表のつもりで応募しました。案の定、中隊の下士官たちが嗤いました。

「聯隊のあの将校は、転んでもタダでは起きぬ奴だ。登録名簿をチラつかせて、親分面《おやぶんずら》するつもりだ。近づかんこと」

わたしの部下に、器用な下士官がいて、軍服をジャンパーに改造していたことはすでに述べました。軍隊は愉快な組織で、その職人に、たちまち助手が生まれ、注文取りまでできました。二、三ヶ月前までは花札やトランプ、麻雀牌が需要の中心でしたが、南京に移った途端、帰国後最も活用された天幕改造のリュックサックに人気が移りました。

ある日、突然、出発命令が届きました。明朝八時といいますから、まずは互いの貸し借りの清算です。間に合わないのもいて、折角手にしたジャンパーで弁償し、上等兵が一等兵に平身低頭していますから、やっぱり戦争には負けたのです。

昭和二十一年（一九四六）五月八日、南京駅に待機の上海行き京滬線《けいこせん》の、無蓋貨車に詰込まれました。ありがたいことに、まず全員の装具を敷並べてその上に坐ったので適度のクッションになりました。ただこの列車、一時間も走ると二時間は停車してしまいます。その度に、大隊副官は各中隊の携行物資を集めて回り、列車運転手に渡します。「支那の汽車は石炭では走らん。人間のクズだ」と零しながら、石鹸の箱だったり、饂飩《うどんこ》粉の袋だったり、賂《まいない》を続けなければ動いてくれません。七時間あれば十分の距離が、二十時間もかかりました。

八年間もこんなクズ相手に戦っていたのかと思えば、この大地の土になった戦友が惨めでなりません。

上海での船待ちにも一週間かかりました。ここでの宿舎は、北站に近い旧上海市庁舎で瑠璃瓦に赤い柱の四階建て鉄筋コンクリートです。遠目には堂々たる御殿でしたが、大広間のコンクリート床は壊れ、窓ガラスは殆ど割れた廃屋でした。

ここまで来ても、中隊の人数は連日増減していました。マラリアや猛烈な下痢で病院送りもあれば、無理をしてでも旧知の戦友と帰りたい一心から、よろよろ退院してくる者もいました。

中国からの引揚げ者は民間人を含めて百五十万人ほどと記録されていますが、短期間に連れ戻せる日本船はなく、上海経由の軍人にはLST（アメリカ軍の上陸用舟艇）が使われました。

ここでも、いきなりの乗船命令です。しかも意外や、LSTの乗務員は日本人で、予科練解隊直後の希望者が動員されているではありませんか。南京で生覚《なまおぼ》えした英会話が無駄でした。船艙には、高さ一メートル程のまるで蚕棚のように何段もが仮設されていて、これに捩じ込められました。丸太のように横並びに寝転ぶだけで、座ることはできません。乗務員は「暫くのご辛抱です」というが、異臭が充満していて、いまにも反吐しそうになります。こっそり持ち込んだ中国の飴菓子を舐めても、むかつきは治らず、慌ててデッキへ出ると、ここでも何人かが海へ向かってゲーゲー吐いています。若い乗務員が通りかかり、

「この辺り、東シナ海は、自分たちの先輩、特攻の墓場です。南方へ向かった関東軍の精鋭も、到着までにアメリカ潜水艦に相当やられました。バカな戦争やったものですね」

「バカな？…」

「ですから、この辺りでは、反吐もウンコもしたくないですよ。落ちないように用心してください」

乗船した黄浦江から長江（揚子江）へ出て、ここまで来ると、海の色はすっかり変わっていました。黄濁の泥水ばかりだった戦場にやっと決別できたのです。

一戦も交えずに海の藻屑になった戦友が空しくてなりません。この海の底に眠っているのです。後年知った従兄弟や級友の公式な戦死の場所は海原、「東経××度、北緯××度」とあるにすぎません。

「厠《かわや》でしたら、甲板《かんぱん》の右舷《うげん》にもあります。便槽は海に張り出していますから、滑ったら一ころですよ」

乗務員が触れまわっています。

波が高くなり、生温い居住区に戻りました。居住区では中央に机二つを並べ、乗務員の俄《にわか》楽団がアコーデオンに合わせて、何か歌っています。いま内地で大流行の「リンゴの歌」だそうです。

赤いリンゴに口びるよせて
黙って見ている青い空
リンゴはなんにもいわないけれど
リンゴの気持ちはよくわかる
リンゴ可愛や可愛やリンゴ

なんと優しい歌だことか。赤いリンゴ、口びる、青い空に、奇抜な人格的形容詞「リンゴ可愛や」を添えただけで新鮮な何かを感じます。

寝ても起きても軍歌、軍歌…、夢にも軍歌の戦塵にまみれた野郎が、蚕棚に腹ばって、たちまちリンゴを口ずさみました。二十歳そこそこの乗務員が、余興に持ち込んだ女の浴衣で、顔まで白塗りし、踊ってくれました。アンコールが止みません。なかには泣いている兵までいました。

昭和二十一年（一九四六）五月二十三日午後、やっと博多港に上陸、はじめてアメリカ兵の前を通されました。目的は二つで、所持品検査と全身消毒です。所持品検査は、上海で予行演習や中国軍の実検査を経ていますから、漢字の判らない彼らには全くの形式です。全身消毒は、黒人兵にさんざん楽しまれました。ＤＤＴ（蚤虱《のみしらみ》の殺虫剤）を噴霧器で体中に吹き付けます。まず、頸筋から背中へ吹き付け、軍袴（ズボン）の紐をほどいて、尻にも、前にも、体中を真っ白い粉だらけにし、最期は軍帽をとって頭といわず、顔にまで吹き付けられました。何処で覚えたか黒人兵が「はい、一丁上がり」といいました。侮辱なのか、陽気なのか、これから此奴《こいつ》らの言いなりになるのか。こっちもいい加減戯《おど》けて付き合わなければならない、と思いました。

とはいえ、中国兵のように、万事賄賂の世界とはちょっと違う感じです。

消毒粉で俄白人にされたわたしたちは、そのまま「厚生省博多引揚援護局」なる厳しい名の部屋に流れ込んでゆきました。ここでようやく日本人との対面です。「コレラ、チフス予防接種」、「種痘実施証明書」、「検疫証明書（英文併記）」、「従軍証明書（聯隊長発行）」、「引揚証明書（博多引揚援護局発行）」、「身分証明書（聯隊長発行）」、「（マラリア）罹患証明書（聯隊長発行）」などが、ワラ半紙とか未使用表彰状用紙の裏紙など手許の雑多な紙を活用した証明書が配られました。「引揚（無賃）乗車票」や「応急用主要食糧特配購入券」、「応急用味噌醤油特配購入券」も、「（物資）配給手帳」も、「従軍引揚証明書」がなければ、受取れませんし、自分を証明することもできません。

急げば博多駅からの終列車に間に合うといわれ、引揚援護局の門扉から薄暗い路上を駅へ向かって急ぎました。何と、解隊したはずなのに、隊列が出来上がっているではありませんか。軍靴の音が揃っています。天の神までが「もう、軍隊行進はいいのだよ」、と言っているようでなりません。

道の両側には、大勢の人がいて、重い装具を担いだわたしたちを、じっと見詰めています。駅の改札口で、こんどは戦友たちと本格的に別れました。まだホームに入らない戦友に、道端の男が寄ってきて、しきりに声をかけています。

わたしは、帰国船での情報で、広島の大被害を知っていましたから、別府経由で帰ろうときめ、小倉から日豊線に乗り換えるつもりでいました。

男に囲まれた岡田瀧善兵長が宇和島の九島出身で、わたしと同行するので、改札口脇で待ちました。

「何かあったのか？」

「軍足（靴下）があれば、高く買うっていいます」

「闇屋か？」

「そうらしい。…何でも商売できますね」

小倉駅には直ぐ着きました。わたしたちの聯隊は、徳島、香川の戦友が多く、ここで別れました。南京で命令受領の伝令に使っていた江本勲兵長は、わたしより一歳若いだけでしたが、素直な男で、このとき大粒の涙を溜めて、

「木下班長。ちから組は二人だけですからね。会えますよ、また」

と最後まで手を振ってくれました。その後しばらく、文通し合っていましたが、あるとき、奥さんからの電話で、交通事故で亡くなったと知り、小倉のホームが最後になりました。

日豊線は、明日一番まで不通で、帰国初夜のわたしは、小倉駅ホームで露営しました。水道で顔も洗え、駅のトイレも綺麗で、さすが日本だと満足し、別府への満員日豊線に潜り込みました。

負けるが勝ちの生き残り

戦場では、誰も同じで、何時、何処で死んでも、悔いない日々だった筈ですが、わたしはなぜか、生きることしか念頭になかったようでなりません。

古い軍歌『戦友』では、「不思議にいのち長らえて」、戦友《とも》の墓穴を掘らざるを得なかったわけで、ならばこれから、どう生きればいいのか、と苦しみました。

「戦争は賭け事に似ている。やって見なければ分からん」という将軍がいたらしく、兵は賭金で、使い捨てられていたとなれば堪りません。

「物量不足は精神力で補え」と将官はよく叱咤しまし

た。今となっては、狂気の沙汰で、兵は残酷です。

負ける戦争など、絶対にやってはいけません。戦う以上生きながらえなければ、祖国の操舵を誰がやりますか？　物量第一の現代戦は、いうまでもないことです。

昔から「負けて後に勝つ」という言葉がありますが、いい変えれば、「強いて争わず、相手にまず勝ちを譲って、相手の物量や戦意の喪失を見極めるまで耐えて最期に、こちらが勝つ」という手法しかないということです。

江戸期からのいろはカルタにも、

「負けるは勝つ」（明治後期あたりまで）、

「負けるは勝ち」または「負けるが勝ち」（昭和前期、敗戦まで）、

「負けるが勝ち」（敗戦から現代）（『岩波いろはカルタ辞典』）

微妙に言い回しを変えながら、庶民を躾《しつ》けてきました。

ところで明治以後の薩長勢力が牛耳った「富国強兵策」での戦争は、勝ったと嘯き驕り、やがては完敗です。
①日清戦争は勝った積もりで排日（反日）思想を増強させ、
②日露戦争に至っては、経済破綻直前まで浪費し、一見、局地戦では互角でも、戦争では国民を驕り昂ぶらせて大勝利の仮面で誤魔化し、賠償金寡少と国内暴動まで惹起させました。
③第一次世界大戦ではドイツの権益を「漁夫の利」よろしく掠め取りました。
④昭和の戦争に至っては、軍閥の増長激しく、国民を牛馬のように使い捨て、他国を戦場に騒動を起こす手法を駆使します。
戦闘に「負けるが勝ち」の謙虚さを忘れ、緒戦の勝利につづく素早い幕引きも考えず、以後は大敗の連続でした。アメリカには真珠湾で戦争の大義を与え、イギリスはシンガポールで文字通り最後には勝利する秘訣「（被害最少）まず降参」のポーズを与え、やがてはインパール玉砕という残酷無比の餓死作戦で終幕となりました。

わたしは、昭和初期の「いろはカルタ　負けるが勝ち」の絵札「韓信《かんしん》の股くぐり」は忘れません。『史記　淮陰《わいいん》侯《こう》（韓信）列伝第三十二』に、この逸話が載っています。

岩波文庫の訳本から、該当部分を抽出しますと、「淮陰の屠殺者仲間で、韓信を馬鹿にする者がいた。『お前さんは、大きな図体で、剣をぶら下げるのは好きだが、心の中はびくついているんだろう』。大勢の中で恥をかかせて、『おいお前、死ぬ気なら刺してみな。死ねないのなら、俺の股下をくぐれ』。すると韓信は、彼をしげしげと見据えた末、頭を下げて股下を潜って這出た。盛

り場中の人が皆笑い囃《はや》し、韓信を臆病者だと思った」。

これは「韓信匍匐《ほふく》」または「韓信袴下《こか》より出ず」ともいい、「将来の大目標のために、一時の恥に耐える話」として教えられました。

昭和の戦争は、故事を学ばず、功を急いだに過ぎなかった。わたしもそんな国民の一人に過ぎなかったのです。

わたしは、そんな自問を繰り返し、無惨な焼け跡ばかりの大阪の凸凹舗道を、素直に再び会社へ通いはじめました。


七年前、宇和島商業から住友に面接し採用された六人は、わたし以外は、敗戦前後までに殆ど住友系会社と縁を切っていました。

第二部　平和への夢

第六章　壮　年

飢餓戦争熾烈《しれつ》

戦後暫くは、飢餓《きが》との戦いでした。

宇和島の空襲で焼け出された両親は、山奥へ疎開していました。

本家の伯父が、「家族の食い扶持《ぶち》くらいなら、近所の畑仕事を手伝えば何とかなる」と言い、一、二週間は客扱いしてくれても、狭い土地の余所者《よそもの》です。やがては陰口が多くなっていました。

都会の廃墟は、宇和島も大阪も五十歩百歩です。いざとなれば食い逃げもできますから、大阪の方がわたしには向いていると、両親を説得し、疎開小屋を見るやいなや、元の会社の人事へ電報を打ち、復員姿のままで出社しました。


会社は一見昔のままで、戦争は夢だったのかと、立ちすくみました。古机の末席に、天幕包みの大荷物をドサンと載せ、旧知の上司や先輩を探し、挨拶をしました。

年輩の女性職員が集ってきて「苦労しはったのね」とわたしをしげしげと見ました。課長に出世した以前の筆頭課員が「君、住いはどうする？」と訊ねます。「は？……まだそこまでは考えていません。元いた自勝寮へゆくつもりです」「入れてくれるかな？」「寮は焼けたのですか？」「いや」「よかった。宜しくお願いします」とぴょこんと頭を下げました。

課長は呆れ、寮に電話してくれました。

「君は付いているよ。一人なら受け入れてくれるらしい」

河内八尾《かわうちやお》山本の自勝寮へは、大軌鉄道（関西急行）の上六《うえろく》（上本町六丁目）から乗ればいい。上六へは淀屋橋から地下鉄で心斎橋へ回ってみよう。大阪一の繁華街がどうなっているか。戦場帰りの軍装だから、無賃の「引揚乗車票」が使えるだろうと、やや気が大きくなりました。

心斎橋の欄干に凭《もた》れて、ヘドロの川を見下ろしていると、「お兄さん、ええものあるなら、なんぼでも買《こ》うたるぜ」と声をかけられました。「仰山荷物持ってはる、何でも値ように買うたるぜ」といい寄って来ました。行き過ぎようとすると、「戦争ボケして、世の中渡れまへんぜ」と怒鳴りました。

東へ暫く歩くと、古着の露店がずらっと並んでいます。

「木下班長！　ああ、やっぱり木下班長だ」

と声を掛けられた前田留吉上等兵（復員時「兵長」に昇格）に気付くのに、一寸戸惑いました。中国の、陽新から九江までの深夜行軍では、死ぬ寸前のわたしを援けてくれた年輩の補充兵です。つい数日前、博多で「大阪で働く」と気軽に声をかけられ、別れたのですが、わたしはまだ、重い装具を担ぎ、うろうろしているのに、前田兵長は大阪のど真ん中で、もう店を開いているではありませんか。

「本当にあなたには世話になりました」

彼の顔を見ていると思わず目が潤んできました。

「旦那。そろそろ店たたみましょうか」

すこしヤクザっぽいあんちゃんが、わたしにまで会釈して、前田に尋ねました。この辺り数軒の古着露店は、彼の店のようです。

戦場では凄い男に援けられたのです。遂に涙があふれ、彼の顔が霞んでしまいました。

「しばらく大阪ですね。一度、ゆっくり話したいですな」といい、彼の住所「大阪市大正区南恩加島町四六一」を走り書きしてくれました。

何ヶ月か経って、再度、露店街を尋ねました。もう、前田の古着店は見当たらず、南恩加島宛のハガキも一ヶ月ばかりして返送されてきました。

あれは夢だったのか、大阪には様々な夢が霞んでいて、それを追っかけるだけの、疾風のような毎日がつづきました。

敗戦で混乱していた会社に、有無を言わせず、わたしは席を確保しましたが、暫くは仕事らしい仕事もありませんでした。

鈍々《のろのろ》しているうちに、奇妙な仕事を命じられたのです。日本は、政治も経済もＧＨＱ（連合国軍最高司令官総司令部）の傘下で、あらゆる命令は、最高司令官マッカーサー元帥の顔色一つでしたから、東京から離れた会社は、いちはやい対応ができず、悩んでいました。

なのに、大阪・東京間の特急電話が、半日もかかります。書状は、いちいち開封チェックされるため、一週間も要しました。

この対策に、大阪の住友各社は、「大阪・東京間の私設郵便」をはじめました。その郵便夫には、「雇員」ではなく、わたしたちのような「職員」の若い庶務課員が充てられました。夜行列車で発てば、翌日の午前中に東京の各社に配られます。大阪各社宛の書簡を、その日の夕方までに大型背負い袋に詰込み、再び夜行列車で帰阪するのです。単なる配達人夫ですが、扱われる書簡には会社の存否を左右されかねないGHQ命令もありました。むしろ護衛が必要なのでしょうが、常に単独で、食料買出し青年の恰好でした。

週に二度のこの仕事を熟《こな》すうちに、わたしは、廃墟の東京も結構判るようになりました。神田の本屋街では新刊を行列購入する要領を覚え、神田三崎町では夕方から店開きする露店で、食料切符不要の得体の知れない闇雑多雑炊が、十分腹の足しになると発見しました。

郵便搬送日の弁当は、自勝寮でアルミの弁当箱に二食分入れてくれます。行きに一食、帰りに残りを食べます。その日は、大阪駅で行列待ちの間に、はじめの一食分を食べようと、何気なく思っていました。

戦争で高層階が未完のままの大阪駅では、長距離列車の乗客が西口改札前で、長い行列を作り発車時刻を待っていました。

薄暗い広場は、糞尿か反吐か、異臭が充満していましたが、慣れは怖いもので誰もが耐えていました。気位の高そうな婦人までが、立派な重箱から握り飯を摘まんでいます。

「浮浪者がいます。お手持ちの品にはご用心ください」

聞き取り難いハンドマイクのボリュームを挙げた係員が、触れ歩いていました。

そうだ、今のうちに夜の分を喰ってしまおう、と弁当箱を出しました。

「すごい！　銀飯ですね」

背中越しに声を掛けられ、振り向くと、

「なんだ、木下君じゃないか。よく生きていたね」

なかなか思い出せず、きょとんとしました。

「無理ないさ。とんでもないところで会えるのだから。そら、ハルビンの露語教育隊のYだよ、Y・Iだ」

そこまでいわれてようやく思い出しました。わたしと同様、中支派遣軍から選抜され、武漢の軍司令部に集合以来の露語教育隊員で、最後の高等科A《アー》クラスまで残った中支八人の一人です。

後日、戦場から持帰った戦友ノートを開くと、「上等兵Y・I、所属・藤六八六五部隊松田隊　原籍・島根県――（奥出雲）」とありました。そのくせ、あまり話した印象はありません。高学歴者のはずですが、幹部候補生受験資格が取れなかったのか、取らなかったのか、いわゆる兵隊嫌いだった男です。

突然、東京行き列車の発車案内がありました。ゴミ屑のような乗客の列が息を吹き返して動き始めました。

「じゃ、また何時か会いましょう」

重い荷物を担ぎ、行列に割り込みました。やっと改札を抜けて振り返ると、遠くに彼の姿がみえました。今更、遇ったも会わなくても、どうでもいい戦友でした。むしろカネに困って会社に来られては困る。いや、彼は出雲の旧家らしく、失礼なことを考えて済まなかった、と気にしながら、ホームの階段を登りかけ、とんでもないことに気付きました。

アルミの弁当箱を彼に渡したまま改札を抜けました。確かに彼が手に取って、褒めてくれた気がします。引返えせば列車に乗れなくなります。飯は東京で何とかしても、弁当箱は、大阪の仕事はじめに、布施の闇市で米と交換した大事な品です。

以後、彼に遭うことはありませんでした。晩年、古代史に凝って奥出雲を旅したことがありましたが、その時はもう、彼のことも弁当箱も意中にありませんでした。

「飢える青春」という言葉が流行った時代で、北杜夫が「青春とは明るく、はなやかで、生気に満ちたものか、それともうらぶれて、陰湿な、抑圧されたものか」と問いかけていました。わたしは、そのいずれでもない「飢えた日々」でした。

飢えていたのは、若者だけでは勿論ありません。東京周辺の住民にとって八高線沿線は、食糧の穴場でした。昭和二十二年（一九四七）二月二十五日、戦災を免れた家族の衣類を抱えて農家を尋ね米や藷と交換する、買出し男女の満員列車が、高麗川《こまがわ》駅付近で脱線転覆し、死者百七十四人という大惨事となったことがありました。

同年十月十一日には、一切のヤミ食物を拒否し、公的配給だけで生きようとした東京地裁山口良忠判事が、栄養失調で餓死しました。

八高線列車転覆による闇食糧買出しに蝟集《いしゅう》した大惨事といい、配給だけでは生きられないと証明した判事の抵抗死といい、いずれも戦争の残痕といえましょう。

敗戦日本をこれからどう献立し、どう捌くか、戦勝国に賞味可能な料理の調理人は、ＧＨＱのマッカーサー元帥です。自国風味の民主主義にするのは勝手ですが、その一事務所に過ぎない日本政府の首相吉田茂は、アメリカの小麦粉を狙って開き直り、「日本は餓死寸前」とマッカーサー元帥を脅しました。

昭和二十年（一九四五）八月の敗戦から、昭和二十六年（一九五一）九月八日対日平和条約と日米安全保障条約を結ぶ僅か六年間で、アメリカ産小麦による水団《すいとん》のように捏《こ》ね廻された皇国日本は、腑抜け集団に変身してしまうのです。

明治初年以来、強い軍隊で世界を制覇し金持ち国家を創ると「富国強兵」なる国家方針で整えた教科書を、児童に墨で塗り潰させました。面白がって本を汚す児童に、先生はどんな説明をしたでしょう。

「戦争はやりません」は、結構ですが、丸裸で「アメリカさん護ってくださいよ」と、開き直ってしまいました。

東京のど真ん中、日比谷や銀座四丁目の交差点では、ＭＰ（アメリカ陸軍憲兵）が派手な手振りで交通整理をやりました。アメリカ風に車は右側通行（平和条約締結後は現在の左側通行に復帰）。銀座の象徴、時計塔の服部ビルは、進駐軍のＰＸ、軍人専用の店。旧日本軍ならば「酒保《しゅほ》」です。日用品や飲食物など民衆には垂涎の品が溢れ、日本人はオフリミット。パンパン（日本人私娼）やオンリー（パンパンよりやや高級な契約の仮妻）を連れたＧＩ（アメリカの下士官、兵）が大きな紙袋を抱えて、出てきますと、たちまち浮浪の戦争孤児が、「ギブミーチョコレート」と群がり、それを追っ払うのもＭＰでした。

マッカーサーは、そんな風景を見て「日本は世界の四等国、日本人の文化度は十二歳」と軽蔑しました。

無念の一言ですが、敗戦直後、内務省が各府県に、「占領軍の性的慰安施設に関する通牒」まで公布しました。狙いは一般婦女子の純潔を護る「肉体の防波堤」を築かせる警告でした。早やくも八月二十六日には、「特殊慰安施設協会（ＲＡＡ）」が設立され、一人一日、十人から五十人を相手に性交させせました。

「戦争は性によって騒ぎ、平和もまた性で保たれる」のが、万国共通の策謀だったのです。いまでもこれをネタに騒ぐ国があるようで、目糞鼻糞を笑う類です。

戦争の弾丸が、平和を襲う飢えに変身し、平和の尖兵もまた、占領軍への性供養であったことを忘れてはなりません。

満員列車の下痢便騒動

偶《たま》に、書類運搬業務で、金曜日が東京着になると、帰途の大阪着は、月曜日始業時に間に合えばいいので、わたしは大儲けした気になって、よく水戸へ出掛けました。

水戸に近い大洗には、宇和島商業学校時代の国漢担当だった荷見重泰先生ご夫妻が住んでおられました。

先生は、宇和島空襲で、蔵書を灰にされ、身一つで帰郷されたのです。この町で医院をしておられる実弟の勧めで、ここから水戸の学校へ通勤しておられました。

「浜へゆけば、生魚の一二匹は、仲良くなった漁師から貰える、食うには困らん。栄養補給に寄りなさい」と勧められていました。

わたしは、会社から特配の、人工甘味料やラジオ（国民型二号）、晒や糸、針などを土産に、時々訪ねていました。人工甘味料とは、サッカリンやズルチンで、現在は人体に有害として使用禁止です。

その時も、遅くまで話し込み、小屋並みの一間しかない借家で、先生ご夫婦と雑魚寝し、早目に東京に戻りました。夜の大阪行列車までは時間があり、薄暗い駅構内で待つより、ちょっと贅沢し、喫茶店にしようと、丸ビル西角の「パーラー明治屋」へ入りました。

高級で、普段はとても入れませんが、珍しく空いていて、ふらっと入ってしまいました。窓際に案内されると、映画のシーンのようで敗戦国とは思えません。

洒落た横文字のメニューで、何を頼めばいいか迷い、黙って立っている女の子に、

「林檎ある？」

南国育ちのわたしには、高価な果物といえば林檎、林檎といえば病気の時に無理言って、母親が擂り下ろしてくれた汁の味が忘れられません。復員船で最初に聴かされた「リンゴの唄」のリンゴが食べたくなりました。

「焼き林檎はいかがですか？」

林檎を焼く？　赤い林檎が炭になり、果汁が出てしまう、そう思いながら、これも経験だと、注文しました。

出された林檎は、娘から老婆に変身していて、はじめは腐った林檎を誤魔化したのかと慌てました。蒸し焼きで、林檎の酸味にバターと砂糖を加え、林檎とは違う香料まで入れたようで、わたしには生まれて初めての味でした。

東京駅構内には、もう長い列ができ、珍しく定刻に発車しました。車内は、人熱《ひといきれ》と煙草の煙で霞んで臭く、二人掛けの椅子には三人、通路はもちろん椅子と椅子の間

にも立ちっぱなしの女、網棚も荷物の上に強引に寝転ぶ男がいます。息苦しさにむかつき、吐き気に堪えるのが精一杯でした。着込んでいたオーバーやセーターを脱いでも、汗が体中に滲みます。幼児が泣き出し、予科練還りらしい二、三人が若い母親を罵倒します。幼児はますます泣き叫び、子を叩く親も狂女のようです。

「出てゆけ！　バカ野郎！」興奮する予科練還りが怒鳴っても、周囲はそっぽを向いています。

列車は各駅に止まっているようで、ときどき進駐軍専用の乗客数人の明るい車両が、追い越します。

大船を過ぎた頃、なぜか急に腹が痛くなりました。トイレへは、通路一杯に蹲っている人々を乗り越えなければなりません。誤って踏み付ければ、喧嘩になりかねません。皆寝た振りをしています。わたしは通路を掻き分ける間も便意が激しく、怒鳴られようが、殴られようが、もう片手で軍袴《ぐんこ》（ズボン）の紐を融《と》き、袴下《こした》まで緩めて泳ぐように前進しました。この頃はまだ、新しく服を買う金がなく、戦場のままの軍服を着ていました。

やっと便所の扉に辿り尽きましたが、誰かいるようです。

「いる。いる」と複数人がいいます。「開けてやれ。糞する奴が優先だ」外から客が扉を思いきり蹴ってくれました。中には便槽の両脇にも何人かいて、便器の穴の両脇にもいます。穴を見た途端に、堪え切れなくなり、連中を突き飛ばすや否や、穴にしゃがむと、下痢便が猛烈な音を立てて噴出しました。なにやら文句をいう男の足もとで、わたしはまるで天国へでもゆくような気持ちになりました。「臭いゾ！」周囲の男がほとんど同時に怒鳴り、なかには唾を吐くのもいました。どういわれようと、わたしの天下です。また激痛が襲ってきました。つづいて大きな噴射です。男たちは飛沫が掛からないかと、思わず脚をにじらせました。

「いいかげんにせい！」

わたしを小突き、睨みつけました。わたしは、次の発射まで、痛みに耐えるしかありません。繰り返すうちに、周囲の監視人（？）も同情したのか、黙って落とし紙をくれました。

「もういいだろう。とんでもないことやりやがった」

金輪際ここを動くものか、と思いながら、ふと会社の荷物やオーバーを席にそのままにしていたのに気付きました。幸い列車は停車しなかったようです。便所を出て車内の扉を引くと、濁流を漕ぐようにして席に戻りかけました。熱気と体臭に噎せて、また嘔《むかつ》き、便意に襲われました。

便所に引返しましたが、中の連中は返事もしなければ、扉を開けてもくれません。もう我慢の限界です。デッキに立っている人を押しのけ掻き分けて、扉を引きますと、身を切るような外気が吹き込んできました。

「寒いぞ！」「危ない！　速く閉めろ！　バカ野郎」デッキの連中が一斉に怒鳴りました。

もうそんなことに構っておれません。ズボンを下し、尻を外へ向け、扉脇の鉄棒を掴んだまま、しゃがみました。猛烈な風に煽られながら、汚物が車外に遠く飛び散るよう願いました。スピードを落とさない闇夜の列車で、そのまま二、三度腹を絞りました。

「危ないことしやがる。落ちたらどうする？」

デッキに押し合うように立っている男は、罵倒しますが、わたしに手を貸そうとはしません。急に徐行し、「静岡…」のアナウンスがしました。幸いわたしのぶら下がっていた反対側がホームでした。客が動き始めると、隠れるように尻の始末をして、客の動きが収まるのを待ちました。下で声がします。急いで扉を閉めようとすると、

「とんでもないことしやがる。ここで糞垂れた奴がいますよ」

「事故報告はきてなかったな？」

従業員は、金槌の化物のような器具で車輪を叩きながら過ぎてゆきました。

発車すると、すぐ荷物の席まで戻りました。盗られていないと判ると、我慢できなければ、浜松で降りようと決めました。網棚に寝ていた客も居なくなっていて、これなら名古屋まで辛抱できそうだ、名古屋なら関西線も私鉄もあり慌てることはありません。夜も白んできたようです。荷物を引き寄せ名古屋を待ちました。

名古屋ではどっと客が立ち、通路に蹲《うずくま》る人がいなくなりました。これならば京都まで大丈夫と、もう動きませんでした。現金なもので、空席が目立つようになると、乗客同士の会話まで華やいできました。空襲しなかった京都を、アメリカはどう使おうというのだろう、芸者の多いせいだという年輩がいます。

「よかったら召し上がりませんか」

前の席の婦人から小さな握り飯をすすめられました。

「ああ、あなた、大阪でしたよね」

九時五十分、予定通り着きました。

事務所に着くや、軍靴を脱いで、軍払下げの営内靴《えいないか》に履き替え、糞を踏んでいなかったと確かめ、ホッとしました。

『陰翳禮讃』

たとえ排泄でも、すこしは上品な話もしたいものです。

敗戦直後の若者は、本に餓えていました。「落し紙出版」と卑下するほど粗悪紙の本でも、奪い合うようにして買ったものです。

昭和二十一年（一九四六）の秋、大阪北浜三丁目の公会堂前に中央書房という本とお茶を売る店がありました。奇妙な商品を取り合わせて売っていましたが、当時は何でも並べて置けば売れました。

わたしがこの店で、創元選書の谷崎潤一郎著『陰翳禮讃《いんえいらいさん》』を、行列までして買った感激は、いまでも忘れられません。

谷崎潤一郎（一八八六〜一九六五）の傑作随筆集で、昭和十四年（一九三九）に刊行され、出征前に住友独身寮「自勝寮」の図書室で読んでいました。

敗戦後の出版は第十一版で、原版の紙型が活かされ、再製のざら紙が使われていました。

紙以外はすべて初版のままで、表紙の横書き文字「創元選書　陰翳禮讃　谷崎潤一郎　創元社発行」は、旧来の右書きで、創元選書の連番と窺われるアラビア数字「36」だけが左書きになっています。

定価は表紙裏に「￥15･00」とありました。十五円とは、当時のハガキ十五銭の百倍ですのに、用紙は粗雑で漉き斑の穴で活字が抜けているほどの代物でした。

昭和十四年（一九三九）五月に初版が出て、時局を白眼視したような大文豪が、あられもなく「排泄」を文学に昇華したと世間では大評判でした。そして戦後の混沌期、戦争思想を唾棄するように強引に復刊されたのですから、文豪名に酔い、若者は味噌も糞も長い列をつくって買いました。

なかには、題名『陰翳禮讃』に度胆《どぎも》を抜かれ、エロ文学と間違えた連中もいたでしょう。「陰翳」は「うすぐらいかげ」、転じて「平板でなく深みのあること」「ニュアンス（色・香・音・調子・意味・感情などの微細な差異）」で、その陰翳を禮讃、褒め称えるというのですから、エロどころか谷崎潤一郎の哲学そのものでした。

谷崎の日常生活から紡ぎだす思想で、食（食器）があれば、排泄（厠）へ連動するのは当然な流れです。

目次は「恋愛及び色情」「陰翳禮讃」「現代口語文の欠点について」「懶惰《らんだ》の説」「半袖ものがたり」「厠いろいろ」「旅のいろいろ」の七章からなり、二章「陰翳禮讃」の導入は、京都や奈良の寺院のほの明るい、掃除のゆきとどいた厠の描写からはじまります。六章「厠いろいろ」

は、排泄がテーマで、さまざまな厠の臭気予防（他の匂いを加えた誤魔化しでしょう）を述べています。

このように体験した排泄の諸々を加え、「日本人の『陰翳讃美』の目立つ情感」が綴られた傑作です。


二章の「陰翳禮讃」から、すこし書き写しておきます。

「京都や奈良の寺院へ行つて、昔風の、うすぐらい、さうして而も掃除の行き届いた厠へ案内される毎に、つくづく日本建築の有難みを感じる。（略）うすぐらい光線の中にうづくまつて、ほんのり明るい障子の反射を受けながら瞑想に耽り、又は窓外の庭のけしきを眺める気持ちは、何とも云へない。（略）閑寂な壁と、清楚な木目に囲まれて、眼に青空や青葉の色を見ることの出来る日本の厠ほど、格好な場所はあるまい。（略）或る程度の薄暗さと、徹底的に清潔であることと、蚊の呻《うな》りさへ耳につくやうな静かさとが、必須の条件なのである」

こういう描写が縷々《るる》とつづきます。

六章の「厠いろいろ」では、

「便所の匂ひには神経を鎮静させる効用があるのではないか」とか、厠の床下は、「『恐いものを見たさ』ではなくて『汚いもの見たさ』とでも云ふか、見える所にある以上はどうかした拍子に見ることがある。（略）一番簡単な方法は床下を真暗《まつくら》にすることだと思ふ。（略）尚その上に、床と溜との距離を遠くして上部からの光線が届かないやうにすることである」

などと細かな観察がなされていて、さすがは耽美《たんび》派文豪の名随想だと、繰り返して読んだものです。

余談。「便所の匂い（わざわざ嫌な「臭い」とはせず、よい「匂い」と書いている）には神経を鎮静させる効用がある」とある厠を、「五穀輪廻の場の香り」とまでいう話に出会いました。邱永漢の『西遊記』（中公文庫）で、孫悟空が空腹の猪八戒《ちょはっかい》を冷やかす言葉ですが、あの臭い、いや匂いこそ五穀変化のシグナルで、猪《ぶた》には大好物への誘いです。そして、その猪は人間の好物ですから、この世はすべて輪廻です。


『陰翳禮讃』の六章「厠いろいろ」は、抜書き転載され『滑稽糞尿譚』（文春文庫）にもあります。この文庫は編者の安岡章太郎（一九二〇～二〇一三）をはじめ二十数人の著名人が、名を連ねています。風来山人こと平賀源内（一七二八～一七七九）の『放屁論』訳まで載っています。

安岡が表題に選んだ『糞尿譚』は、作家火野葦平（一九〇七～一九六〇）の芥川賞受賞作品で、受賞の直後支那事変に出征し、題名と共に一躍有名になりました。

明治人も愉快です。我が郷土の俳人正岡子規（一八六七〜一九〇二）は、中村不折（一八六六〜一九四三）の、厠の穴から若竹が生えている俳画に、

竹の子や雨の一夜を二三尺

と讃句した墨跡が、発見されたとか（平成十八年（二〇〇六）七月二十六日付け読売新聞）。大笑する病床子規の句会情景が眼に浮かびます。

東京生活はじまる

財閥が解体されるより早く、敗戦の僅か半年後の昭和二十一年（一九四六）一月二十一日、わたしの勤務する「住友鉱業株式会社」は、自ら「井華《せいか》鉱業株式会社」と改めました。

「財閥商号禁止命令」が出されるのは、三年後ですから、住友は早々とＧＨＱの財閥解体政策に怯えたのか、改名だけは他社に先んじだと思われます。また、本社を東京へ移したのも、ＧＨＱの政策に乗り遅れない魂胆のせいでしょう。

ところが肝心の東京本社に決めていた丸ノ内の住友ビルが、昭和二十二年（一九四七）五月十六日、進駐軍宿舎に接収され、一週間以内の退去を命じられました。素早く手当てした移転先は、丸ノ内堀端の「岸本ビル」で、ＧＨＱにより近い位置ではありましたが、机を並べて執務などできない狭さでした。

そこで、いま一つに財閥解体策とされる「過度経済力集中排除法」の指名企業にされぬ前に、金属と石炭の両部門の事務所分離も止むを得ないと、別子銅山関係部門が岸本ビルに残り、石炭部門が、急遽、他所《よそ》へ事務所を探すと決まりました。

わたしは石炭の庶務課に配属されました。廃墟に近い東京の中心街に、すぐに使えるビルなどありません。たまたま、日本橋川下流の江戸橋に近い小網町二丁目に、三百坪ばかりの木造モルタル塗り二階家があり、管理人老夫婦を残して戦災をうけた数家族は立ち退かせ、昭和二十二年（一九四七）十二月七日にようやく移りました。

川向かいが三菱倉庫で、周辺は兜町の株屋街、こちら側は小舟町や人形町でお茶屋、寄席、水天宮、明治座など江戸情緒たっぷりの一郭でした。九州や北海道の炭坑で勤務した連中には、端《はな》から刺激の強い街です。通勤下車駅の神田から、遠いと零した職員も、夜毎の宴会に馴染みができるや、たちまち満足した様子でした。

ただ事務所を設営したわたしは、石炭部門の責任者福永年久代表専務取締役には申し訳ない事態を引き起こしてしまいました。二階奥の広い部屋を、専務室に当てたのですが、すぐ窓下の広場が、街の汚穢《おわい》桶の集荷場とは気付きませんでした。千葉方面の農家への舟運の基地だったのです。川岸で、見晴らし満点のはずが、満ち干の汚泥臭も激しく、慌てた秘書が、線香を炊くと、ミックスされた異臭が充満しました。

部屋暖房も充分でない時代で、専務に股火鉢を準備しました。忽ち、練炭火鉢の数が部長、課長と増え、住み込み管理人老夫婦は、朝の仕事で顔を煤だらけにしました。

そんな状態でも、「産業復興は石炭の増産から」と打ち上げた政府の「傾斜生産戦略」のお蔭で、増産資金が湯水のように流れ込む会社でした。部課長や労組幹部は、忽ちに色町社用族になっていったのです。

本社移転の雑務をやらされていたわたしも、昭和二十二年（一九四七）七月、書類配送係を免じられ、東京に移っています。

続々と東京に転勤する社員の入居社宅が必要です。目黒・渋谷・世田谷・杉並の比較的間取りにゆとりのある昭和初期の、焼け残り独立家屋を、手当たり次第に社宅に買い漁りました。

東京転入も一般的には、食糧の配給が間に合わぬとして厳しく規制されていましたが、これも復興産業の尖兵という特権で、意外と簡単に許可されました。

わたしは東京受入側の実働員で、転勤家族の家財が汐留駅に着くと、トラックの上乗りをし、休日返上で、日に二、三軒をこなすことはざらでした。大阪よりも格段に広い社宅ですから、誰にも喜ばれました。

独身寮も何軒か買い、わたしはその一つ「阿佐ヶ谷寮」の一部屋、四畳半に住みました。大体六畳か八畳で一部屋二人でした。学校から譲り受けた百人近い大寮もあり、「東長崎寮」といいました。

各寮の管理人は、調理兼務の家族です。殆どが料理人あがりで、大会社に勤められたと自慢し、わたしの無理な要求にも応じてくれました。中には、あまり目立たぬ彫物のある人もいました。以前ならば住友の沽券《こけん》にかかわると反対されたでしょう。

わたしの居た阿佐ヶ谷寮の管理人長谷川幸之助は、小柄で、奥さんとまだ小学校の娘と息子の四人家族でした。時々、戦時中に使っていた調理の弟子が手伝いに来ていました。土用の丑の日には、四斗樽一杯の鰻を仕入れ、弟子と蒲焼に仕上げ、役員宅に届けたりしました。寮生が余慶にあずかったのはいうまでもありません。

戦時中は八王子で「航空寮」なる料亭をやっていて、末期には若い軍人が連日登楼し、「特攻撃沈！」と叫び、襖に飛び込む乱痴気騒ぎの果て、野郎同志が抱き合って、「明日はお前に続くぞ！」と号泣《ごうきゅう》したそうです。軍刀を振り回し、襖も壁も畳も、無惨至極。女たちは奇声をあげて逃げ惑いました。引率上官に訴えると、「彼らには明日がない、好きなようにやらせておけ。損料は軍が持つ」と暴れるままにさせたそうです。

「あれじゃ戦争には負けますよ。わたしは、襖特攻の数だけ、儲けさせてもらいましたがね」

夜毎、管理人の部屋で、こんな調子の戦争裏話を聞きながら、寮生は、入れ替わり立ち替わり、朝食の「水団《すいとん》」作りを手伝いました。

水団は、小麦粉を水で捏ね、団子状にして汁で煮た代用食です。「団《とん》」は唐音、「団《だん》」は呉音です。敗戦後のこの頃は、アメリカからの小麦粉が貴重な主食でしたから、それを活かした料理で、結構流行《はや》りました。ただ団子《だんご》に仕上げるまでに時間がかかりました。粉に少しずつ水を加えて捏ねると、徐々に粘りがでて、さらに水を加え、机に粉を振り、その上で練り、布に包み茣蓙《ござ》に捲き、こんどは寮生が代わり番こに脚で踏みつけました。その回数が多い程小麦粉の腰が強くなり、美味い水団になるのです。

阿佐ヶ谷寮の水団は名物になって、他寮の連中もやってきて、友人の部屋に雑魚寝し、水団出勤するほどでした。わたしの部屋にも、宇和島商業の後輩がよく泊まっていました。そんな時には「客膳」伝票を出しておけば、寮費で精算してくれました。

走り過ぎたゼネストの弾圧

やや煩瑣《はんさ》ですが、現代のわたしたちが、とっくに忘れかけている被占領の混乱期、GHQが日本政府を小間使いして捏ね回した政情を略記します。

昭和二十二年（一九四七）になると、GHQが描く民主主義を飛躍させた労働運動が芽吹き、政府を脅かすミニ革命「二・一ゼネスト」へと発展してゆきました。

首相吉田茂が、年頭のラジオ放送で、労働運動の指導者を「不逞の輩《ふていやから》」と罵倒しました。難しい漢語ですが、「柔順でない世の秩序を乱す身勝手な奴」という意味です。対象にされた世界労連所属の「全日本産業別労働組合会議（略称　産別会議）」議長聴濤克己《きくなみかつみ》は、「吉田首相こそ、日本民族を破壊に導く全国民の敵だ」と反論、ゼネスト決行へと突っ走りました。

一月十八日、全官公庁労組共闘委員会が、「二月一日のゼネストを決定」します。ところが決行前日になり、マッカーサー命令でストが中止されました。民主国家などと、いい気になっても、敗戦国のストは画餅《がべい》です。吉田首相の罵倒は、ＧＨＱに煽られた反民主主義グループ淘汰の前芝居だったのです。

そんな民衆活動は捩じ伏せる、という民主主義の筋書きが急がれていました。

ＧＨＱの急ぐ民主教育

四月一日には、「新学校教育法」が実施され、義務教育「六・三制」、旧制中学三年程度までが公費教育になりました。

教育現場は大混乱です。郷里宇和島市には城北・城南の二つの中学校が誕生したため、廃屋の予科練兵舎跡に二校を並べて詰め込む惨めなスタートになりました。

半年後、衆参両院では、軍人勅諭・教育勅語などの失効確認を決議しました。青少年に叩き込んできた思想体系をあっけらかんと白紙に戻し、「赤は困るが、民主主義なるピンク神輿《みこし》を担ぐと決まった」といわざるを得なかった先生の顔がみえるようです。

五月三日、ＧＨＱ押付けの新憲法（現憲法）が、早々に発布されました。①基本的人権の保障、②主権在民、③戦争放棄の三原則が活かされました。

漁夫の利を得た朝鮮戦争

唯一無二と自慢する新憲法第九条の戦争放棄は、三年後には、早くもマッカーサー自ら年頭挨拶で、「日本の自衛権を強調」せざるを得ない状態になってしまいました。

更に半年後、昭和二十五年（一九五〇）六月二十五日には、共産国家ソ聯と中国(中華人民共和国)が北朝鮮(朝鮮民主主義人民共和国)を、アメリカ主体の国連軍が韓国（大韓民国）を支援する「朝鮮戦争」へと発展してしまいました。アメリカは、持ち駒日本を戦線へ投入しようにも憲法九条が禍《わざわい》して出来ません。やむなく後方基地として日本列島を十分に活用したことはいうまでもありません。アメリカ兵の戦時休暇場所も、戦死者を化粧納棺し本国へ帰還させるのも、日本でなされました。

立地のせいもありましょうが朝鮮は、古代から、その時その時の為政者が役立つと狙った強国と組みし、さまざまな国家を作ってきた民族です。朝鮮戦争もこの流の一時期で、いまだに北緯三十八度線で「北朝鮮」と「韓国」に分割され、いまだに稀有な休戦状態を維持しています。

とにかく日本は、アメリカの後方基地にされ、戦争特需で一挙に敗戦の傷を癒やすという漁夫の利を得ました。

日本共産党弾圧

ＧＨＱは、進駐直後後から日本に対し、「無血完全占領」「軍部支配からの完全解放」「徹底的民主化」を要求しましたが、手の平を返したような「民主化」に日本は躊躇し、遅れるばかりでした。業を煮やしたＧＨＱは、昭和二十年（一九四五）十月六日、東久邇宮内閣を幣原喜重郎《しではらきじゅうろう》内閣に改組させせました。

幣原は、組閣するや直ちに、ＧＨＱの政治犯釈放令に従い、「天皇制を否定し国体をゆるがす危険分子の予防拘禁」を解き、対象者徳田球一《とくだきゅういち》（一八九四～一九五三）、志賀義雄《しがよしお》（一九〇一～一九八九）ら共産党の十六名を釈放、十月十日には出獄させせてしまいました。

徳田らは、機関紙「赤旗」を復刊し、合法政党「日本共産党」を再建したばかりか、占領軍を、民主路線を進める「解放軍」と称して、その実行集団と自負、暴威を振いはじめました。

さらに、昭和二十一年（一九四六）一月十六日、亡命先の中国延安から、十六年振りに帰国した野坂参三《のさかさんぞう》（一八九二～一九九三）を迎え、日比谷公園に文化人や労働者三万人を集めて、「野坂参三歓迎国民大会」を開催しました。まるで戦勝将軍の凱旋です。

野坂は、「制度としての天皇制は廃止するが、天皇個人の処遇は、国民投票に委ねる」という柔軟な考えを表明、「愛される共産党」方針を打ち出しました。これに共鳴して入党者が急増し、次々出来る会社の労働組合は、彼らの根城になりました。

しかし、日本共産党は、獄にいた徳田ら非転向組が軸で、「天皇制撤廃」「地主制度、独占資本主義の粉砕」という昭和七年（一九三二）にコミンテルンが決めた「三十二年テーゼ（綱領）」をそのまま継承し、その他の社会民主主義者はすべて敵視する強固な闘争姿勢を崩さず、野坂の柔軟策は傍流の感がありました。

そんな風潮の中で日本共産党は、昭和二十四年（一九四九）一月二十三日の総選挙に、一挙、四名の議員が三十五名に大飛躍します。政府ばかりか、ＧＨＱまでが慌てました。

昭和二十五年（一九五〇）六月二十五日戦端を開く朝鮮戦争に苦慮するマッカーサーは、その直前の六日、日本共産党を「民主体制にそぐわぬ政党」と烙印《らくいん》し、中央委員二十四名をすべて公職から追放しました。

赤狩りと旧軍人の活用

共産党の反撃を押さえんと昭和二十五年（一九五〇）七月二十四日には、レッドパージ（赤狩り）と称して、共産党員とその同調者を公職や企業から追放するようGHQは命じました。その数は数千人といわれます。わたしの勤める石炭会社でも例外ではなく七十九名が通告されました。

GHQは、赤狩りと併行して、軍事力のない日本が、平和憲法などと称して独りよがりする無防備が許せなくなりました。

そこで、昭和二十六年（一九五一）三月一日には、今日の自衛隊の前身となる警察予備隊要員に、旧軍人を募集させます。旧軍隊の復活です。

併せて、同年八月十六日には、旧陸・海軍の正規将校一万一千百八十五人の追放を解除してしまいました。


敗戦で一時眠らせた日本の兵力は、アメリカにとって掌中の珠でした。警察予備隊幹部として役立つと狙ったのです。

マッカーサーは軍人です。日本防衛に一息付くと、共産勢力を一気に駆逐すべく、アメリカ政府の意にまで反し、中国国内への侵略戦を要求しますが、遂に昭和二十六年（一九五一）四月十一日、罷免されてしまいました。

対日講和と日米安全保障条約のお膳立ては進んでいて、マッカーサー元帥離日の五ヶ月後、昭和二十六年（一九五一）九月八日、調印がなされ、翌昭和二十七年（一九五二）四月二十八日に発効となりました。

被占領期の奇ッ怪事件

その一　帝銀事件

昭和二十三年（一九四八）一月二十六日白昼、東京場末の椎名町にある帝国銀行支店で、青酸化合物を飲まされ、行員十二名死亡、四名重体という奇ッ怪な事件が発生しました。

犯人とされた画家相沢貞通は、徹底して犯行を否認しますが、死刑判決となり、未執行のまま三十九年後に病気で獄死しました。奇ッ怪だというのは、犯行目的が全く判らなかったのです。

しかも、事件の数日前、「井華鉱業」の、わたしが管理担当する、労働組合幹部に使用させていた「下落合寮」に、相沢に酷似の風体の人物が現われ、帝銀同様に保健所から来たと称し、伝染病予防薬だと言って、青酸化合物（？）を飲ませようとしました。

管理人大谷義次夫人ツネが、主人不在を理由に断ったため、成功せず、立ち去りました。だから、ツネも椎名町事件をラジオで知って、はじめて件《くだん》の訪問者を思い出し、主人に告げたくらいでした。

後年、人気作家松本清張（一九〇九〜一九九二）が、近代を暴く裏面史『日本の黒い霧』シリーズに帝銀事件の一節として下落合寮を記録しています。

犯人が真実相沢貞通だったのか？　当時はまだ、戦場の悲惨な事件で食傷気味の連中が多く、これもその一つ程度に忘れかけましたが、なぜわたしの担当した寮にまで未遂事件を残したのか、不思議でなりません。

その二　玉川上水自殺事件

昭和二十三年（一九四八）六月十三日、太宰治（一九〇九〜一九四八、本名・津島修治）が、山崎富栄と玉川上水で入水自死しました。遺体が発見された六月十九日が奇しくも彼の三十九歳誕生日だったそうで、人気作家の情死だけに、「桜桃忌」と名付けいまも供養されています。

井の頭公園脇を流れる玉川上水は、川幅狭く、流れの速い水路で、川底が袋状に抉《えぐ》られていて、落ちると容易に浮上できないといわれました。

太宰の自殺のせいでもないでしょうが、飛び込む人が増え、自殺名所（？）と囃されたほどでした。

この数日後です。

井華鉱業が、この近くの三鷹で運営している学生寮の管理人Iさんが、突然、居なくなり、寮生総動員で捜したことがあります。因みに学生寮とは、北海道や九州の炭砿従業員の子弟で、東京の大学に学ぶ者を入居させていた寮でした。

久我山《くがやま》に、玉川上水の堰《せき》があり、大方の入水者は数日後にここに引っかかったようです。何度かここへも訊ねました。ある日、夕方近くに堰の管理人から、年輩男子の溺死体が上がったと知らされ、急いで行きましたが、Iさんではありませんでした。珍しく警察もまだ来ておらず、寝巻き姿で、外れかけた越中褌の水膨れした骸《むくろ》が、コンクリート斜面に、引き上げたままに仰向けに転がされていました。

戦場で骸《むくろ》はさんざん見てきましたが、戻ってまで、変死の近親者を捜し回ろうとは、平和到来など口先だけだと悍《おぞ》ましくなりました。

　捜査範囲を以前の勤務地や郷里にまで広げました。自殺か、結局、久我山の堰に引っかかって発見されました。単なる事故か、判らないまま、暫くは管理人の仕事を、奥さんと娘さんに任せ、状況の鎮静を待ちました。

　会社の学生寮といえば、旧制高校寮に倣って殊更自治を主張し、寮祭には庭で焚火し、その周囲で、未成年が飲酒、当時は「粕取り焼酎」と称する低級焼酎ばかりで、文字通りの素っ裸踊りの乱痴気騒ぎの果て、しばしば急性心不全になり、病院へ担ぎ込まれていました。この年も、管理人を通じ、わたしは厳しく事前注意しています。飲むほどに、寮生は自治と称して暴飲を止めません。

　まさか、学歴のないIさんには、価値観のすっかり変わった高学歴を自負する寮生の、身勝手な振舞いを留める責任感が、自死を引起させたのではないでしょうか？

　この「まさか」の連鎖が、人生破綻の一因になるのです。

その三　天皇全国ご巡幸と赤旗

　戦勝国群は、敗戦国日本の戦争指導者を裁くべく、極東国際軍事裁判所を設けて、昭和二十三年（一九四八）十一月十二日、A級戦犯二十五名を有罪とし、うち東条英機ら七名の絞首刑が、十二月二十三日に執行されました。この日は皇太子（平成天皇）の誕生日で、敢えてこの日を選んだことには、どんな意図があったのでしょう。

　戦争は、敗北国が意思表示すれば、その時点で終了するはずです。しかし、それ以後に、さらにこのような殺戮を成し、いまだに講和条約を結ぼうともしない国すらあるのが世界の現状です。

　以来、日本は、平和に徹する思想を堅持してきました。天皇自らは、まずは全国を巡幸し、人民の幸せを祈りつづける決心をされました。

　昭和二十四年（一九四九）五月二十四日、井華鉱業の長崎県潜龍《せんりゅう》炭砿にも巡幸されました。従業員のなかには共産党員や共鳴者がいて、大きな赤旗を打ち振り、労働歌をがなり立てました。

　しかし、いざ天皇が炭砿の坂道を徒歩で登って来られると、犇めく従業員やその家族の万歳に応えられ、時々立ち止まり、ソフト帽を右手に高々と上げられます。万歳はさらに激しく、谷間に木魂《こだま》しました。と、それまで従業員の頭を叩かんばかりに振りまわされていた幾つかの赤い大旗が奇ッ怪にも消えてしまい、神妙にお出迎えに変わりました。

わたしは福永専務の随行秘書で、天皇を間近にお迎えしました。上級職員の並ぶ位置では、天皇が立ち止まられ、お言葉を賜わると決まっており、間近なカメラ位置を選び、お待ちしていました。わたしはその位置で、手首に小型カメラを提げていましたが、持ち上げる気持ちが失せ、天皇のとつとつとしたお言葉を承るのが、精一杯でした。通り過ぎられ、戦場に眠っている戦友が横にいてくれれば、とふと思いました。

その四　女性名台風東京を直撃

占領中は万事にアメリカ風で、日本の台風にまで、その年の発生順に数詞で呼称するのとは違い、ＡＢＣが頭に付く女性名がつけられました。なぜ台風が女性なのかわかりませんが、東京を直撃した台風は印象的でした。西洋婦人名の台風は、昭和二十一年（一九四六）から昭和二十七年（一九五二）まで続きました。

昭和二十二年（一九四七）九月十四日、関東に上陸した台風は「カスリーン（又はキャスリーン）(KATHLEEN)」といいました。

東京下町に大被害を与えました。大阪から転居させた職員の社宅が、一戸流失しました。幸い、人命には支障ありませんでした。九月十四〜十六日の関東一円の大水害で、死者二千二百四十七人という記録はありますが、詳細は、アメリカ軍が把握し不明です。

昭和二十四年（一九四九）八月三十一日のキティ(kitty) 台風は、南鳥島近海で発生したこの年十番目の台風でした。小田原市の西に上陸し、関東を攫《さら》って、新潟県柏崎から日本海へ抜けました。まともに東京を直撃したので、話題になりました。

昼頃から大雨になり、会社ははやばやと休業し、交通機関の麻痺以前に、職員の帰宅措置が為されました。

わたしの場合、通勤の神田駅から中央線阿佐ヶ谷駅まで、ときどき徐行しながら、なんとか辿り着きました。新宿からの中央線は、こんにちのような高架ではなく、阿佐ヶ谷駅は、南側に改札口がありました。わたしの住む寮は、北側で、駅脇の踏切を越え、線路に添って三百メートルばかり高円寺駅寄りに戻った住宅街の東外れでした。

駅のアナウンスが、遂に列車運休を知らせました。傘など役にたたず、靴の履ける状態ではなくなりました。道は最早、流れの速い川です。思案していても、水量が増えるばかり。靴とズボンを脱ぎ、袴下《こした》（軍隊のズボン下で、戦後も暫く使いました）の足頸紐を、膝上まで絡《から》げ、裸足のまま駅舎を飛出しました。溝に落ちぬよう道の中央を歩きますが、流れる異物に脚を取られそうです。横丁に入ると溝臭《どぶくさ》い開渠があり、コンクリート板の橋があります。濁流が溢れていて、橋板がよくわかりません。やっと寮に辿りつきました。一階のわたしの部屋は、畳が浮く寸前でした。

「よかった。布団だけでも二階へ上げなさい」管理人が炊事場の食器などを二階へ運びながらいいました。

このとき、最初に手にしたのは、書きかけの原稿と僅かな本でした。二階の友人の部屋には、一階のラジオや電蓄、レコードなどが無造作に投げ込まれていました。

不思議なもので、豪雨は、「はい、ここまで」といわんばかりに、ぴたりと止み、薄陽が差してきました。

「今夜は欠食。とはいかんでしょうから、隠匿物資《いんとくぶっし》の乾麺麭《かんめんぽう》（旧日本陸軍の乾パン）を食べてください」

管理人は、戦時中は特攻料亭の主《あるじ》ですから、戦争の表裏、平和の生き方には慣れたもので、すぐに対応してくれました。

一見優しげな女姓名の台風がもろに東京を襲うとは、奇ッ怪至極。死者百三十五名、行方不明二十五名、住家浸水十四万四千六十戸と記録され、文学作品にもなりました。

里見弴《さとみとん》（一八八八～一九八三、文化勲章受賞）作『キティ台風』、昭和二十四年（一九四九）十一月、「小説新潮」に発表。

福田恒存《つねあり》（一九一二～一九九四、評論、劇作、演出家）作、戯曲『キティ颱風』、昭和二十五年（一九五〇）、創元社発表。

その五　鉄道連続奇ッ怪事件

昭和二十四年（一九四九）七月五日、下山定則《しもやまさだのり》初代国鉄総裁が、運転手を待たせて日本橋三越デパートに入ったまま戻らず、翌日、常磐線綾瀬駅付近で、礫死体となって発見されました。

それから十日後の七月十五日、中央線三鷹駅構内で、突然、無人電車が暴走、死者六名を出しました。

さらにまた一ヶ月後の八月十七日、今度は東北本線松川駅付近で列車が転覆、三名が死亡しました。

これら「下山・三鷹・松川の三事件」は、いずれも国鉄に関わり、短期間に発生、いまだに犯行意図も、犯人も怪しく、先に触れた「帝銀事件」同様、松本清張は「日本の黒い霧事件シリーズ」で扱いました。

ＧＨＱの命令で国鉄職員九万人の大量解雇を七月四日通告した矢先の下山総裁事件には、自殺、他殺両説があり、警視庁は発作的自殺説、法医学者古畑種基（一八九一

〜一九七五、文化勲章受賞）は死後轢断説、政府側は左翼による謀殺説と三者が対立しました。松本清張は、アメリカ軍謀略説まで示唆しますが、昭和三十九年（一九六四）に時効が成立、迷宮入りになりました。

三鷹事件は、これこそ国鉄人員整理に反対する共産党員の犯行と喧伝されましたが、結局、非党員の元三鷹電車区検査掛竹内景助の単独犯行として死刑が確定、東京高裁へ再審中、竹内は病死しました。

この事件当日、わたしは武蔵野の知人宅まで下駄履きで遊びに出かけ、帰途事件に遭遇し、電車運休の線路上を、阿佐ヶ谷寮まで歩きました。被害を受けた大勢の乗客がゾロゾロ歩きながら、共産党の仕業だ、と愚痴っていたのを忘れません。

松川事件は、初手《しょて》から共産党の暴力行為だと、党員、労組員を逮捕しますが、救援活動の世論が大きく、十四年後には全員無罪となりました。

この三事件は、加害者不明の奇怪な事件で、「黒い霧」は、未だに晴れてはいません。

超インフレに揺らぐ石炭会社

何といっても金銭は、糞尿より臭い上に、極端なことを為出《しで》かします。

昭和二十四年（一九四九）十一月二十四日、金融会社「光クラブ」を経営して話題を攫《さら》った東大生山崎晃嗣《こうじ》（二十六歳）が、青酸カリ自殺をしました。月一割の利殖を餌に、掻き集めた金を中小企業に高利で貸し付け、物価統制令違反で検挙されたのです。

信用を失墜した山崎は、その清算に、「（契約は）死人という物体には適用されない」と嘲笑、服毒自殺しました。しかし、のちに起こったバブル崩壊期の混乱に比べれば、まことに律儀な終末で、世間では、「アプレゲール（放恣退廃《ほうしたいはい》的若者）の典型」と話題の種としたに過ぎませんでした。

戦後復興の尖兵とされる石炭会社で、いくら張り切っても、無学歴のわたしは、「万年平社員」でした。ただ同じビルの住友本社経理部に、十年先輩の富山商業卒で係長という、わたしには憧れの人物がいました。いくら優秀でも中卒であれば、係長は出世頭です。戦後、住友本社の一部を分離して子会社泉不動産（現、住友不動産）が創設され、同社の総務部次長となり、東京に赴任したばかりか、余技でユーモアとペーソスに富むサラリーマン小説を次々と発表し評判でした。

「サラリーマンの月給は我慢料です」と笑い飛ばすこ

の先輩は、田中富雄（一九一二〜一九八五）といい、作家名は、「源氏鶏太」。昭和二十六年（一九五一）には、『英語屋さん』他二編で、直木賞を受賞したのです。

住友では、無学歴がいくら頑張っても万年平社員ですが、敗戦民主主義と看板替えしたばかりに、意外やその仕来りが壊れ、出世する仲間や先輩が現われました。これで誕生の役員をモデルに『三等重役』を書きはじめ、一躍「昭和のベストセラー作家」といわれるまでしなりました。

『三等重役』は流行語となり、サラリーマンが安酒に酔えば、「わたしゃ住友の平社員、せめてなりたや三等に」「汽車は三等なくなった、その下がない平切符」てな調子で騒ぎます。

そのうえ料亭やバーには、社用族が溢れていました。社用族とは、太宰治の小説『斜陽』を捩《ひね》った「社用」で、社費で飲み食いするケチな連中のことです。

石炭産業のように、国費が湯水のように注ぎ込まれた企業は、復興が軌道に乗り、経済のテンポが鈍っても、すぐにブレーキは利かず、労働組合との交渉事でも、お互いにさんざん飲んだ挙句の「徹夜交渉の結果」という決着パターンが、組合員に喝采されるようになっていました。

そんな派手な、まやかし景気のさ中に、わたしは、周囲に急《せ》かされて、昭和二十四年（一九四九）の暮に、やっと結婚しました。貧乏人の家に生まれたせいか、子どもは男子二人まで、定年時には、わたしの学べなかった大学を卒業させ、余生は夫婦で静かに暮らす、とケチな夢を抱きました。

出退社時の神田駅ホームから、まだ焼け野に平屋の目立つ街並の彼方に、朝は白く、夕べは黒く、ときには茜の富士山がくっきりと眺められました。それを仰ぎながら、東京で家庭を持てた幸せにホッとするサラリーマンでした。

昭和二十五年（一九五〇）になると、会社は、金属部門（別子鉱業㈱）、土木部門（別子建設㈱）、調度部門㈱別子百貨店）を分離し、石炭専業となりました。

復興尖兵の役得も終わった石炭会社でしたが、身についた社用族的日常は容易に改りません。

四月、会社は採炭労働者を除き、まずは事務職員から縮小整理をはじめました。石油の輸入が活発になると、遠からず日本国内での採炭は衰退すると読んだのです。

朝鮮戦争景気の終わらぬうちに、他業種へ転職を狙う者も現われ、希望退職者は忽ち百十四名となりました。

実らなかった趣味

ここらでわたしの、下手《へた》の横好き劇作について述べます。趣味らしい趣味を知らなかったわたしの唯一の時間潰しでした。しかも必要なのは紙と鉛筆だけのカネの掛からぬ趣味で、思いもかけず、プロ集団の卵仲間に席を置いたのです。

早川書房の早川清社長は、大の演劇愛好者で、戯曲評論家遠藤慎吾を核に、演劇季刊誌（のちに月刊）『悲劇喜劇』を出版しておられました。

遠藤慎吾は、敗戦の前年創設された劇団「俳優座」同人十人の一人です。念のために十人の名を挙げますと、千田是也、青山杉作、遠藤慎吾、東野栄治郎、小沢栄太郎、東山千栄子、岸輝子、田村秋子、村瀬幸子、赤木蘭子で、何方《どなた》も日本新劇界の重鎮です。演劇、とくに新劇は左翼活動集団と見做されるようで、誤解されぬよう俳優座は敢えて「演劇のアカデミズム確立」を提唱していました。もっとも上演台本にゴーゴリの『検察官』などがあり、世間では設立主旨は左翼活動の隠れ蓑だという人もいたほど、演劇は、単なる娯楽というよりも思想的活動の集団でした。

『悲劇喜劇』には、刊行の主旨を生かし、遠藤慎吾先生が直接指導される戯曲作家育成組織「『悲劇喜劇』戯曲研究会」がありました。入会金も会費も無料で、条件は未発表原稿を届け、先生方の厳しい眼識に合格しなければ会員になれませんでした。会員は、毎月既定日に、早川書房二階座敷に集り、予め回覧した原稿を、会員同志で遠慮会釈なく批判し、それに合格した作品が、やっと『悲劇喜劇』に掲載されます。

多読して、各自の作家的能力を鍛える単純明快な研究会でした。もっぱら力をつける研究会ですから、放送局や劇場のバイトなどをやっている連中が多く、バイトで人気が出れば、自然に研究会から離れてゆきました。なかには遠藤先生から収入先まで面倒をみて貰う会員もいました。

会員には、小幡欣治（一九二八〜二〇一一）のように、当時評判の長編小説『人間の条件』（五味川純平作）の冒頭部分を一晩芝居に脚色して、遠藤先生から東宝芸術座の責任者菊田一夫に紹介され、東宝専属作者となった男もいます。

上智大学の学生で、浅草六区のストリップ劇場フランス座の楽屋バイトをしていた井上ひさし（一九三八〜二〇一〇）も、会員でした。まだ、ペンネーム（ひさし）ではなく、本名井上廈《ひさし》を使っていました。

ペンネームといえば、「キノトール」は、本名がわたしと同姓で木下徹です。年齢まで同じで、戦時中は宇和島海軍航空隊（宇和島予科練）の予備学生出身分隊士でした。彼も会員でした。文化放送を拠点に脚本を書きまくり、すでに売れっ子でしたが、基本的勉強にと、会員になった一人です。

列挙すれば、芥川賞、直木賞、岸田国士賞受賞の会員などまさに多彩で、わたしのような単なる趣味程度は、例外中の例外でした。

筆力には落差大有りでしたが、誰もが素直につきあってくれました。中でも水沢草田男《みずさわくさたお》は、わたしより少し年長で尊敬していました。会が終れば、早川社長差入れの焼酎で楽しむのが恒例でした。水沢は、役者の経験もあるらしく、話芸抜群でした。

満天の星を仰ぐ芝公園で、彼女を口説く話が真に迫って、

「で、どうした？　まさか、色魔じゃなかろうから、歓喜のあまり絞め殺しはしないだろうな？」実際に芝公園では猟奇事件があり話題になっていました。

「そんな舞台が、君に書けるか、どう？」と一人コップ酒をグイとやります。

酒豪は判っていましたが、お開きになっても、目が据って立ち上がりません。ついに早川書房の社員でもある会員の木口君が、狭くて急な階段を引き摺りおろし、タクシーを呼びました。

この状態でも、家に戻ると、ラジオの台本を書き終え、ホッとした瞬間、脱肛が再発したことに気付き、慌てて入院したと、後日、連絡がありました。

水沢は器用で、超多忙な菊田一夫の話す連続ラジオドラマの筋立てに添って、放送台本を手伝ったとか。

水沢入院の数ヶ月後、今度はわたしが盲腸炎で阿佐ヶ谷の小さな病院に二週間ほど入院しました。丁度、回覧原稿が届き、そのまま次の会員へ転送しようと思っていたとき、水沢が見舞ってくれ原稿回送を引き受けてくれました。「まだ読んでいない」というと、「じゃあ読んでやろう」と、小一時間朗読してくれました。原稿の筆者は女性会員で、『耳』という喜劇です。急に耳が聞こえなくなった老婆が主人公で、一家が混乱します。ところが偽聾《ぎろう》と判り、目出たいやら、呆れるやら、これまでの家族同志のお世辞仮面が剥がれるやらの皮肉芝居です。水沢の朗読で、わたしは腹の傷を両手で押さえながら聞きました。

「笑うと傷がパンクするぞ。それより、ガスは出たか？盲腸手術の成功はガス、屁だからね。大きいのを派手

にボンとやれ！」

水沢草田男が見舞ってくれて、いくらも経っていません。又もや水沢が専売病院に入院したと連絡をうけ、慌てて出かけました。

痛飲してアメ公と喧嘩し、追っかけられ、逃げる途中、狸穴《まみあな》ソ聯大使館脇の坂道で転倒、道の中央にあった暗渠の蓋に、後頭部をもろに打《ぶ》っ付けたのです。病院へ運びこまれたときには、もう治療できない状態でした。

新居は坂の下で、閑静でしたが、ローンをはじめたばかり。これからという惜しい作家でした。

わたしは端《はな》からプロ作家落第生でした。しかも、やがて本職まで転職し、執筆時間がなくなりました。会員の自立も増え、若い新会員は思考多様で、研究会の存続意義が薄れ、遂に解散となりました。

月刊『悲劇喜劇』は貴重な演劇雑誌としていまも発行されています。わたしの掲載できた作品は、僅か十一本。すべて二十代後半から三十代の思考排泄物で、塵のようなものばかりです。

自立劇団という危険な集団

「自立劇団」が危険だというのではありません。これを足がかりに左翼思想集団が企業に侵入していたといいたいのです。「自立劇団」には、わたしも夢中になった一人ですが、いま思えば村芝居か、学校の文化祭のような楽しみでした。

ＧＨＱの指導で、大会社ばかりか、町の小さな個人工場も連合して、労働組合を結成した時代です。労働条件の向上よりも、まずは結束だとばかり、サークルと称し芝居をはじめました。やや知的で、変身する楽しさが、団結ぶった雰囲気で、流行ったといえましょう。

流行らせて、思想改造を狙う野心家が何処かにいたのかも知れません。まずは、この結束を突破口に、単独労組とその連合組織を強固にしようという政治的野心家もいました。単純に踊ったのは、わたしのような芝居バカですが、これが労組結束の糧に使われようとは、さらさら思いませんでした。

石炭会社の労働組合は、一社に職員と炭坑夫との二組合があり、夫々に他社の別個組合と聯合組織を作っていました。その職員労組聯合一周年記念に、団結して自立劇団活動をやろうと、誰かがいいだしたのです。しかも上演作品は、わたしの書いた『運河』という「悲劇喜劇」戯曲研究会」ではボツにされたものでした。会社の庶務課が舞台の一幕一時間の登場人物も結構多い芝居で、会社の友人が回読していたのを、他社の演出希望の男が推薦したのです。連合会傘下の各社からは、役者と舞台係を出してほしい、と一方的に決めてきました。

上演劇場は、いまはない有楽町駅前の読売会館で、商業劇団も使う劇場でした。演出者は某鉱山会社の職員ですが、裏で、わたしたちの会社で労組事務員に入っていた女性の主人、関きよし（故人）なるプロの演出家が指導していました。

関きよしの師匠八田元夫は、戦争末期の移動演劇集団「櫻隊」の演出家で、役者丸山定夫（一九〇一〜一九四五、愛媛県出身）以下九名が、広島で原爆に遭ったとき、駈け付け丸山の最後に立ち会っています。八田には、いま一人の親友に、劇作家三好十郎（一九〇二〜一九五八）がいて、彼の『浮標《ブイ》』を演出した初日が丁度原爆投下日で、広島行きを遅らせたため、辛うじて生き残ったと、弟子の関きよしがわたしに話したことがありました。

わたしの作品『運河』の稽古中、八田元夫は関きよしと何度も現われ、駄目出ししたあげく、わたしを家にまで誘ってくれました。

上演は、学芸会並みの一回こっきり、泡芝居でしたが、わたしも役者で出たくなり、本来は一人のお茶売り傷痍軍人役の短い台詞を二人に分けて楽しみました。ところが自分の書いた台詞をとちり、ブーイングの嵐です。これもご愛嬌だ、と楽屋でまた冷やかされました。

黒から白へ事業転換

やがて会社は混乱、整理時期に入っていました。

石炭(黒)はさておき、天然ガス活用の事業をやろうか、製塩業（白）へ転換しようか、余剰人員を赤狩り（レッドパージ）予備軍に登録して整理するか、姑息な会社の生き延びる戦略がはじまっていました。

わたしは、全く知らないうちに、その手駒にされていたことを、後日知り、独り哂いました。その経緯を、話します。

労資双方の料亭の付けは、優秀（？）万年平社員が、辻褄合わせの起案を書いて処理していました。悪弊ですが、乱費の真実は、なかなか表にはでませんでした。

井華鉱業が石炭専業の会社になってから、わたしの上司に、東大卒の将来重役を期待される人物が着任しました。女子社員にも評判の恰幅ある美男子でした。そんな玉《たま》には、どこか瑕のあるもので、夜の馴染みがいると噂されていました。

あるとき、数枚の料亭請求書をわたされ、「適当に処理してほしい。君は戯曲を書くそうだから、その要領で頼む」といわれました。経理、人事を通過する起案で、接待内容を創作しろというのです。こういう誤魔化しは、他の部課にもあると知ってはいましたが、まさか監督をする立場の庶務課が、張本人になろうとは驚きです。数日、抽斗に仕舞って考えました。

一度汚れると、収拾が付きません。

クリスマスイヴの銀座に連れてゆかれ、クラッカーをさんざん鳴らし、三角帽にケーキを持たされて帰ってきたこともありました。課長と女の請求書は限りなく廻ってきました。

石炭会社は依然華やかに見えましたが、石油攻勢が激しくなり、人員整理が続いていました。旧住友系列でも、戦後拡充を望む商事会社などは、石炭社員の移籍には予想外の困難があり、戦前のように住友本社で人事権を掌握していた時代の店部間転勤、というわけにはゆきませんでした。

石炭会社とて、事業の縮小だけでは無意味で、石炭に関わる技術や石炭そのものを消費する新たな企業を考えていました。

まず、宮崎県に持つ広大な天然ガスの鉱区権を活かして、ガス会社を創設しました。鉱産物は、採掘条件と需要先への輸送条件が整わなければ事業になりません。宮崎市内に一大遊園地をどうか、という意見もありましたが、人口密度で不合格。工業地帯へガスを輸送しようといっても港と道路が未整備で、輸送手段が失格です。

「あれこれ問題はあるが、とにかく庶務課から建設要員を現地へ送ってほしい、たとえば木下課員をどうだろう」と人事課長から照会があったようです。庶務課長は即座に反対。会社というところは、人事が一度個人名を口に出すと、なかなか取り下げないものらしく、遂に庶務課長は「日が浅いが、係長の大石某はどうだ、九州人で、労組委員もやっていたのだから」と代替要員を出しました。人事課長は、庶務課長と東大同期だったとかで、しぶしぶこの案で決まりました。

転勤のとき、大石係長は

「ありがとう。君の交代らしいが、わしには九州が性に合っている」

キョトンとしているわたしの手を握っていいました。

案の定、宮崎ガス会社は、起業情報の収集時点で、事務所は閉鎖。ゴルフ焼けしたのか異常に黒い顔になって大石係長が戻ってきたばかりか、頓死しました。家族以外、本人も知らなかった胃癌でした。

北海道の所有炭鉱でも低品位炭の活用に、機械製塩業はどうかという提案がなされました。日本の塩は、海水を塩田に引入れ、天日濃縮の鹹水《かんすい》を採集する入浜式や、高い位置から海水をゆっくり流す流下式製塩でしたが、いずれも多量の労働力が必要です。

初期投資はかかりますが、熱効率のよい機械製塩がはるかにコストは低いのです。しかも塩は、生活必需品、日本専売公社（現在は日本たばこ産業㈱）の一手買い取り商品で安定供給が可能と、これまた甘い発想で、「井華塩業㈱」を設立しました。国鉄北海道本線登別駅に近く、海水の引入れや石炭の輸送に便利な立地でした。

くどくどと塩の会社を書いたのは、同社の庶務係に、人事課が再度わたしを狙ってきたらしく、例によって、上司は抵抗しました。遂に時間切れで、北海道の炭坑から人選されました。

そこで人事課長は、まず、わたしの上司を九州忠隈炭坑の次席に栄転（？）させてしまいました。わたしも上司の遊興の尻拭いを逃れ、ホッとしました。

転職作戦

景気の急坂を滑り落ちてゆく会社を、ぼんやり見ていていいのだろうか、わたしはおろおろしました。

顧問の名目で、ぶらぶらしていたわたしを東京に呼んでくれたかつての上司が、たまたま昼飯に誘ってくれました。チャンスとばかり、転職の気持ちを伝えました。

顧問も敗戦直後、宮内庁職員から高級通訳で入社した人物で、若いときには世界を歩き、戦時中には『アッシリア学入門』（第一書房発行）を著した学識者でした。

「いいだろう。日本の石炭はやがて駄目になる。ＮＥＣなどどうだ？　友人がいるから話してみよう」

一週間も経たないうちに、顧問はお膳立てをしてきたらしく、

「明日の昼、この役員を訪ねて来い。君は、不動産のベテランといってある」

「えッ？」

「何軒、社宅を買い漁《あさ》ったか？　本社事務所のレイアウトから移転手配、なんでもやったからね」

ＮＥＣ本社は三田で、関東大震災後にアメリカの技師が過剰なほどガッシリした四階建ての工場を造っていました。外資の通信専門会社で、戦時中破綻直前のところを住友が投資し、維持しました。住友傘下といっても傍系で、下級職員以下は以前のまま、役員は住友から配置されていました。渡邉武衛社長は、わたしの勤務する石

炭部門から戦時中に移籍されており、不思議な運命を感じました。

　通された大部屋は、役員の食堂兼雑談室だと給仕がいいました。高い天井のペンキは処々剥がれたままで、電気会社なのに蛍光灯ではなく、古い白熱灯のままで薄暗く、紹介した顧問は成長会社だというが、大丈夫か、と不安になりました。

　暫く待たされて、小柄の総務担当役員が入ってきて、いきなり、

「木下さんでしたね。秘書をやりませんか？」と訊ねられました。

「・・・ここの役員には外人もおられるようで、わたしは英語が全く駄目です」

「秘書の経験は？」

「ありません」

「では暫くは、庶務でもやってもらいましょう。近々、人事を通じて連絡します」

　さっさと出て行く役員に、頭は下げましたが、外資会社の面接って随分変わっている、冷やかされたのかな、と慌てました。

　十日ほど経って、人事課長にいきなり呼ばれました。

「君、ＮＥＣの役員に知人でもいるの？」

「・・・いいえ」

「ふん・・・、庶務では君を名指しで希望してきている。他には勤労、経理、検査など係長クラス五人を揃えてだとさ。君だけ係長でもないのに指名だよ」

　課長はニヤッと笑いますが、こちらも足をすくわれたくはありません。

「突然の話ですから、明日ご返事していいですか？」

「うちでは、これからも社員を送り込む大事な会社だから、ガスや塩の転勤とは違う、我儘いうなよな」と皮肉られました。

　顧問とは社外で話しました。

「ＮＥＣもやるね。石炭は何年になる？」

「途中五年戦争で二十年です」

「二十年の平社員か」

　一週間もせぬうちに五人揃えて、改めてＮＥＣの正式面接に出かけました。四人は炭坑と支店などから抽出された、大卒の係長で初対面でした。

　今度はチーク材の壁面と床に威圧感を覚える部屋でした。人事部長の面接は「なぜＮＥＣを希望したのか」ばかりで、石炭産業の凋落を貶《けな》すわけにもゆかず、皆困っていました。話の途中で、ここの人事部長も戦時中に住友本社鴻之舞鉱業所（金鉱）から転勤してきた高級職員

であると知りました。最後にわたしの質問となったところで、工場（三階以下は三田事業所）の昼のサイレンが鳴り、本社も一斉休憩らしく、部長の人名尋問だけであっけなく終了です。

　出されたトンカツ弁当が逸品。「まさに上客だね」というと「俺たちは拾い物なんだよ」と誰かがいいました。

赤狩り予備軍

　採用通知があり、退職辞令を渡すと人事の課長秘書を自認するやや小生意気な若い大卒が呼びにきました。退職金百万円など諸事務を説明してから、

「木下さん、あなたは儲けましたね」

と、ニヤニヤ笑い、徐《おもむろ》に豪華本を開いて見せました。なんと、わたしが戦場から戻った直後、大阪の寮で書いた初めての戯曲『ある陣地にて』を京都の何処かの労働組合所属の自立劇団が上演して授賞した写真です。当時、素人の戯曲に著作権などなきに等しく、作者に連絡などせず、勝手に上演していました。真面目な連中は必ず挨拶にきましたが、共産党系では演劇雑誌『テアトロ』にすら無断掲載していました。京都共産党年鑑の上演写真もこの類です。

「こんな写真、知らんね」

「あなたの芝居ですよ。第二回目のレッドパージがあれば、あなたは該当者でした」

「黒い石炭を白くしようとガスだ、塩だと苛められたが、今度は赤か。いい加減にしてくれ！」

　その足で役員室へゆくと、可愛がっていただいた技術担当の専務と、副社長が居られました。専務は「君を辞めさせる？　とんでもない。取消して来い！」と厳しく叱られました。副社長には「人生は旅だ。わしも住友のいろいろな会社を回わされた。よし、これから飯を食いに行こう」と、隣の日本工業倶楽部へ誘われました。のちに餞別だと禅家の書の軸装が届きました。

　暫くして、改めて謝り方々専務邸を訪ねますと、専務は、

「人世は有為転変。君に差し上げるものは残念だが何もない。これは何時も持ち歩いている本だが、君に贈りたい」といい、「謹呈　木下兄　古賀」と体に似合わぬ毛筆の小さな文字で書添えて頂きました。本は『般若心経講義』（高神覚昇　角川文庫　十五版）でした。

鞴祭《ふいごまつり》とボーイさんストライキ

住友石炭鉱業を退職した翌日、昭和三十五年（一九六〇）十月十六日から日本電気（ＮＥＣ）総務部庶務課管理係に出勤しました。

同じ住友系といいながら、社風が極端に違っていました。女子の給仕を「ボーイさん」といい、彼女たちの権限も軽視できません。他課への書類も必ずボーイの手を経ていました。ただ、この頃から書類量が爆発的に増えていて、彼女たちが小脇に抱えて運ぶには過剰すぎました。それでも彼女たちの仕事を侵すには抵抗があったのです。

期末近くになると、彼女たちが盛んに「インベントリー(inventory)」なる言葉を連発します。訊ねるのも癪《しゃく》ですから、こっそり字引を引いて「何だ、『棚卸』といえばいいじゃないか」と小馬鹿にされた気になりました。外資系会社の余韻が奇妙なところに矢鱈残っているのです。

本社の階下、すなわち三階以下は工場で、旧暦十一月八日には一階のボイラー室から、「鞴祭《ふいごまつり》」の案内がありました。こちらは江戸期以来の日本の風習らしく、「火」を扱う職場で必ず行われる伝統行事のようです。本社からは庶務課管理係長が呼ばれる慣わしがありました。会社代表の役柄ですから、社長名義の奉献酒を持ってボイラー室にゆきました。事業所長、担当役員も並んでいます。その上座が社長代行のわたしの席です。慌てましたが、神事のあと冒頭に挨拶を、といわれ面くらいました。祭神が金屋子神《かなやこのかみ》または金山彦神・金山姫神または稲荷神という辞典知識に輪を懸けて、石炭会社時代に覚えた「安全第一」を一言添えて本社代表挨拶にしました。あとは職場の連中の酒盛りです。すぐに銚子を持って下座からすすめて回り、隣の担当役員に注ぐと席を離れました。

翌朝、ボイラー室を担当する工務課長が礼にきて言いました。

「あなたは現場もよくご存知ですね」

「いいえ」

「そうかな？　良くご存知だ」

「俄勉強ばかりです」

工務課長とはこれを機縁に仲良くなり、本社の古風な天井灯を一挙に蛍光灯に取替えるのに一肌脱いでくれました。どこをどうやりくりしたか、費用の捻出については知りません。

書類運びのボーイさんとは、彼女らの罷業《ひぎょう》まで蒙り、わたし自身が郵便配達をする滑稽な一戦まで交えましたが、陰で新参バカといわれても、仕事の改善には、わたしの案通りにドンドン進めました。ボーイさんの書類運搬は、もう少し働きたいという定年雇員男子の、職場にしました。やがては、コンピュータによるペーパレス情報時代が来ると騒がれていましたので、それまでの臨時措置の積もりでした。

不動産俄ベテランの反省

ＮＥＣは従来の電話機専門から、電波機器、半導体、コンピュータなど矢継ぎ早に開拓範囲を拡げ、これまでの工場では賄い切れなくなり、東京近郊から地方へと新工場用地を取得してゆきました。

わたしを不動産取扱いのベテランと触れ込んだ石炭会社顧問の狙いも、ＮＥＣの状況を読んでの策だったのです。

過大評価されても、もう尻込むわけにはゆきません。入社一週間後に、はやくも手付け金一億円を持って一人で買収契約してきました。その頃はまだ、当のわたしには、小切手表示の〇の数を何度も数え直すほどの大金ですから、先方でもこの男只者ではないと、呆れたようです。

なんとも盲蛇に怖じない、不動産取扱いの俄ベテランでした。当時の不動産取引は、現場で札束をチラつかす阿漕な手が成功の秘訣で、相手の心底を読みながら、さまざまな方法でこの手を使いました。

工場用地の取得は、まず地図に赤鉛筆で囲った土地の登記謄本などを徹底分析し、自治体と事前交渉を極秘に進めました。地元発展の投資手段だと、自治体を喜ばせ、当該地区の議員や顔役の協力を得て、実務協力者まで提供させ、地権者を集めて一挙に成約交渉に入りました。

後年のことですが、横浜鶴見川沿いの土地買収を命ぜられたことがありました。当時の市長は、左派のボスでしたが、地元に有利な投資と判断したのでしょう、積極的に応援してくれ、

「わたしは立場上、大企業の手伝いはできません。替りに優秀な係長を専任させます。存分にお使いください」でした。

実は、この土地は、田植えも小舟に乗ってやるという泥沼田圃で、地耐力乏しく、一応推薦してきた技術役員の狙いも、「ここは、世界の開発競争に遅れないための一時凌ぎの暫定工場だ。建築は大型一階建ての無窓、函を浮かせたようなものにし、早晩、別の場所を探す」、とあっけらかんとしていました。その通りで、後年怱々《そうそう》

に売却処分されました。

売却後、跡地に建てた超高層マンション群は、基礎杭の何本かが、深度著しい基盤に達していなかったようで、入居後何年かして傾きはじめ、建直すという事件に発展しました。

わたしは、土地買いの仕事を重ねる度に、土地は人間と同じく、一件とて同じものはなく、これをやたら商品にしようなどとは、神への冒涜行為だと思うようになりました。

三田の汚穢御殿《おわいごてん》

会社の界隈三田は、明治維新のとき、焼き打ちされた薩摩屋敷跡です。焼かれたか、故意に騒動を起したか、分りませんが、丸の内、日本橋、有楽町、銀座とは違って、何処となく泥臭い街でした。西郷隆盛と勝海舟が、江戸城明け渡し会談をしたのが、強引な西郷の掌中に江戸を押さえ込んだ感じのここ薩摩藩屋敷で、記念碑まであります。

明治に入ると、新たな工業地帯となり、東京芝浦電気（東芝）も日本電気（ＮＥＣ）も当初は町工場で、この界隈に犇めいていました。

ＮＥＣの近く三田札の辻には、浅野総一郎（一八四八～一九三〇）の屋敷がありました。浅野は、富山の人で明治の初め、無一文で上京し、渋沢栄一（一八四〇～一九三一）の知遇を得て、石炭やコークスの売買を初め、セメントのトップメーカーばかりか、京浜工業地帯の中核である鶴見、川崎地区を造成し、多角的事業集団の持株会社を設立（金融は安田善次郎に依存）しました。

石炭、コークス、セメントなど汚れ仕事に挑戦する基盤は、上京当初、なんと横浜の汚穢屋《おわいや》（肥《こえ》の汲取り屋）をやったといいますから、凄い人物です。

浅野の活躍は昭和初期までで、わたしの馴染んだ昭和後期には既に故人で、三田のこの屋敷はそのまま小学校校舎に使われていました。

興味があったのは、無一物の僅か二十三歳の浅野総一郎が、汚穢（肥、排泄、廃棄物）の処理から身を立てた発想です。やがてコールタール（石炭ガスの廃棄物）を塗料に生かすのも、彼の汚穢屋的発想です。わたしは秘かにこの家を汚穢御殿と呼び敬畏《けいい》していました。

同じ東京でありながら、丸の内と三田では雰囲気が違い、着飾った丸の内と普段着の三田、という感じまでしていました。

工場の朝、便所巡回

昭和四十年（一九六五）七月、ＮＥＣ入社五年目で管理課長代理に昇格しました。周囲の連中は、わたしがこのままここに居付くかと思っていたようですが、二年後の昭和四十二年（一九六七）九月二十三日、府中事業所へ飛ばされました。

　年々処理した新設工場用地の取得だけでも、疲れていました。最後は前述の、横浜のケチな工場用地で、なぜか上司から執拗に命じられながら、乗り気しない物件でした。

　これを最後に、わたしは本社の総務部所属ポストから勤労部管轄の府中勤労部の府中厚生課長に出されたのです。わたしの転勤と同じ頃、総務部長に栄転の渡辺武穂取締役から、「何かあったのか？　まあいい、二、三年で戻すから」と妙な慰めを頂戴し、反って慌てました。

　府中の通勤で一番助かったのは世田谷の自宅から、都心とは逆方向の通勤で、電車はガラガラ、車中の読書時間が増えました。

　厚生課とは奇妙な課で、一言でいうと「勤労部のお飾り、リボン」です。健康保険などの法的処理業務以外は、あってもなくても製造業には支障なく、景気がよければ予算が十分付き、不況時は何もせず、じっとしていればよい課でした。だから優秀社員を置いてジタバタされては、反って困りました。

　昭和十三年（一九三八）一月十一日、陸軍が、「健兵健民」をうたい、健康な壮丁（兵）を狙って「保険社会省（仮称）」の創設を提言しました。内務省の社会・衛生両局と逓信省簡易保険局の所管業務などを抽出して、引継ぎました。

　正式省名は「厚生」と決まりました。『書経』大禹謨《だいうぼく》の「徳を正し、用を利し、生を厚く惟《こ》れ和せん」が出典で、生を厚くするとは、生活を篤《あつ》く、豊かにすることで、易《やさ》しい言葉なのに、なぜか意味深長な響きを感じ、たちまち流行語になりました。

　民を御するには、自由譲歩と規則弾圧、すなわち飴と鞭が必要です。建国思想がどうであれ、世界の為政者は、自由自在に飴と鞭を使い分けます。統制国家では、ときに飴だけを際立たせますから、油断なりません。

　陸軍は、飴（好餌）で肥らせた健兵を狙ったのです。近眼が極端に増えて、徴兵検査甲種合格者がドンドン減り、ほとんどが乙種でした。健兵崩壊の兆しだ、と危惧したのです。わたしも徴兵では、身長は負けませんでしたが、近眼で第一乙種に落されました。

　各県には、厚生省の下部組織保健所が、敗戦までに七百七十ヶ所も設置されました。保険所では治療行為はせず、罹病の早期発見を狙う健康診断だけで、特に若者の結核患者が極端に増え、わたしの同級生も戦死数以上の被害を受けました。

やがて諸会社にも「厚生課」が、流行のように生まれ まれました。住友は、本社が職員の人事権を握っていて、丁度、わたしの入社した昭和十五年（一九四〇）、「住友本社厚生課」が発足しました。厚生課始動事業で、その年の新入社員は勤務地毎に、心身鍛錬組織「修養団」の臨時団員にされ、真冬の池に裸で入らされました。住友の厚生課は、もっぱらこの種の年中行事で、グループ各社合同登山（といっても六甲山程度ですが）や超一流名士を招いた講演など諸種行事が印象的でした。

厚生課の前置きが長くなりました。好景気時代には、予算をふんだんに使う派手な従業員採用の会社宣伝材料に使われるという奇妙な課でした。寮管理、食堂、売店など会社事業とは異質な収益無視の、従業員にサービスするだけの課でした。もっとも医療や年金の諸制度も担当していますが、これらは既に国家の諸規則を履行していて厚生課に集約したにすぎません。

際立たせてしゃぶらせる飴ですから、厚生課に関心をよせてくれなければなりません。そこでまず、千余人の府中の従業員に、わたしの顔を知ってもらおうと、少し早目に出勤し、工場内を限なく歩くことからはじめました。すれ違う従業員には誰彼構わず「おはよう」と声をかけました。

戦後の東京には不思議な風習があり、道行く人とは眼が合っても、決して会釈しないのに、いざ登山では、すれ違う未知の連中が「こんにちは」「もう少しで頂上、頑張って」などと、すんなり声をかけ合います。人は無愛想ではなく、照れ屋で、つい声を掛け難《にく》いのです。

という実験のつもりで、挨拶を実行してみたのです。不思議なもので、一週間も経たぬ間に、遠くから手を上げて「お早うございます」という若者が増えてきました。食堂棟へ行く長い小屋根付通路に立っていると、大声で挨拶しているではありませんか。技術の部長が、定例の会議で、「急に若い奴らから挨拶されて面食らったよ。朝からむっつりされていては、やり切れんが、不思議な現象だね」と落ちたニュートン林檎のような大発見を聞かされました。

なにかのはずみに工場の便所を覗くと、流石に落書きだらけ。各棟にいる勤労指導員に尋ねると「彼らの息抜き場所です。消しても消しても鼬《いたち》ごっこ（無益なことの繰り返し）です。どうです、なかなかの迷作もあります。

『急ぐとも必ず外へこぼすなよ、吉野の花も散れば汚し』『雪隠や五月雨《さみだれ》の音ききながら』『朝ぼらけ静けさ破る糞の音』。おそらく学卒かもしれませんが、困った奴です」と手帳に書き写したのを見せてくれました。

「流石だ。雪隠文学、精神的排泄物だ」と冷やかしたものの、「落書き帳『黄金芸術』でもトイレ毎に置いてみては。案外本音をいうかもわからないよ」と真面目に勧めました。

臭いぞ、厚生課員の飲み食い

厚生課にも派手な陋習がありました。毎週一度、駅前の飲み屋で課員が飲み会をやっていたのです。何度目かに課長を仲間外れにするのは良くないと気付いたのでしょう。

「課長、よろしければ付き合いませんか」と係長が誘いました。

若い男女は、相当の酒豪で、わたしは初めての礼を尽し、全員に注いで回りました。こんな飲み会を毎週やっていたのでは、小遣いはこれで吹っ飛ぶ、と彼らのポケットを危惧しながら、しばらくして、

「もういいだろう、この辺で」と係長に耳打ちし、「勘定してくれ、今日はわたしの奢りだ」といいますと、「いいんです、いいんです。金はありますから」、「君に出させるわけにはいかないよ」「いいんですって、ありますから」

「そりゃ駄目だ！　恥をかかせるな」

立ち上がってボーイを呼ぼうとすると、隣席の古参が、

「お金は十分ありますから」

とわたしの袖をひきました。

大人気無いので、この時は彼らの顔色に従い、翌日、朝礼を終えると係長を別室に呼びました。

「昨日はご馳走になって、最後に変なことをいって、すまなかった。ところで、気持ちがすっきりしないので、わたしの分だけでも負担させてくれ。ただ、金があるといったが、その理由を聞きたい」

「…前課長から聞いていなかったのですか？」

「どういうことだ？」思わず言葉が厳しくなりました。

「嫌ですね。厚生課なんて、裏金がなきゃやってゆけませんよ」

「どんな裏金か？」

「まず貸布団です。毎年、新入寮生に準備する布団の予備があるでしょう」

「父兄が上京のとき使わせている布団のことか？」

「そうです。貸し料をもらいます。あれが意外と溜まりましてね」

「会社に入金しないのか？」

「厚生課が稼いだ目糞金など受けとりません。貸布団屋する厚生課なんて、おかしいでしょう。ええ、ほかにも売店や食堂を任せている業者からの余得は当然です。厚生課が金持ちであることぐらい勤労部も労組も知っていますよ。常識だから、前課長もわざわざ申し送らなかったのでしょう」

「そうか、わたしが迂闊だった。君に裏金の苦労までさせてすまなかった。これからはわたしが管理しよう」

溜まっている現金を持って来させ、「出納簿は？」と質しましたが、「つけていません」といいました。

そのまま会計課長のところへ行き、入金するといいますと、前例がないので受取れないといいます。所長に話すと、これまた受取ろうとせず、「現場には現場の風習があってね」と迷惑そうに口を濁しました。

席に戻ると、隣の勤労課長が早速やってきて、

「派手なことをやったね。用心したほうがいいよ、彼らには」

忠告紛《まが》いに冷やかしました。

金は一旦、定期預金口座を開設して入金し、通帳は係長、専用の印鑑は課長所持と改めました。収入行為はそのままで、使用を厳しく規制しましたので、口座残高はドンドン殖えました。

課員の飲み会は、半額は課長奢り、半額は割り勘とし、出納を係長に任せました。最初は気抜けした感じの課員でしたが、流石にがぶ飲みは慎み、限度を覚えてくれました。

後日、他の工場の厚生課長に訊ねると、「この種の別枠資金は、何処にもある」と嗤われ、「悪習といえば悪習、事務処理の緩衝剤、必要悪さ」と暢気でした。一歩怯《ひる》みかけましたが、公金を私用するとは許せません。石炭会社を辞めたのも、課長の遊興に社費を支出する事務処理が、わたしには耐えられなくなったのが、発端でした。

別枠預金は見る見る溜まり、二年後、本社転勤の際、所長に通帳と印鑑を渡すときには、総額で三百万円になっていました。キョトンとする所長に「府中市議会に会社から候補を送ると聞いていますが、その運動資金に使われてはどうですか？」といらぬお節介までしてしまいました。

厚生課は、わたしを含め屑社員の集合でした。同じ勤労部の勤労課員とは月と鼈《すっぽん》です。勤労課員には大卒が目立ち、厚生課は中卒（新制高校卒）ばかりでした。

会社は、複雑な電子機器開発工場へと変身充実中で、中高卒の職場はますます狭くなり、収益を生まない厚生課など、経営的には日陰の職場と看做されていました。

厚生課を子会社に分離

その頃、大会社では、企業内の職能別組織を切り離して、独立会社にする「スピンアウト（Spinout）」なる制度が流行り、製造部門ではそれぞれの長が、独占技術を誇って独立会社となるチャンスを狙っていました。

管理部門も発想の転換を求められていましたが、既得権益を簡単に手放すバカはいません。わたしは、厚生課をすべて切り離し、収益会社に改める提案をしました。

ところが他工場の厚生課長は、我が身を切り刻む提案など、真っ平御免とばかり、全員に黙殺されました。そこで、独立会社の青写真をつくり、本社の担当者に送りました。

そのうちに、本社管理部門の総務部から、早々《はやばや》と「旅行サービス会社」と「図書販売会社」が実現しました。

旅行サービス会社は、海外出張者が増え、その事務処理を集約して、航空券販売手数料を収益にしようというもので、いうならばＮＥＣと既存旅行サービス会社の間に割り込んだ会社です。

図書販売会社は、総務部文書課の苦衷の発想でした。全社の年間図書費二億円から零《こぼ》れる小売収益が約三〇％ある筈だから、これに社員の個人購入書籍を、市販の一〇％引きで販売すれば十分成り立つ、という甘い考えでした。しかも新刊書籍は、日販など問屋筋から送り届けられ、品揃え・在庫・返品を指導してくれるから、販売智識が無くても、その日から商売できる、と国立大学卒の優秀な若い文書課員が、論語読みの論語知らず的着想を展開しました。

早速、定年前の社員数人を集め、小さな会社をつくりました。指導は問屋任せですから、各工場の売店の本棚に、空間の生じることはありません。視察に来た本社の文書課長は、「結構、結構」と、一冊祝儀に自分の本を買いました。

年間のＮＥＣ図書予算二億円には、海外の研究論文や新聞が多く、丸善やごく少数の専門書店を経なければ、簡単に入手できません。国内新聞も亦然りで、一般書店で扱える代物ではなく、専門店から直送され、割込む余地はありません。

契約した問屋に任せるといっても、売れ筋本は、大型小売店へ優先され、売れない本ばかりがごっそり配本されるばかりです。梱包を開き、棚に並べるのは、これまた重労働です。売れないと予測しても、未開のままでも手許にある以上は、不良在庫です。開梱せずとも規定期限（三ヶ月？）までに返品すれば、次回送本と相殺してくれますが、店にある間は店の在庫（資産）で、返品遅れは、売れない限り不良在庫になってしまいます。

　こんな気忙しい力仕事は、高齢者に向かず、正直なところ、ＮＥＣ図書販売会社は開店以来一度も黒字にならず、親会社の文書課が裏で工作していました。

　このようにスピンアウト（分離子会社）事業の、噂と実態とは大きく違っていました。その管理部門での第三番目となる厚生課の分離は、これまでの陰の利得まで吐き出すわけで、労組幹部までが不賛成でした。

　わたしは、収益を生まない厚生課こそ、別会社にすべきだと詳細な私案を次々と作り、秘かに本社に送りつけました。とりあえずの主業務は、売店、食堂、社内書類配送受託サービスを三本柱にしました。

　ところが本社では、言いだしっぺにやらせろとばかりに、昭和四十五年（一九七〇）四月二十七日付けで、わたしは本社に戻され、勤労部参与で待機するよう命じられました。わたしの府中厚生課勤務は僅かで、しかも厚生課の刺客になってしまっていたとは、誰も知らず、当のわたしすら呆れました。

　工場用地を造成するために、山も田畑も存分に切り刻む尖兵から、今度は陋習《ろうしゅう》に胡坐《あぐら》する連中まで切り捨てるために、ＮＥＣに入社したことになろうとは、我ながら悍《おぞま》しくなりました。

　全社的には、スピンアウト業務実行担当員が、根回しをしますので、わたしはそれが終わるまで、口出しできません。傍に居られては反って邪魔だとばかり、大阪万博へ二日間の特待観覧（案内人付で人気パビリオンを裏口入場）や、従業員採用の名目で、東北の山奥温泉巡りの旅まで勧めてくれました。根回し終了までは、わたしを席から離さなければ、急《せ》き立てられ、睨まれてばかりで堪《たま》らないばかりか、厚生課破壊反対派が硬化する、と気兼ねしてくれたのです。

　わたしは半年ばかり遊びました。その間に流通業の名士を訪ねました。ある人は、

「商業は、店舗の場所です。大道に茣蓙《ござ》を敷き、不特定多数の人に、いかに早く商品を売り捌くか、それが商《あきな》いというものです。工場の一角で商売？　それは商売とはいいません」

　またある商人は素気無くいいます。

「商売は年季です。あなたが明日から始めようなど、

商いの神さまは呆れますね」

全くその通りで、わたしは、それならば、経験という時間の代わりに、知識の集積だとばかり、休暇を取って、アメリカやヨーロッパの流通業をこっそり見て回りました。

ちょっと脱線しますが、わたしは自己知識修得の旅行は、生涯私費を貫きました。理由は簡単です。何時、上司と意見が合わず、退社の羽目に至っても、知識は置いてゆけません。そうそう、当時評判だったアメリカの経営学者ドラッカー（一九〇九〜二〇〇五）の炯眼《けいがん》に接しようと、ロス郊外の大学まで訪ねたこともありました。

売店の立地も、通信と在庫の場所を工夫すれば、解決できそうに思われました。

わたしは、新会社の三本柱を改める気持ちは、毛頭ありませんでした。特に「社内書類配送受託サービス」は、勤労部の所管ではなく、総務部管理課の管轄で、他分野まで侵食できなければ、業務改善も半端で終ります。確かに売店、食堂とは違って、顧客はNECと関連会社で、雇用もNEC関係会社を定年退職した健康な人、NECとの契約金はその人件費にプラスαで、至って単純堅実です。一つくらいNECと直接契約し、情報網としたかったのです。もっとも、この仕事は、近々電子化されると読み、その時の新受託手段への足がかりも考えていました。

勤労部の根回し担当員には、「社内書類配送受託サービス」のために、総務部に頭を下げる羽目になり、それが煩わしかったのかもしれません。わたしは文書課長で総務部長代理に昇格した旧知の方に、事前了解を得た程度で、根回し担当員を差し置くような介入はしませんでした。

本社に戻って半年後、昭和四十五年（一九七〇）十月十四日付けで、原案通りの「日電厚生サービス㈱」ができました。わたしは、売店部門担当の第一業務部長を命じられました。わたしと同年齢、大卒の勤労部長級社員が専務で、役員はわたしと同年齢、大卒の勤労部長級社員が専務で、人事、総務を担当し、気心の通じた若い社員一人を連れてきました。さらに食堂担当の第二業務部長には工場の厚生課長一名を出向させました。書類配送受託サービスは、すこしシステムを改め第三業務部としわたしが部長を兼務しました。

極端な改変は、各工場の対面販売売店を、セルフサービス販売方式に変え、従業員を半数以下にしたことです。

あるとき、古い工場の所長兼勤労部長が、わたしを呼びつけて、いきなり罵倒しました。

「君は社内で泥棒をつくる気か？　君はそれでも勤労部の飯を食った男か？　いいか、従業員は君のように学がない。勝手に餌を並べて自由に持ってゆけ、銭は後でいい、といっても、然《そ》うは問屋が卸《おろ》さんよ、バカ！」

早口で、最初は何で興奮されたのか判りませんでした。すぐに、

「ああ、売店をセルフサービス販売に替えたことですか？　おかげさまで皆さんに喜んでもらいました」

「トンでもない奴だ！　そこらの店とは違う。工場の従業員に必需品を格安で配給すればいいのだ！　欧米の真似をやっていて、万引きの温床になったらどうする？」

はじめの仕事は、このような陋習との戦いだったのです。幸いに売り上げはあっという間に増え、他の大企業からも研修講師に招かれるほどになりました。

殴られんばかり嬲《なぶ》られた大工場の所長には目だたぬ位置に、数十台のジュース自販機を置いたところ、毎日、大袋十数個に売り上げ百円硬貨が集りました。老人社員では担ぎきれず、銀行に定時集金方を頼みました。「毎日が初詣神社の賽銭並みだ」と自販機に拍手打つ担当社員に、売店の連中は大笑いしました。

移籍社員は、いずれもＮＥＣではお荷物社員でしたが、ちょっとの工夫次第で、塵捨場のような所にも小銭が沸くと、彼らは体で理解できたようです。

各人の自力を、収益という計数で自覚するところから、活力が沸くと、わたしも嬉しくなりました。

工場で造られている小さな部品も、どれほどの売値の一部か、簡単に試算できれば、自分の労働価値を速やかに金銭数値に評価できて、より真剣に作業できるでしょう。売店は製造業より遥かに単純です。モノの移動が商業ですから、扱う人（売子）の誠意だけが、直接的評価対象で売り上げに響きます。

たちまち明るいセルフサービスの売り場に変化したせいか、纏め買いするパートの主婦など、退社時に立寄る客も増えました。

工場の売店毎に、売り上げを毎週全社に周知し、各店の競争状態を刺激しました。

突然《いきなり》処罰　第一業務部長免職

業績はあがりましたが、いきなり部下を酷使している、としてわたしは赤文字の処罰書を突きつけられ、売店担当の第一業務部長を外されました。

誰をどう酷使したのか皆目見当がつきません。渡された以上、自分で考えろといわんばかりに、社長と専務は

わたしを見ています。閃いたことは、わたしが根っからの勤労部門育ちではなく、中途採用の、総務部門から廻された余所者で、しかも評判の異端者であることでしょう。このところ、勤労部が牛耳る労組幹部の古手を、相当数引き受け、専務の要望で売店店長に据え、従来の丼勘定を改め店毎の毎日の収益を明確にした運営が、彼らには不満で、専務に痛言《つうげん》したのだろう、と直感しました。こんなことで怯むくらいなら、厚生課解体などに挑戦はしません。陋習を一挙に拭うには、この程度の反発は予想したことで、慌てはしませんでした。

しかも、わたしに対する慰めか、それとも捨扶持《すてぶち》回収策を考えろというのか、「新たな仕事を造ってほしい」と無責任な言葉が添えられました。わたしもやや捨て鉢気味に、

「開発部でもやりましょうか」

まるでこの場が新組織談合の席でもあるかのように、あっけらかんといいました。

「そう！　それがいいでしょう」

専務は社長の顔を見ながら、ホッとした様子です。まさに嘘から出た実《まこと》のように、部名まで決まり、一名の部下もいない、たった独りの開発部の誕生でした。

わたしも人の子、社長室を出るとトイレに入り、赤文字の処罰書を粉々に引き裂き、流してしまいました。

ＮＥＣには、戦時中、軍命令で広げた工場や寮などの、未処理の土地がまだいくつも点在していました。それを探し出して活用できないかと、全国を視野に見て回り、まずは現状のままで、取り敢えず駐車場など収益を得る策を進めました。

開発部の雑多な独り仕事が、やや軌道に乗りかけた頃、わたしはやっと取締役になり、開発部長兼務のまま再び第一業務部長に戻されました。これも奇妙な処置です。無学歴の役員ですから。

しかも、本社の総務部長（図書販売会社設立当時の文書課長）から、新たな工場用地買収責任者に起用する話まで受けたのです。子会社業務はそのまま熟《こな》し、同時に本社業務を担当するという組織を超えた事態ですから、期待に背かぬよう務める決心をしました。

ところで、わたしの処罰事件には、奇妙な後日譚まで起きました。

入社時、面接した人事部長が、日電厚生サービスの社長に就任され、社員履歴を人事担当の専務から聴取されたのでしょうか、ある時、いきなりわたしの席に来られて、

「あなたは処罰されていますね。とんでもない。わたしなら表彰ものだ！　すみませんでした」

やや興奮されていたのか、言葉が上ずって聞き取れないところもありました。処罰理由書を読まれたのでしょう。

「ありがとうございました。もう忘れました」

「済まなかった」

話はそれだけです。

罰する人、褒める人、どちらが巧い人使いか？　どんな塵でも活かさなければ、塵よりも活かせられない側に問題があるといえましょう。

部下無し開発部から全社業務の統括へ

いきなりの開発部ですから、当然左遷と他人は見たでしょう。

わたしを追い落とす部署であったかどうかは別として、わたしは自由で柔軟な発想訓練の場だと思っていました。

空地の活用からはじめた仕事が軌道に乗るや、開発部に不動産取引主任資格所持者数人を採用し、「不動産係」を発足させました。やがてはＮＥＣ社員の自宅取得の相談窓口へとなってゆきました。

なにをやっても、一度も赤字を出さず、面白いほど拡張しました。

わたしもようやく常務取締役、そして専務取締役と呆気なく昇格しました。

事業全般の担当役員になるまでは、第二業務部の調理と食堂には、一切口出ししませんでしたが、責任を負った途端に、「一食〇円」を「一皿〇円」と改め、各自自由に惣菜を選択させる方式とし、飯も量で大小自由としました。

「一食いくら」では、一円値上げするにも、労組と交渉しなければならず、容易に纏まりませんでしたが、各自好みの惣菜を求めるようになれば、労組の交渉も無意味です。

制度変更に慣れるまで、調理人には不平がありましたが、それこそ第二業務部長の仕事で、細かな工夫をしてくれました。

スイミングスクール開校

開発部の発想業務に「スイミングスクール」の経営があります。

たまたまNEC創立七十周年記念として川崎市中原区に社員専用「総合体育館」が建設され、公認二十五メートル八コースの温水プールが組み込まれていましたが、社員が終日活用できるかどうか疑問でした。終業後の夜間に社員が専用するとしても、温水は二十四時間維持しなければなりません。取り敢ず温水維持の費用を負担する条件で、昼間借用できないかと本社に申入れました。建設中、既にオイルショック（中東の原油減産や値上げ政策）でプールを運用できるか危ぶまれていましたので、NECも、ならばやってみろと、許可してくれました。

NECの名に恥じない公共性を打ち出した以上、格安料金でなければなりません。名前もクラブではなくスクールにしよう。万一を考えてNECは冠せず「グリーン・スイミング・スクール」、マークはGの台座に子イルカとSSを配し、若い新入社員のデザイナーの夢を活しました。

コーチには峯島久吉（一九一二〜一九七六）を、知人のNEC社員磯野百男氏（極東オリンピック水泳選手）から紹介されました。

峯島は、旧姓豊田で、昭和七年（一九三二）のロサンゼルスオリンピックの八百メートル水泳(自由形)リレーでアンカーを務め、金メダルに輝きました。因みに泳者は、宮崎康二、遊佐正憲、横山隆志、豊田久吉で、タイム八分五十八秒四。二位はアメリカで、この時代の日本は水泳王国です。男子は、四百自由形が銅メダル以外、金を独占しました。女子は、二百平泳ぎで前畑秀子が銀（次回ベルリンでは金）でした。

郷里は山口県周防大島で、安下庄中学（現安下庄高校）から日本大学に通いました。昭和十一年（一九三六）に、大船撮影所一期生として、佐野周二、上原謙と共に入社、「豊田満」の名で『君よ高らかに歌え』に主演デビューしたようです。翌年は、『青春満艦飾』『恋愛無敵艦隊』『金色夜叉』と矢継ぎ早に清水宏監督映画に出演しています。もっともこれは若い金メダリストを映画会社が俳優に利用しようとしただけのことだったのかも知れません。磯野百男氏紹介の峯島さんは、定年前の湘南高校体育教諭で、俳優稼業をやったなどおくびにも出されない真面目一辺倒の金メダリストでした。もちろん背は高く、若いときにはさぞや女性に騒がれただろうと思いました。

NECからもスイマーを移籍させ、四歳児からの体育と教育中心のスイミングスクールを開校しました。料金は格安でも入校前と定期に身体検査をやるので、折角希望するのを断ることがありました。親は慌てますが、早目に体調不具合が判って、反って感謝されることもありました。

スイミングクラブの激戦区といわれた川崎で、たちまち予定生徒数を超えました。確かに異質事業で、NEC本社も一応軌道に乗ると社会貢献の一環だと事業報告書で株主に宣伝するほどでした。本社の設備の空き時間を活用するチャッカリ事業といえましょう。

コーチの苦労は大変でした。その一人、功労者の峯島筆頭コーチに思わぬ不幸がありました。成人コース指導中にプールサイドで急死されたのです。昭和五十七年（一九七六）十月七日でした。葬儀は、まさに峯島さんらしく、抜けるような青空の十月十日、体育の日でした。享年六十四歳。

赤字子会社でも社長は社長

昭和五十八年（一九八三）六月、本社副社長から妙な勧誘をうけました。

副社長とは、先年総務部長のときに、コンピュータ専門の巨大工場用地買収をわたしに指示して以来、毎日接触していました。現職のまま組織を飛び超えた本社の仕事で、副社長に昇格後も、社外で深夜まで指示を受けることがしばしばありました。


「君は、本屋（㈱日電図書販売）の社長をやる気はないか？　わたしは近々、航空部品専門会社の社長で出る」

「だって、わたしは日電厚生サービスの専務ですよ」

「社長と専務じゃあ月と鼈《すっぽん》。格が違うよ」

「いや、結構です。あんなボロ会社、よく会社の体をなしていますね」

「知っているよ、君のその罵倒もね。潰してもいいさ、君の思い通りにやればいい、だから社長だよ」

「なるほど、いくら頑張っても、学卒じゃないわたしには、厚生サービスの社長は回ってきませんよね」

「拗《す》ねちゃ困る。まあ、そうかも知れん。やってみろ、面白いぞ」

「潰すかもしれませんよ」

「いいよ。君の信念でやればいいのだ」

遂に、社名まで「㈱日本電気文化センター」と改め、まずNEC営業部門のイベント業務の下請けからはじめました。

既にNECには、①デザインセンターや、②青写真（図面複製の写真印刷）の類似子会社がありましたから、日本電気文化センターは「編集」専門集団を育てようと狙ったのです。

一般に、出版社といえば印刷屋と混同します。建築でいえば、出版は設計監督、それを忠実に建屋に仕上げるのが建築（ひらたくいえば大工）で、良い建築も書籍も、この二つは分業です。

だから既存の①、②の両社とは、助け合い競い合える会社になるのです。NECのイメージ宣伝や製品展示は、様々な形で年中盛んでした。会社①と協調受託が多くなりました。会社②は青図印刷ばかりでなく、オフセット印刷を導入しました。

社長に就任と同時に、日電厚生サービスでは専務を免ぜられ、一年限りの平取締役になりました。しかしこちらの業務は、専務権限と変わらず、継続するように指示され、NEC本社総務部長からは工場用地取得を急ぐよう、これまで同様の扱いを受けました。

問題は図書販売で、案の定、年々の赤字を本社が負担していたことです。この解決に二案立てました。

①図書販売部門を日電厚生サービス第一業務部(売店)に移譲する。

わたしが双方の責任者である間に実行することは容易ですが、たとえ売場が同一場所とは言え、赤字を承知で、移譲すれば日電厚生サービスの社長に泥をぶっかけるようなものです。

②図書部門の赤字原因（雑誌の一割引販売）を止める。扱い高の七〇％は週刊誌・雑誌の類で、この年間割引額は三百万円ほどで、たまたま年間赤字と同額でした。これを辞めようと決めました。ただ一冊毎では鼻糞金額でも、労組が勝ち取った成果ですから、たとえ一銭でもその権利を、労組が譲歩するとは思われません。

ところが、これも天の配慮でしょうか、チャンスがありました。

工場レクリエーションで、運動会に招かれ、偶々隣席が、労組連合会会長でした。

「親会社はいいですね。こうして弁当付で楽しめて」うっかり愚痴っぽい独り言を洩らしてしまいました。労組連合会長がすかさず、

「今日の弁当も厚生サービスさんの売り上げでしょう、万事に抜け目ないですな」

「有りがとうございます。同じ子会社でも図書販売は惨めですよ」

「そうそう、あなたはあちらの仕事もやっておられるのですね」

「同じ子会社でも、こちらは惨めです」こういった途端、わたしは急に口早になり、「同じNEC社員でも子会社は組合にも組れず、あの歳で毎日梱包本を出したり入れ

たり担いだり、腰痛に泣いています。その上会社は慢性赤字…」赤字の理由など綿々と話しているうちに、自分の言葉が潤んでいたことに気付きました。

「くだらん、週刊誌まで一割引とは、滑稽ですね」

連合会長が呟きました。わたしは深く頭を下げました。

「汗流して働いている社員の爺さんがいると、値切ったマンガ雑誌で尻拭くあんちゃんにも、聞かせたいよ」

横にいた何処かの工場労組の幹部が、わたしに声をかけてくれました。

　翌日、同じビルの最上階に事務所のある連合会から呼ばれました。連合会長は事前に、

「昨日の雑誌一割引販売を辞めたいこと、幹部たちに話してください。組合のことですから猛烈な反対意見も出ますが、話はついていますから、我慢してください」

にっこり笑ってくれました。

NECの社長から大目玉、会長から賛辞

　会社は、二年ばかりの間に、個性豊かな若い社員を三百名ほど採用し、NEC子会社の社史や、社員の自分史、随筆など途切れず受注できるまでに成長しました。わたしも『サービス修行』と『尖兵気どり』の二冊を日本電気文化センター発行で自費出版し、宣伝に使いました。

　ときには、有名人を招いて、定期講演会「NECマイライフスクール」を行い、その速記録を新書版『NECマイライフ叢書』(非売品)として、会社の宣伝材料に使いました。講演叢書は、元々日電厚生サービスの創立十周年記念事業としてはじめたもので、事業自体は日電厚生サービス名義でしたが、新書の制作は九号以降日本電気文化センターに移しました。因みに、印象的な講演者を列記しますと、哲学者山本七平、建築家清家清、評論家渡部昇一、映画作家新藤兼人、歌人山本友一、声楽家藤山一郎、結びの研究文学博士額田巌、キッコーマン役員茂木友三郎…と限《きり》がありません。わずか三万円の謝礼でよく来て頂いたと思います。

　とにかく何でもやりました。親会社の窓口、総務部(文書課)でも、「何でも掻き集める、不恰好な塵拾いはみっともないですよ」といいますが、わたしはその都度「浅野総一郎だってはじめは横浜の汚埃屋《おあいや》だ。その真似さ」と、近くの札の辻に屋敷があったセメント業の創始者浅野総一郎噺《ばなし》をして、学識ある本社の若い社員を煙《けむ》に巻きました。

　塵といえば、図書販売を日本電気文化センターと変え

ても、親にとってはケチな子会社、お荷物だったでしょう。ところが親は親で、バブル景気の陋習が止《や》まず、未だに垂れ流します。その排泄物を回収する業務が増えていました。それを掬い再生するのが、子会社の役目、その気になって必至に掻き集めました。

日本電気文化センターは、短期間で急成長しました。

ところが何と、全子会社の幹部が本社幹部に現況を報告する重要会議の席で、会議を統括する本社社長が、いきなりわたしを罵倒しました。

「君は、親を踏み台にした怪《け》しからん奴だ」

それまで、会議の進展にはほとんど無関心で、手元のメモばかり見ていた他社の社長が、何のことだといわんばかりに、わたしに一斉に目を向けました。気の毒そうに俯き加減なのは総務部長です。強烈な叱責に、やや困ったふうの、わたしより少し若い勤労部長を見ると、彼は慌てて眼を逸らしました。わたしも強情で、無言で社長を凝視しました。

「勝手に労組を説得し、彼らが勝ち取った書籍割引販売を中止したとは何事だ。しかも、本社に事前の相談もない」

僅《わず》かに席の空気が緩んだようで「何だ、マンガ雑誌まで割引していたのかね」と誰かが囁きました。

正式会議の大勢の前で、こんな叱咤は、前代未聞です。ところが、殴らんばかりのこんな社長がいても、煽《おだ》てられたのではないかと疑うほどの愛の手があるものです。すぐにその場で、会長が、

「君の会社は、短期間でよくここまで伸びたね。よくやった。すばらしい！」

と、わたしを庇ったばかりか、会の終了直後、

「仮令《たとい》親を騙しても、強くなれば勝ちだよ、騙される奴がアホ。良くやった」

とわざわざ呼び止めて、励ましてくれました。

会長の去るのを見届けた勤労部長が、廊下まで追っ掛けてきて、

「木下社長、とんでもないことをやってくれましたね」

「そうか？　君には話したが、君はなにもやらんじゃないか。本社だって子会社だってＮＥＣの社員だからね」

「連合会長には礼をしましたか？」

「礼？　勿論、ありがとうといったよ」

「嫌だなァ。一席設けましたか？」

「飲ましたかって？　そんな金があれば、あんな乞食のようなことはしないよ。週刊誌を一割引でなきゃ買えない人を何処へ連れて行けというのだ」

「まあ、まあ、わたしがセットしますから、顔だけ出

してください」

「わたしを芸者にする気か…」

「あなたの席をつくりますから。金は本社で持ちます」

いまはすっかり変った六本木の谷合の、妾宅のような料亭で、客は連合会長、金主勤労部長、形だけの主人役わたしの奇妙な宴会の冒頭、

「社長さんも大変ですね」

客から慰めてくれました。あとは金主が、客と女将《おかみ》を相手に、昨日からの続きのような夜の話題に移り、わたしはトイレに立ちました。

役員任期がきて、わたしはさっさと退任し、退職金代わりに顧問名目の報酬を得ながらしばらく自由な時間を得ました。

お蔭で、ワープロ文豪で雑文書きを覚え、ときに独り旅を楽しむことになりました。

第七章　排泄文化考　その一

昭和六十四年（一九八九）、いや平成元年になってすぐ、天皇の喪に服したつもりの濃紺背広に黒ネクタイの妙な恰好で、渋谷へ年始に出かけると、

「いやはや、君も流石に日本人だ」

と冷やかされ、もっぱら昭和天皇の闘病について話しました。発表病名は「十二指腸乳頭周囲腫瘍」、死因は「敗血症による多臓器不全（心・肺・肝・腎など重要臓器の機能障害）」ですが、真因は「膵臓癌」。ほとんどの国民は知っていました。

長寿して頂くための輸血治療を、一年余もつづけられ、吐血、下血を繰り返され、肛門周辺は爛れ、悲惨だったことなど、いくら伏せても風聞は立つものです。

昭和六十四年（一九八九）一月七日午前六時三十三分崩御されました。

膵臓癌《すいぞうがん》を伏せ、延命治療に徹しられた昭和天皇

気が付くと、昭和（一九一二〜一九八九）が、あっという間に終わっていました。

社長になっても、親会社の上司にさんざん貶《けな》されたり、煽《おだ》てられたりでした。今は航空関係の会社社長になっている、わたしを子会社社長に推薦してくれた真の支援者には、渋谷の事務所へよく訪ねました。いくらやっても、叱られてばかりだと愚痴をいうためでした。その都度、

「そうか、面白い。会社をいつ潰す？　やれ、ヤレ」

と唆《そそのか》すかと思えば、直ぐに、警視庁の学友に頼まれた投稿原稿を批判してくれと、話題を逸らします。

気付けばまるで回答不能のパズルを楽しんでいるような癒しを与えてくれる、有難い上司でした。

八十七年と八ヶ月、数え八十九の御寿命は、卆寿と申し上げたいほどですが、さまざまな医療器具を挿入した玉体で、天皇を苦しめた強引なご延命策は、何の為だったのでしょう？　その間、官僚は新憲法下最初の大喪に、政教分離の原則をどう表現するか、喧々諤々《けんけんがくがく》たることだったでしょう。鳥居を付けたり、外《はず》したり、滑稽な表現がなされたのも、このせいです。昭和天皇ほど、神だ人間だと、ご迷惑なお立場を経られた天皇は居られません。

　癌は体質、二人に一人は癌細胞なる因子をもって生まれているらしいです。天皇も人間である以上避けられません。

「病名を秘匿する時代はすぐに終わるよ。不衛生な環境で結核菌に冒された敗戦前後とは違うから」

「罹《かか》りたくはないですね」

　親愛する上司と、他人事のような癌話に終始した平成のはじまりでした。

　十年後、わたしを支援したこの上司も、わたしも、癌に悩まされようとは、知る由もありませんでした。

　昭和は、六十二年と二週間。日数にすれば、二万二千六百六十日。わたしにとっては人生のすべてといえます。

思わぬ収入で平成排泄旅行

おまけ人生の平成になって間もなく、何処でどう話が進んだのか、住友石炭鉱業から社史の執筆を頼まれ、戸惑いました。

　レッドパージ予備軍にされたとも知らず、社用族の片腕にされたのが嫌で、自ら飛び出した会社からとは、お門違いも甚だしい話でした。たとえ痩せても枯れても、住友石炭鉱業は、学卒が犇めいています。

　確かにわたしは、日本電気文化センターから自社の宣伝用に『サービス修業』と『尖兵気どり』を自費出版しました。また、フジテレビ系の、戦記を扱う出版社から声がかかり、これも自費に等しい市販本『戦場彷徨』を出してはいますが、作家などとは烏滸《おこ》がましい限りです。

　市販本があると、友人はすぐ「印税で、相当稼いだな」などと冷やかしますが、とんでもない。昼飯をちびり、喫茶の付合いまで敬遠し、個人で酒は絶対飲まぬ、とケチった金で、出版費を捻出したのです。

　にも拘らず、執筆依頼とは、名誉なことよと思いましたが、住友石炭の現社長は知りません。あとで恥をかかせては申し訳ないので、これを社史の冒頭に使って頂けるならばと、小論「住友の経営理念」を書いて、審査を願いました。

戦後、金儲けばかりの泡沫会社が増える中で、住友は、創業三百年以来「浮利を厳しく諌め、自利利他公私《じりりたこうし》一如《いちにょ》」を経営理念としていることを、やや諄諄《くどくど》しく書き綴って提出したのです。

石炭会社で及第したとしても、NECから他社の仕事は相成らぬでは困りますので、わたしの会社の管理部門である総務部長に事前了解をとりました。

更に、わたし独りでは万一のこともありますから、石炭時代の友人二名を捲き込み、わたしは執筆、彼らは編集と手分けしました。

しかも、どう書くかも分らない初手から、月給二十万円にボーナスまで支給され、びっくりしました。九州と北海道の炭砿取材は、随行者までついて殿様旅行でした。毎週、石炭本社へ、その週に書いた原稿を届け、あとは編集担当に任せました。

「編集後記」も執筆の部類だといわれ、やむなくわたしが、こんなことを書きました。

一般に企業では、過去の古い資料など殆ど省みませんから、散逸はやむをえません。そんな意味の文章を吉村昭の「証言者の記憶」から引用して、社史は会社の糞尿にすぎないが、未来の貴重な肥料だと、読者にさり気なく訴えました。

刊行時には、またまた過大な謝礼まで頂戴しました。

この収入が、余生のちょっと変わった旅と雑文日課の、思わぬ肥《こ》やしになりました。

トイレットペーパー

第七～九章を「排泄文化考」とした手前、最も身近なトイレットペーパーからはじめます。

中国人に、「近近《ちかぢか》、お手紙を差し上げます」といえば、慌てられます。「わざわざ便所紙を呉れる？　日本人は変わっている」と嗤います。

中国の「手紙」は、「トイレットペーパー」、「ちり紙（塵紙）」、「落とし紙」、「清め紙」、「鼻紙」のことで、「手紙」のほかに「衛生紙」ともいいます。「衛生紙」なら日本人でも、成程というでしょう。台湾でも「衛生紙」は、通じます。

じゃあ、尻の後始末は、紙だけか？　いや、いや、西岡秀雄著『トイレットペーパーの文化誌』によると、まさに万国千差万別、列記しますと、

指と水　インド、インドネシア

指と砂	サウジアラビア（砂漠の国は大同小異）
小石	エジプト
土板	パキスタン
葉っぱ	ロシア
茎	日本、韓国
玉蜀黍の毛・芯	アメリカ
ロープ	中国、アフリカ
木片・竹へら	中国、日本（いわゆる籌木《ちゅうぎ》）
樹皮	ネパール
海綿	地中海諸島
布切れ	ブータン
海藻	日本
雪	北欧
苔	ノルウエー
棒切れ	ボルネオ
トイレットペーパー	世界人口の二分の一だとか

日本では蕗《ふき》の葉っぱを使用する地区や時代があったようで、この葉っぱをフキとは、尻拭きの駄洒落かもしれません。植物の茎で尻を擦ったともありましたが、「茎《くき》が拭《ふ》きに転訛した」、そんなことはありませんが、似ていますね。

どちらにしろ日本では、手と水を使いますので、用便や厠のことを「手水《ちょうず》」、「手水場《ちょうずば》」、「御手水場《おちょうずば》」、「手水《ちょうず》の間《ま》」といいます。

籌木《ちゅうぎ》

木片、竹へらを、尻に易しくそれなりに簡単に細工した箆《へら》を「籌木《ちゅうぎ》」といいます。「籌」は、矢投げ遊戯「投《とう》壺《こ》」の数取り器で、訓では「かずとり」、「はかる」、「はかりごと」とありますので、これを尻拭きに流用したのが始まりでしょう。

別名で「掻き木」、「落とし木」、そのものずばり「糞《くそ》箆《べら》」ともいいますが、下品ですね。巾三センチ、長さ十五センチの薄い木片で、愛媛県面河村では、昭和敗戦の物資不足時代にも使ったようです。材質は杉か樅《もみ》の柾目が、肌触りに良かったそうです。用済み後は便槽に棄てず別の籠に溜めて、後日、川へ流したとか（愛媛県歴史文化博物館大本敬久専門学芸員ブログ）。

では籌木《ちゅうぎ》は何時ごろから使われていたか？　古代の便槽遺構（福岡市の鴻臚館以前の筑紫館厠遺跡）から籌木が出土したといいます。なかには貢進物付札（荷札）も混じっていて、荷札も役を終えそのまま籌木に使われたのかもしれません。平城京時代の話です。

平家が衰退し源氏勃興の頃一二世紀末に描かれた国宝絵巻物『餓鬼草紙（永遠の飢え渇きに苦しむ餓鬼道を描く）』の「伺便餓鬼《しべんがき》」には、路上で子供が排便していて、大便が尻に付かないよう、高下駄を履き、籌木で身体を支えています。終えれば尻の汚れを籌木でこき落とすのです。籌木で肌をこするのは痛いでしょうが、これも習慣というものでしょう。昔の人は、面の皮より尻の皮まで鍛錬したといいたいですね。

インドにも糞かきの風習があり、中国へは仏家がもたらしたといい、厠籌《しちゅう》といいます。夏目漱石の『草枕』に「乾屎橛《かんしけつ》」という語がでてきますが、「乾いた屎《くそ》の橛《くい》」とはまさに厠籌（籌木）のことで、禅宗『無門関』にあり、人を罵ることばです。

籌木と併行して紙が使われはじめるのは、何時ごろでしょうか？　紙は、後漢の宦官蔡倫《かんがんさいりん》が、一〇五年に発明したといい、日本には高句麗の僧曇徴《どんちょう》が、推古天皇期の六一〇年に伝えたとあります。実際には四～五世紀頃(大和朝廷の興った古墳全盛期）には伝来していたともいわれます。

ヨーロッパに紙が伝わるのは日本より千年ほど遅く、それまでは「パピルス」や「羊皮紙（パーチメント）」が主流でした。イスラム文化が、キリスト教圏にながれてゆくのも紙の影響だといいます。

先に掲げた『餓鬼草紙』にも、土塀の前で排便の女の近くに紙が散乱していて、明らかに落し紙だとわかります。

また源師時《みなもとのもろとき》（一〇七七～一一三六）の日記「長秋記《ちょうしゅうき》」の元永二年（一一一九）十月二十一日の条に、「…其東間為御樋殿有大壷紙置台等」とあり、「御樋殿」は、楲殿とも書き室内の厠、「大壷」は便器（おかわ)、「大壷紙」は落し紙（清め紙、トイレットペーパー）のことで、この時代、紙が使われていた証です。

源師時は、平安時代後期の公卿で、長く皇后宮職にあったので貴人の生活環境には詳しかったのです。日記の長秋記は、皇后宮の唐名長秋宮に由来します。

桂離宮の樋殿《ひどの》

貴人の厠といえば、敗戦後数年経った時、わたしは仕事の関係で京都西京の桂離宮を特別拝観したことがありました。

桂離宮は元和の頃（一六一五～一六二四)、八条宮智《とし》

仁《ひと》親王の別荘として建てられた数寄屋造り古書院に中書院、楽器の間、新御殿と雁行して建て増された美しい御殿と回遊式庭園で有名です。明治になって桂宮家廃絶後は離宮となりました。

わたしは厚かましくここに住まわれたであろう貴人の樋殿を、断られるのを覚悟で拝見したいといいました。この日は拝観日でもないので、わたし以外何方《どなた》も見えません。ところが簡単に中書院の方へ案内して頂きました。前庭の景観がすっかり変わった部屋でした。広くて明るい畳敷きの部屋で、樋筥《ひばこ》などありません。ただ部屋の中央の畳をずらすと小さな長方形の穴で、覗くと真下に樋筥が置かれています。高床なので箱まではちょっと隔たっていて、庶民のそれのように尻を汚す恐れはありません。御用済みの樋筥は、その都度取替えられます。その樋筥係は、「長女《おさめ》」、「御厠人《みかわやうど》」、「樋洗《ひすまし》」といいました。

貴人は用を足しながら、手を伸ばせる棚には一、二冊の本が積んであり、もちろん清め紙もあり、かすかに芳香も感じられます。

お庭よりもなによりも、桂離宮は厠まで夢の世界でした。

昭和の庶民便所紙

わたしのような昭和初期っ子は、古新聞で間に合わせ、「よく拭くんぜ。汚したパンツは洗わせるよ」と躾けられました。まだ水洗便所ではありませんから、水に溶けなくても、肥溜から畑に播《ま》けば、土にならない紙は、乾けば風に乗って舞い上がるのが関の山です。

文字は智慧の神さまだと躾られた時代です。文字を踏むなどすると厳しく叱られました。新聞で尻拭くなんて論外ですが、矛盾していました。

商業学校の高学年になると、落とし紙の文字は死んでいる、と屁理屈をいい、堂々と古新聞の世話になりました。しかも、次々と先輩を戦死させた将軍の写真が載っていたりする古新聞や古雑誌は、敵討ちでもするように、大便諸共容赦しませんでした。

明治三十二年（一八九九）頃、芙容が「化粧紙」の新聞広告で、欧米では「トイレットペーパー」と称してこれを使っていると述べたようです。

明治四十三年（一九一〇）頃の鉄道、東海道線の車中厠には、中国製の紙を繋いで小巻きにしたトイレットロールが使われていたとか伝えられています。

大正十三年（一九二四）頃、丸の内三菱赤煉瓦街や帝

国ホテルが水洗トイレになったので、当然国産のトイレットロールがあったとおもわれます。

国産の塵紙《ちりかみ》（鼻紙、散り紙、落し紙）は、はじめは楮《こうぞ》外皮の屑《くず》を使っていて、斑な粗悪品が多かったようです。やがて技術の進歩とともに無制限に長いロール紙が出来るようになりました。

日本では湯水のように乱暴に使うトイレットペーパーが、木材と石油（エネルギー）の製品であることはいうまでもありません。昭和四十八年（一九七三）、オイルショックが世界を震駭《しんがい》させた時、庶民の家庭は、押入れが買い占めトイレットペーパーで溢れるという滑稽現象がおきました。流石に食と連動した排泄必需品に慌てたのです。

いつか、日本のトイレットペーパー主要生産拠点がニュージーランド南島と聞きました。ここは、製紙の原料パルプと水力発電力の豊富な国です。

空港のトイレに飛び込んで驚きました。大型トラックのタイヤと間違うばかりのロール紙トイレトペーパーがあります。もちろん使用前に適量を取って便器に鎮座するのでしょう。カナダ空港でも、巨大トイレットペーパーを見かけました。似たような資源国です。

一方、ほとんどのトイレットペーパーは、再生紙のようで、用済み牛乳紙パックや紙製缶型飲料容器（カートン缶）が原料になるようです。カートン缶は、金属や化石燃料から作られる容器に比べて環境負荷が少なく、トイレットペーパーに再生されると、紙の使命を果たし大地に還されます。

『古事記』に載った惨劇の厠

つぎは厠、しかも、いきなり日本古代の厠譚です。

『古事記』は、天武天皇（?〜六八六）の命により、語り部の舎人稗田阿礼《とねりひえだのあれ》（生没年不詳）が誦習《じゅしゅう》していた『帝紀《ていき》（天皇の系譜）』や『旧辞《きゅうじ》（神話・伝承の記録または口誦されたもの）』を、元明《げんめい》天皇（六六一〜七二一、文武・元正天皇の母）の命により、太安麻呂《おおのやすまろ》（?〜七二三）が選録し、和銅五年（七一二）に献上した我国最初の上代特殊仮名遣いの天皇家の家史で、多分に中国神話の影響が感じられます。

『古事記』中巻の「景行天皇　小碓命《おうすのみこと》（のちの日本武尊《やまとたけるのみこと》）西征」の条に、

「朝署《あさけ》に厠に入りし時、待ち捕え、搤《つか》み批《ひし》ぎて、その枝《えだ》を引き闕《か》きて、薦《こも》に裹《つつ》みて投げ棄《す》てつ（明け方、便所へ行き、待ちかまえて捕え、掴み潰して、手足をもぎ、薦に包んで捨てました)」と、小碓命が、双子の兄大碓命《おおうすのみこと》を斬殺したと景行天皇に報告するところがあります。天皇は、小碓の乱暴に恐れをなし、西の熊曾建《くまそたける》征伐へ追いやります。

厠が惨劇の舞台になるのは、のちに述べる『史記』の「漢の呂后、戚姫斬殺」とよく似ています。

厠ほど孤独で静謐《せいひつ》、と同時に残忍非情な陰影を秘めた場はありません。

なお、日本武尊の話は『古事記』と『日本書紀』とでは大きく違っていて、『古事記』では天皇が恐れるほどの乱暴者として描かれ、『日本書紀』では国造りの犠牲者として述べられ神話的な感じがします。前者が乱暴豪腕な人だとすれば、後者は神の変身だといえましょう。

歴史や伝承の多面性は、まさに食と排泄をどう穿《うが》つかに、似ています。

奈良　川屋と糞置村《くそおき》

『古事記』の口承がまだ生きている平城京、奈良の栄えた時代、人々はどんな排便の場を使っていたたでしょうか？　庶民にはまだ便槽などなく、直接自然に戻していたように思われます。

聖武天皇即位と同時に、皇親の筆頭となられた長屋王《ながやおう》(六八四〜七二九)は、左大臣として政治機構の筆頭にあられました。王は、天武天皇の長子、高市《たけち》皇子の子です。近年、その邸宅跡から、膨大な木簡が発見され、権勢の程が分ってきました。

発掘調査で、沢山の籌木と共に川屋まで判ったそうです。川屋とは、文字通り川に踏板を渡した便所、厠《かわや》(厠は俗字)です。

厠が川の側にあったのは、一説に排泄物を潔《きよ》める「不浄思想」の発想で、排泄場所をわざわざ屋外の側舎《かわや》に設けたのも、この思想といえましょう。

日本の厠には、西洋のような華やかな色彩がなく、厠は異界、異空間とみなされていたのです。

いま一つ奈良時代の糞尿感覚を探しますと、川屋(厠)が一概に不浄思想とも思われません。

東大寺の荘園に、「越前国足羽郡糞置村《えちぜんのくにあすわぐんくそおきむら》(現石川県福井市二上町《ふたがみちょう》・帆谷町《ほだにちょう》付近)」という地名が、天平神護二年(七六六)十月二十一日付の検田使(東大寺僧と造東大寺司官人で構成)の報告書(正倉院中倉古文書)に明示されています。糞置村とは、未開地に糞を置き良田にせんという祈りを込めた村名だったのでしょうか？　それにしても、自然の摂理に甘えすぎた今日では、こんな名は付けないでしょう。糞は、「米」と「異」の造形文字で、米の異物、肥《こえ》（下肥《しもごえ》）、肥《こ》やし、肥料《ひりょう》です。いまならば、肥料（飛竜《ひりょう》）村↓肥《こえ》村↓肥沃《ひよく》村とでもしますか。

神は、わざわざ糞に強烈な異臭を与え、貴重な肥料だよ、疎かにするな、心して大地へ戻せと、わたしたちに諭《さと》されたのでしょう。

『万葉集』の巻十六「高宮王《たかみやのおほきみ》の、数種の物を詠みし歌二首」に、

皂莢《そうきょう》に延《は》ひおほとれる屎葛《くそかずら》絶《た》ゆことなく宮仕《みやづか》へせむ

（三八五五）

（高い皂莢《サイカチ》に這い広がっている屎葛のように、途絶えることもなく宮仕えしましょう）

「おほとれる」とは「広がり乱れる」こと。葛は普通美称の「玉葛《たまかずら》」を使いますが、ここでは自分の比喩の上に、悪臭のする蔓草のことですから、卑称「屎葛」を敢えて使い、宮仕えを強調したといえましょう。

歌詞を見ても何と大らかだったことか。後世、奈良は、中国西安に肖った華やいだ国際都市で、自由な風が吹いていたと言われますが、分らないでもありません。

糞（屎）には異常な魅力があった

ここまで書いてきて、古代人の排泄感が現代とは大分違っているのに気付きました。

古代の人名には、「丸」や「麿」が良く使われますが、これは「糞尿不浄思想」の表現で、マルは不浄を入れる容器のこと、逆に「悪鬼の害を封じ込める魔術的方法」として、名前、とくに幼名に付けました。

平安前期の歌人紀貫之《きのつらゆき》（八六八？〜九四五）の幼名は「阿古糞《あこのくそ》」といいました。蘇我馬子と対立した物部守屋の相談相手は「押坂部史毛屎《しけくそ》」、孝徳天皇に白雉を奉った臣下は「倉臣小屎」、天平時代の写経生に「阿部朝臣男屎」と切がありません。

クソは、大和言葉の「奇し」または「腐《く》す」に由来し、楠または樟と同じく、奇しき力を持つもの、臭気を発するものの意味であったとか、いわれます。沖縄では現在も屎を「くす」といいます。

ところが、時代がぐんと下がって、幕末の国学者には、全く逆の糞嫌いがいました。

岡山の国学者で歌人の平賀元《ひらがもと》義《よし》（一八〇〇〜

一八六五）は、万葉人に肖って日本古来の神々に心酔しましたが、神々の忌む（？）排泄物のケガレが、大嫌いで、奇行というほど潔癖でした。

汲み取り便所は不潔だ、と厭《いや》がり、十数歩前から着物の裾をからげて近づいたといいます。狂気といわれるほどに、尻を丹念に拭くので、やたら塵紙を使い、手を灰と塩と糠《ぬか》で洗ったといいます（野口武彦著『大江戸曲者列伝・太平の巻』）。

それほどに、日本の神々が排泄のケガレを気にされたとすれば、いささか滑稽です。『古事記』の国生み神話では、伊邪那美命《いざなみのみこと》の糞尿から神が生まれたとはいえません。排泄不潔癖は平賀大人《うし》の独り合点だったのでしょう。

幕末の国学者には、過激なこの種の異常人が、やたら多かったようです。脱線ついでに、排泄のケガレとは関係ありませんが、埼玉の郷士浪人で国学者、神官だった山内老墓なる人物が、縁あって宇和島の藩校「明倫館」教授に招かれました。名前の「老墓」でもわかるように、号も「毛虫」や「犬死」と奇っ怪でした。廃仏毀釈を狙う日常行動でも、無謀な変化を好まない宇和島人は、ほとほと参りました。

後年、熊本県の神社係に採用され、ここで、彼の偶像破壊行動に反抗した敬神党の面々に、暗殺されました。それこそ彼は、糞も味噌も一緒、雅号通りの「犬死」だったのでしょう。平凡人には国学者というよりも狂人で、ある意味では彼らこそ、糞も味噌も識別不能だったといえましょう。

貴族の樋殿と金隠し

そろそろ平安時代、京の都を訪ねます。

貴族の邸宅、寝殿《しんでん》造の中には、固定した厠がなかったようで、主屋《しゅおく》の寝殿とその両側に対屋《たいのや》、これをつなぐ渡《わた》殿《どの》（渡廊《わたろう》）または細殿《ほそどの》とで構成されていますが、貴族の用便は、この対屋か細殿に、樋筥《ひばこ》を置いてなされたようです。もちろん几帳《きちょう》や衝立、屏風《びょうぶ》、御簾《みす》などで囲ったでしょう。

時代を経るにしたがって、御装物所や納戸、御湯殿の隣に便所が設けられ、「御樋殿《おひどの》」又は「樋殿《ひどの》」「械殿《ひどの》」と称しました。樋筥になした糞便は、屋敷の隅の「糞溜《くそだめ》」に捨てられました。

男の小便は、「尿筒《しとづつ》」または「便竹《べんちく》」を袴の間から入れて、それにしました。高床の寝殿造の上から庭に向かってしたともいいますから滑稽です（稲垣史生『歴史考証事典』)。

平安期の姫君が十二単《じゅうにひとえ》を引きずって、どうやって樋筥で用を足したでしょう。厠学の先達《せんだつ》李家正文博士の『厠まんだら』に因りますと、金隠しは、裾を引きずっている十二単衣を、着たままで汚さないために考えられた、衣桁《いこう》の変形ではないかとさえいわれるほどです。すると姫君たちは、金隠しを背にして用を足したことになります。

金隠しとは元来、鎧《よろい》の一部分で、当世具足の、胴の前腰にある草摺《くさずり》、またの名は「前板《まえいた》」、「揺の板《ゆるぎ》」であって、「睾丸隠し」「キンタマ隠し」ともいいました。これから転化して、便器の前の遮蔽物をそう呼んだ(『広辞苑第三版』)といいます。

すると女性の場合は、呼称にさしさわりがありますが、なければ便器の前後ろが判別できません。勢いのいい若い男性が放射すると、便器の外まで汚してしまいます。いや、なければ、女子だって汚してしまうとか(残念ながら、わたしにはわかりません)。だから、必要だという説もあります。

時代は下がりますが、川越の喜多院に、徳川家光が使ったという厠が残っています。この金隠しは、キンを隠すよりも、中腰の状態で前かがみになったとき、両手で寄りかかり、身体を支える役目をしていたようにも思われます。

お姫さまの衣桁か、それとも身体の支えか、前にするか後ろにするかで、違ってくる金隠し。排泄時の前後判別だけでは、設置の由来には、なりそうもありません。

今日の水洗便所では、その金隠しすら消えていますね。

「源氏物語」の滑稽色情譚

平安朝時代といえば、貴族の生活を描いた長編小説『源氏物語』には、樋殿に逃げ込む女房が出てきます。

『源氏物語』の「空蝉《うつせみ》」には、こんな話があります。その部分の現代訳を、瀬戸内寂聴訳を借りて紹介しますと、

「『あなたも今夜は宿直《とのい》していられたの。わたしは一昨日《いととい》から、お腹を悪くして、とてもがまんが出来ないので局《つぼね》に下がっていたのに、女房が少ないというので呼び出されて、昨夜上がってきました。でもやはり、とても辛抱できませんわ』と(老女は)訴えます。こちらの返事も聞かないで、『あ、痛た、痛た、おなかが……また後で……』と言い捨てて行ってしまいました。やはり源氏の君はやっとのことでそこをお出になりました。

りこうしたお忍びのお出歩きは、軽々しくて危険だと、身にしみてお懲りになられたことでしょう」

独り置き去りにされて樋殿へ走る女房に、光源氏が幻滅を感じる滑稽な情景です。

このような箇所ばかりを、わざわざ日記に書き留めて楽しんだ江戸時代の井関隆子なる寡婦がいました。女性は活発ですね、いやはや…

京の繁華街「錦の小路」由来

京の町を歩きます。

『宇治拾遺物語　巻第二』の「一　清徳聖《せいとくひじり》奇特の事」に、「錦の小路」の改称由来があります。

母を亡くした清徳聖は、三年間千手陀羅尼を誦して、葬儀を済ませ、京へでる途中、西の京で水葱《なぎ》を見て食べました。畑の主が、聖《ひじり》にさらに勧めますと、三町もあった水葱を全部食べてしまいました。大食の聖よと、坊城右丞相藤原師輔《もろすけ》（九〇八～九六〇）が呼び寄せますと、その聖の後ろには、「餓鬼、畜生、虎、狼、犬、烏、数万の鳥獣など千万と歩み続きて、来けるを、異人の目に大方え見ず」ばかりで、藤原師輔《もろすけ》だけに見えて、聖は仏の変身ではないかと思いました。


やがて聖が出て行き、四条北の小路で、糞をたれました。同時に連れのもの共も、隙間もなくびっしりと、墨のように黒い糞を垂れ散らかしました。流石に、下人《げにん》たちまで汚がって、「糞の小路」と名付けました。この路は四条北にある東西の小路で、古くは「具足小路《ぐそく》」または「屎《くそ》の小路」といわれていました。

天喜二年（一〇五四）、後冷泉《ごれいぜい》天皇（一〇二五～一〇六八）は、「四条の小路の南は何というか」とお尋ねになりました。

「南は、『綾の小路』といいます」と申上げますと、

「ならば、北は『錦の小路』と呼ぶがよい。『糞の小路』では汚すぎる」と宣旨ありました。

流石に京都、天皇までお出ましのお噺は愉快です。

いや、ここには昔、堀があり、街から集めた肥桶《こえたご》を運ぶ汚穢舟《おわいぶね》が集まり、方々この肥《こえ》を使った野菜類の市場ができ、『糞の小路』で賑わったともいわれます。

聖の糞か、肥桶舟か、どちらでも評判の小路といえましょう。

京都随一の観光市場『錦の小路』にも、不潔な時代があったのかと、驚くばかりです。

犬の糞説教

『宇治拾遺物語』は一三世紀初期、鎌倉時代前期の説話集で、人と動物や幻影が奇妙に融合しています。前記「糞の小路変じて錦の小路となった由来記」に続けて、巻第五の十一の「仲胤僧都地主権現《ちゅういんそうずじしゅごんげん》説法の事」には、面白い比喩があります。

犬は、人糞を喰らって、糞をする。だから、他人の説を盗用して自分の説のように言うことを、独創性のない真似事で「犬の糞説教」というと冷やかしています。

いまの犬は愛玩か警備、狩同伴の家畜ですが、当時は日本でも、豚同様に肉食し、雑食の犬もまた、人糞、人肉など好んで食ったのでしょう。

仲胤僧都は、比叡山本来の神大山咋神《おおやまくいのかみ》（地主権現）に法華経を供養しました（注、権現とは、仏が、衆生済度《しゅじょうさいど》のため、権《かり》に神などとなって現われた姿）。

僧都は法華経の偈文《げもん》(仏徳を賛嘆し教理を述べる韻文)を声高らかにとなえました。「此経難持《しきょうなんじ》、若暫持者《にゃくざんじしゃ》、我《が》即歓喜《そくかんき》、諸仏亦然《しょぶつやくねん》（此の経を持つことは難しい、若《も》し暫《しばら》くでも持ち者《え》るならば、我は即ち歓喜する、諸仏も亦《また》、然《しかり》である）」

僧都は、供養神の手前、末尾の偈文を「諸神亦然《しょしんやくねん》（諸神も亦《また》、然《しかり》である）」と誦し、大衆も異口同音にどよめき、歓喜しました。後日、別の説教師で、仲胤僧都を真似たのがいて同じく感動を呼び、僧都から「犬の糞説教」と評価（？）されたのです。

あらぬ被害を蒙ったのは、京の街の清掃係を自認していたかもしれない犬かも知れません。

犬矢来

京ならずとも、戦前は野犬のうろちょりょろする街並は珍しくはありませんでした。猫は鼠を獲りますが、犬は人にも噛みつきますし、滅多矢鱈に放尿し、走り回るのが多かったのでしょう。

昔ながらの祇園の町並を歩きますと、町家に「犬《いぬ》矢来《やらい》」が目立ちます。道路に面した出格子の外壁に、竹などの艶艶《つやつや》しいアーチ状の仮囲いがあります。「矢来」とは「遣らい」の当て字で、竹や丸太を縦横に組んだ仮の囲いのことで、駒寄せの撥ね泥や、外壁と溝の間、軒下の狭長な空間（犬走《いぬはし》り又は犬行《いぬゆき》）を犬猫の放尿で汚さぬようにしたのが犬矢来です。本来は駒寄せともいわれますが、泥棒よけにもなるらしく、いまでは京町家の風物になくてはならない造形のようです。

しかも、駒矢来でも、猫矢来でもなく、酔っ払いが立小便を共用しかねないところに、犬の矢来とは愉快な呼称です。

矢来で犬の排尿を防衛した京に、お稲荷さんの御札や赤鳥居を落書きし、評判になった頃もありました。お稲荷さんでは人間だけ、犬猫には効き目がありません。

何度も書きましたが、平安後期の「餓鬼草紙」に登場する「伺便《しべん》餓鬼」は、鳥辺山の死骸《むくろ》同様、排泄物が塵芥《じんかい》以上に始末に困り、豚犬などの餌になって、再び人の飲食から排泄を繰り返し、輪廻《りんね》という宗教思想に組み込まれてゆきました。

やがて京大坂の経済が、江戸へ移ると、「火事、喧嘩、伊勢屋、稲荷に、犬の糞」と江戸が発展してゆきます。伊勢屋は伊勢出身の商人で、彼らの扱う京の高貴な方の古着が、怒涛のように江戸へ流れてゆくのです。併せてお稲荷さんのご本家や野犬の糞まで引連れ、江戸は一変します。

犬矢来の美は、ゆったりした京の玄関先の美へと、現在では変わってゆきました。

大原女の立小便

京都中京区の、地蔵信仰で名高い新撰組の屯所、壬生寺《みぶでら》に伝わる「壬生狂言」の演目に、「大原女《おはらめ》」というのがあります。壬生狂言は正安二年（一三〇〇）から伝えられたパントマイムで、この中で中年の大原女が立小便をします。

滑稽さを表現する方法だったかもしれませんが、いかにも開放的です。中世までは女子が立小便し、男子はしゃがんでしたらしく、いつの時代に逆転したのでしょうか。

東福寺東司

室町時代以降の禅宗修業では、排便が際立って、修業作法に組込まれてゆきます。

京都東山の名刹、臨済宗東福寺には、七堂伽藍の一つ「東司《とうす》」が、室町時代そのままに現存しています。

桁行七間（約二十七㍍）、梁間四間（約十㍍）造、本瓦葺大屋根、柱間には妻飾のある堂々たる禅宗寺院建築で、トイレ建築としては最大規模といえましょう。

東の妻入りが正面で、床は土間、左右に陶製の壺を二十六個、整然と並べ、埋められています。その間に、仕切や壁はまったくなく、右手の九個の壺が大便壺、左手前九個が小便壺、右奥六個、左奥二個が手洗壺であったようです。いずれも国指定重要文化財です。

禅宗では、用便方法が厳しく定められていました。用便に先立って、便壷をきれいに洗い清めます。用便後は、竹べら（籌木）か、紙で拭き、次に右手で水桶を持ち、左手で水を受けて便壷を洗浄します。それから手を洗うのですが、まず灰と土で三度ずつ、さらにソウキョウ（橘の実を粉にしたもの）やソウヅ（小豆の粉）で一度、計七度洗って、最後に水または湯で洗手します。

酬恩庵東司

酬恩庵（通称、一休寺）の東司も、東福寺同様の国指定重要文化財で、江戸時代初期一七世紀後半に建築されています。切妻造、桟瓦葺《さじきかわらぶき》。桁行四㍍、梁間三㍍、通路側に開放の小便器二基、反対側に大便所二室。

ここは現在も使用されているので、陶器の便器で、大便は和式水洗式になっていました。

明治天皇の御厠

後小松天皇の落胤といわれる臨済宗の僧一休（一三九四～一四八一）が隠棲した酬恩庵（通称、一休寺または薪寺《たきぎでら》）から天皇の御樋殿を連想しました。

京都最末期、明治天皇の時代にも、御内儀の厠は「東司」といい、女官は「おとう」と呼びました。ここには、仏教同様「烏芻沙摩明王《うすさまみょうおう》」なる東方支配の神様が祀ってありました。

天皇の便器も「おとう」といって、上部が二尺と四尺の長方形で、高さ二尺ばかり、底に美濃紙三枚の広さの上広がりになった黒の漆箱でした。箱の底に籾殻《もみがら》を敷いて、その上に美濃紙を重ね、ご使用のたびに、新しいものと取り替えられました。御厠《おとう》を曳くのは表御座所の輿《よ》丁《てい》の役目で、御常御殿《おつねごてん》は皇后宮職の仕人の役目です。

天皇が用便を終えられると、ただちに奥の女官がそれを伝え、掛の仕人が小使一名を連れて厠へ行き、御厠《おとう》を曳きます。御厠は、小使に持たせて、侍医寮に行き、検分を受けます。検分が終わると、再び御厠を小使が持ちかえりました。東京に移られてからは、紅葉山へ行く途中の道灌堀脇の何丈もの深い堀へ捨てました。

御厠には、夏は氷柱、冬は火鉢が置かれたとか。

新島襄家の洋式便所

千年の因襲が固い京都でも、同志社大学の創設者、新島襄の旧居便所は、明治十一年（一八七八）建築で、日本最古の木製洋式便所でした。腰掛固定の木箱中央に、直径二十七㌢ほどの穴が開いていて、ここに腰を掛けて行った、といいます。

江戸、長屋の便所

好い加減で江戸へ移ります。

江戸では近郷農家が江戸街中の糞尿を再利用せんものと、収集に必至でした。下肥《しもごえ》の大量生産地のことですから、侍屋敷や長屋では、汲み取り権の入札までしたようです。

古川柳に、下肥汲みに鼻を抓《つま》みはするが、大根の謝礼を待ちながら、溢れそうな長屋の共用便槽に気をもむ大家面《づら》が目に浮かぶのがあります。

肥《こえ》とりはいやがられたり待たれたり
むさいとてなくてもならぬ娑婆《しゃば》のもの

糞尿は「流し去る」より「溜めておいて肥《こえ》に変える」輪廻の一過程です。糞尿を肥《こえ》といい、「肥《こ》やし（肥料）」に転化させるとは、まさに農業を発展させた古代人の智慧にほかなりません。

アイヌの厠

野糞からはじまった京都も江戸も、郊外では街方の肥を競って畑に生かし、自慢の野菜を育て、高貴な方々や武家や庶民の口に届けましたが、さらに北の地でも、糞尿は貴重な肥だったはずです。

どんな厠だったのか、トイレ博物誌をくってみました。アイヌ・モシリ（アイヌの住むところ）では、厠は、北西方向に建て、男女別で、それぞれに「いさかいのときの避難場所」にもなったとか。

本土でも、便所は鬼門（北東）には建てません。

アイヌにも、汚いものには魔物もよりつかないという習俗があるそうです。佐江衆一の小説『北の海明け』は、徳川末期の蝦夷地へ布教に赴いた老僧と少年僧の苦難話ですが、少年僧は、アイヌを虐待する和人を憤り、遂に自らアイヌになり生涯を送ります。この小説の「須学《しゅがく》愛語」の章で、アイヌ習俗に触れ「生まれたばかりの赤ん坊はテイネプ（濡《ぬ》れ者）といい、坐《すわ》れるようになるとションタク（糞《くそ》の塊）と呼びます。穢《きたな》い名で呼ぶと悪魔がいやがって手をつけないから、丈夫に育つというのです。

誕生日が近づいて、はじめて名をつける」とあります。汚い糞が、かえって魔除けというは、日本の古代人の幼名にもよく見かけられます。

ヒマラヤ　神秘の排泄

ここで、いきなりヒマラヤへ飛びます。というのも、郷土宇和島出身の岩村昇（一九二七〜二〇〇五）博士のネパールの排泄風俗を借用記録したかったからです。

岩村昇は、岩村幸次郎の長男として、宇和島市朝日町で生まれました。蛹油《さなぎあぶら》工場を経営する一家で、周辺の製糸工場から、糸を紡いだ後の蚕蛹《さんよう》を集め、これから油を絞り、石鹸を作っていました。煮粕の蛹は悪臭がして、人の嫌う仕事でしたが、幸次郎は、数多い宇和島の製糸工場から出る廃物蛹に着目して、大洲から居を移してきたほどの事業家でした。

工場は、まだ殆ど人家のなかった埋立地泉屋新田の南端に設け、異臭迷惑を避けていました。猛臭に慣れなければ、とても勤まらない職場でしたが、従業員には、その頃朝鮮からの出稼ぎが多かったようです。

そんな環境で育った昇少年の小学校は、通学区の違う秀才校明倫小学校区に仮寄留して入学しました。通学路には、内港の渡し舟を使ったようです。小学教育が、生涯の交友環境に大切だと、わざわざ明倫小学校へ通わせた親心だったのでしょう。

やがて戦争が激しくなり、県立宇和島中学に入学しますが、昭和十五年（一九四〇）、一年生のとき弁論部で、

「成功者と謂われる人は、皆異状なる忍耐と頑張りの結果そうなったのであり、失敗者と呼ばれる者は悉くこの要素を失った人である。成功者の例を挙げれば、アメリカ有数の保険業者R・A・ダービーはあらゆる苦悩を突破して成功した」と訴えました。

この年の日本は、西暦など口にする奴は非国民とばかり、「……仰げば遠し皇国《こうこく》の紀元は二千六百年」と頌歌《しようか》まで歌わされた時代ですから、アメリカ人を皆の前で堂々と褒めるなど、勇気のいることでした。

岩村昇は、昭和二十年（一九四五）、敗戦直前の三月、宇和島中学を卒業し、松山高等学校理科→鳥取大学医学部→同大医学部衛生学教室助手（医学博士学位受領）→同教室助教授と進み、昭和三十七年（一九六二）一月、日本キリスト教海外医療協力会のネパール合同ミッションとして派遣されました。

十八年間、ネパールで結核医療や孤児の養育に尽くし、

「ネパールの父」、「アジアの赤ひげ」と讃えられ、昭和四十八年（一九七三）に「吉川英治文化賞」、さらに同年、「宇和島市名誉市民章」が贈られ、平成五年（一九九三）には、アジアのノーベル賞といわれる「マグサイサイ賞」を受賞しました。

宇和島中学卒業後、郷里に戻ることはありませんでしたが、世界の屋根ヒマラヤを仰ぎながらネパールの衛生指導に生涯を捧げたのです。

岩村博士の前置きが長くなった序《つい》でに、岩村昇の従弟《いとこ》で、現在宇和島市立病院の名誉院長である近藤俊文博士をご紹介しておきます。医療ばかりか、今日では宇和島明治維新史の発掘者としても知られ、わたしは尊敬し、教えを請うています。

①ジャングルへ行く

岩村昇著『ネパールの碧い空』の「ヒマラヤを眺めながらの排便」に、「ネパールでは、汚物は大地に放置して、自然のままに、というのが習慣」とあります。

「ジャングル・マ・ジャンチュ（ジャングルへ行く）」が、「トイレへゆく」ことなのです。

公衆衛生医師の岩村昇は、伝染病の元凶として排泄物の処理を訴え続け、村々に便所を作って回ったといいます。

村人は「天地開闢《かいびゃく》以来、おのれの排泄物を始末するのに汗を流すなど、聞いたことがない」と驚いたそうです。

「パニ・ドイ・ディンチャ（雨が洗ってくれる）」という自然の摂理に反するというのです。

②牛のウンコで雑巾がけ

別の著書『ヒマラヤから祖国へ』には、「牛のウンコで雑巾がけ」なる奇抜な話が載っています。ネパールの国教ヒンズー教では、牝牛《めうし》は神様ですが、牡牛《おうし》は頰をひっぱたかれて、荷車を引かされ、田圃を耕させられ、散々です。

その牝牛の大便、糞を、家に客を迎えるとき、部屋を清めるための、牝牛糞雑巾にするといいます。

宗教風習とはいえ、いかにも不潔ですね。ところが、健康な牛の排泄物には、乳酸菌が沢山いて、人畜に有用なのだそうですから、嫌ってばかりはおれません。

熱心なヒンズー教徒は、赤ん坊が生まれると、牛のオシッコで赤ん坊の顔を洗ったり、口の中に一滴たらしたりするそうです。

そういえば、宇和島の海で水母《くらげ》に刺されたときも、すしょう。

ぐ小便をかけました。戦場で負傷した戦友に、ヨーチン替わりに小便で消毒したこともありました。健康な人畜の小便ならば、緊急薬品を持ち歩いているようなものでしょう。

③井戸の大腸菌

岩村昇・史子共著の『山の上にある病院　ネパールに使いして』から捜す井戸は、いずれも汚水溜めという感じです。

ネパール無医村地帯は、家の内外に便所などがありません。夜明けの路地には、いたるところに放り出《ひだ》てが見受けられます。その路地から、汚水の溜池は近く、おかみさんが洗濯をし、子供は水浴びを楽しみ、その横では食器を洗います。

飲料水専用の井戸だといっても、溜め池から五歩も離れていません。地面を掘っただけで何の囲いもない穴だけの井戸に、泥だらけの銅製バケツをジャポンと漬けて汲み上げます。周りからは汚水が流れ込み放題です。

大腸菌群培養試験で、一本でも陽性があれば、日本では「飲用不適」ですが、ネパールは、どの井戸も陽性一〇〇%、一cc中の大腸菌数は、優に一万を上回ると推定されます。日本で最悪の銭湯の浴槽水を常に飲んでいるようなものです。大腸菌が完全に陰性になるまでの「さらし粉」の量は、日本の普通使用の十二、三倍は必要です。

生水をグイグイ飲めるわたしたち日本の谷川では、誰も野糞、野小便を近くでやりません。まさに水に関する限り、日本は幸福天国と言えます。

繰り返しますが、飲食と排泄は、経過期により呼称を変えた一過性因子集団です。人体はその偶発的経過通路の一つでしかなく、ネパールの牡牛以下かもしれません。

第八章　排泄文化考　その二

中国トイレ旅行

平成七年（一九九五）、中国史跡探訪を思い立ち、陝西省西安とその周辺を歩きました。

観光会社の指定コースを外した独り旅で、客のすくない二月を選びました。

地元ガイドは、二十世紀に発掘された西安の東にある仰韶文化《ぎょうしょうぶんか》大集落半坡《はんぱ》遺跡か、西安南東五十キロの、北京原人より古い藍田原人《らんでんげんじん》発掘現場を観ないか、と盛んに薦めました。

わたしが興味のある中国古代史は、秦の始皇帝以降にすぎません。今回は、『史記』の項羽と劉邦の命運を決した「鴻門」を訪ねたかったのです。

運転手は言下に反対しました。

「何もありませんよ。最近造られた等身大の泥人形が、小さな建物に飾ってあるだけ。入場料も高い。あんな人形見るのならば、藍田原人の方が本物で、安い」

わたしは藍田原人も半坡遺跡も予習していません。『史記』の「項羽本紀第七」に描かれた「鴻門の宴」の舞台に立ってみたかったのです。

厠へ逃げた鴻門の劉邦

車は西安郊外最大の観光地楊貴妃（七一九～七五六）湯浴みの「華清池」と、始皇帝（前二五九～前二一〇）陵につづく兵馬俑博物館までは、道路も整備されていました。ここからさらに約二キロ、砂塵の巻く黄土の一般道路を走り、案内板もあまり目立たない道を、左折しました。農家の脇道を登ると小高い丘があり、ここが「鴻門の宴」跡だといいます。

ガイドのいう通り、観光客がいません。駐車場らしい広場に入ろうとすると、農家のおやじさんが二人現われました。慌てて着た上衣の赤い肩章が、服務員の証のようで、駐車料を徴収されました。

「外国のお客さんだ」

運転手がやや横柄に言い、売店兼事務所の前まで乗り入れ、ガイドが参観料を払おうと戸を開けると、数人の女性服務員（案内人）が一瞬おしゃべりを止め、一斉にこちらを見ましたが、参観者が一人と判ると、すぐ眼を逸らして暖房を囲み、笑談に戻りました。

売場の絵葉書などには、黄土の砂埃が容赦なく薄っすらと積もっています。ここには売場担当の服務員がいるのでしょうが、わたしが絵葉書を手にしても、暖炉の連中は見向きもしません。

鴻門の農家　砂厠《すなかわや》

鴻門の観光高台を降りた一角には、数戸の集落がありました。

「農家を観ますか？」

民俗事情に興味あると思ったのか、ガイドが勧めました。どの家も煉瓦塀で囲まれ、前庭を含めて六百平方メートルはありそうな裕福な家です。両開き門扉の正面奥が、煉瓦造りの平屋です。十四、五本の槐《えんじゅ》が植わっている庭は、農家の仕事場で、槐には、竹竿が渡され、物干しの支柱にもなっています。玉蜀黍《とうもろこし》を束ねて、乾燥させるには好適でしょう。槐は建材や家具材に使われ、花を楽しみ、果実は薬用だそうで、日陰ばかりではありません。

ガイドがその一軒に入ると、すぐに五十過ぎの婦人が出てきて、気安く招じてくれました。家は三部屋になっていて、中央が居間兼応接間、両側が寝室、この配置は平均的間取りのようです。これでは厨房がありません。三代がそれぞれ部屋を要求する大世帯らしく、裏に煮炊き用の簡単な小屋を造っていました。

中央客間には、老夫婦孝行の証と自慢する立派な寿棺が積上げてあります。老人は健在です。棺は着色なく、白木のままです。まず客にこれを自慢しました。

突然の客にかかわらず、どの部屋もあけっ広げで、見せてくれました。生活程度をひけらかす態度のようで、日本では考えられません。映画女優の雑誌切り抜き写真が、無造作に壁に貼られた部屋のベッドで青年が寝ていましたが、起きると嫌な顔もせず、ぴょこんと頭を下げ、笑顔を見せました。

もう一つの部屋には草臥《くたび》れたソファがあり、対面は五十センチばかり高床の暖房炕《カン》になっています。やたら派手な花柄布団が積んであり、新婚夫婦も老夫婦と並んで寝るのかな？　と変な想像までしてしまいました。

炕の暖房は厨房の窯と繋がっていて、余熱が巧く利用されています。

黄土高原の農村では、炕の上に炕卓（座卓）を置いて、高齢者は胡座《あぐら》で食事をします。座敷生活の日本とそっくりです。

この家には井戸がありました。直径五十センチほどで、相当に深く、蓋が付いていました。水桶は滑車で巻き上げる仕掛けで、湧き水ではなく、溜り水のようです。生水は飲みません。

わたしは、戦後、何度も中国旅行をしましたが、中国製ペットボトルの水は飲まないことにしています。うっかり飲もうものなら、必ず下痢します。

家中、何処を見てもいいといいますので、厠が見たいといいました。

主婦には、これも自慢だったのでしょう。前庭東南隅の煉瓦で囲った三平方メートルばかりで、低い屋根の小屋に案内してくれました。

おどろいたことに、便槽もなければ、踏み石も板もありません。ただ砂の多い地面で、厠を証明するといえば、新しいのや古い糞が、犬のそれのようにあちこちに転がっているばかりです。しかし、綺麗な砂地へ行くには、二、三歩は糞土へ踏み込まなければなりません。砂と混じって黒く変色した塊を避け、糞砂で尻を汚さないように、しゃがむのです。向きは各人自由、近くに仲良く並ぼうが、離れようが、これまた思いのまま、この砂《すな》厠《かわや》が、この家では食卓同様団欒の場といえましょうか。

広い厠の好き勝手な方向でやっても、男も女もみんな家族です。用を足せば、健康状態まですぐに判ります。

この地方では、たちまち乾燥する厠の排泄物が、汚物ではなく、「糞土」という貴重な肥料なのです。糞土に、竈から掻き出した灰を混ぜて、畑に播くのが春の農作業のはじまりだとか。

便槽にして溜めると、しゃがんで汲出すのが重労働で、ときには転落しかねません。ここの厠室は、まさに肥料庫そのものです。

医学がいかに進歩しても、体にモノを入れれば、用済み品や邪魔物は出さない訳にはゆきません。排泄は、輪廻の重要な一環、なんとしてもより有効な方法で大自然（畑）に戻さなければなりません。

乾燥しきった黄土高原の立派な砂厠を自慢した農家は、趙家といいました。

「見学謝礼をどのくらい出そうか？」とガイドに尋ねると、簡単に去《い》なされました。

「臭い厠まで自慢して…不要《ブヨ》、不要」

それでもポケットのバラ銭十元（当時百二十円程度）を主婦に握らせました。

戦後生まれの男女二人の子がいるようで、「一人っ子政策」では家が潰れる。「多子多福」にかぎる、と胸を反らしました。主人の趙孝志が農業の外に「鴻門宴停車場」の服務員だというのも、自慢の種でした。

幼児の開襠褲《カイダンク》

趙家を辞して、通路へ出ると自動車の回りに数人の子供が集って、騒いでいました。確かに子供が多い。

車は黒の日産で、この辺りで外車といえば、政府役人か外人の観光用程度です。もっとも、こんにちの中国車事情は、この頃とはすっかり変わっています。

その中の幼児が、急に十メートルばかり先まで小走りしたかと思うと、しゃがむやいなや、こちらに尻を向け、長いうんこを放《ひ》りました。ズボンを下げた様子もありません。中国の幼児は、殆どがお襁褓《むつ》をせず、しゃがめば股の開くズボン、開襠褲《カイダンク》を着《は》いています。放《ひ》れば、紙など使わず、そのまま立ち上がり、お仕舞い。

そういえば尻を拭くのは人間だけです。なぜそうなったのか？　学者によると、人は二本足で歩くようになったため、肛門括約筋をしょっちゅう緩めておけなくなり、一気に排出させて、尻を汚すため拭かなければならなくなった、といいますが、わたしにはよく判りません。

とにかく開襠褲は便利です。ところ嫌わず放《ひ》られてはたまりませんが、これもなんと、放《はな》し飼いの子豚が現われて、忽ち食べてしまいました。いやはや、ここにも、豚と人の共存があるのです。

中国農家と豚

イスラム教国では、豚を食う人間を、自分たちと同列の人間とは見做さず、嫌います。その豚、日本でも魚に次ぐ、庶民の肉食資源です。

中国では、「豚」といっても、なかなか通じません。「豚」という字は使わず、家族の一員のように肉月偏《にくづきへん》を外して通じます。日頃、日本でいう豚は、中国では「豕」または「豬（または猪）」で、使途により多数の文字を生みました。参考までに列記します。
豕《し》　訓・ぶた、ゐのしし、ゐのこ　　ぶたの総称。
猪《ちょ》　訓・ゐ、ゐのしし　　野生の豕でしたが、いまは豕と同じ。野生の猪《いのしし》を家畜化したのですから鋭い牙もあり、尻尾もあります。狭い場所で、より多く飼育するために、互いに傷つけあわないよう歯切りや断尾をします。「猪」は俗字。
豵《そう》　訓・ゐのこ　　生後六ヶ月の豕。
豚《とん》　訓・ゐのこ・ぶた　　小さな未熟な豕。人間社会では、豚や犬は古代から共存していても、賤《いや》しい獣ですから、我が子を謙遜して「豚児・犬子」といいます。ただ、よく肥えた子豕《こぶた》で「豚児」、利巧な犬で「犬子」は、謙遜半分の自慢語でしょう。
豝《は》　訓・めゐのこ　　牝《めす》の豕、一説には二歳の豕で、「豕《ろ》偏に婁《う》」とも書きます。食べるのはもっぱら肉の柔らかい牝豕です
豭《か》　訓・をゐのこ　　牡《おす》の豕。繁殖用の牡豕は、八年前後まで種付けに使われ、主に皮革や肥料に利用されます。牡豕は雄臭が強く食肉には向きません。
豶《ふん》　訓・（なし）　　去勢した豕。食肉にする牡豕は生後八日以後に去勢し、雄臭を防ぎ食肉格付評価を維持します。
豨《き》　訓・ゐのこ　　豕の走る様を豨豨《きき》といい、南楚の方言で豬を豨といいます。
彘《てい》　訓・ゐのこ、ぶた　　豕に矢を刺した形で野猪の意味がありました。
腯肥《とっぴ》　いずれも肥えることで、豕の異名。
豳《ひん》　訓・なし　　周の太王《たいおう》の国名で、犠牲の二豕《し》を焚《や》いて祭儀を示す字とか。イスラム族が、中国は豕の末裔ではないかと軽蔑するのは、このせいかも知れません。

八千年以前のユーラシア大陸東西部では、家畜の豕が賤民によって飼われていたといい、古代オリエントも古代エジプトも豕を食べたようです。ところが、生肉食中毒で大量死したために、ユダヤ教では「四足で反芻しない獣の肉食を禁じ」、コーランではさらに進めて「豕は不浄の動物」としました。

しかし、イスラム国家の軍隊が補給に窮すれば、専用食器で豕を料理し、用済み後は食器を破棄するといいますから、宗教も飢餓には勝てません。

豕は、鶏・牛・羊・狗と並んで神への犠牲に供され、建造物の奠基《てんき》に埋められたことがあるといいます。

『左伝』荘公八年（前六八六）の条では、冬十二月、斉の襄公諸児《しょげい》が、貝丘《ばいきゅう》で狩をしていると大きな豕が現わ

れました。矢で射ると、「豕《いのこ》、人のごとく立ちて啼《な》き」ます。襄公は恐怖のあまり車から墜ち、足を怪我し、履《くつ》を失ってしまいました。続いて、討手に殺されてしまいました。人と豕の奇妙な悲話です。

中国ほど、古代から豕との関わりが深い国はありません。

文字通り「圂《こん》」といえる厠

序章で触れました厠文字「圂《こん》」は、囗《い》と豕《し》からなり、『新漢語林』では①「ぶたごや」「厠（溷）」「気おくれする（㥵）」②家畜、の意味とあります。

『字統』では、①豚小屋と②厠を上げて、「豕厠《しし》」または「豕牢《しろう》」ともあります。また、「人厠」と「豕厠」は、同じともあります。

平成六年（一九九四）三月、北京南方六十キロの河北省涿《たく》県楼桑村《ろうそうそん》を訪ねたことがありました。

『三国志演義』の冒頭「桃園の結義」の舞台といわれる劉備の郷里です。劉備、関羽、張飛が、ここで義兄弟の契りを結び、痛快な物語が始まります。あくまでも羅貫中の小説で、実話だという中国人は稀ですが、文革までは広大な三義廟があって観光地として栄えていました。文革終結後の復活状況を観たかったのですが、まだ整備されていませんでした。ただ、肉屋の張飛が冷蔵庫代わりに使った井戸と称する、大理石の井戸枠があった程度でした。

中国では、虚実取り混ぜた名所をよく見かけます。派手に軒の反った丹塗り屋根が殊更目立つ廟には、その類が多々ありますが、ここではまだ修復されていませんでした。

そのような、これからの観光地、涿県で、思わぬ拾い物をしました。説明の先頭に立っていた老人が、茶を差し上げようと自宅に案内してくれたのです。

広い前庭の半分は掘り下げられていて豕《ぶた》の飼育場で、二十頭ばかりが群れていました。わたしたちが行くと豕はやおら起き上がって餌をねだり、鼻を鳴らしました。家から離れた一角は、屋根のある厠で、しゃがめば下は豕の飼育場です。排泄すれば途端に群がって、忽ち処理されてしまいます。

実は、ここを観光する前日、洛陽の博物館で、「陶猪《とうちょ》圏《けん》」という漢代の墓の副葬品を見ました。現代の涿県農家の厠（圂）とそっくりの精巧なミニチュアです。大きな親ブタに子ブタが五匹、齧《かじ》り付いて乳を飲んでいます。その乳のもとは人間が上の穴から落とした糞です。子ブタはやがて捌かれて、人の口を経で糞尿となり、再びブタの餌になります。肥ったブタは処分されて、人は何代も、何十代も生き続けます。

そう思いながら「家」という文字を見ると愉快ですね。「宀《べん》（屋根の長い建物）」と「豕《し》（ぶた）」からなり、先王を祀るところを家といい、氏族の単位まで家といってきました。

戚姫《せきひ》を人彘《じんてい》にした呂后《りょこう》

豕《ぶた》と人の深いかかわりとは言え、これほど残忍な話はありません。卑劣極まります。先に述べた『古事記』の「小碓命《おうすのみこと》（日本武尊《やまとたけるのみこと》）、兄殺し」の原形ともいえる残虐譚です。

鴻門の項羽の陣屋から、厠へ行くといって席を立ち、まんまと逃げ切った劉邦（のちの前漢初代皇帝高祖）が、まだ沛県《はいけん》の農民で、宿場の小役人であったときからの妃《つれあい》、呂后《りょこう》は、のちの考恵帝《こうけいてい》と女《むすめ》の魯元《ろげん》太后を生み、劉邦を意のままに操った女傑です。

劉邦は、漢中の王になると、歌舞の巧い定陶郡《ていとうぐん》（山東省の一部）の戚姫《せきひ》を寵愛し、如意《じょい》（のちの趙王）を生ませました。

劉邦は、気のやさしい考恵帝よりも、如意を太子にしようと企みながら、亡くなりました。呂后は、劉邦が死ぬと、呂一族安泰のため、戚姫とその子如意を抹殺する残忍極まりない行動に出ます（『史記』呂后本紀第九）。まずは戚姫を、女官の獄永巷《えいこう》に囚禁《しゅうきん》し、幼い趙王如意には、酖《ちん》（酖薬）を飲ませて殺しました。

つづいて戚姫の、手足を切らせ、眼を刳《えぐ》り、耳を焼いて瘖薬《いんやく》（瘖《おし》になる毒薬）を飲ませます。屈《かが》むしかできない低い天井の厠室《ししつ》に放り込み、「人彘《じんてい》（ひとぶた）」と罵倒、凌辱《りょうじょく》しました。厠室とは厠で、豕厠《しし》、または豕牢《しろう》ともいいます（『字統』）。先に触れた通り、中国では今日でも便槽の糞尿で、豕《ぶた》を飼う農家は珍しくありません。

戚姫を豕牢に入れた呂太后は、数日後、息子の考恵帝に、これが人彘というものだ、と見せました。

「臣《わたし》（太后に対し、帝の自分を謙遜して「臣」といいました）は、太后《あなたさま》の子として、これではとても天下を治めてゆく気にはなれません」

と、連日酒色に溺れ、政治を顧みず、早々に亡くなりました。

人彘にされ、嬲《なぶ》り殺された戚姫は、二千五百年も昔ですが、厠で人彘を感じれば、大方の中国人は怯《おび》え戦《おのの》くでしょう。残酷非情な政治が底流する社会なのです。

「解手」が「用便する」とは

中国の言葉は悍《おぞま》しいですね。

「人彘《じんてい》（人豚）」は漢代の話だと片付けられもしましょうが、いまでも用便を「解手」といいます。日本人が素直に読むと「戒められた手を解《と》く」とでもなりましょうか。何の為の解手か？　なんと、「厠へゆく」、用便することです。大便が「大解手」、小便が「小解手」です。

　昔、長城警備のために南方から強制移住させられた人々は、途中逃亡を防止するため、両手を縛られ、用を足すときだけ解《ほど》いたのが、その由来（阿辻哲次『タブーの雑学』）とか。やはり残酷な語源ですね。

　上海の友人に尋ねますと、「解手は、文化大革命運動で安徽省北部に下放されたとき知った言葉で、黄河周辺の方言でしょう。上海では使いません」といいました。ならば残酷語源の由来も満更いい加減でないようです。

　そのたびに「解手、解手」と叫んだとは、まさに呉王夫差の「臥薪《がしん》」、越王句践《こうせん》の「嘗胆《しょうたん》」の庶民版です。厠言葉一つにも歴史の潜むのが中国です。

　蛇足。中国江蘇省北部では公厠を「解放区」というらしく、解手に繋がる言葉に思われてなりません。

北京の公厠

黄土地帯の古代中国を彷徨し過ぎました。ここらで現代中国、といっても早くも十年も経た「二〇〇八年北京オリンピック」直前、近代化を急ぐ首都北京へ、平成十八年（二〇〇六）三月に訪ねたことがありました。

　それまでの天安門広場の公厠（公衆トイレ）は、暗くて臭くて、割れっぱなしで塵だらけの窓ガラスとヌルヌル滑りそうな小便床、覗いただけで、旅行者は辟易しました。それがどう変わったか、妙な興味がありました。同じ天安門広場公厠の外観が、あまりにも明るくなっていて驚きました。

　早速入りましたが、飛び出しました。白い床タイルは水びたし、手洗いの水栓は壊れていて、流れっぱなしです。入口の監視人のような中年女性服務員に訊ねても、さほど困った顔もしません。外に待たせていた中国人ガイドに訊ねると、「水栓など見たこともない田舎者が、カランを捻じ切ったらしい。中国には猿にも劣る奴がいます」と嗤いました。人口を自慢しても、問題は数より質、困った国です。

　中国政府は、外観の派手な建造物を作って文化向上と自慢しますが、「トイレに関する限り、見かけよりも設備、清潔度、住民の躾が第一でしょう。

もっともこの体験は一昔前のことで、大国中国の経済は、日本を飛び越えました。さて天安門広場の公厠は、その後世界第一になったでしょうか。

ニーハオ・トイレ

排便の時、日本人は壁に向き、中国人は通路に向きます。和式便器は「金隠し」のある方向を前にしゃがみますが、中国には金隠しがなく、単に矩形の穴があるだけで、壁面は暗く、自然、通路に向かって用便しながら、通る人や用便同士で話しかけています。開放的とでもいいましょうか。

非衛生な中国の街の公衆トイレも、こうして朝の社交場になるのですから、仕切りのない、並んだ穴の上にしゃがめば、「ニーハオ・トイレ」になるのは必定。ところが昨今、日本のように仕切りを設ける方向に進んでいるといいます。世界第一等国の襟度を自負する策でしょうかね。

しかし、街の公衆トイレは、我家の便桶《おまる》の産物棄場でもありますから、これを提げた主婦たちには当然「ニーハオ」の場で、井戸端会議ならぬ厠駄弁の朝は、まだまだ続くでしょう。

最後の中国野糞

「ニーハオ・トイレ」どころか、独り中国旅行する横柄爺のわたしは、野糞に慌てる大失態をしました。

蘇州で一泊し、旧知の版画家を訪ね、蘇州年画をすこし買い、絹布両面刺繍工場の見学など欲張った上に、旧友がくれた蘇州産のペットボトルの水を、うっかり飲んだのが昼前でした。中国の生水は、たとえペット水でも危険、飲まぬと誓っていたのに、ついつい彼が飲んでいるのに乗せられて、口にしてしまったのです。

彼と別れて、次は蘇州と「地上之天堂（天国と見紛うばかりの地上楽園）」を競う杭州へ急ぎました。上海までは鉄道で、あとはバスの予定でしたが、急成長する上海の交通渋滞では、上海駅前のバス待ちも容易ではなく、思い切って杭州までタクシーに変更しました。ところが、やっと捕まえたタクシーは、暖房なしのオンボロ、杭州まで走れるか危ぶみました。

東京から連れてきたガイド羅君のほかに、中国旅行社の料金には必ず現地ガイドが含まれていて、上海・杭州間は徐君が同行しました。

　オンボロタクシーの運転手王さんは戸惑い、料金を弾めと零していたようでしたが、能弁の二人には敵《かな》いません。

　羅はわたしが保証人の法政大学留学生で、徐は早稲田大学の留学から帰国直後らしく、中国語をまったく話せないわたしでも、言葉の不自由はありません。

ただ、上海の雑踏区域浦東を離れたあたりから腹がシクシクしはじめました。蘇州の水にやられたようです。

　わたしの腹痛にはお構いなく、徐は急成長する上海開発区の豪華住宅群についてしゃべり出しました。ガイドの務めには違いありませんが、上海には友人もいてさんざん聞かされた話題だけに、中国人の派手な蓄財感覚に飽き飽きし、興味もありませんでした。革命前の中国人の夢は「大戸《ターフー》（大金持ち）」になることです。またこの言葉が蘇生したのです、と近年やっと整備され、延々と続く幹線道路のように、徐の話も尽きません。

　わたしは、杭州湾に上陸し上海を攻略した日本軍を迎え撃った、トーチカ（堅固な防御陣地）の残骸が、まだ幾つもあった数年前の、同じコースの旅行を思い出しながら、腹痛を忘れようとしますが、とても我慢しきれず、トイレ・ストップをかけました。


　やっと、上海華梅招待所前で止めてくれました。中は薄暗く、床タイルは水を流したままの掃除で、滑りそうです。羅が探してくれたのは、小便所ばかり。人気なく、大は見付かりません。

　徐は、ここは設備のいい方だといいますが、もう我慢できません。尻を押さえて車に戻り、街並の切れるところまで何が何でも早く走れ、といいました。上海市金山県は浙江省との境界県、やっと家並が途切れ、畑になりました。もう我慢できません。すこしでも尻の穴を緩めると吹き出してしまいます。

「止めろ！」

　悲鳴だったのでしょう、運転手は無言で、路肩に寄せブレーキを踏みました。降りた途端、右手を羅に差出しました。彼も気付き、ポケットからテイツシュペーパーを出してくれました。奪い取り、五十メートルばかり先の木陰まで畦途を走りました。蹲《うずくま》りながらズボンを下げると、しゃがむ間もなく吹き出しました。生意気で、老醜を曝す狂態日本人奴《め》。どう思われようと勝手だ！

　堪えながら二度目の絞り腹で、やっと地上之天堂杭州が脳裡にちらつきました。

　どうにか治《おさ》まったようでしたが、腹は時々グーグーいいます。ホテルに着いたら持参の正露丸を飲み、今夜は欠食しようと決めました。

霧雨に濡れた畑を、こんどは滑らぬように、車まで戻りました。運転手と雑談していた徐は、「すっきりしたでしょう」と笑いました。羅は無言でまたティッシュペーパーを出し、わたしの靴に眼をやりました。わたしは慌てて踵の糞を拭きました。

青森県上北郡に「あたりほとり見て糞たれそ」という俚諺があるそうで、「事を始めるには十分に気を配れ」ってことだそうですが、迂闊千万、十分に気を配れなかった中国での最後の野糞失敗譚です。

第九章　排泄文化考　その三

映画の排泄シーン

虚構とは言え、映画には排泄場所を主要シーンに使うものがよくあります。自分の排泄は見せたくないが、他人のそれは覗き見したいという奇妙な心理を逆手に使ったシーンの選択でしょう。

愉快な残酷シーンというだけではなく、例えば、チャップリンの傑作『キッド』の冒頭で、朝早くふらふら歩いてくる浮浪者が、二階の窓から主婦（？）の投げ捨てるオマル（便器）の汚れを、もろに被るシーンは、二〇世紀初頭でしょう西欧都市貧民街の不潔な風俗と慌てる惨めな浮浪者を、皮肉に表現しています。

キャロル・リードの『第三の男』は、敗戦直後、連合国が占領していたウィーンが舞台で、完備された下水道には米ソの境界が不明、という時代背景を活したスリラーです。わたしは都市の地下機構の巨大さに目をみはりました。

このように、排泄物や排泄機構は風俗表現によく使われますが、トイレがテーマと切り離せない洋画を挙げろといわれれば、わたしは躊躇せず、スティーブン・スピルバークの『シンドラーのリスト』を選びます。

『シンドラーのリスト』は、千二百人ものユダヤ人を、ナチの手から救ったドイツ人実業家オスカー・シンドラーの話です。

ユダヤ人強制収用区域を逃げ惑う少年が、困り果てて選んだ隠れ場所が便槽でした。映画では、大便孔が並ぶ一つから便槽に降りようとして滑り、汚穢《おわい》の海に頭まで浸かり、慌てて浮かび上がる少年の眼には、既に汚穢の隅に老人や子供が数人いて、「ここは俺たちの逃げ場だ、来るな」と手を振り、目で叱る連中が潜んでいます。彼らの顔も糞塗《くそまみ》れ、厳しい表情です。映画ですから現実の汚臭は伝わらず、わざわざのモノクロ作品では汚穢《おわい》の色も敢えて消されています。しかしユダヤ人の生き延びる悲壮感をこれほど強烈に訴えたシーンはなく、緊々《ひしひし》と迫る命《いのち》の瞬間です。

原作者トマス・キニーリーは、この場面をこう書いています。

「（証言者の）バッハナーは、（ユダヤ人絶滅施設《ブンカー》のなかで、毒ガスで殺される）自分の順番がくるのを待っている間に、こっそりと逃げ出し、便所へ忍び込むと、便壷に隠れた。排泄物のなかに首まで体を沈めたまま、彼は三日間ひそんでいた。『顔中にハエがたかったよ』と彼は言った。『夜は立ったまま眠った。こんなところで溺れたくないから、壁に手足を突っ張ってね。そして四日目の晩、そこから這い出したんだ』彼はどうにか収容所を抜け出し、鉄道線路沿いに歩いた。彼が脱出できたのは、およそ理性などというものを超越してしまっていたからこそだと、その話を聞いた誰もが理解した。『よく覚えていないけど、途中で誰かが体を洗ってくれたよ。農家の女だったような気がする』」

映画の便槽シーンでは、先入者の「お前は他へ行け！」という恐怖の目で、それを視覚的に端的表現しました。繰り返しますが、観客への救いは、この映画が一部を除いてモノクロだということです。カラー部分は、シンドラーのユダヤ人救援の動機となる、何も知らない少女の赤いマントだけ発色されていて、のちにこの赤いマントだけが汚れて、屍骸の山に埋もれかけ、チラッと映ります。最後に、助けられたユダヤ人の、延延とつづくシンドラーの墓参シーンがカラーです。仮に、便槽に潜み汚物の付いた顔を、そのままカラーで撮ったら、観客は目を覆っただけでしょう。

邦画にも排泄場面はよく使われます。佐藤純彌監督の『陸軍残虐《ざんぎゃく》物語』のように、陸軍兵営内務班の残虐な行動を殊更並べたてて、厠が主要シーンの映画がありますが、便槽シーンの誇張が、反って観客に嫌悪感を与えてしまいます。

邦画から選ぶならば、台詞の面白い山田洋次の『男はつらいよ』シリーズです。四十八作品全てに必ず排泄言葉が出てきます。

主演の渥美清が主題歌で、「目方で男が売れるなら…」と盛んに歌われた頃、わたしは中性脂肪が増えて、体重が七十五・五キロになり、妊婦のように腹が出て困りました。厚生労働省が警告する「内臓脂肪症候群（メタボリック・シンドローム）」は、寅さんに歌われるまでもありません。食い過ぎと不規則な生活、運動不足が原因です。

この映画の全シリーズでは、あれこれと皮肉られたばかりか、これほど排泄語の溢れる庶民映画も珍しいのではないでしょうか。

主人公「寅さん」こと車寅次郎は、全国を旅する香具師《やし》で、客寄せ口上には卑猥な排泄言葉がやたら出てきます。

結構毛だらけ、猫灰だらけ、お尻の回りは糞だらけ
…
おわいやの火事、やけくそだ
粋な姉ちゃん立小便
大したもんだよ、蛙の小便

など口上リズムで罪なく出てくるのはやむをえませんが、劇中のちょっとした落ちにも、しばしば使われています。

第二話では、イントロから、寅次郎が寝床で大きな屁を放《ひ》ります。それも観客には何の音かと不思議なほどに大きいのです。つぎに寅さんが布団をばたばたとやり、ああ、屁だったのかと判るシーンです。排泄を、喜劇の落ちやギャグに使われるのは易しいようで、度が過ぎると嫌われます。

嫌悪、逃避、罵倒、孤独、残酷、意外性、悲惨、隠れ、陰翳《いんえい》、家族愛、下品、下層社会、下卑に、巧みに使いわけるのが、排泄の行為や言葉です。

第八話は、茶の間の話題で「私たちは貧乏人の地が出る」というと、寅さんが早合点して「食事中に痔の話はない」と窘《たしな》めます。面白い話として「屁の話」が二度出ます。これらは、下層階級の下品な話に使われるのです。

また、的屋の若者が、川辺の草むらで野糞をし、川で手を洗うラストシーンまであります。

第十話でも、「でる、でるといって糞でも出るのか」と笑わせます。

第十一話のテーマ「下層階級のわれわれの暮らしは、泡《あぶく》のようなものだ。ちょうど風呂の中の屁。あってもなくてもどうでもいいようなもの」といいながら、やっと気取り「ご不浄へゆく」という言葉を使い、反って笑わせます。

辿ってゆけば膨大な四十八話、限《きり》がありません。

喜劇俳優としての渥美清は『男はつらいよ　四十八話』完成直後、四十九話準備中に胃癌のため六十八歳で亡くなりました。演じた車寅次郎の映画人生は、昭和四十四年（一九六九）第一作から平成七年（一九九五）の第四十八作にいたる二十六年間にも及びました。しかし、俳優渥美清なる人物は、寅さんとはおよそ違う物静かな人柄であったといい、俳号を「風天」とし、ときには寅さんにもなり、爽やかな句を遺しています。

ゆうべの台風どこにいたちょうちょ
秋の野犬ぽつんと日暮れて
赤とんぼじっとしたまま明日《あした》どうする

南予の肥溜め奇談　三題

一題　渥美清の『喜劇団体列車』

渥美清からの連想で、いきなりわたしの郷里四国西南端、南予の肥溜め奇譚に移ります。

映画『男はつらいよ』の始まる少し前、渥美清主演の喜劇列車シリーズ第二作『喜劇団体列車』が公開されました。国鉄職員山川彦一（渥美清）、伊予和田駅（架空駅で、ロケは堀江駅）に八年も勤務し、四度目の助役試験に挑戦という計算が苦手で、情に脆《もろ》い青年が主役です。迷子の少年を宇和島駅まで送り届け、母親志村小百合《さゆり》（佐久間良子）に一目惚れする他愛ない話で、小百合は学校の教師で未亡人。

宇和島の海と島や山の風景をふんだんに紹介しながら、蜜柑の実る段畑の小路を鼻歌交じで歩く山川は、つい足元がお留守になり、肥溜めに転落、アップアップするのです。当時、肥溜めはこの辺りの農業に必須の施設で、映画監督も喜劇情景に面白いと狙ったのです。もちろん、いくら近所に点在しても、映画では本物ではありません。野外セットにそれなりの汚穢《おわい》溜めを造ったのです。それでも、これに天下の名優渥美清を溺れさせるわけにはゆきません。一分足らずのカット、客がハッと驚き、続いて爆笑し、遂には我が身に擬《なぞら》えて涙するのです。

これが当時の映像による郷里宇和島の紹介だとは、なんと殺生なことでしょうか。

二題　宇和空予科練分隊士、肥溜めにドボン

これは実話です。

郷里宇和島にやたら畑中の肥溜めが多かったことは事実です。来村川下流（保手川とも通称）左岸の干拓地「日振新田」に新設された帆布工場を、昭和十九年（一九四四）

三月、海軍が強制的に買収して、「松山海軍航空隊（略称・松山空）宇和島分遣隊」を創設しました。通称・予科練宇和空といい、全国中学校上級生が二千人近く集り、アッという間に宇和島は、七つ釦の制服で溢れる俄（にわ）か軍都に変貌しました。海軍飛行練習部隊といっても予科ですから、飛行機は皆無、若干のカッター（短艇）のみです。もっぱら旧制中学校高学年並みの一般座学に、無線通信と体力強化訓練が厳しい程度でした。

その教育を担当する各分隊所属の士官「分隊士」には、戦後、社会人として名を成す多彩な、大学修学途中で徴集された予備学生がいました。記憶のままに宇和空分隊士を上げますと、

佐伯彰一（一九二二〜二〇一六）は、富山県出身、佐伯部《さえきべ》の子孫といわれた神官の家柄で、東京大学の途中で学徒出陣、海軍士官として宇和空に赴任しました。平成六年（一九九四）八月号『文芸春秋』の巻頭随筆「五十年目の予科練」に書いています。

「せいぜい教学の真似ごとを教えたり、一緒に体操、駆足をしたり」「当方もまだ二十代の始め、それに初対面の宇和島の肌ざわりのよさ、何とも鄙《ひな》びて仄温《ほのあたた》かい人情、土地柄のせいもあって、とにかく奇妙に懐かしい」と回顧は美しいのですが、併せて忘れ得ぬ失敗談があります。

海軍とはいえ予科練には陸戦訓練の課程があって、分隊士佐伯海軍少尉も参加しました。訓練終了時、訓辞をしようと、刈り取った麦畑で、やおら位置を変えた途端、ズブリと片脚がめり込みました。慌てた瞬間、残りの脚も、ずぶり蟻地獄的被害です。

表面は乾き、硬そうでも、踏ん張れば踏ん張るほど、抜けません。神妙だった生徒もオロオロと、容易には近寄れなかったとか。

宇和空の予備学生分隊士には、後年、わたしも演劇修業で付き合った木下徹（一九二二〜一九九九、筆名・キノトール）がいました。日本大学芸術学部から海軍予備学生として学徒出陣した男で、劇作、脚本、演出と何でも熟《こな》し、ある年の正月テレビ番組など、どこの民間テレビも彼の作品で埋め尽くしていたほどに、人気がありました。彼とは同姓のせいか仲良く、「佐伯の肥溜めアップアップ騒動」を訊ねたことがありましたっけ。

もう一人、馬渕和夫（一九一八〜二〇一一）も京大からの学徒出陣、宇和空分隊士で、専門は「日本語音韻史」の大家でした。

泡沫のような「宇和島海軍航空隊」でしたが、いまでは祈念碑と彼らが渉った板島橋の親柱が歴史資料館の庭

隅に放置されているばかりです。

三題　予科練外地組の俄百姓「誠敬舎」

これだけは忘れて欲しくない宇和空予科練の後日譚です。

航空隊は解散しても、満洲、朝鮮、台湾、青島など植民地の中学校から来た予科練生、外地組少年は、親許に帰れなくなりました。

宇和空司令の鵜飼憲海軍大佐は、ここに赴任の前、南の北部ニューギニアでジャングルを彷徨し、殆どの部下を失い、自分もその途中で内地転勤を命じられ、輸送船撃沈で裸一貫、やっと救助された悲惨の前歴がありました。

内地帰還後、鵜飼司令は、予科練の少年兵は今度こそ一名といえども路頭に迷わせない、と自ら誓い、宇和空を離れず、帰省不能の外地からの連中を励ましました。最終的に帰れなかった者で、練兵場を耕し、食い繋ごうと考えました。たまたま部下の海軍大尉《だいい》田中忠重が、宇和島の街とは目と鼻の離島九島（現在は九島大橋が架っている）の産で、実家から本格的に支援すると内諾を得ました。

鵜飼司令は、敗戦処理のほぼ片付いた十二月初め、いまだに宇和島を離れることのできない少年たち十数人をトラックに乗せ、玉砕覚悟で展開配陣していた南宇和郡御荘の陸戦隊本部跡に集めました。しかも唐突に、「宇和島航空隊跡の練兵場を開墾、夫々に親と連絡が付くまで、しばらく自活したいと思う。あくまでも自由参加、抜けるのも各自自由、わたしは最後の一人が自立するまで見守る。復員省との借地交渉は、もちろんわたしがやる」と話しかけました。

他の航空隊では、解散と同時に、司令は残務を部下に任せて、帰宅しました。鵜飼司令は逆で、残って農耕に参加した七人の少年（二十歳過ぎ一、他は十七〜八歳、吉田四郎、松浦唯夫、野焼《のやき》淳、宮川季久、後藤正昭、富名腰《ふなこし》健、真栄城《まえしろ》朝光）と共に残りました。のちに、鎌倉から家族（妻、娘三人）を宇和島に呼び寄せ、弾薬庫跡（板敷三畳部屋二間に改造）に居住しました。七人の少年は、米麦庫を改修して、親や兄弟たちが帰国の度に譲り合って居住区としました。

流石に海軍の落とし子です。このグループを「誠敬舎」と命名しました。

風呂は、近所の貰い風呂に甘え、ほとんどは湯を被ってすませ、便所は廃材を集めて完成させ、糞尿は肥《こ》やしにしました。

耕作地は半年後には三町一反七畝になり、就農と開畑の補助金まで貰えるようになりました。とはいえ、はじめの食事は、生藷、うどん、雑炊、オカチン（切干藷の方言）が殆どで、増量に糠を入れた少年らしい失敗料理にも司令以下満足しなければなりませんでした。

耕作は、麦、藷、陸稲、南瓜、大豆、鵜豆、空豆、金時豆、玉葱、大根、ごぼう、赤芽芋、里芋、粟、トマト、茄子《なす》、西瓜と手当たり次第広げてゆきました。西瓜時季になると泥棒が横行し、旧司令台が恰好の監視台になりました。

耕作の成否は施肥次第です。こんにちのように化学肥料などあるはずはなく、もっぱら糞尿でした。自分たちの排泄では間にあいません。幸い、予科練兵舎跡に空襲された国民学校、商業学校、中学校、宇和島女子商業学校などが、一斉に入居しました。やがて、国民学校は小学校となり、（新制）中学の二校（城南、城北）まで入居しました。ただ学校の便所は尿ばかり多く、効果が薄いと、ついに街の便所にも肥汲みに回ることになりました。

街には既得権のある農家が、自作の野菜を礼に、効率いい便所をガッチリ握っています。七人の少年は、警察署などに頼み込んだりしました。さすがに署長も鼻を摘まみ、同情してくれました。

海上は、九島田中家の和船を借りて運びました。毎日二、三十荷の施肥が必要で、街中を運ぶリヤカーは一回でせいぜい八荷しか積めません。その肥汲み役以外は、総出で畑の中打ちです。作物はドンドン成長しますから、炎天下の肥撒きほど、過酷な作業はありません。衣服の汚れなど序の口で、肥担桶《こえたご》が引っ繰り返って、もろに黄金鬼にでもなろうものなら、そのまま海に飛び込むしかありませんでした（拙著『板島橋』）。

第十章　老いの癌戦争

我家のトイレ

敗戦後暫くしてNECに転職したとき、貯金と石炭会社退職金に、多額の借金までして、やっと手に入れたのが、現在の木造二階建ての荒家《あばらや》です。我家の便所は、

①和式汲み取り
②和式水洗（屋敷内に浄化槽を埋める）
③洋式水洗（下水道へ直接放流）

と、僅か六十年ばかりで、ドンドン変わりました。和式を洋式、すなわち「しゃがむ」姿勢から「腰掛け」に変わって、一番嫌ったのは老人の親でした。腰掛け姿勢では尻の括約筋がなかなか開かず便秘になると零し、わざわざ小公園の和式便所まで用足しに出掛けていました。わたしも、公園まではともかく、まだ和洋半々だった会社のを、しばらく使いました。洋式は、ペタンと尻を付けるのが嫌で、困りました。尻拭きよりも便座拭きにやたらロールペーパーを引き出しましたっけ。

我家のある世田谷区は、現在でこそ島根県並の人口を抱える大きな区ですが、敗戦直後は田畑や牧場ばかりで、東京の田舎でした。急成長しましたので、道路は昔の畦道が必要に迫られて広がったという感じで、無計画に曲がりくねっていて、ひと頃まではタクシー運転手泣かせの迷路ばかりでした。ですから下水道など遅れに遅れて、汚穢《おわい》を直接下水に落とせるようになるまでには、暫く経っていました。

やがて我家の便器も、大小を一穴にしました。腰に力が入らないと零した老人はもういません。そればかりか、わたしは、勝手なもので、和式を使う腰の力が失せ、な

んともお恥ずかしい限りです。

平成七年（一九九五）一月十七日午前五時四十六分、東京の我家にも感じる地震がありました。すぐテレビのスイッチを入れますと、何と震源地は神戸（実際は淡路島北部沖の明石海峡）と分りました。神戸の燃え盛る放映は、終日途切れず、地震は、持ち上げて叩き落とす感じの直下型で、被害は神戸とその周辺の比較的狭い範囲のようでしたが、都市災害の恐ろしさを、老夫婦諸共痛切に見せ付けられました。

家内は若いとき芦屋に住んでいましたので、被災から一ヶ月ほど経って見に行きました。阪神電車の芦屋で下車し、しばらく芦屋川に沿って歩きました。倒壊家屋もありましたが、ほとんどの屋根は大きなブルーシートで覆われています。豪華な大屋根の寺は、屋根が家そのものを押し潰した恰好で残っています。

家内は見るたびに、

「我家《うち》は瓦だから、あの寺みたいになるよね。どうしょう、どうしょう」の連続です。「トイレはどうしただろう？」「我慢するしかないね」「ばかばかしい。何処も便所だよ」

しばらくは緊急災害時の簡易トイレが流行しました。ポリ袋の中に吸水凝固シートを接着したモノなど様々ですが、さて大揺れがつづいて、道も歩けず、簡易トイレをぶらさげた老いぼれのわたしを想像すると、思わず噴き出してしまいました。

老夫婦ばかりの日頃は静かな界隈から、五、六百メートルも離れた避難所まで行けるかどうか？　いやはや簡易トイレどころではありません。

平成癌戦争

地震時の避難用リュックが年々重く感じられ、これではとても逃げられないぞ、と独り哂いするようになった頃、「傘《さん》（仐）寿記念に健康診断でもしてきては」と勧められました。平成十四年（二〇〇二）秋、渋々《しぶしぶ》町医へ出掛けました。

若い頃は、健康診断だといって、やたら胸部レントゲンを撮っていました。学校や企業など集団の場所では、肺結核の感染を恐れる措置でした。その頃は、肺結核と判っても治療困難な「死病」と嫌らわれ、病名を伏せ、または肋膜炎などといって、自宅静養を命じられました。効果的な治療薬がなく、専《もっぱ》ら栄養摂取で自力克服するしかありませんでした。敗戦後は、敵国が開発したペニシリンなど抗生物質のお蔭で、急激に感染者が減りました。

代わって死病の筆頭とされたのが癌です。癌は伝染病ではなく体質です。異状細胞が周囲と無関係に増殖する悪性腫瘍《しゅよう》です。

組織が嵒《がん》（岩山）のようになるので、これを音符に疒《やまい》垂《だれ》を付けた文字が癌で、比喩的に機構や組織などの「最も処理や解決に困難なこと（『字訓』）」にも、例えば「金権は政治の癌だ」という風にまで使われてきました。

日本人の癌保有率は五〇%、二人に一人だそうで、一時は、戦中までの結核のように治癒不能といわれ、極秘扱いされました。完全治癒できず、一時的か永続的な軽減状態もあり、治癒でなく「寛解《かんかい》」というほど慎重に診断されます。悪性血液腫（血液癌）は、病巣を切り取れませんから、いつも寛解です。

尤も癌細胞保有者が、すべて癌患者とはいえません。自覚しないうちに白血球が退治し、排泄してしまうこともあります。言い換えれば、体力・気力と癌との闘いには、活きているかぎり終末がないということでしょうか。

さて、健康診断の結果、わたしの老後も、人並みに癌との戦いに終始する羽目になりました。

第一回戦　左副腎癌の手術

満八十歳は、日本人男子の平均寿命です。これからは「真のおまけ人生」だと喜ぶつもりでした。

「お歳のわりにお元気そうで、結構です。脂肪肝でこは真白、まあいいでしょう。右肺尖に影がありますが、なにか医者にいわれたことありますか？　自然治癒したのですね。それよりも…、左腎臓の嚢包《のうほう》が肥大しています。異常出血などありましたか？」

「いいえ」

「これですよ、しばらく様子をみますか？」レントゲン写真を指《さ》して、町医はいいました。

これが癌戦争の発端でした。

わたしは暢気で、すでに予定していた郷里への旅行を優先し、痛くも痒くもない腎臓のことなど、すっかり忘れで出発しました。

帰省中、畏友《いゆう》の医師近藤俊文先生と新設の温泉場が近くにできたと誘われました。湯に浸かりながら、腎臓の話題が出ました。先生の病院に腎臓移植手術の権威者がおられ、総合内科専門の先生も、腎臓については権威で、早速その日のうちに採血し、レントゲン写真は帰京後すぐ送るよう指示されました。

写真が着くやいなや、「腎臓癌、直ちに手術」と電話あり、同時に手術施行病院まで調べていただきました。

東京には総合病院もやたら多く、我家から車で三十分の目黒区に、元海軍療養所跡の国立病院があり、ここに決めました。

ここには戦後しばらく、結核療養のバラック病棟が並んでいて、何度か見舞った記憶があります。いまでは、近代的設備の大病院に建替えられ、一日の外来診療者を千人近くも診ていました。

泌尿器科の担当医師が決まると、宇和島へも連絡しました。医師は、来週にでも手術しようといいます。二個ある汚水溜め臓器だから、一個くらいどうってことはないだろう、と大胆不適な気になりかけましたが、いざ実行となると今日の明日では、覚悟が定まりません。年末年始の雑用に託《かこ》つけて、年明けにしてほしいと頼みました。

切り刻まれるのですから、万一を考え、若干の身辺整理をして入院しました。手早い術前検査と併せ、家族立会いで「命預けます」の意味の手術承諾書にサインしました。

当日、老練な看護師の指示で、素っ裸にされて白布に包まれ、ストレッチャーに固定、手術棟へ運ばれました。エレベータに押し込まれ、扉がしまったとき、

「焼場のお窯入りだ。…点火、ボオッ！」と看護師を冷やかしました。

「あら、あなたは裸よ。仏さんなら着物着ているわ」

世慣れた冗談を交わしながら、手術棟前で家族とも別れ、二重扉を押すと、さすがにここは一段と明るい部屋です。広い廊下で待機していた麻酔担当の医師や看護師が、それぞれに名前をいい、覗込みました。病室の看護師は、ここで、メモとわたしを引き渡せば役目終了です。

なるほど、ここで混雑すれば患者を間違え、腎臓ならず肺臓を切られるかもしれない、などと未《ま》だ意識のあるわたしは、妙なことを考え、独り笑いしました。すかさず看護師が、

「どうしました？」

「いや、なんでもない」

「大丈夫ですね？　これから麻酔をはじめます。そうそう、背中を丸くして…、一、二、三とゆっくり数えてください。そう、そう」

七までは言ったつもりです。

部屋に戻されたのは約八時間後でした。まだ朦朧とし、主治医が「予想以上に進行していた」とか、「脂肪の塊を削るのに時間がかかった」とか、家族に話しているのを、他人事《ひとごと》のように聞きました。

二日目から、身体の汚物（尿、血管から漏れた血液）排泄管、薬剤注入管、自動検査器具などを付けたまま、廊下をどうやら歩き、日毎《ひごと》に歩数を増やしてゆきました。

癌は患部を切り取れば、腹の皮の回復とは無関係に、五年間は経過診断をしてくれます。言い換えれば、五年間命の面倒を見てくれるわけで、ありがたい限りでした。

第二回戦　悪性リンパ腫（通称・血液癌）、抗癌剤投与

平成十九年（二〇〇七）秋、腎癌からまだ四年しか経っていません。左の頬に堅い瘤ができました。いつも鏡など見ないわたしは気付かず、家内にいわれて判ったほどです。「みっともないから切ってもらっては」、と勧めます。町医にゆくと、「ここでは出来ない、総合病院の耳鼻咽喉科へ」といいます。

お伽噺《とぎばなし》の瘤取り爺さんは、鬼が簡単に瘤を取ったり、付けたりします。気安く耳鼻咽喉科へゆきますと、なんと町医以上に慎重で、瘤に注射針を刺して、すぐにプレパラートを作り顕微鏡を覗きながら、事務的な大きな声でいいました。

「悪性リンパ腫の疑いあり、生検クラスⅡ。もう一度生検させてください。それから帰りにＣＴ検査（コンピュータ・Ｘ線断層撮影）をしていってください、連絡しておきますから」

「悪性…ってのは、血液癌のことですか？」

「いまのところは疑っているだけです。明後日、ＣＴの結果で、診断しましょう」

いやはや、声高《こわだか》な先生に、なにやら拾い物でも見せ付けられた気になりました。そういえば「瘤」という文字の成り立ちからして、そうそう簡単に切取れない曲者とわかりました。音符の留は溜まる水の意味で、一ヶ所に留滞する腫《は》れもの、血流が聚《あつ》まって生じる瘤腫《りゅうしゅ》です。肉状になって消えないものを瘤《こぶ》というのです（『字統』）。

先生は、ＣＴと二度目の生検結果から、今度は入院してもらい、瘤からほんの少し肉片を採取、組織検査をするといいます。いよいよ単なる瘤ではなくなりました。

入院とは仰々しいが、休養のつもりで寝転び、本を読んでいると、夜遅くなって麻酔医がやってきました。

「点滴麻酔ですから、腎臓手術のように脊髄には刺しません。手術は二時間ほど、前後四時間ばかり眠ってもらいます。あとで胃液の出を鈍らせる錠剤を出しますから飲んでおいてください」

「ちょっと、全身麻酔するの？」

「そうですよ」

「冗談じゃない！　瘤全部取ってくれるのか？」

「いいえ、組織検査用にほんの一切れです。頸部には神経が集中していますから、一寸のミスも許されません」

翌日の手術は、前回同様の大手術になりました。声高の執刀医先生に身体を揺すられるまで、意識はありませんでした。なんと顔の半分が隠れるほどの大ガーゼが、左の頬に当てられています。神経損壊で顔をひん曲げられたのではないかと、鏡を見る気にもなりません。翌日から、院内歩行自由。当たり前です、手足はピンピンしています。四日目、主治医がやってきて、

「悪性リンパ腫に間違いありませんが、病理医の組織検査にはまだ時間がかかりますので、ペット（ＦＤＧ・ＰＥＴ、陽電子断層撮影）検査をやってみませんか？外部に依頼しますが病院からだと安くできます」病院の特殊検査棟は建設中で、横浜のクリニック・センターを薦められました。

「このガーゼを張り付けたままで？」

「いや、明日（六日目）抜糸しましょう。顔面も腕の神経も異常ありません」

病理医の組織検査は、「やや大型の異型リンパ球がシート状に瀰漫《びまん》増生している」といいます。

高額な癌診断ペット検査の報告も、「いますぐ処置しなければならない癌細胞の異常集積は、他にみあたらない」程度のものでした。

耳鼻咽喉科の主治医は、

「ほかに病巣は認められませんから、もう切られることはないでしょう。ここからは血液内科にバトンタッチします。頑張ってください」と役目終了を告げました。

夕方、血液内科の責任医師が来て、

「退院を一日延ばしてほしい。念のために腰椎穿刺《ようついせんし》をやらせてくれませんか？」

といいます。なんのことだか判りません。キョトンとして言われるままに頷くと、

「ちょっと我慢してください、すぐ済みますから」と担当看護師がいいました。

その後に耳鼻咽喉科の先生が覗き、

「血液内科のあの先生は名医だから、もう安心です」

看護師から腰椎穿刺をすると聞き、「へー、そこまでされる？　いや、すぐ終りますよ。じゃ、お大事に」とニヤッと笑いました。

脊髄から髄液を採るのだから、痛いらしいが、多量の採血と五十歩百歩だろう、と看護師のいうままに俯《うつぶ》せになりました。それにしても、看護師がやけに手をギュッと握ったり、摩《さす》ったり、励ましてくれます。担当医とキャ

スター付きの機材を運ぶ何人かの助手が入ってきたらしいのですが、伏せているわたしには見えません。腰から背中にかけて消毒薬をたっぷり塗られ、担当医が背骨に触《ふ》れながら、「麻酔!」といいました。

いつもの注射針とは違う大きな針のようです。刺《さ》すというより金槌で、骨を砕かんばかりにゴッンゴッンと叩き込まれる気がしました。脂汗が滲む額を、看護師は心得たもので、さっと拭ってくれました。

「もう一本採ろう」と助手に命じ、わたしの顔を覗き込み「麻酔は打ちますが、止めますか?」といいます。「どうぞ!」もう捨て鉢でした。

「うまくいった。今度は仰向けで一時間、動かないでください」

一人になって真っ白い天井を見上げ、とんでもない瘤取り爺になったものだと諦めていると主治医が戻ってきて、

「この検査は誰も嫌がりますね。検査結果は来週お知らせしますから、ご家族同伴できてください。治療は通院を予定しています。その瘤?　切りません。大丈夫です」

大丈夫、どころか、前よりちょっと硬くなった気すらします。

この年も既に十二月になっていました。

病名は、「非ホジキンリンパ腫型、瀰漫性《びまんせい》大細胞型B細胞性リンパ腫(DLBCL)病期(リンパ腫の進行度)II」と告げられました。血液の癌ですから手術というわけにはいかず、抗癌剤投与しかないらしく、様々な薬を併用、しかも三、四週間置きに、四回の長期間点滴と内服薬の投与です。

問題は、抗癌剤の副作用です。癌細胞も殺すが、正常細胞も痛めつける両刃の剣です。体力がなければ抵抗力が極端に低下し、余病が続発します。ですから投与も、正常リンパ球の活性化を待つために時間が置かれます。

抗癌剤の副作用は、体力の相違でしょうが、列記しただけでも、再起不能になりかねません。治療中の吐き気、嘔吐は序の口で、下痢、便秘、食欲不振、血管の痛み、出血、皮膚の乾燥、爪の変形と黒ずむ色素沈着、脱毛、手足の痺れ、疲れ、発熱、生殖能力・肝臓・腎臓・膀胱・排尿・心臓・消化器・膵臓・聴力・視力・脳障害・免疫力の低下……、こうまで書き連ねられては、マスク常用、嗽《うがい》常時、人混み外出禁止と厳しく指示された長期間の抗癌剤点滴治療に耐えられるだろうか?　たかが左頬瘤一個のせいなのにと、不安になりました。

通院の点滴投与は、年内に一回、次は越年です。一回

の点滴には約六時間を要して、左腕から抗癌剤が注入されます。その間リクライニングシートで、付属の小型テレビを見るか、読書するか、居眠りするか自由。食事やトイレは専任看護師任せ。点滴剤は大小さまざまで、同時に注入されるのもあれば、一本が空になると追加セットされるときもあります。大量の液体が、細い血管に吸い込まれる巧妙さに感動しました。なるほど、身体は水で膨らんでいるのだ、と改めて呆れもしました。次回は三週間後が予約されました。

二、三日後、早やくも癌治療のシンボルといわれる、つるっ禿現象がはじまりました。男はさして慌てませんが、指先が痺《しび》れ、便秘と下痢の体質変化には往生しました。

途中で点滴を辞めるわけにもゆきません。異常つるっ禿になって、流石に孫が帽子を買ってきてくれました。瘤には全く異常なし。加えて便秘と下痢ですから、下剤常用しか手はありません。

とにかく長期の治療です。纏めていた宇和島商業学校史執筆を中断するわけにもゆかず、三月の点滴を終えた直後、名校長丸島清先生の生家を取材しました。案内は、宇和島で小児科医院をしておられる令息靖氏に頼みました。校長の郷里は、千葉県茂原市で、靖氏とは駅前で待ち合わせ、広大なご実家、先祖墓、一部小学校に転用の旧庄屋（実家）跡などを見て回り、市教育委員会へも資料探しと、終日を費やしました。生憎くの氷雨で、再び駅前でお別れしましたが、ご高齢の靖氏には申し訳ない一日でした。

帰りの車中で体中がゾクゾクし、やっと帰宅したものの、体温三十八度、両脚が極端に腫れて、ついに立ち上がれなくなりました。抗癌剤副作用の肺炎かな、と自己診断し、救急車を呼びました。激痛で、車の振動すら脳天に響きます。そのまま入院しました。腰痛は翌朝には落ち着きましたが、入院すると簡単には出してくれません。部屋も六人部屋から四人部屋に移りましたが、とても安眠できません。隣の呻き声で本も読めません。

そんなある日、遠来の見舞い客があり、これ幸いとばかり、一階の喫茶ルームに案内しました。一人は、アメリカワシントン州シアトルに永住し、ボーイング社の高級技師となった真栄城朝光君で、いま一人は、東京虎ノ門に会計事務所を持つ松浦唯夫君です。二人は、宇和空予科練の戦友で、真栄城は沖縄、松浦は大連から志願していました。敗戦後帰国できず、やむなく練兵場跡を開墾した「誠敬舎」の七人で、生涯の親友になりました。

このときも真栄城の帰国にあわせて、わたしを見舞ってくれたのです。

小一時間は話したでしょうか、来年もまた会おうと別れました。何と、玄関で二人と別れたところで、担当医師とすれ違い、「悪性リンパ腫の患者が、勝手に出歩かれては困る」と大目玉をくらいました。

真栄城、松浦両君に会ったのはこれが最後でした。翌年を待たず、真栄城君は、シャトルからの未亡人の手紙で、自宅ベッドの安らかな頓死を知りました。松浦君は、彼と同じ週、まるで申し合わせたように、東京の自宅で真栄城君の後を追い病没しました。心の通った親友には、不思議な絆があるようでなりません。

いま一つ、はるばる宇和島から茂原を案内いただいた丸島靖翁も、まもなく故人になられました。翁の御尊父で、わたしにとっては恩師の、丸島清先生伝（『信念一路』）も、この時を逸すれば纏められなかったでしょう。人生の絆は、無関係に思われる一歩が狂ってもなりたたない微妙な綱渡りの絡み合いなのです。

わたしも気持ちが昂ぶっていたせいか、まもなく退院し、所定の抗癌剤点滴をつづけました。

「老人には杖、財布より必需品です」

主治医は診断の度にそういいました。

八十歳以上の功臣には、宮中から「鳩杖《きゅうじょう》（鳩の杖）」という宮中杖が下賜されました。戦前、公爵西園寺公望（一八四九〜一九四〇）が使いました。

功臣ならず病人が、宮中ならず病院の主治医から、転倒防止杖を勧められるとは、これも平和の鳩杖かな、と愉快です。

脱線しますが、『礼記』に、我家で杖をつく年齢五十歳を「杖家《じょうか》」といい、六十歳を「杖郷《じょうきょう》」、七十歳を「杖《じょう》国《こく》」、八十歳を「杖朝《じょうちょう》」とあります。前記宮中での「鳩杖」は、『礼記』の「杖朝」に由来するといえましょう。

抗癌剤点滴は四回目で終了ですが、副作用が増えるばかりで、左瘤は元のままです。さらに二回追加することになりました。激しくなるのは便秘と下痢、ついに家では処置できず再度入院、食欲皆無のため生食（生理的食塩水）と抗生物質の点滴が追加されました。

下痢が収まり、ふと左瘤に手を当てると、瘤がありません。何時消えたのか、両頬を叩いて改めて鏡を覗き込みました。

連休中に再入院して、CT検査をやりました。結果は、「寛解《かんかい》」です。

昨今、癌患者が増え、本来「くつろぐ」の寛解が、医学用語に使われ、そのまま一般語の仲間入りをはじめました。「治癒じゃありませんよ。騙されないで、ご用心！」

と小狸に冷やかされているようです。

第三回戦　大腸（上行結腸）癌の手術

平成二十二年（二〇一〇）の夏ですから、悪性リンパ腫から三年経っていました。定例の血液検査に異常があるらしく、消化器科の精密検査に廻されました。高齢を理由に、胃カメラと大腸カメラ検査を分割実施。とくに大腸は、レントゲン検査で異常が判っていましたから、慎重に構え一日入院。異常個所は最初の上行結腸部分で、ここにカメラが到達するには、肛門↓直腸↓S状結腸↓下行結腸↓横行結腸↓上行結腸と曲がりくねらなければなりません。胃カメラのように食道をストン、という訳にはゆきません。

腸壁にカメラの先端が当たる度に、操作医は「痛ければ痛い！　といってください」といいます。痩せ我慢して、腸壁に穴でも開けられればしないかと、仰々しく悲鳴を上げ、その度に操作の手を休められては、カメラは前進しません。硬い検査台の上で、体を右に、左にと、動かしながら、脂汗を滲ませていては、患者用のモニターカメラなど見る気にはなりません。

「これだ、これだ、大きく育てましたね」

「内視鏡でとれませんか？」

「わたしは外科じゃない。ポリープじゃありません、癌ですよ。組織を採って、調べるまでです」

八月も半ばを過ぎで、消化器科から「大腸癌、手術が必要」と宣告され、血液内科経由で外科の大腸専門医に移されました。

専門医は、ディスプレーとわたしを見比べながら、

「おや、お若い。八十八、米寿とはみえません。大腸、切らないでも、このままで一年は持ちますよ。八十歳の平均年齢を遥かに超えておられますから、痛い目までしなくても、その方が安心かもしれません」

「癌なのでしょう？」

「はい。ご高齢ですから、手術中に何が起きないともかぎりません」

「高齢者は手術できないというのですか？」

「いえ。ただ、あなたは腎臓が一個ですから、ますます危険です。できないという訳ではありませんよ」

「腹腔鏡手術ってのがあるようですが…」

「かえって危険です」

「手術をやります！　駄目でもともとでしょうから」

立ち会ってくれている長男にも相談せず、勝手に決めてしまいました。

なんのことはありません。この返事を待っていたように、もう日程まで組まれていました。九月二日午前八時四十五分から約四時間で手術、その前にTI検査（核医療心臓検査）を命じられました。

問題は、術後に予想される副作用です。加齢大手術だとして列記された合併症は、肺炎、縫合不全、創感染、腸閉塞、術後出血、肝機能障害、腹腔内膿瘍、深部静脈血栓（肺血栓塞栓症）、術後腸管麻痺、排便・排尿機能障害、性機能障害、その他。

今度は、術後死亡率二％。これに入らないよう念じるだけです。

手渡された医学用語網羅の説明書は、七年前の腎臓手術の時より格段に詳しく、わたしの心理状態では、読み流すのも容易ではありません。しかも、書類毎に承諾サインが必要です。万一の医療事故に、病院側有利の証拠物件になるのでしょうか。

患者と医者は、信頼ではじまり信頼で終結するものですが、すべて一方的に、患者は医者を何ら過ちのない神と信じ、医者は患者を単なる生体として扱うような時代風潮をつくってしまった感じでした。

執刀医、麻酔医，双方の看護師、術後の集中治療室看護師からも、次々渡される説明書の束を、すでに腹を干されて点滴栄養だけになっている患者に熟読しろ、理解しろといわれても、大変です。

全身麻酔も、今度で三回目。妙な感慨に耽っていますと、麻酔の責任者だという女医が、気持ちを落着ける術前セレモニーのような、麻酔の目的を話てくれました。

「手術中の精神的、身体的ストレスを最小限にする鎮痛、鎮静、健忘のため、術中の呼吸や心機能は十分管理抑制します」と、優しい声でいいました。

この女医さんに、わたしの生殺権を素直に提供するのかと、笑顔をつくりました。

手術棟の二重扉から押込まれると、その手順の速いこと、生体（もちろんわたしの裸体）の周囲定位置につい た女医さんと看護師は、仰向け生体の位置を確認して、脊髄に麻酔を打ち込めるようやや傾けて処置します。痛いと感じるのはここまで。昔は、数を唱えよ、なんていわれましたが、そんな悠長なことはなく、周囲の担当者が素早く手足を術台に固定しました。心臓など生体証明の動く臓器を、周囲の器具に連結し、医薬の注入も、排血も排尿も器具を通してなされる状態にセットされてしまいます。わたしは痛いとも痒いとも、一切知りません。

麻酔医は「しばらく眠っていただきます」といいましたが、夢をみない熟睡、仮死状態です。生体の機能が動きを止めても、絶対に醒めない麻酔が死で、死を感じるとすれば、麻酔針を刺される一瞬だけです。

「判りますか?」と同時に、「上行結腸を約三十センチ切取って小腸と横行結腸を結びました。大腸がいくらか短くなりましたかな。しばらくは軟便でしょう。臍《へそ》を中心に縦に両断、上皮は十ヶ所ばかり縫合しました」

流石に手術の大家は、超高齢患者の捌き結果に安心されたようで、術後の経過チェックレントゲン映像に「うまくいっている」と、わたしの前で独り合点されました。

三日目の午後、看護師に勧められて廊下を歩行。五日目から日記を書き、七日目に飲み水許可、八日目流動食、排尿管やドレーン(体内に零れる排血吸収管)、脊髄の麻酔針などが抜かれ、残るは腕の点滴管だけになりました。九日目三分粥、点滴栄養液中止、半分抜糸。十四日目退院。

「避暑は空調完備の病院で…」、なんて冗談をいえる米寿でした。

第四回戦　深部肝臓癌の手術

平成二十七年(二〇一五)六月、定期採血とCT(コンピュータ断層撮影法)で、また引っかかりました。大腸癌から五年、腎癌と闘いはじめて十三年目、遂に卆壽を突破、九十三歳です。こんどは物言わぬ臓器肝臓で、ここの癌は最後まで痛くも痒《かゆ》くもないのに、癌細胞を他の臓器に撒き散らす暴れん坊です。

わたしは神経質の癖に、肝臓には無関心で、鶏のレバーはよく食べますが、血の塊かな、程度の智識しかなく、少々切っても機能はすぐ回復する便利な臓器だと思っていました。長男は、「化学工場だよ、食った物を利用度毎に分類して、需要先に仕訳配分する臓器だ」といいます。癌細胞が増幅し、あちこちへ配られようと、どうしようと、とことん機能しなくなるまで、飼い主の腹の適地に鎮座してくれる怪物臓器なのでしょう。

同じ外科といっても肝臓摘出の専門医は、大腸癌摘出医師とは別でした。

腎癌以来病院を変えませんから、わたしの病状詳細カルテは、ここの電算機がわたし以上に詳しいはずです。膨大な画像を時系列に並べて診ながら、肝癌担当外科医は、

「お歳ですね。それに肝心の腎臓が一個では、手術中に抗癌剤など十分に使えません。また、高齢者手術は、たとえ手術には成功しても、全身麻酔の後遺症で、認知症が酷《ひど》くなるとか、歩けなくなることがあります。これ

は外科の枠外でどうすることもできません。ご家族とよく相談されてはいかがですか？」

暗に「尊厳死」を勧められました。昨今の加齢者医療費増大からの発言のように聴きました。

「‥‥それでも手術をお願いしたいのです」

「やれと言われれば、勿論、最善は尽くします‥‥」

いつか宇和島の畏友近藤俊文医師が、「わたしの現役時代、全身麻酔の手術患者は、六十、還暦までだった。ところが現在は急激に医術が進歩し、七十、八十と高くなった。が、九十は珍しい。もっとも平均年齢といっても個人差がある」といわれたことがありました。

びびっていても時間の無駄。超確安の宇宙旅行へ飛立つつもりで、四回目の全身麻酔をうけ、雑多な夢も見ない、無空に遊んでやれと決めました。

七月十二日、入院。手術説明書は、五年前に比べ、さらに詳細になっています。

病名は「肝臓腫瘍症、胆管細胞癌と転移性肝臓癌の疑い」、とありました。

手術による予想合併症は、これまた以前より格段と多く、老人が強引に手術を申し出るときには、最低この程度の余病を覚悟しなければならないのです。

①心臓合併症（不整脈など）、②肺合併症（肺炎など）、③出血、④他臓器損傷、⑤癒着性腸閉塞、⑥開胸、⑦腹腔内膿瘍形成、⑧肝機能障害、⑨腎機能障害悪化、⑩創感染、⑪深部静脈血栓症、⑫術後譫妄《せんもう》など。

ぎっしり詰まった臓器をより分ける作業も、これまでの開腹より癒着部分が多く、しかも肝癌個所は背中に近いので、到達するに相当時間がかかったようです。

わたしの場合、横隔膜を傷つけてしまい、肺臓まで若干修復したようで、④の他臓器損傷に当たります。これが、②の肺合併症に繋がりました。このときはまだ肺炎にはなりませんでしたが、肺水腫《はいすいしゅ》を発症、咳と痰が酷く、退院遅れの一因になりました。

執刀医が繰り返し言われたのは、⑨の腎機能障害悪化でした。抗癌剤の投与を控えながらの手術がいかに困難か、と聞き取れる発言です。

はじめて経験したのは、⑫の術後譫妄でした。「譫妄《せんもう》（delirium）」という言葉すらはじめてです。「錯覚や幻覚が多く、軽度の意識障害を伴う状態」と『広辞苑』にはあります。「アルコールやモルヒネの中毒、脳の疾患、高熱状態、全身衰弱、老齢などに見られる障害」というのです。

わたしの場合は、術後運びこまれた集中治療室（ＩＣＵ）で発症しました。

はじめは、白いはずの天井が、瞬《まばた》きの度に緑や真っ赤になりました。そのうち天井一杯のパソコン・ディスプレーが現われ、凄いスピードで流れはじめました。読み取ることもできません。声を出したのか、看護師が「どうしました？」と覗き込みました。ハッとすると、真っ白い天井だけです。

そんな夢と現実を何度か繰り返しているうちに、わたしのパソコンデータを盗もうとする誰かが、この病院にいると感じました。わたしの手足は、既に皮バンドでベッドの囲いに縛り付けられていました。パソコンをオフにしたいのですが、縛られた手が、どうしても届きません。叫んでも現われるのは看護師のスタイルをした魔女ばかりです。ぐずぐずしてはおれないのですが、わたしの周囲にいる数人が、瞬きする度に、赤鬼になったり、黄鬼になったり、緑鬼になったりします。絶叫しますが相手にしてくれません。彼らはこの病院を乗っ取りにきた他国人なのです。言葉も通じません。「泥棒ッ！　泥棒ッ！　戦争だッ！」と叫んだ途端、有無を言わせず一人が、わたしの点滴に何かを追加したようでした。

気が付くと、わたしは車椅子で、大型機械の林立する真っ白い大部屋にいます。看護師が、「あなたを救ったのは、この新しい機器群です。これから専門医師の昼食会が、この上の階であり、この席で機器の効能をあなたにも一言話していただく予定です」と言います。「機械を見たのははじめてだよ。世話になったかも知らんが、使われた先生の許可がなければ何も言えない」と言いますと、看護師はすぐ電話で先生と連絡しますが、なかなか通じません。昼食会の客は、徐々に増えているようです。わたしも、病衣から背広に着替えさせられました。体に付いているさまざまな検査管がどうなったのか、譫妄ではそんなことは消えています。可笑しいと思い、同時に騙されていると気が付きました。執刀医が、こんな馬鹿気た許可をする筈もないし、彼女も看護師ではなく、機器の販売員だと判りました。わたしは、病室に帰りたいと騒ぎはじめました。

すると今度は、真赤なシーツの大型ベッドに運ばれました。ここでもベッド囲いに両手両脚を革ベルトで縛《しば》り付けられました。体は大の字のままです。「帰る。車を呼べ」と叫ぶと、これまでとは違った女衒《ぜげん》のような男が、ベッド脇からニュッと顔を出し、「そのうちに」とニヤッと笑いました。

「ここは遊郭なんだ、道理でシーツが赤い」

迎えの運転手は、帰省時に使う懇意な運転手なのですが、門口から覗くだけで、部屋に入ろうともせず、ニヤニヤ笑うばかりです。

拘束の革ベルトくらいカッターナイフがあれば切れる、と悔やみながらバタバタしますが、すればするほどベルトが締り、両手を併せることもできません。

そのうちに術後のレントゲン撮影に若い男女がきて、有無をいわせず堅い板を背中の下に押し込み撮影しました。この簡易レントゲンは何度も経験していますので驚きませんが、背中に乾板を押込まれる痛さに耐えながら、彼らにも「早く病室に還せ！」と叫びました。

集中治療室の天井には、依然、パソコンのディスプレーが現われ、目まぐるしく流れます。しかもデータを奪おうとする偽看護師や医者が突如現われては消えるのです。

その都度、彼らに対抗しようしても、拘束バンドが手足に食込み、足蹴も何もできません。「小便！」と怒鳴ると尿管に繋がっていますから、「どうぞ」と否されます。「うんこ！」と言ってもガス（屁）認知もまだでは、出る訳がありません。

看護師は生体に挿入の針や管が充分か、傷口の縫合は大丈夫か、時々ガーゼを剥いで覗き込みます。羞恥もへったくれもありません。

やっと病室に戻されても、執刀医の心配は、こんな譫妄よりも、肺水腫でした。

譫妄は老人の全身麻酔が起因で、落着くのを待つしかありませんが、肺水腫は、術中の横隔膜損傷が原因のようで、隔日にレントゲンチェックをされました。最初は真っ白の肺でしたが、譫妄が自然に治まったころには、肺の水溜まり現象も、半分くらいになっていました。

古参の看護師がやってきて、

「よかったですね。木下さん、強い力ね、帰せ、帰せって暴れて握られた痣よ、これは。まだ消えないの。集中治療室では点滴の針を引き抜いて、シートを血だらけにしたのよ。覚えています？　部屋へ運んだのはわたし。『泥棒ッ、泥棒ッ！』って大きな声で暴れられては、拘束しないわけにはゆきません。ドレーン（体内の排液吸収管）でも抜かれたら一大事よ」といいました。

「戻るとき、地下室の霊安室の近くまでいったね」

「いいえ、集中治療室は四階、この病室は九階。地階にゆくはずがありません」

「それでも確かに、霊安室へゆくか、エレベータに乗るか、迷ったね？」

「譫妄よ。よくあることです。九階にはご家族がおられたでしょう」

「その家族すら、拘束バンドを外してもくれないのだ」

「あなたの譫妄はまだ軽いほう。そのまま認知症になる人もいるのですから」

やがて、点滴針一本を残し、その外の挿入管は取られ、食事も並食になりました。それでも医者は、肺水腫を気遣って退院を許可しませんでした。「寝ていれば、肺に水が溜まるからベッドに起きていてよい」といわれ、毎日を歩行訓練と読書、雑文書きに潰しました。

この担当外科医は、術後に投薬はせず、「自力で回復していただきます」と繰り返しいいました。

七月末日、この程度の肺水腫なら自然解消可能と診断され、術後十七日目に、ようやく退院しました。

第五回戦　混合型肝臓癌再発

平成二十八年（二〇一六）は早々から、糞塗《くそまみ》れで七転八倒する惨憺たる新年でした。

十二月中頃から急に左脚が麻痺し歩けなくなりました。整形外科では、脊髄軟骨が摩滅し、腰の歪みで神経を圧迫しているせいだといいます。早速、リリカ錠をくれ、痛みは消えました。よく効き、どうやら歩けるようになり、正月を迎えました。餅は好物で、意外と食が進みました。

夜中、トイレに立とうとすると、左脚どころか右脚まで全く動いてくれません。柱に付けた身体《からだ》支えのバーまで躙《にじ》り寄ろうとしますが、両手は動いても下半身がどうにもなりません。何度か試しているうちに脂汗が滲み、なぜか肛門の括約筋が緩み、慌てて自糞を手で受ける始末。家内を起こし、力尽きて臥せてしまいました。

こうなっては犬猫にも劣ります。電気をつけ家内のいうままに、右に左に身体を捻り、寝たまま着替えしました。

あとは病院へゆくしかありません。長男宅へ連絡し、来てくれる時間に合わせて救急車を呼びました。日頃饒舌な勇気は失せ、救急隊員に抱きかかえられて車に運ばれました。車中の応答は同乗の長男任せで、家内は次男の車でついてきてくれました。

いつもの病院です。正月というのに、救急車だけがひっきりなしに入ってきます。緊急処置を、次々と為されました。入院と決まったのは午後で、長男が交渉して、三階の個室をやっと取ってくれました。

そこで、ようやく若い医者が来て、「右脚が立たなくなったのは、右肺の炎症で、去年の肺水腫同様、溜まった水を排出するしかない」といいます。

入院四日目、顔馴染みの看護師のいる九階特別個室に代わりました。何とか脚は立てるようになりましたが、今度は右脚親指が腫れて、痛みだしました。早速冷やさなければなりません。左脚は神経痛で暖め、右は痛風で冷やす。次は便秘です。服薬といえば、痛み止めや下剤、できれば使いたくないものです。医者は連日のようにレントゲン写真で肺の白濁範囲の縮小度をみるだけのようです。リリカ錠のお蔭で、何とか左脚の神経痛も忘れかけるほどになりました。

遠慮してくれていた友人がやって来て冷やかしました。

「今年は、運が付いたと思えばいいじゃないですか。こいつは春から縁起がいいわい、ウン、ウン…」

正月に十四日間もの謹慎入院とは、いやはや。

①　カテーテルによるか肝動脈化学塞栓《そくせん》治療

初春縁起噺「ウン」は、ウンの尽きだったのかも知れません。弱り目に祟り目か、泣きっ面に蜂か、ますます深刻になりました。

二月二十四日から三月十五日の二十一日間も、また入院です。

発端は、肝臓に新たな癌が出来ているというのです。進行すると、激痛、血圧低下、意識消失、血痰、喀血、麻痺などが突然現われ、死ぬといいます。しかも、癌多発可能性の臓器なのです。去年三〇%をカットしていますから、主治医は早くも「複合型肝癌術後、再発の疑い」と病名を明記しました。二度あることは三度あり、素直に天命に従うか、諦めずに再度挑戦するかしかありません。

「ご本人の決断でしょうね」

「手を拱《こまね》いていろというのですか？」

「いや、手術以外の治療法では、次の三つがありますが、いずれも…」

と躊躇《ためら》われました。

簡単に説明しますと、

①「ラジオ波焼灼《しょうしゃく》療法」

②「全身化学療法の分子標的治療」

③「肝動脈化学塞栓《そくせん》治療（略して「TACE」）」

いずれも一長一短ありで、腎臓に欠陥のわたしには、抗癌剤の多量使用は厳禁だというのです。どうしてもやれといわれれば、③の「肝動脈化学塞栓《そくせん》治療」しかないと主治医はいいます。

この治療は、脚の付根の動脈にカテーテルを挿入し、X線で透視しながらその先端を、肝腫瘍の血管近くまで進め、化学療法剤や血流停滞の塞栓物質を注入するのです。所謂、癌細胞を兵糧攻めにして死滅させる療法です。ただ癌細胞を見つけるにはヨード（沃素）造影剤が必要ですが、わたしの場合は腎臓保護のため、多量には使えません。あとはこの治療に熟練医師の勘に頼ることになります。

「このままでも死、やっても駄目というのなら、それをやります」

強引なわたしに呆れたのか、ぷいと離席した主治医が、直ぐに戻って来て、

「熟練者の時間を削かせましたから、塞栓《そくせん》治療をやってみましょう。ただし出来ればヨードは使いたくない」

治療といっても、動脈に直径二ミリほどのプラスチック管カテーテルを押し込むのですから、最低三日は入院しなければなりません。

前日に強力下剤で完全に腹を空にし、治療なのに手術の時と同じ同意書にサインを求められました。その直後、カテーテル操作医師が、いまも一人片付けて来たという恰好で、病室に入ってきました。

「右脚鼠蹊部《そけいぶ》の動脈からカテーテルを挿入しますが、十分に麻酔しますので、歯科治療のようなものです。十回もやっておられる方もいますから、お任せください。

造影剤？　心得ています、ご安心ください。では、明日」

挨拶とも説明ともつかぬ陽気な口調で、出てゆきました。

翌二月二十五日、女医が尿管を挿入にきました。治療後暫くは小便にも立てませんので、その間これに頼るしかありません。それにしてもこれまでは全身麻酔中に挿入されましたが、今度は素面《しらふ》です。「こんな仕事嫌でしょう」と照れ隠しに笑うと、

「いいえ、慣れていますから」と去《い》なされました。

医者は別人種か、オドオドしたのはわたしの方でした。

筋肉弛緩剤が注射され、ストレッチャーならぬ車椅子で、四階手術棟に運ばれました。ところが部屋は器具機械がギッシリで、その一角の治療台に載せられました。仰向けで股間を開き固定されると、「しばらくこのまま動かないでください」というと右鼠蹊部をたっぷり消毒し、麻酔薬が打たれました。動脈にどうカテーテルが刺し込まれるのか、わたしには見えません。幹動脈から血液が吹きださないのが不思議だと奇妙なことが頭を過《よ》ぎります。

医者の話やガチャガチャいわせる器具の音が、補聴器を外しているのによく聞こえ、腹をくねって微動する管が血管を突き破りはしないか不安です。ときどき「痛

い！」といっても、手を止めようとはしません。操作医師はX線の映像だけが相手です。生体が老若男女など意識してないようです。

動きが止まりました。液剤が、所定の位置に投入されたのか、素早く細管が撤去されたようです。脚の付根に重い器具が取り付けられたようです。

「二十四時間、このままで。動かすと脚の血流が狂って、立てなくなることがあります」と脅かされ、部屋に戻されました。

翌日午後、動脈の注入口を押さえていた圧迫器もとれ、つづいて尿管も今度は係の看護師が取ってくれ、退院可能となりました。

ところが、急に、鳩尾《みぞおち》が痛くなり、微熱も感じられました。看護師は「肝臓に触ったせいでしょうか」と主治医に連絡してくれました。痛み止めを飲んでも、熱は三十七度台です。そのせいか、常食の許可が出ません。主治医は、高齢のせいかなと、頭を傾けました。解熱剤、痛み止めなどいくら飲んでも利きません。夜着を二度も替えるほど汗をかきます。毎日、採血、採尿、レントゲンで調べますが、判りません。

しかも、十分な原因が判らぬままに、やや落着いたところで、あとは自宅療養というかたちで、二十一日目に退院しました。

のちに手術をして判るのですが、造影剤を少量とし、代わりに広範囲に抗癌剤を散布したため、正常な肝臓細胞にもダメージを与え、この自力回復に時間を要したのだろうということでした。

② 肝臓手術に再挑戦

退院後二ヶ月置き、採血とMRI（核磁気共鳴画像法）の検査をしました。五月十六日、肝動脈化学塞栓《そくせん》治療後の成果を期待し、外来診を受けました。

ところが、主治医の発言は期待外れで、癌は消滅どころか、これまでの径二センチが、四センチに肥大しているといいます。主治医は、成長の速い癌に、不思議がるばかりです。

「一か八か、手術します」

躊躇《ためら》わず、九十四歳の齢には不足なしと、ケロッとしていいました。

主治医も前回同様、黙って隣室へ入り、暫く出てきませんでした。関係者と相談したようです。

「五月一杯、予備検査を行ない、その結果次第で六月十五日手術」と決められました。「えい、どうにでもなれ！」と、わたしも自分にいい聞かせました。

予備検査はやや過密、慎重でした。

①ＩＣＧ検査　体内に入った異物を解毒する肝臓機能を調べる検査で、緑色のインドシアニングリーン（ＩＣＧ）を腕から静脈注射し、十五分後に反対の腕から採血して、血中に残ったＩＣＧの割合で、肝機能を調べます（ＩＣＧ15分停滞率　Ｒ15）。肝機能が低下すると、Ｒ15が大きくなるので、外科は、この数値で患部肝臓の切除比率を推定します。肝臓手術で、日本の非死亡率が優れているのは「ＩＣＧ検査」を活用するせいだといわれています。

②心臓核医学検査（「シンチグラフィー」または「ＲＩ検査」とも）　静脈に放射性同位元素を注射、放出される放射線を撮影して、その量をコンピュータ処理した画像を作成、これで心臓に流れる血液を映し出し、手術中の呼吸停止事故を事前チェックする重要な検査です。

③消化器上下同日検査　上部消化器検査（胃カメラ）と下部消化器検査（大腸カメラ）を同じ検査台で続けて行ないました。腹を完全に空にしているのですから、カメラは違っても、このほうが楽(?)かな。「大腸にポリープがありますね」「ついでに取ってくれませんか」「大きくなるには十年かかります。無理しない、無理しない」「十年、百四歳か。焼場まで飼っておきますか」「・・・」

④外科と循環器科予備診断　外科はＩＣＧ検査と消化器カメラチェックのうえ採血を指示。循環器科では「心臓は大丈夫だが、血管四本が詰まっている。ドブ浚いには一ヶ月かかる、まあいいだろう。麻酔科の意見も聞かれたほうがいい」

⑤麻酔科予備診断　わたしが全身麻酔前科四犯と知っているので、手術の裏方主役麻酔医の重要性を散々聞かされながら、このまま永久睡眠も選択技かなと妙なことを考えました。

「譫妄《せんもう》になったら、睡眠薬をくれますか？」

「え？・・・駄目ですな」

「前回、譫妄に成っていますから、やり切れません。途端に視界が真赤になって・・・」

「完全な認知症初期症状ですな。またなります」

「殺生な」


ばたばたと予備検査を進めたわりには、入院日の決定は慎重のようでした。一年ちょっとで超老人の同じ肝臓を再度切り裂こうというのですから、主治医とて大きな賭けで、「命預けます」なんていう、お調子者の患者には、簡単に乗れないでしょう。

十日以上も経って、ようやく入院の指示がありました。事前説明には、予想合併症がさらに網羅されていました。

環境の変化で、生体に挿入したチュウブを引抜く錯乱(譫妄)被害防止のため、手脚を拘束する事前承諾、さらに輸血のウイルス感染も有り得る旨の承諾と、これまでにはなかった書面に、次々とサインしました。腎癌のときは、たった一枚の手術承諾書だったのに、何と多数枚のサイン時代になったものか、これこそ命差し上げます、と軽々しく歌い踊っているようでなりませんでした。

六月十五日午前九時執刀。一昔前の麻酔のように「数を数えてください」なんて悠長な時代は終わり、手術姿勢を確かめるとすぐにやや右横に向け、背骨の見える屈んだ姿勢で周辺にたっぷり消毒液を塗ると、麻酔薬注入個所をチェック、針を刺します。わたしの意識はここまで。

「わかりますか?」囁く看護師の声で、集中治療室(ICU)に運ばれる途中と気付きました。人工呼吸用気道確保管がまだそのままで声が出ません。やっと抜いてはくれましたが、暫くは声にならず、異様な音ばかりです。

手術は、外側区域にあたる肝腐の肝梗塞で、前回同様全体の三〇%を切除、切口は横隔膜のすぐ下部を横一文字に、さらに臍の辺りを縦一文字に開いたそうです。

ICUには、生体に装着した心電図、血圧計、酸素濃度測定器(パルスオキシメータ)のデータ看視と、患者のコールに対応し、看護師が患者二人に一人付添っています。

今度は、なぜか痰がひっきりなしにでました。仰向けで痰を吐くと、その都度拭き取らなければなりません。しかもわたしの両手には、右甲に静脈と動脈の点滴針が二本、左甲にも静脈点滴針が一本刺っていて、容易に動かせません。手の甲からの注射は凄く痛く、わたしはいつも上腕を使いますが、注射するには血管が一番見つけやすいらしく、全身麻酔中は容赦なく、ここを多用します。

その上、わたしの左手にはナース・コールまで持たされ、仕方なく掌にテープで貼り付けてもらっていました。痰の都度、コールする頻度が激しく、痰は口の周りばかりか、顎から頸へにまで流れています。小さなティシュ一枚くらい渡されても、役にたちません。看護師も迷惑ですが、わたしもますます興奮しました。

ベッドの頭側が窓で、やや白らんできたようなのに、ベッドが動かせず、外が見えません。補聴器を外しているのに、看護師や隣の病人の話が異様にはっきり聞こえます。

待てよ、不思議だ、と思った途端、周囲が真赤になり、いくら目を瞬《しばたた》いても、覗き込む看護師までが真赤になってしまいました。

「はじまったようだ」

「何がはじまりました？」

「譫妄《せんもう》、譫妄だ。景色のない部屋のせいだ！」

「…通路側のカーテンを開けましょう。人の往き来が見えて和むかもしれません」

カーテンが開くと、通路の反対側には大型検査計器が並んでいて、その傍らに看護師がいます。前回の譫妄に出た幻影の大型器機工場は、ここだったのか？　と気付きました。それまでの真ッ赤な視界が、さっと真ッ白に変わりました。通路には確かに白衣の人々が気忙しく行き来しています。暫くみていると、それらが靄の中に消えます。靄からぷいと現れた看護師が、急に大きくなって、わたしのベッドを覗き込み、にたっと笑いました。わたしが何やら大声で叫んだせいか、「どうかしましたか？」といいながら、白衣は小さなティッシュ一枚で、わたしの口から頬に流れる痰を、いい加減に拭き、さっと靄の中に吸いこまれてしまいました。わたしはまた、白濁の靄に向かって何やら叫びました。そして唇を尖《とが》らし粘った痰を吹きだし、すぐまた痰で口が塞がれてしまいました。

通路の向こうで声がします。

「激しい、患者だな」

「データは落付いていますよ」

「部屋に戻りたいといっているのじゃないの？　術後レントゲンまだだね？　終わったら返しちゃえ」

わたしにはとても聞こえない筈の当直医の言葉が、耳に入ります。この部屋にいては譫妄が進むという異常心理のせいでしょうか。

集中治療室の天井にも空調の縦穴が並んでいて、それを見つめていると、パソコンの巨大画面になりました。びっしり文字が出てきて猛烈なスピードで消されてゆく幻惑に襲われました。今度は手足を拘束されてもいないのに、パソコンのスイッチを切ることもできません。いや、病院にパソコンを持ってきていないことなど知っています。

譫妄は、夢と現実が同時進行し繰り返され、やがて認知症へ没入されるのかと、悍《おぞ》ましくなりました。

七月一日、十六日目に、ようやく退院しました。

第十一章　癌戦争を終えるには

第六回戦　末期癌の肝臓と肺臓

肝臓癌の二度目の手術がようやく癒えたと感じられた頃、定期検査の結果、外科主治医から、いきなりいわれました。

「採血データとCT（コンピュータ断層写真）結果は、いずれも肝臓と肺臓に癌顕著です。手術どころか、一日も早い身辺整理をしてください」

「…」

「肝臓は無言の臓器ですが、肺の痛みは速い。耐えられなければ、いつでも病室は準備しておきます。痛み止めはしますから、安らかに休めます。この進行度だと、急がれた方がいい。…抗癌剤？　使えません。差し上げられるのは、咳止め、痰きり、出血止め、痛み止めで、治療薬は出せません…」

「匙を投げた…、お仕舞いってことですね」

「この癌は進行が速く、肝臓の、この点は、みな癌の予備軍です。肺のこの白い部分、これも癌です」

CT画像を指しながら口早やに宣告されました。

わたしは、他人《ひと》の病状でも聞くように頷きました。

「あとはあなたの体力と気力の勝負ですね。食事は、なんでもよろしい。酒はやめてください」

「酒も煙草もやりません」

「風邪を引かないよう、肺炎には注意してください。…お大事に」

やっと癌戦争も終結を迎えたようです。

医者から、安楽死は手伝うが、尊厳死を選びなさいと突っ撥ねられたのです。増えつづける高齢者の治療方針も、昨今ではこのように替りつつあるようで、医者を恨むのはお門違い。わたしが生き過ぎたせいです。

生体を失い、癌を全滅させる。勝ち負けなし、と神のジャッジに従えばいいのです。

わたしには「身辺整理」するほどの財産はありません。息子二人は独立しているし、わたしたち夫婦は年金であと何年か細々と暮らし、消えるのを待てば、いいだけです。

強いて身辺整理といえば、その時その時に買い溜めて使った本や資料が、トラック一台分ほどあります。何年か前から、郷里の図書館へ全部寄付すると決めています。それを、死後ならず、早速実行することにしました。

いくら古本でも、ときには中国各地で捜したものや、さんざん使ったものには、愛着がありますが、思い切って贈ることにしました。

その一方で、書き残したいテーマと資料のままのものがあり、不明確な余命時間を、精一杯これに当てよう。この整理は、子供に頼みました。

体重が急速に落ちていますが、余命に悔いないよう「書き残しテーマへの挑戦」気力は失いたくありません。

遂に年が明け、平成二十九年(二〇一七)を迎えました。今年で辞めると明記した賀状を出し、これからは「御負け時間」、頭だけがうろちょろする「幽鬼の暮らし」に徹しようと決めました。

余談。政府の医療指導でも、超高齢者の薬漬け診断の限界を再考しているとか、仄聞《そくぶん》しました。さもあろうと思います。年々急速に増える高齢者が、医療費予算を食い荒らしているのです。因みに、これまであまり考えなかった九十歳からの年祝の呼称も、目立つようになりました。九十歳「卆壽」、九十五歳「珍壽」、九十九歳「白壽」は文字を分析した文字遊びの祝い文字。

ちょっと変ったのは九十歳の別称「九十路《ここのそじ》」でしょう。「路」は数詞「十」の下につく接尾語ですが、わたしは、これを糞爺《くそじい》に見立て、「くそじ」と自称としました。よたよたと今にも滑って転びそうに辿る超高齢の細道と自嘲しました。

呆れていたのは通院先の医師と看護師群です。九十路《くそじ》をとっくに超えた耄碌爺《もうろくじい》で、全身麻酔手術を五回もやった化け物、と珍しがられ、譫妄では看護師の腕に痣まで作ったほどの評判爺にして、なかなかダウンしないからでしょう。

わたしは、家族に支えられ、気力だけの毎日になりました。

猛暑と雨の夏をやっと乗り越え、終末を宣告されて一年が経ちました。毎日の吐血は仕方ないことで、家族は吐く血の補充にと、盛んに肉を食えといい、医者は止血薬を出し、痰はたえず吐いて、といいます。

主治医は、

「医者は、患者の陰（X線）やデータ（採血）で憶測診断しているに過ぎません。末期予測の不明確な理由も、吐血個所も、はっきりとは分からない」といいます。

「気力」が末期を遅らせている（あるいは遅らせた）とすれば、生体、いや死体を後日開いても、そこまではとても医学の範疇とはいえないでしょう。一言、「尊厳死でした」といわれるのが落ちです。

病、膏肓《こうこう》に入る

病と医者については、古代からこんな話があります。

昔、中学の試験問題で、「病膏肓に入る」というのが出て、「こうこう」を「こうもう」と読み違え、「膏盲」と書いて×点をもらいました。「膏《こう》」は骨と肉のあいだにある膏《あぶら》、「肓《こう》」は心《むね》の下で鬲《かく》（横隔膜）の上、と『字訓』にはあります。

ここからは、第五章の「余話　『左伝』の糞槽溺死事件」の前段にあたり、晋の景公が病に打ち勝うとする悲愴譚になります。

『左伝』「（魯の）成公十年（紀元前五八一）六月丙午《ひのえうま》」の景公に関する記録を、岩波文庫版小倉芳彦訳文から借用しますと、

晋の景公は、背の高い亡霊が、地面にまで届く髪をふり乱し、胸を叩いて踊りながら、

「余《わし》の子孫を殺すとは、不埒《ふらち》な奴。余《わし》は、上帝《じょうてい》から（仇を討つ）お許しを得たぞ」

と言う、夢①を見た。

大門と寝門《しんもん》を壊して入って来るので、景公は恐れ、室内に逃げ込むと、さらに戸を壊しかける。

そこで、景公は目が覚め、桑田《そうでん》の巫《みこ》を呼び寄せた。ところが巫は、夢①をそっくり言い当てた。景公が

「どうなるのか？」

と言うと、巫は告げた。

「今年穫《と》れる新麦は、召し上がれぬでしょう」

景公の病が重くなって、医者を秦に求めると、秦伯《しん》（桓公）は、緩《かん》という医者を送って治療させた。

緩がまだ着かぬうちに、景公は、病気が二人の童子となって話し合う夢②　を見た。

一人が、

「緩は名医だから、我《こちら》がやられそうだ。どこに隠れよう」

と言うと、もう一人は、

「膏《こう》の上、肓《こう》の下なら大丈夫だよ」

医者の緩は着くや否や、

「この病気は治療できません。膏の上、肓の下の病位は、灸《きゅう》も使えず、針も届かず、薬も利かぬので、治療できません」

と言った。

景公は「秦の緩は、名医である」と、手厚く礼物を贈って秦に帰らせた。

六月丙午《ひのえうま》の日、景公は新麦を食べようとして、甸人《でんじん》（穀物管理官）に麦を献上させ、饋人《きじん》（調理官）にそれを調理させた。桑田の巫を召してこの様を見せ、（予言の当たらなかったことを理由に）巫を殺し、いざ食べようとした。

急に、腹が張って、廁へ行くと、顛落《てんらく》して亡くなった。

その日の暁方、景公を背負って天に登る夢③　を見た小臣（宦官《かんがん》）がいた。彼は、昼になって、実際に景公を背負って廁から担ぎ出す役を務め、そこで殉死させられた。

秋、（魯の）成公が晋に赴くと、晋の人は成公を引き止め、葬儀に参列させた（略）。

冬、晋の景公の葬儀が挙行された。（魯の）成公は葬儀に参列したが、他の諸侯は誰も出席しなかった。魯の人はこれを恥辱としたので葬儀のことを記録せず、真相にふれることを避けたのである。


長くなりました。中国古代「周」の後期、紀元前七七〇～四七三の約三百年に亘る「東周」時代の話ですから、やたらと、神に仕え神の言葉を人間に通訳する巫《みこ》（男なら覡《かんなぎ》）が、事件の中心にいます。

ここでは「桑田の巫」というのが、景公の夢①　を言い当て、「それでどうなるのだ？」と質され、巫は「新麦は食べられません（不食新矣）」と、一見何でもない微妙な表現で、奥深い重要な意味の「微言大義《びげんたいぎ》」を漏らします。

景公は、巫の一言を解《ほぐ》す慎重居士ではなく、新麦を調理させ、桑田の巫を呼び「どうだ、美味《うまい》ぞ」と見せつけ、殺してしまいます。

殺戮《さつりく》が君主の威厳でもあるように、なんら意に介することなく実行されてしまうのです。訳文の夢①は、意に介さない景公の心的表現です。怯えた景公は、巫から夢①を言い当てられたばかりか、しばらくは行動を慎むよう微言されました。

景公は病が重くなった（原文は「公疾病」の僅か三字）とあり、何処が悪かったか判りません。夢①に悩まされる状態では、気疲れ（精神障害）だったのでしょう。だから、夢②で、病が、二人の童子（豎子《じゅし》）となって対話するのも、いかにも病的表現です。ここでいう「病膏肓に入る」は、後世、不治の病気ばかりか、手の付けられない悪癖や弊害まで、こう呼ぶようになり、「膏肓《こうこう》」「二豎《にしゅ》」すら不治病の代名詞として残りました。

夢③は、景公の知らない便槽墜死事件の前、その日の朝に、宦官が見た夢で、昼に便槽から担ぎ出したこの宦官に箔付けしたような記述です。臭い思いまでして、しかも殉死させられたとは、夢③　の記述程度では、無念という他はありません。

権力者に仕える巫も宦官も人間扱いされない時代であったのです。

景公の葬儀には、別件で来た魯の成公を、晋人が強引に引き止め参列させた他は、他国の諸侯は一人も出席していません。出席させられた成公の魯人は、これを恥とし、葬儀のことを記録せず、真相にふれるのを避けたのでしょう。

なお、『左氏春秋』は、孔子の郷里魯の史書ですから、魯人の目で編まれているのはいうまでもありません。

そんな景公の、「治療敬遠」と「便槽転落」譚を紹介したわけですが、厚かましくわたしの体験と並べますと、幸い、わたしの場合は、順序が逆になりました。必至で溺死は避け得ましたが、医者に診放《みはな》されたのは同じです。わたしの医者は自力の体力、気力が妙薬だといい、一切の手術や投薬の無意味を宣言しました。景公は、唯一命運の紐とされる巫の発言を拒絶し、自意識の強さを誇示しようとしました。言い換えれば、気運に身を委ねたか、その流れに逆らっただけの、違いかも知れません。

ただ、戦場で糞鬼に成り下がったわたしが、いままた厚かましく再生を祈っても、肝癌・肺癌などはともかく、便所の踏板がなくても、何処かで滑り、頭か腰を打てば、認知症か、歩行不能は必至です。それこそ、はばかりながらといえ、人生の終幕です。

帰《さあ》去来《かえろう》、昭和の宇和島

十代で職を求め郷里を離れたわたしの、精神形成の場といえば、島々や岬の複雑なリアス海岸と青い海、それを鏡に天空へ競い連なる山々の、南予宇和島です。

家は極貧でしたが、豊かな四季と人情に育まれました。

大正末期（一九二〇代）に埋立てを終えた新開地朝日町は、一応、町並らしく道路はできても、世界の不況経済で、街の主産業製糸が振るわず、造成地は遊び飽きるほどの野っ原でした。小学校二、三年頃には、六艘濠の葭沼《よしぬま》に板を渡した小橋（いまの芝橋の位置）があり、ここをわたって藤江の山から見返り坂へと、遊び場を広げました。坂を越えるとエンコ（川獺《かわうそ》の方言）がいると怖がられる玉ヶ月浦の入江です。見おろしながら山椿と小松林の断涯が海に落ち込む山肌を登ると、住吉山です。頂上には測候所がありました。所長さんの息子高橋敏郎が同級生でした。広い芝生の庭や白い庁舎。ここには箱がもの言う魔法の器械まであって、敏郎と聞きながら「こりゃ、たまげた」と、ラジオなとまだ知らないわたしは、羨《うらや》んだものでした。

やがて須賀川の付替えで、遊び場の六艘濠は新しい川筋になり、見返り坂は切り崩されて、玉ヶ月浦が川口に、岬だった住吉山が離れ小山になりました。

長じて、宇和島商業学校時代の散歩といえば、学期試験が終わった日の開放感で、摂政宮殿下（昭和天皇）が、大正十一年（一九二二）十一月二十五日に歩いて登られた由緒ある「上り立ち門」から、独りでよく城山へ出掛け、湾を仕切る衝立の九島、その先は外海と天空へ思いを馳せました。この海の彼方がアメリカやイギリスなのだ、と世界への夢が膨らんだのを忘れません。

「ここを辺鄙とは、誰もいえまい。黒潮はちゃんとここにも寄せている。潮路が呼んでいるぞ。田舎者《いなかもん》じゃないぞ！」と、無心に潮の彼方を憧れたものです。

やがて日本は深刻な不況に狂い、闇雲に戦争という賭博を仕掛け、空前の犠牲とともに、こんな小さな街まで、文字通りの廃墟にしてしまいました。

「国に殉《じゅん》じよ」と投げだされた戦場では、「帰去来（かえりなんいざ）、宇和島」などと秘かに念じつづけたかしれません。これも、少年時に習った陶淵明（三六五〜四二七）の『帰去来辞』が、生涯の夢だったせいで、しかも戦場が、陶淵明因縁の長江周辺でした。

どうやら生きて戻りはしましたが、子供の頃「乞食のほうが、まだましや」と母親が零した裏長屋まで焼き尽くされ、再び此処も離れる破目になりました。

それからも、何時かは帰る、と念じてきました。夢と現実に、齟齬は付きものです。故郷には、家はなく、縁の薄くなった親戚と、すっかり姿の変った先祖墓だけで、恩師も旧友も殆ど死に絶えてしまいました。

それればかりか、いまの宇和島には、先人より余所者《よそもの》に関心を抱く、不思議な風習があるようで、例えば、明治初期の漢詩人で、日本近代詩誕生に繋がる着想豊かな中野逍遥（一八六七〜一八九四）が宇和島人であるなど、小中高校でも家庭でも、あまり教えないようで残念です。

一方、ＮＨＫの長編ドラマになった司馬遼太郎の『花神』で、村田蔵六（のちの大村益次郎）と楠本イネ（一八二七〜一九〇三、シーボルトの娘）の宇和島での恋愛譚などは、小説的虚構にも拘わらず、よくご存知のようです。

ならばわたしも、この小さな城下町を、わざわざ主な舞台にした小説『笹まくら』から、宇和島への想いを広げてみたくなりました。

作者丸谷才一《まるやさいいち》（一九二五〜二〇一二、文化勲章受賞）は、昭和十五年（一九四〇）秋から昭和二十年（一九四五）秋まで徴兵を忌避して、日本中を逃げまわった杉浦健次こと浜田庄吉が、二十年後、大学職員となって学内政争に浮き沈みしながら、戦中と現在を自在に行き交う構想で、『笹まくら』（新潮文庫）を書きました。

笹まくらとは、草枕の転化でしょう、「乾いた、硬い、悲しい笹のざわめきのように怯えながら旅をする主人公の心情」を表現しています。作者は、新古今時代の歌人、藤原俊成の養女、越部禅尼《こしべのぜんに》作「これもまたかりそめ臥しのささ枕一夜の夢の契りばかりに」からの発想といい、小説では「かりそめの恋人」との不安な旅をも意味しているのです。

仮名の杉浦健次は、縁日を渡り歩く香具師《やし》になって逃避中、隠岐の島で右翼学生との恋に破れた傷心の阿貴子と巡りあい、互いにかりそめの恋人になります。阿貴子は、宇和島結城質屋の一人娘でした。

途中、敗戦間近と感じた健次は、阿貴子を宇和島へ送り届けます。

宇和島はまだ物資豊かで、予科練の少年兵が二千人余も町に溢れ、「白いズボンの臀《しり》を黄いろく汚して走りつづける少年の後ろ姿」を二度ばかり見かけた健次は、「自分には浜田庄吉という本名がある」「それが悪夢では決してなく事実だ」「安逸に流れ、それだけにかえって、どんな希望を持つことも自分に禁じた」と現実と遊離した自分に悔悟します。

居たたまれず、一度は土佐へ一人旅しますが、敗戦になれば浜田庄吉に戻らなければ、と再び宇和島の阿貴子の元へ戻りました。

計らずも八月十五日、放送の勅語では負けたのか、頑張れなのか、はっきりせず、「愛媛新聞」の支局へ行き確かめました。記者は、「終戦」という言葉で応じ、「東京は大変なような、大変でないような」、といい加減に呟きます。

浜田は独り、城山に登りました。

「宇和島市を、と言うよりもむしろ、かつて宇和島市であった黒い面積を眺め、明るい海を眺めた。途中の家並みが消え失せたせいで、海は今までよりもいっそう近くなったように見える。（略）山も街も、そして海も、静まりかえっている。戦争は終わったのだ。日本軍はなくなってしまい、（徴兵を忌避して逃げまわった）ぼくにはもう争《あらそ》うための相手がいない。つまり、ぼくが勝ったというわけなのだろう。」

と述懐します。もちろん作者はその頃の宇和島を実感している分けではなく、あくまでも小説の範疇ですが、焼け失せた「黒い面積」は敗戦翌年五月に帰国したわたしの実感も同じです。

浜田は、やっと、東京の実家に還ると決めます。阿貴子は、かりそめの夫婦であることを自覚し、自ら別れようと伝え、浜田庄吉に戻る杉浦健次を誘って、城山ならぬ七代藩侯春山伊達宗紀《むねのり》が、隠居所に造営した小さな庭園「天赦園《てんしゃえん》」へ向かいました。

庭は、春の藤と初夏の菖蒲どきに数日間公開程度（いまは連日開園）の伊達家私庭で、岡山の後楽園や金沢の兼六園とは違った、十万石大名に似合いのこぢんまりした庭でした。しかも時節柄、一部は学生の勤労奉仕で耕されている荒庭です。庭木の手入れなど、なされず、池には紙や藁屑が浮いています。むしろそれに、広漠とした風情すらありました。

園名は、仙台初代藩主貞山伊達政宗の五言絶句（表題『酔余口号《すいよこうごう》』）から、春山が採りました。

馬上少年過
世平白髪多
残躯天所赦
不楽是如何

馬上、少年として過《すご》す
世平らかにして白髪多し
残躯《ざんく》、天に赦《ゆ》るさる
楽しまざれば、是れいかに。

（丸谷才一訳）

そこで作者丸谷は、主人公浜田庄吉を立ち止まらせ、呟かせます。

「残躯は果たして天に赦されるものだろうか？　そのとき自分の残りの生涯、余生を思いやり、これから死までの長い長い時間を想像して茫然とした。まるで、幾つもの砂漠の彼方にある街へと向かって、たったいま出発したばかりの旅人のように」

勿論、作者丸谷才一の心情と重ねた言葉でしょう。

それにしても、この「赦《ゆるす》」には考えさせられます。

蛇足ですが、「ゆるす」の意味をもつ漢字は二十数個あるそうで、日本語として訓読する幾つかを挙げますと（注、ルビは音読）、

許《きょ》　これでよいと聞き入れる意　許容、許可
恕《じょ》　大目に見て寛大に扱う意　寛恕、宥恕
宥《ゆう》　大目に見て責めない意　宥和
免《めん》　許《ゆる》して免《まぬか》れさせる意　免除、放免
容《よう》　聞き入れ許す意　許容
允《いん》　納得して許す意　允可
赦《しゃ》　既に決めた罪科や義務を取消す意で、公用語として使われる　大赦、恩赦

この他「釈《しゃく》」「放《ほう》」「肯《こう》」「縦《しょう》」は、どれも「ゆるす」と訓読することがあります。様々な漢字で「赦」だけが具体的で、国家に吉凶の大事があった際、政府が既決・未決囚の刑を減免するときに「大赦」「特赦」「恩赦」などとして使われます。

そこで、伊達政宗（一五六七〜一六三六）のわざわざ『酔余口号（酔っ払って口ずさむ）』と題した五言絶句ですが、政宗は若いときから戦に明け暮れ、その日々を「馬上少年過」と、華麗な表現で片付けていますが、生残るべき家のためとはいえ、頭領として親や弟といえども容赦ありませんでした。その鬼畜にも等しい非情社会を生き抜いて、残躯の自由を天に赦してほしいなどとは、たとえ時代が変わろうと烏滸《おこ》がましくはありませんか。だから亡くなるまで藩主であり続けざるを得ず、長男秀宗を政略の犠牲にし宇和島へ放ったため、七歳年少の次男忠宗（一五九九〜一六五八）に譲らざるをえませんでした。忠宗が一族郎党の多い大藩仙台を御しえるだろうかと思案すれば、隠居どころではない。残躯の悦楽など「天が赦すだろうか、赦されるはずがない」と、わざわざ酔余口号して嘆いたのです。

詩は、残躯の戒めに悩む政宗の夢にすぎません。

煩瑣ですが、いま一言。『論語』の権威穂積重遠《しげとお》法学博士（一八八三〜一九五一）は、「心の欲する所に従って、矩《のり》を踰《こ》えない境地に達しなくては、自由主義・民主主義も本物ではない（講談社学術文庫『新釈論語』）」と解かれました。孔子（前五五一〜前四七九）の「七十而従心所欲、不踰矩」は、単純に、「為たい放題なことをしても脱線しない」ではなく、「より慎め」と解《と》かれたのです。

政宗の「酔余口号《すいよこうごう》」もまた、同様の自戒です。

政宗は孔子より僅かに若く、七十歳に届かぬ歳で、残躯を終えるまで、藩主として悩みました。

終の住処となる庭を「天赦園」と命名した隠居伊達宗

紀にも、先祖政宗の訴えた天赦の本意は、充分胸に刻まれていたと思われます。

多くの庶民が奉仕する庭に感謝し、この時代には珍しく上寿《じょうじゅ》（百歳）までも、粗衣粗食し、終日東屋《あずまや》「春雨亭」で書を楽しみました。

庭は、自然の共存美であって、然《さ》りげなく日々手入れされていなければなりません。すこしでも放置すると、忽ち荒廃します。

美しい平和とは、なにもしないことではなく、繰り返し慈《いつく》しみ慎んで手を加えることです。ですから手入れする庭師はじめ関係者が、これ見よがしに鑑賞者の目に触れてはなりません。平和には、目に見えない庭師たちがいるのです。放置すれば、忽ち荒廃に繋がり、戦乱となります。互いの忠恕《ちゅうじょ》なくして、平和を夢見るなどとは、荒野に呆然立ち竦むようなものです。

丸谷才一の小説『笹まくら』の主人公徴兵忌避者の浜田庄吉は、敗戦直後はゴシップ的英雄でした。約二十年経つと、これが致命的なスキャンダルに変わり、安穏な暮らしどころか、「不楽是如何」などは夢の夢、ふたたび社会忌避へ落ちてゆきました。なぜか？　自己中心の社会を駆け抜けた者に、天は残躯を赦すものですか。

癌に踏みにじられながら小説『笹まくら』を読んだわたしが、仮に「昭和の残躯」たるわたしにも「天の赦しを」などとお願いすれば、

「ボケたな。自由気ままな残躯など、あるはずはない。悔恨の昭和を繰り返えさぬよう、最後のその日まで確《しか》と次代へ伝えなさい」と天は哄笑《こうしょう》されることでしょう。

それにしても昭和は、たしかに長かったですね。『書経・堯典《ぎょうてん》』の「百姓昭明にして、万邦を協和す」が出典で、大正十五年（一九二六）十二月二十五日から昭和六十四年（一九八九）一月八日まで、六十二年と十五日間（はじめの七日＋最後の八日）続きました。万邦協和できたでしょうか？　こんなに長い年号の時代はなく、日本は浮沈激しく、まして宇和島は、昔の白亜の天守閣ばかりを自慢し、空爆の標的にされこそすれ、防衛策は皆無でした。敵は、標的天守閣を狙う無意味を知っていて、周辺の密集人家だけを、徹底的に焼き払いました。豪雨のような油脂焼夷弾を落される時代に、竹槍、バケツ防火訓練ばかり。高度一万メートルのB29爆撃機に、射程七千メートルの高射砲、足りない距離は精神力で補えなんて、滑稽な応戦力、いや、宇和島にはそんな高射砲すらありませんでした。

「黒い面積」の宇和島復興は、戦死しなかった戦場還

りの若者が中心でした。どうやら復興し、昭和が終わったのです。

目まぐるしく変わる世情でした。いえ、それはいまも同じです。繰り返します、残躯など天が赦しましょうや、とんでもない！

そしてわたしの憧れる「帰去来、昭和の宇和島」もまた、天は赦されません。

トイレの神々

「トイレは不浄」といいながら、いえ「不浄といえばいうほど」、古代人は、ここにも神々がおられると信じていました。

仏教の厠神

烏枢沙摩明王《うすさまみょうおう》（烏芻沙摩明王《うすさまみょうおう》、烏瑟沙摩明王《うすさまみょうおう》、穢迹《えしゃく》金剛《こんごう》、火頭《かず》金剛《こんごう》とも）といいます。

仏教守護神の一つで、不浄を避けずに衆生《しゅじょう》を救う明王です。寺院のトイレ（手洗い）などには必ず祀られています。二臂《ひ》で、忿怒《ふんぬ》の相で火焔に覆われています。通常は、四臂・六臂の明王もあります。明王とは、大日如来の命を奉じて、忿怒の相を現し、諸悪魔を降伏《ごうぶく》する諸尊です（『広辞苑』）。

『古事記』の神々

『古事記』の冒頭は神話で、人格的表現の伊邪那岐《いざなぎ》命《のみこと》（男神）と伊邪那美命《いざなみのみこと》（女神）が、天つ神《あまつかみ》諸諸の命を受けて、天《あめ》の浮橋《うきはし》から海に垂らした天瓊矛《あまのぬほこ》の、矛先の潮雫が固まってできた淤能碁呂島《おのごろじま》に降り立ち、まぐわい（性交）されました。伊邪那美がさきに感動の言葉を発したため、生まれた子は骨なしの水蛭子《ひるこ》と淡島《あわしま》で、この二児は子とは認めず、流してしまいました。現在風にいえば、出産の苦労で「流産」したとでもいいましょうか。

天つ神の占いで、女が先にものいわないと嗜《たしな》められ、次々と国を生んでゆきます。①淡路島、②四国（伊豫二名の島・伊豫、讃岐、粟、土左）、③隠岐、④筑紫島《つくしのしま》（九州）、⑤壱岐、⑥対馬、⑦佐渡島、⑧大倭豊秋津島《おおやまととよあきづしま》（大和を中心とした畿内の地域）この八島がさきに生まれましたので、日本の古称を「大八島国《おおやしまのくに》」といいます。

つづいて①吉備児島(現岡山県児島半島)、②小豆島《あづきしま》(現小豆島《しょうどしま》)、③大島《おおしま》（山口県柳井市大島）、④女島《ひめじま》（現大分県姫島か）、⑤知訶島《ちかのしま》（現長崎県五島列島）、⑥両児島《ふたごのしま》（現長崎県男女群島）で国生みは終え、つぎに神々を生みます。

①家屋の神　石や土、石や砂、屋根葺きの神々

②海の神・河口の神　水戸《みなど》の神、水面の凪ぐ神、波立つ神、分水嶺の神、ひさごに水を汲んで施すことを掌《つかさど》る神など分担を決めて沢山の神が生まれます。

③風の神、木の神、山の神、野の神　ここでも分担神が増え続けます。山地の狭くなったところを掌る神、霧の神、谿谷《けいこく》の神、山野の迷子を掌る神。

④鳥のように天空や海上を通う楠製の丈夫な船の神。

⑤食物を掌る女神。

⑥火の神　物を焼く火力の神、輝く火光の神、物の焼ける匂いの神。

このように次々と沢山の神が生まれるのですが、⑥の火の神を生《な》したとき、遂に伊邪那美命は女陰を炙《や》かれ、病み臥せてしまわれました。

すると、

伊邪那美命の吐瀉物から、鉱山の夫婦神「金山毘古神」と「金山毘売神」が生まれます。

屎《くそ》からは、耕作に適した黒土（腐植土）の夫婦神「波邇夜須毘古神《はにやすひこのかみ》」と「波邇夜須毘売神《はにやすひめのかみ》」が生まれます。

尿《ゆばり》からは、灌漑用水の神「彌都波能売神《みつはのひめのかみ》」と若い生産の神「和久産巣日神《わくむすびのかみ》」を産みました。若々しい生産神にはその子「豊宇気毘売神《とようけびめのかみ》」が生まれ、食物を掌る神として、伊勢神宮外宮（豊受大神宮）に祀られます。

ここで伊邪那美命は、神避《かむさ》られました。

糞尿が、耕作といかに緊密かは、農耕民族の常識です。神の一部は、なんとしても自然に戻さなければなりません。ただ、一度人体を経由した臭気を、どう除去するかに苦労されただけです。

自然の摂理を、ここではこう表現し、すべてが、次代へ受継がれてゆくものだ、と訴えているのです。勿論、中国古代の五行思想で形成された物語です。

糞尿などに替える今日のような無機質肥料だけでは、やがて歪んだ自然界となることを教えた神話のようでなりません。

終章　終末人生の気力

糞尿の東西感覚

糞尿の東西感覚は随分ちがいます。東洋は貴重な肥料であり再利用しますのに、西洋は流すもの捨てるもので、やたら捨てたために、病原菌の元凶となりました。

東洋でも回虫など病原菌に悩まされますが、時間をかけて堆肥にし、その被害をなくそうと努めました。

日本でも関西と関東では、その肥料としての価値感覚がすこし違いました。関西はたとえ借家でも糞尿は店子の財産です。共同便所であった江戸の長屋では、糞尿は家主の収入でした。

「はばかり人生」の残り滓《かす》

排泄によって、「恥らう」という人間独自の情操が育まれるのでしょう。便所から「憚り」という謙譲心が芽生えたとも考えられます。

排泄にかかわる事柄は、たとえ天皇といえども、もはやごく自然な話のひとつとなってしまいました。

新藤兼人《しんどうかねと》（一九一二〜二〇一二、映画作家）は「『断腸亭日乗』を読む」に、永井荷風の大正十五年（一九二六）十二月十四日付日記での、大正天皇の病状報道にかかわる新聞社の態度を、こう引用しています。

「日々飲食物の分量及排泄物の如何を記述して豪も憚る所なし。是明治天皇崩御の時より始まりし事なり。当時国内の新聞紙は其筋の許可を得て、明治帝は尿毒症に冒されたまひ、竜顔変じて紫黒色となれりといひ、又シャイネストック（呼吸と呼吸停止が交互にあらわれる状態）云々の如き医学上の専門語を交へ絶命の状態を記したりき。（略）我国の天子は生ける時より神の如く尊《そん》崇《すう》せられしものなりしに、尿毒に冒されて死するが如き事実を公表するは、君主に対する詩的妄想の美感を傷《きず》つけること甚しきものと謂ふべし。（略）今の世に於て我国天子の崩御を国民に知らしむる当つて、飲食糞尿の如何を公表するの必要ありや。車夫下女の輩号外を購《あがな》ひ来て喋々喃々《ちょうちょうなんなん》、天子の病状を口にするに至つては冒瀆の罪之《これ》より大なるはなし」とあります。

これを踏まえ新藤兼人は、「荷風が天皇制を支持しているということではなく、一般感情として、目上の立場の人に対するやり方」、「報道するのにも、節度が必要ではないだろうか」と解しています。しかし、昭和天皇が膵臓癌で亡くなられるときは、随分詳細に報道されましたが、新藤は一人の知識人として、明治人永井荷風のような極端な冒瀆感を持っていません。

それにしても、今上天皇が、前立腺癌で手術されたときの報道は、さらに生々しく、もはや日本国民は、知識人の新藤でなくても、さほどに目を逸らすほどの報道とは、感じなくなっています。糞尿、排泄裏行為の価値観が、急速に変化している証拠ともいえましょう。

排泄人生を焦点に書いたつもりでしたが、糞尿ばかりか、超高齢のわたしまでが、塵として、やがて焼却されるのも間近になりました。

元の雑多な分子に戻る塵、わたしの残り滓も、いずれは、何かのはずみに、再び集合して、何かの生体になるかもしれません。

排泄が先か、集合が先か？　卵と鶏みたいなものです。仏教では「輪廻転生」といいます。人生という車輪は、只管《ひたすら》前進するだけです。もし逆転すれば再生も修復も不可能な宇宙の塵になるだけでしょう。

今のところは慎ましく、日々を感謝し、飲食と糞尿に明け暮れれば、いいのです。後は、分子結合にご多忙の神さまのお手並みを眺めていればいい、ということです。

「放《ひ》る」も様々に使われますが、『広辞苑』では、「体外へ出す。ひりだす」とあります。

ところが宇和島地方では、方言として「ヒル　現用動詞（意味）産む、出す、放る（用法）あの猫が子をヒッタテヤ」と『宇和島の方言　改訂版』（平成九年版　篠崎充男発行）に載せています。そういえば子を産むことも、糞尿を放ることも、体外へ出すことには変わりませんが、悪臭の糞尿に嫌悪感を抱くようになってか、子には「産《う》む、生《な》す、成《な》す、為《な》す」が主流で、「放《ひ》る」は、同じ生体でも人間以外の動物の出産にまま使われるように後退しました。

とはいえ、宇和島周辺の昭和初期までは、昔変わらず、わたしもその一人で、「チサヱ（母親）が男の子を放《ひ》ったげな」と近所の婆さんに吹聴されて、この世の光を浴びたことでしょう。

辞世歌

医者に見放されて、はや一年余、ついつい人並みに辞世歌の一つもと、気力が萎《しぼ》みかけます。これも人生最後の慰みと、あれこれ本を捲《めく》りました。

辞世句といえば松尾芭蕉（一六四四～一六九四）のこれは誰でも知っています。

旅に病んで夢は枯野をかけ廻《めぐ》る

芭蕉は、弟子の支考（一六六五～一七三一）に「旅に病んでなおかけ廻る夢心」ではどうかと訊ねました。これでは季語がなく、原案がいいと言ったとか。

良寛（一七五八～一八三一）が死の床で詠んだ歌を紹介しましょう。

ここ夜らの　いつか明けなむ
ここ夜らの　明けはなれなば
をみな来て　尿《はり》を洗はむ
こひまろび　明かしかねけり
ながきこの夜を

腹痛に転げまわり、厠へ行くこともできず、糞尿にまみれて、じっと夜の明けるのを待っている良寛の姿です。

人間は老いを自覚しようとは、あまりしません。その証拠に、「お若いですね」とお世辞を言われても、それを肯定しようとするから愉快です。

老いは、必然であり、また必要です。「よい死を迎える」ために、「さわやかな老い」があるのです。

正岡子規は死の床で、噎《む》せながら筆を取り、

糸瓜《へちま》咲いて痰のつまりし仏《ほとけ》かな

と書き、その左に

痰一斗糸瓜の水も間にあはず

と加えます。四、五分して、その右斜めに

をとといのへちまの水も取らざりき

と添えました。

これこそ鬼気迫る辞世句です。この順番に詠むと今生《こんじょう》の息遣いが如実に伝わってきます。糸瓜の水は痰切の妙薬、とくに仲秋の名月であった「をととい（一昨日）」の糸瓜の水は、痰きり効能抜群といわれたのに…。それを念じた絶筆三句です。まだ三十六歳でした。枕辺には、松山からの友人河東碧梧桐と、妹の律がいました。

ただいまわたしは九十六歳、戦で死んだ友人の四倍も生きてしまいました。なのに、死の強烈な印象は、戦場のわずかの期間に絞られます。なぜか？　今では医者に診放《みはな》されて一年余、貪欲な生への執着に、我ながら呆れています。

そこで先人に肖《あやか》って…。お嗤いください。

敗戦日また迎えたぞ戦友《とも》嗤え
戦友《とも》の墓枯草ばかり、老い嘆く
九十路《くそぢ》杖まだ笹まくら夕茜
落葉敷く九十路《くそじ》細路故郷《さと》の夢
雪となる九十路《くそぢ》の杖も折れんとす
今日までは生きたと伝え賀状絶つ

（二〇一八・二・五）

あとがき

「はばかり」を表題に、さんざん使わせていただきました。これほど雑多な意味の言葉はありません。愉快です。

『岩波古語辞典』による「はばかり」は、「はばめ（阻め）」と同根で、「相手の力や大きさに対面し、それを恐れ、それを障害と意識して、距離を置く」のが原義とあります。

さらに、四区別し、

①敬遠する、遠慮する。

②相手を気にして、ひかえる。

③周囲にさしさわりがあるほど一杯にふさがる。

④蔓延《はびこ》る。大きく幅をきかす。のさばる。

とあり、①と④とでは、大きく違った感じすらします。それほど巾広い言葉といえましょう。名詞では「恐れ」「慎み」「遠慮」「ひけ目」「さしさわり」「さしひかえるべきこと」「失礼にあたること」「人の親切に対して恐縮に耐えない感謝の意、どうもありがとう」「便所」と、これまた大きく広がります。

『字訓』でも「はばかる（憚、難）」は、「行為の継続がしがたい。何らかの障害のために、進みえない」ことをいい、「はばむ」と同根で、「はば」は間隔。「はばかり」は平安時代以降に用いられる、とあります。

その「はばかり」に、漢字「憚」（音はタン）を当て、「はばかる」「なやむ」「いかる」など多様な訓が生まれました。「憚」の旁《つくり》「單」は、「忌《い》み難《はばか》る」、「難《にく》む」で、畏難《いだん》を憚《たん》といいます。『左伝』の昭公十三年（紀元前五二九）には、「憚《おど》すに威《い》を以てす」とあります。

憚《たん》と彈《だん》とは関係があるらしく、彈とは彈弦して悪霊を祓い、憚《おそ》れ憚《はばか》らせる意味です。また、『楚辞、招魂』に「君主親しく発して、青兕《せいじ》を憚《おそ》れしむ」とあり、憚の初義は、発弾によって憚《おそ》れさせたことであった、と『字統』は詳しく説いています。

いま一度繰り返しますが、「憚る」は、遠慮したり、躊躇《ためら》ったりする様子で、生意気な口を利くようで申し訳ないが、とおそるおそる切り出す前置きが「はばかりながら」です。

「いろはカルタ」の「憎《にく》まれっ子世にはばかる」の「はばかる」は、遠慮することではなく、大きな顔をして、のさばる意味で、はばかりに違いありません。

もっとも上方《かみがた》の「いろはカルタ」は、「憎まれっ子世にはびこる」で、「憎まれっ子世にはばかる」は誤用といいます。どうでしょう？（二〇〇六・一一・二九の読売新聞コラムから）

わたしは昭和を「はばかり時代」だといいたいのです。

故郷の方言で、「恥ずかしい」を「めんどしい」「めんどらしい」といいます。「面倒《めんどう》い」とは「煩わしい」で、これにも「憚る」意味があり、いちいち口にするのも憚りたいのが「めんどしい」です。

めんどしながらも本文には、学友や社友数人を特に詳述しましたが、彼らはいずれもわたしの異色ある人生教師で、昭和の悲劇を諸に被った人々でした。振り返れば、わたしの影か、いやわたしが彼らの影か、そんな気持ちで敢えて書かせて頂きました。謹んで皆さんのご冥福を祈ります。

参考文献

『トイレの考古学』　大田区立郷土博物館発行　平成九年五月三十日刊
『考古学トイレ考』　大田区立郷土博物館発行　平成八年二月二十五日刊
『日本トイレ博物誌』　阿木香ほか著　株式会社INAX発行　一九九〇年四月十日刊
『糞尿と生活文化』　李家正文著　泰流社発行　一九八九年八月三十日刊
『厠曼荼羅』　李家正文著　雪華社発行　昭和六十三年五月十五日刊
『住まいと厠』　李家正文著　鹿島出版会発行　昭和五十八年五月三十日刊
『シンドラーズ・リスト』　トマス・キニーリー著、幾野宏訳　新潮社文庫　平成元年一月発行
『戦争と私』　武井宏著　平成十五年九月刊
『菊池寛　話の屑籠と半自叙伝』　菊池寛著　文芸春秋発行　昭和六十二年三月刊
『自勝』第四、五、六号　住友自勝寮発行　昭和十六、七、八年刊
『戦場彷徨』　木下博民著　ヒューマン・ドキュメント社発行　昭和六十二年四月刊
『上海タイムスリップ』　木下博民著　第三書館発行　平成四年六月刊
『悠悠長江行』（「上海タイムスリップ」の中国版）　夏文宝訳　安徽人民出版社発行
『からだの文化誌』　立川昭二著　文芸春秋発行　一九九六年二月二十五日刊
『新藤兼人の足跡　老い』　新藤兼人著　岩波書店発行　一九九三年十二月刊
『北の海明け』　佐江衆一著　新潮文庫社　平成八年九月刊
『明治天皇の一日』　米窪明美著　新潮新書一七〇　二〇〇六年六月二〇日刊

木下博民著作一覧（2016.8.24 現在）

郷里

『私の昭和史　宇和島ふるさと交友録』（創風社出版刊）
『板島橋－宇和島の予科練と平和への軌跡』（創風社出版刊）（愛媛出版文化賞受賞）
『通天閣　大阪商業会議所会頭・土居通夫の生涯』（創風社出版刊）
『南豫明倫館　僻遠の宇和島は在京教育環境をいかに構築したか』（創風社出版刊）
『信念一路　丸島清（市立宇和島商業学校校長）の生涯』（創風社出版刊）
『芝義太郎　幸運を手綱した男の物語』（創風社出版刊）
『青年・松浦武四郎の四国遍路　宇和島伊達藩領内の見聞』（創風社出版刊・風ブック）
『お国自慢お練話　八つ鹿踊りと牛鬼』（創風社出版刊）
『評伝　森岡天涯　日振島の自力更生にかかわった社会教育者の生涯』（創風社出版刊）
『岡本家の矜恃　西南四国一庄屋の五百年』（創風社出版刊）

南豫明倫館文庫

『伊達宗禮理事長のご逝去を悼む』『郷土文庫を考える』、『ふるさとの先人を、現代に生かそう』、『ふるさとの文化遺産が語りかける』『南予をこよなく愛した歌人吉井勇』、『宇和島鉄道と山村豊次郎』『回想のお練・宇和島「凱旋桃太郎踊り」』、『大和田建樹ノート』『作家吉村昭を魅了した「歴史と味の町・宇和島」』、『敢為の小説家司馬遼太郎「宇和島へゆきたい」』『文豪獅子文六先生の南国宇和島滑稽譚』、『南予の文化を先人に学ぼう』

西南四国歴史文化論叢『よど』掲載

１号「福井春水の青山」／２号「取材メモ　情報受信型経営者・土居通夫」３号「取材メモ　『藍山公記』のなかの土居通夫」／４号「続取材メモ　『藍山公記』のなかの土居通夫」／５号「芝直照の上京日記」／６号「芝直照の上京日記（続）」／７号「取材メモ　堂々と、自らを広告塔に」／８号「戦犯徳本大佐処刑の真実」／９号「取材メモ　郷土文庫を考える」／10 号「三間・仏木寺『日露戦役忠魂碑』考」／11 号「北満匪賊に襲撃された池田有實先生」／12 号「滑床『萬年橋の碑』が訴えるもの」13 号「昭和初期　宇和島の郷土教育」／14 号「大村益次郎というよりも村田蔵六」／15 号「評伝 林玖十郎というよりも得能亜斯登」／16 号「靖国桜の同級生」／17 号「無言館　郷土の画学生」／18 号「成仁碑考　西南戦争と南豫人」

宇和島タウン誌『きずな』

20 号「英国の樹」／21 号「宇和島藩士　村田蔵六」／22 号「明治宇和島の月刊雑誌『鶴城青年』」／23 号「穂積橋、博士の本意」／24 号「牛鬼考」／25 号「黒船歓迎・宇和町の気風」／26 号「竹筋プールで育ったオリンピック少年」／27 号「大和田建樹の軍歌碑」／28 号「高橋是清と城山静一」／29 号「伊達宗城の奇貨となった松尾臣善」／30 号「宇和島の最も輝いた日」／31 号「宇和島・哲学の庭」／32 号「宇和島の禅僧　その一　誠拙」／33 号「佐田の岬に沈みゆく」／34 号「通天閣を建てた土居通夫」／35 号「客船埠頭『宇和島・樺崎港』懐古／36 号「後日譚　英国の樹」／37 号「宇和島の禅僧　その二　默伝」

一般

『八幡神』
『サービス修行』（日本電気文化センター刊）
『尖兵気どり』（日本電気文化センター刊）
『アメリカ・小売業の原点を捜す旅』（第三書館刊）
『住友石炭鑛業株式会社　わが社のあゆみ』（共著）
『宝塚　最後の予科練ー鳴門事件と少年兵』（第三書館刊）
『回想映画館』（第三書館刊）

中国

『戦場彷徨』（ヒューマン・ドキュメント社刊）／『上海タイムスリップ』（第三書館刊）同上中国版『悠悠長江行』（安徽人民出版社刊）／『忘れない中国、忘れたい日本』『中国看看古都訪問術』『中国大陸戦痕紀行』（以上　第三書館刊）

一幕戯曲　発表期間（1951 ～ 1961 年）

昭和 26 年（1951）悲劇喜劇 2 月号「逃亡」、昭和 27 年（1952）悲劇喜劇 11 月号「暗い海」、昭和 28 年（1953）テアトロ臨時増刊 5 月「ある陣地にて」、昭和 29 年（1954）悲劇喜劇 3 月号「墓標の谷間にて」、昭和 30 年（1955）悲劇喜劇 2 月号「犯人物語」7 月号「虚飾」、昭和 31 年（1956）悲劇喜劇 3 月号「友情の仮面」、5 月号「あざけり」、10 月「学生演劇戯曲集Ⅴ」に「鯉」、昭和 32 年（1957）悲劇喜劇 6 月号「子を迎える話」、昭和 34 年（1959）悲劇喜劇 11 月号「ベテランであるということ」昭和 35 年（1960）悲劇喜劇 8 月号「毒」、昭和 36 年（1961）悲劇喜劇 6 月号「養育」

私家版

『北満匪賊に襲撃された池田有實先生』、『後期高齢者、悪性リンパ腫に慌てる』
『米寿、三度目の癌と闘う』、『九十三歳、肝臓癌手術に賭ける』『宇和島の慰霊碑考』

木下 博民（きのした　ひろたみ）経歴

1922年　愛媛県宇和島市で生まれる。
1940年　市立宇和島商業学校卒業。住友鉱業株式会社入社。
1942年　出征　中国・湖北省、湖南省、東北ハルビンなど大陸を彷徨。
1945年　実家は宇和島空爆により、吉野生村（現、松野町）へ疎開。
1946年　復員後、井華鉱業株式会社（住友鉱業株式会社の後身）に復職。
1960年　日本電気株式会社（ＮＥＣ）に移籍。
1970年　NEC分身会社・日電厚生サービス株式会社（現、株式会社ＮＥＣライベックス）設立と同時に出向。
1981年　同社専務取締役。
1983年　NEC分身会社・株式会社日本電気文化センター（現、ＮＥＣメディアプロダクツ株式会社）社長。
1989年　退任。
2018年6月8日　死去

はばかり人生

2019年6月8日発行　定価＊本体2200円＋税

著　者　木下　博民
発行者　大早　友章
発行所　創風社出版
〒791-8068 愛媛県松山市みどりヶ丘９－８
TEL.089-953-3153 FAX.089-953-3103
振替 01630-7-14660 http://www.soufusha.jp/
印刷 ㈱松栄印刷所　製本 ㈱永木製本

ISBN978-4-86037-277-4